Melissa Foster

Sehnsucht in Seaside

DIE AUTORIN

Melissa Foster ist eine preisgekrönte *New-York-Times-* und *USA-Today*-Bestsellerautorin. Ihre Bücher werden vom *USA-Today-Bücherblog*, vom *Hagerstown Magazin*, von *The Patriot* und vielen anderen Printmedien empfohlen. Melissa hat mehrere Wandgemälde für das *Hospital for Sick Children*, eine Kinderklinik in Washington, D. C., gemalt.

Besuchen Sie Melissa auf ihrer Website oder chatten Sie mit ihr in den sozialen Netzwerken. Sie diskutiert gern mit Lesezirkeln und Bücherclubs über ihre Romane und freut sich über Einladungen. Melissas Bücher sind bei den meisten Online-Buchhändlern als Taschenbuch und E-Book erhältlich.

www.MelissaFoster.com

Melissa Foster

Sehnsucht in Seaside

Seaside Summers

Love in Bloom – Herzen im Aufbruch

Aus dem Amerikanischen von Stefanie Kersten

Vorwort

Falls dieses Buch Ihr erstes Mal mit meiner Reihe »Love in Bloom – Herzen im Aufbruch« sein sollte: Alle meine Bücher können auch unabhängig voneinander gelesen werden, also tauchen Sie einfach ein in diese unterhaltsame, prickelnde und so romantische Liebesgeschichte.

Um immer über Neuerscheinungen und Bonusmaterial auf dem Laufenden zu bleiben, abonnieren Sie am besten meinen Newsletter.
www.MelissaFoster.com/Newsletter_German

Die Reihe »Love in Bloom – Herzen im Aufbruch«

Die Serie *Seaside Summers* ist nur eine der vielen Serien aus der weitverzweigten Reihe »Love in Bloom – Herzen im Aufbruch«. Sie werden den Figuren aus jeder Geschichte immer wieder begegnen, sodass Sie keine Verlobung, Hochzeit oder Geburt verpassen. Eine vollständige Liste aller Serientitel sowie eine Vorschau auf den nächsten Band finden Sie am Ende dieses Buches und auf meiner Website:
www.MelissaFoster.com/Herzen-im-Aufbruch

Besuchen Sie auch meine Seite mit »Reader Goodies«! Dort finden Sie Serienübersichten, Checklisten, Stammbäume und einiges mehr:
www.MelissaFoster.com/Checklisten_und_Stammbaume

Eins

Parker Collins stopfte sich eine Handvoll M&Ms in den Mund, ohne den Blick von der Leinwand zu nehmen, über die *Saw III* flackerte. Ein Lichtblitz erhellte das ansonsten stockdunkle Heimkino, gefolgt von einem Schreckensschrei. Der veranlasste Parkers vierjährigen English Mastiff namens Christmas, der neben ihr auf der Couch döste, seinen großen Kopf unter ihren aufgestellten Beinen zu verstecken. Dunkelheit umfing sie erneut, doch der nächste schrille Aufschrei jagte ihrem felligen Feigling so viel Angst ein, dass er sich prompt noch tiefer im Beintunnel verkriechen wollte.

»Wer auch immer den Spruch aufgebracht hat, dass der Hund der beste Freund des Menschen ist, hatte vollkommen recht. *Mein* bester Freund bist du.« *Vor allem jetzt, wo Bert nicht mehr da ist.* Ein paar Tränen rannen ihr über die Wange.

Christmas winselte leise und zog den Kopf wieder unter ihren Beinen hervor, um ihr vom Kinn bis zu den Augen über die Wange zu lecken. In den letzten beiden Wochen hatte er ihre Tränen so oft getrocknet. Bert Stein war nicht nur ihr Freund und Mentor gewesen, sondern auch die einzige Familie, die sie je gehabt hatte. Parker war gerade für die Dreharbeiten ihres aktuellen Films in Italien gewesen, als er an einem schweren Herzinfarkt gestorben war, und seitdem lief sie praktisch nur noch auf Autopilot. Sie hatte Christmas von Berts Haushälterin abgeholt, weil ihr Freund in ihrer Abwesenheit auf den Hund aufgepasst hatte, war auf Berts Beerdigung gewesen, hatte versucht, sich daran zu erinnern, wie man atmete, und war schließlich in ihr Haus in Wellfleet auf Cape Cod gefahren, um zu trauern – und hoffentlich das Zerwürfnis mit Berts entfremdetem Bruder beizulegen, was er selbst zu Lebzeiten nicht mehr geschafft hatte.

Nur hier in dem Haus mit Blick auf die Bay, das sie für die Collins Children's Foundation hatte bauen lassen und wo niemand sie suchen würde, konnte sie in Ruhe trauern, ohne negative Schlagzeilen befürchten zu müssen. Undenkbar, dass eine Top-Schauspielerin wie sie aussehen konnte wie eine ganz normale Frau, die das Gefühl hatte, als wäre ihr das Herz aus der Brust gerissen worden. Die Klatschpresse würde ein Vermögen für Fotos ihrer verquollenen, müden Augen und zerzausten Haare zahlen. Sie konnte sich die Schlagzeilen bildlich vorstellen: *Parker Collins drogensüchtig?* oder *Diese Schwangerschaft war nicht geplant!* oder was auch immer für ein Unsinn die Verkaufszahlen der Schmierblätter sonst noch sicherte. Niemanden interessierte es, dass sie noch nie in ihrem Leben auch nur eine Zigarette geraucht hatte, dass sie ja mal Sex haben müsste, um schwanger zu werden, oder dass sie so lange keinen mehr gehabt hatte, dass sie sich manchmal fragte, ob dieser Teil ihres Körpers überhaupt noch funktionierte.

Sie umfasste Christmas' faltiges Gesicht mit beiden Händen und gab ihrem verwirrt dreinschauenden Hund einen Kuss auf die Schnauze, bevor sie erneut nach der Tequilaflasche griff, an der sie sich in den letzten Stunden gütlich getan hatte. Bis heute hatte sie noch nie welchen getrunken, aber er war tatsächlich die perfekte Ergänzung zu ihrer Trauerbewältigung mit Schokolade und Horrorfilmen. Sie goss sich ein weiteres Schnapsglas ein und kippte den Inhalt in einem Zug runter. Wärme breitete sich durch ihre Kehle nach unten aus und ertränkte ihre Traurigkeit.

Sie stellte das Glas neben sich auf der Couch ab und griff in die Riesentüte Erdnuss-M&Ms, die ihr schon den ganzen Abend über Trost spendete – ihr großer, fauler Hund war zwar exzellent im Ablecken von Tränen, aber nichts half besser gegen Niedergeschlagenheit als Schokolade mit Zuckerüberzug. Und Tequila. *Definitiv Tequila.* Ihre Finger trafen auf – nichts. *Verdammt.* Sie warf die leere Tüte auf den Boden. Christmas schaute winselnd über den Rand der Couch.

»Keine Predigt. So schlimm kann es nicht sein.« Sie beugte sich vor, um das Chaos auf dem Boden abzuschätzen, wobei sie einen leeren Pizzakarton herunterfegte und sich am Couchtisch festhalten musste, weil der Raum sich um sie herum drehte. »Hoppla.«

Ein weiterer Aufschrei lenkte ihre Aufmerksamkeit zurück auf den Film, doch plötzlich nahm sie eine Bewegung aus dem Augenwinkel wahr. Sie drehte den Kopf und entdeckte eine schattenhafte Gestalt in der Tür zum Heimkino. Ihr alkoholbenebelter Verstand brauchte einen Moment, um zu erkennen, dass dieser große, breitschultrige Mann nicht in ihr Haus gehörte. Panik schoss durch ihre Adern und ließ sie blitzschnell aufspringen. Christmas stürzte sich mit einem freundlichen *Wuff* auf den Eindringling.

»Oh Gott.« Sie stützte sich an der Wand ab, weil der Raum sich schon wieder um sie drehte, und versuchte, gegen den Alkohol in ihrem Körper anzukämpfen. Sie hatte genug Filme gesehen, um zu wissen, dass sie im Heimkino dieses einsamen

Hauses in ihrer schokoladenverschmierten Jogginghose sterben würde – oder besser gesagt in ihrer mit Eis, Tequila, Pizzasoße *und* Schokolade vollgekleckerten Jogginghose –, während ihr Hund sich mit ihrem Mörder anfreundete.

»Bleiben Sie ja weg. Christmas ist ein Killer. Ein Kommando und Sie sind tot!« Sehr unwahrscheinlich bei ihrem Hund, der alles und jeden liebte.

Der Mann ließ sich auf ein Knie sinken, doch sein Gesicht konnte sie noch immer nicht erkennen, weil es von ihrem großen Verräterhund verdeckt wurde.

»Ja, das sehe ich«, sagte er und klang dabei so gelassen, wie es nur ein psychopathischer Mörder konnte.

Auf der Suche nach einer Waffe schnappte sie sich die Tequilaflasche und merkte zu spät, dass sich der restliche Inhalt über ihr Handgelenk ergoss. Rasch drehte sie das Ding wieder richtig herum und wünschte sich nichts mehr, als gerade eine Szene zu drehen und dass in diesem Moment jemand »Cut!« brüllen würde.

Ein spitzer Aufschrei lenkte ihre Aufmerksamkeit zu dem Schreckensszenario auf der Leinwand. Plötzlich flutete helles Licht den Raum. Parker kniff rasch die Augen zusammen, riss sie dann aber sofort wieder auf, um zumindest einen Blick auf den Mann zu erhaschen, der wahrscheinlich als *Parker-Collins-Killer* in die Geschichte eingehen würde.

Ihr stockte der Atem und sie schlug sich eine Hand vor die Brust, als sie den griechischen Gott erkannte, der sich nun langsam wieder aufrichtete. Das sinnliche Funkeln in seinen dunklen Augen ließ ihr beinahe die Knie weich werden. *Grayson Lacroux.*

»Grayson?« *Klinge ich verängstigt, betrunken oder als würde ich dir direkt an die Wäsche gehen wollen?* Vermutlich alles

zusammen, und das war nicht gut. Grayson hatte vergangenen Sommer einen Zwei-Jahres-Vertrag bei einem Gestaltungswettbewerb gewonnen und arbeitete nun seit zehn Monaten für die Collins Children's Foundation. Als Gründerin der Stiftung leitete Parker das Projekt, und sie hatten inzwischen wohl Hunderte E-Mails miteinander ausgetauscht – E-Mails, die sich intim und bedeutungsvoll anfühlten und ihr über unzählige lange, einsame Nächte hinweggeholfen hatten.

»Was machst du denn hier?« Sie verzog das Gesicht, weil sie furchtbar atemlos klang. Selbst in ihrem angetrunkenen Zustand wusste sie, dass das nichts mit dem Schreck, sondern nur mit dem hochgewachsenen Mann auf der anderen Seite des Raums zu tun hatte.

Er schaute sich schmunzelnd um. Parker hatte sich nach ihrer Ankunft aus L. A. direkt hier im Heimkino verkrochen und war seitdem nicht mehr daraus aufgetaucht. Ihr Koffer lag geöffnet mitten im Zimmer und gab den Blick auf Seiden- und Spitzenwäsche frei. Die Kleidung, die sie auf dem Flug getragen hatte, war über den Dielenboden verteilt. Ein pinker High Heel schaute unter einer leeren Lakritzpackung hervor, der andere war irgendwo verschollen. Um die Couch herum verteilte sich eine bunte Mischung aus Verpackungen von Mini-Schokoriegeln und M&Ms.

»Das könnte ich dich auch fragen.« Seine Stimme war tief und ihr voller Klang ließ die Temperatur im Raum direkt um etliche Grad ansteigen.

Vielleicht liegt das ja am Tequila.

»Ich wollte die Maße für das Geländer nehmen und habe ein Geräusch gehört. Ich wusste nicht, dass du da bist.«

Maße? Sie konnte unter seinem forschenden Blick nicht klar denken, und schon gar nicht, als er auf sie zukam. Jeder Schritt strotzte nur so vor Kraft und Kontrolle – dieses Selbstbewusstsein kam auch in seinen E-Mails herüber. Parker war es gewohnt, von schönen Menschen umgeben zu sein, aber verdammt ... Grayson stellte alle anderen heißen, sexy Männer in den Schatten und hob Männlichkeit und Sex-Appeal auf ein ganz neues Niveau. Ein verflixt *verführerisches* Niveau. Sie war eins fünfundsiebzig groß, doch er überragte sie noch um ein gutes Stück. Seine ausgeprägten Oberarmmuskeln und die breite Brust gaben ihr das Gefühl, zierlicher zu sein, als sie tatsächlich war. Beim Anblick seiner verwuschelten, vollen Haare und dank seiner selbstsicheren Ausstrahlung wurden ihr nun doch die Knie weich. Sie atmete tief und zittrig ein und wich nach hinten zur Wand zurück, um sich aufrecht zu halten, doch er kam noch näher, bis ihr sein männlicher und irgendwie sommerlicher Duft in die Nase stieg.

Nein, definitiv nicht der Tequila. Der Mann war wie eine Hitzewelle auf zwei Beinen.

Er beäugte die Tequilaflasche in ihrer Hand amüsiert. »Feierst du eine kleine Party?« Er zupfte ihr ein klebriges Stück Schokolade aus den Haaren und hielt es ihr mit einem frechen Grinsen vor die Nase.

Ein verflucht heißes freches Grinsen, das ihr sofort schmutzige Gedanken über seinen Mund durch den Kopf schießen ließ. »Nicht so richtig«, murmelte sie.

»Du hast nicht auf meine E-Mails reagiert.«

Sie hatte seit Berts Beerdigung auf gar nichts mehr reagiert, weder auf E-Mails noch auf Nachrichten auf ihrem Handy oder ihr *Leben* in irgendeiner Form. Grayson stand zusammen mit ihrer Agentin, ein paar Mitarbeitenden der Stiftung und etwa einem Dutzend sogenannter Freunde auf der Liste der Menschen, die sie dringend zurückrufen sollte.

»Ich … hm …« *Kann nicht klar denken.* Sie hielt die Tequilaflasche hoch. »Willst du auch einen?«

Er ließ den Blick über ihr Tanktop wandern, was ihre Brustwarzen dazu brachte, sich zu regen, und sie daran erinnerte, dass sie ihren BH ausgezogen hatte. Wie aufs Stichwort gab Christmas ein *Wuff* von sich und brachte Parkers pinken Spitzen-BH herüber. In Graysons Augen loderte etwas auf, was in ihr den Wunsch aufkommen ließ, eine ganz andere Art von Liste mit ihm *abzuarbeiten.*

Er spielte bereits seit so vielen Monaten die Hauptrolle in ihren nächtlichen Fantasien, dass er inzwischen wohl der Einzige war, mit dem so eine Liste für sie infrage kam.

Das war schlecht.

Sehr, sehr schlecht.

Parker spielte nicht mit Listen herum. Sie führte *Beziehungen.* Oder besser gesagt *keine Beziehungen,* wenn man mal einen Blick auf ihre Dating-Historie warf.

Ächz. Sie war zu benebelt, um das lustvolle Gefühlschaos zu entwirren, das mit jeder E-Mail komplizierter geworden war, mit jedem intimen Blick in das Leben mit seiner Familie und seinen Freunden und der Liebe zu seiner Handwerkskunst. Grayson arbeitete mit schwerem Metall, worauf wohl auch sein unglaublich perfekter Körperbau zurückzuführen war, und seine Arbeiten waren absolut einzigartig und wunderschön. Mit ihren dauernden Änderungswünschen hatte sie ihn wahrscheinlich in den Wahnsinn getrieben, doch er hatte es sie nie spüren lassen. Sie las so gerne seine Ausführungen darüber, warum er gewisse Stücke wie entworfen hatte und wie er sich dabei fühlte, wenn er sie erschuf. Manchmal schrieb er dazu, dass er seine Familie vermisste, oder erzählte von Strandfeuern und Ausflügen, die er gemacht hatte, wenn er nach Hause geflogen war, um mit seinem Bruder an bestimmten Stücken für die Collins Children's Foundation – CCF – zu arbeiten. Parker war sehr darauf bedacht gewesen, ihm keine persönlichen Fragen zu stellen, damit sie auch nichts aus ihrem Privatleben preisgeben musste, aber insgeheim sog sie jeden seiner Berichte in sich auf und liebte es, wenn er ihr seine Gefühle so eloquent mitteilte. Sie hatte so oft Veränderungen an seinen Designs vorgenommen, nur um weiterhin diese intimen Einblicke in seine Welt zu erlangen.

Und nun war er hier, in all seiner Pracht und Größe, nah genug, um ihn zu sehen, zu berühren und zu schmecken – und sie verlor gerade den Verstand, hin- und hergerissen zwischen ihrer Trauer und seiner gottgleichen Ausstrahlung.

Sie schob sich an ihm vorbei, nahm Christmas ihren BH ab und warf ihn in den Koffer. »Platz.«

Christmas drehte sich einmal im Kreis und ließ sich dann schnaufend auf einem Haufen Wäsche nieder.

Parker holte sich ein frisches Schnapsglas aus der Bar, wild entschlossen, ihr Alkohollevel aufrechtzuerhalten, damit sie mit dem Testosteron klarkam, das auf einmal in der Luft hing. Sie ließ sich auf die Couch fallen.

»Kommst du, Großer?«

Oh ja, ich hätte rein gar nichts gegen ein bisschen Kommen. Grayson rieb sich mit einer Hand übers Gesicht, um den Gedanken aus seinem Kopf zu vertreiben, und setzte sich neben Parker – die immer noch quasi seine Chefin *und* eine Kundin war, wie er sich selbst ermahnte. Das war nur ein Grund, warum er aufhören sollte, sie so unglaublich heiß zu finden. Sie mailten sich seit fast einem Jahr, und er hatte gemerkt, wie die Zuneigung zwischen ihnen wuchs, auch wenn keiner von ihnen es direkt angesprochen hatte. Vor zwei Wochen hatte sie ihm eine E-Mail geschickt, in der sie ihn von dem Stiftungsprojekt abzog, damit er sich hier im Haus um das Geländer kümmerte, gefolgt von einem Zusatz, in dem sie schrieb, wie sehr sie sich darauf freute, dass sie sich endlich wiedersahen – doch seitdem hatte er nichts mehr von ihr gehört.

Ein weiterer Grund, sein Verlangen unter Kontrolle zu bekommen – und er musste sich im Moment wirklich alle Argumente hart vor Augen führen –, war ihr alkoholisierter Zustand und die leicht geröteten, geschwollenen Augen. Jetzt beugte sie sich auch noch über seinen Schoß und ihre blonden Haare fielen ihr sexy über die bloßen Schultern, während sie zwischen den Polstern des Ledersofas nach irgendetwas angelte. Das Gefühl ihrer harten Nippel an seinem Oberschenkel konnte er allerdings nur schwer ignorieren, und das machte ihm Lust auf das, was er nicht haben konnte. *Zumindest heute Abend, wenn du so angetrunken bist.*

Sie zog sich von seinem Schoß zurück und hielt triumphierend ein weiteres Shotglas hoch. »Voilà! Einmal vollmachen, bitte.«

Weil er dringend einen Schluck gebrauchen konnte, um den Sturm zu besänftigen, der in ihm tobte, füllte er ihre Gläser und reichte Parker eins davon. Sie legte die zierlichen Finger um seine, was ihm einen ganzen Schwung an Ideen bescherte, worum sie ihre schlanke Hand noch legen könnte. In ihren blauen Augen erkannte er einen entschlossenen Ausdruck, der sie nur noch attraktiver machte.

»Erzähl ja niemandem, dass du mich so gesehen hast.«

War das ihr Ernst? Was glaubte sie denn, wem er das weitertratschen würde? »Dann streiche ich mein Vorhaben mit dem Zeitungsartikel mal lieber von meiner Liste.«

Sie brachte ihr Gesicht ganz dicht an seins. Sein Blick fiel auf ihre sinnlichen Lippen und mehr erotische Gedanken rauschten durch seinen Verstand. Er bewegte sich hier auf sehr dünnem Eis.

»*Parker* darf nicht weinen oder fluchen oder eine Riesentüte M&Ms essen und Horrorfilme schauen, bis ihre Augen viereckig sind, ohne dass man sie dafür verurteilt. Das kann nur Polly.«

»Polly?« Er griff nach ihrem Glas, weil sie ganz offensichtlich genug intus hatte und nun jemanden brauchte, der auf sie aufpasste. Sein Verlangen nach ihr war in diesem Moment nicht gefragt.

Sie hielt das Glas jedoch mit einem mutwilligen Funkeln in den Augen außerhalb seiner Reichweite, nur um dann mit ihm anzustoßen. »Auf Bert. Ich vermisse ihn so sehr, dass es wehtut.« Dann kippte sie den Schnaps auf ex hinunter.

Bert? Eifersucht machte sich in ihm breit. Er ließ den Blick erneut durch den Raum schweifen. *Tequila, Schokolade, Pizza? Zwei Wochen Funkstille. Oh, verdammt. Das riecht doch nach einer schwierigen Trennung.* Der Gedanke machte ihm mehr zu schaffen, als ihm lieb war, also wandte er sich rasch etwas anderem zu. Vielleicht machte sie das ja immer nach einer anstrengenden Drehphase und Bert war ihr ... Regisseur? Aber warum sollte die Abwesenheit ihres Regisseurs wehtun? Es sei denn ... *Verdammt, denk an was anderes, irgendwas anderes.* Aber ganz egal, wie sehr er es versuchte, er kam immer wieder auf seine erste Vermutung zurück. Hatte er sich vielleicht nur eingebildet, dass ihre E-Mails immer persönlicher wurden? Es war natürlich schwierig, etwas über rein schriftlichen Kontakt einzuschätzen, also wäre es durchaus möglich, dass er die Tiefe ihrer Freundschaft missinterpretiert hatte, egal, wie sehr die Funken zwischen ihnen gerade flogen.

Während sie ihre Gläser aufs Neue füllte, kam ihm auf einmal der Gedanke, dass sie ihren Hund noch nie erwähnt hatte. Er hatte ihr von seiner Familie und seinen Freunden erzählt, und wenn er einen Hund hätte, wäre der sicher auch zur Sprache gekommen. Warum also kein Wort von ihr darüber? Plötzlich kam er sich unfassbar dumm vor, als ihm aufging, dass sie ihm auch nie etwas über ihre Familie mitgeteilt hatte. War er so in ihren Beschreibungen der schönen Landschaft versunken und wie sehr sie sich wünschte, dass *er* auch da wäre, um es mit eigenen Augen zu sehen? Und was hatten dann ihre beiläufigen Kommentare zu bedeuten, dass die Zusammenarbeit mit den anderen Schauspielern einfacher wäre, wenn diese so selbstbewusst wie *er* wären?

Er war so dämlich.

Das ist ein Post-Trennungs-Nervenzusammenbruch. So viel zum Thema auf sie aufpassen. Er konnte ja mit viel umgehen, aber die Scherben nach den Fehlern eines anderen Kerls aufzusammeln, gehörte nicht dazu. Rasch kippte er den Shot runter und war dankbar, dass sie direkt nachgefüllt hatte.

»Bert?«, murmelte er mehr zu sich selbst, während er sich ausmalte, wie er dem Mistkerl den Hals umdrehte – direkt, nachdem er sich für seine Dummheit selbst den Hals umgedreht hatte. Parker war Amerikas Liebling. Direkt auf einer Stufe mit Julia Roberts. Während er sich langsam in die süße, wunderschöne Frau verliebt hatte, die praktisch auch auf einem anderen Stern leben könnte, hatte sie vermutlich Dates mit Dutzenden von Hollywood-Herzensbrechern gehabt. Dass er ihre Freundschaft so fehlinterpretiert hatte, passte ihm natürlich nicht, aber dafür war nur er allein verantwortlich. Dass er allerdings hingehalten oder seine Zeit verschwendet wurde, schmeckte ihm genauso wenig. Ohne ihre Zustimmung für die Entwürfe, die er ihr vor zwei Wochen geschickt hatte, konnte er nicht weiterarbeiten – und sie war offensichtlich zu sehr mit diesem Kerl namens Bert beschäftigt gewesen, um auch nur kurz auf eine E-Mail zu antworten.

Zeit, von hier zu verschwinden.

Parker schaute ihn aus großen, tränenfeuchten Augen an, was ihn herzlich bereuen ließ, dass er vorbeigekommen war, um die letzten Maße für das Geländer zu nehmen. »Bert war der beste Mann der Welt. Er war ...« Tequila schwappte über den Rand ihres Glases. »Oh, Mist! Verflixt! Ich ...«

»Ich mach das schon.« Grayson stand auf, weil er unbedingt etwas Abstand zwischen sie bringen musste. Obwohl er sie nicht mehr anziehend finden wollte, fühlte sich doch jede Faser seines Seins seit Monaten zu ihr hingezogen. Hinter der Bar fand er ein Geschirrtuch.

Christmas trottete zu seinem Frauchen, schnüffelte kurz an der Schnapspfütze und legte sich dann wieder auf den Wäschehaufen. Grayson wischte den Tequila auf und versuchte dabei auch gleich, sein Bedürfnis wegzuschrubben, ein Arsch zu sein, einfach zu verschwinden und Parker mit ihrem Trennungsschmerz alleine klarkommen zu lassen. Sich über einen Mann – der nicht er selbst war – anhören zu müssen, dass er der *beste Mann der Welt* war, stand für ihn nicht auf dem Plan für den heutigen Abend.

»Vielleicht hast du genug.« Er warf das feuchte Handtuch auf die Bar, schnappte sich ein frisches und machte es nass.

»Oh nein.« Sie schüttelte den Kopf und drohte ihm mit

dem Zeigefinger. »Es kann grad gar nich' genug für mich sein. Ich hab vorher noch nie Tequila getrunken und weißt du was? Der schmeckt echt gut. Und macht alles taub. Hilft grade echt.«

Er wischte mit dem sauberen, feuchten Tuch über den Couchtisch und versuchte, keinen verächtlichen Tonfall anzuschlagen. »Es gibt bestimmt genug Kerle, die seinen Platz einnehmen können.«

Sie starrte ihn mit offenem Mund an.

Er warf das Geschirrtuch auf die Bar und wandte sich ab, weil er absolut kein Verständnis für Frauen hatte, die so taten, als wüssten sie nicht, wie hübsch sie waren. »Du bist Parker Collins. Bei dir stehen die Kerle doch Schlang…« Er drehte sich wieder zu ihr und und riss sie dabei fast von den Füßen, weil sie plötzlich hinter ihm stand. Hastig schlang er ihr einen Arm um die Taille. »Hoppla. Alles okay?« Offensichtlich war sie nicht nur eine hervorragende Schauspielerin, sondern besaß auch ausgeprägte Ninja-Fähigkeiten.

Tränen rannen ihr über die Wangen und schienen so gar nicht zu der Wut in ihren Augen zu passen.

»Bert Stein war nicht irgendein *Kerl*. Du solltest nich' einfach was glauben. Du bist … so ätzend *männlich*.« Sie wand sich aus seinem Griff, exte einen weiteren Schnaps und ließ sich dann wieder auf die Couch sinken. Die Tränen schienen nicht zu versiegen und ihr Zorn verwandelte sich in Trauer, woraufhin sich prompt das schlechte Gewissen in Grayson meldete.

Sein Mitgefühl siegte schließlich über seine Abneigung gegenüber Drama. Er hatte eine jüngere Schwester, und wenn sie ein Mann nicht trösten würde, wenn sie traurig war, würde Grayson ihm eine verpassen. Also setzte er sich neben Parker und ergab sich den nächsten fünf Minuten Höllenqual. »Na schön, ich beiße an. Wer war er?« *Und warum hast du mir nicht*

Bescheid gesagt, dass du hier bist? Dann wäre ich nicht einfach reingeplatzt.

Sie griff nach dem Tequila, doch Grayson hielt sie auf, indem er ihre Hand umfasste. Ihre Blicke trafen sich. In ihren Augen standen so tiefe, widersprüchliche Gefühle – Verlangen und Trauer –, dass sich die Zuneigung wieder in ihm regte, die er zu verdrängen versuchte. Er hielt ihre Hand fest und zog sie ein wenig von der Couchkante weg. Inzwischen nahm er ihre Emotionen ernster und wollte nicht, dass sie in die Leere fiel, die der Alkohol zu bieten hatte. Diesen vermeintlichen Ausweg kannte er nur allzu gut, weil seine Familie vor ein paar Jahren mit der Alkoholsucht seines Vaters gekämpft hatte.

»Erzähl mir von Bert«, fuhr er leiser fort. Bei der Erwähnung von Berts Namen hob Christmas den Kopf. Der Hund schaute sich suchend im Raum um, legte den Kopf dann jedoch wieder auf die Pfoten und schloss die Augen. Immerhin schien Bert gewusst zu haben, dass sie einen Hund besaß.

»Er war … alles für mich«, flüsterte sie kaum hörbar. »Und jetzt ist er weg.«

Das Herz wurde ihm schwer bei so viel Traurigkeit in ihrer Stimme und seine Eifersucht verzog sich in seine Magengrube. Als sie ihm wieder in die Augen schaute, rann ihr eine weitere Träne über die Wange, und das zwang das Gefühl noch ein wenig tiefer.

»Weg wie in weggefahren?«, fragte Grayson in der Hoffnung, dass sie ihren Lover nicht für immer verloren hatte. »Oder weg wie in *weg*?«

»*Weg*. Er war wie ein Vater für mich und vor zwei Wochen ist er gestorben.« Sie schluckte und mehr Tränen lösten sich aus ihren wunderschönen Augen.

Ihm stockte der Atem. *Wie ein Vater?* Sie schrieben sich seit fast einem Jahr E-Mails. Wieso hatte er nichts von diesem Menschen gewusst, der ihr so wichtig war? Jetzt war er nicht nur dumm, sondern auch noch ein Arsch, weil er angenommen hatte, sie würde nur aufgrund einer hässlichen Trennung überreagieren.

Sie drehte sich von ihm weg, was eine wahre Gefühlskaskade in ihm auslöste. Das Verlangen, sie in die Arme zu nehmen, bis ihre Traurigkeit verschwand, überlagerte alles andere. Vorsichtig zog er sie an sich und streichelte ihr beruhigend über den Rücken, weil er sich nur zu gut an die unendliche Verzweiflung erinnerte, die er beim Tod seiner Mutter empfunden hatte, als diese vollkommen unerwartet an einem Aneurysma gestorben war. Er schloss die Augen und schob seine eigene, schmerzhafte Vergangenheit beiseite. Stattdessen gab er Parker einen Kuss auf den Kopf.

»Das tut mir so leid«, raunte er leise. Er hielt sie fest, bis ihr Atem wieder ruhiger ging und ihre Tränen versiegten. Schließlich wischte er ihr mit den Daumen die feuchten Spuren von den Wangen und wünschte sich, mehr tun zu können – in dem Wissen, dass Zeit und Mitgefühl das Einzige waren, das ihr helfen würde.

»Du bist hierhergekommen, um zu trauern?«

Sie nickte. »Bin heute Morgen mit dem Flieger gekommen.«

»Was ist mit deiner Familie? Willst du nicht bei der sein?« Als er seine Mutter verloren hatte, brauchte er seine Familie mehr als Luft zum Atmen. »Freunde?«, fragte er hoffnungsvoll.

»Da ist niemand außer mir.« Ihr Blick huschte zu ihrem Hund. »Und Christmas.«

Du musst das alleine durchstehen? Ich hätte verdammt noch mal wissen sollen, dass du keine Familie hast. So schmerzhaft der Gedanke auch war, jetzt wusste er, warum sie nie Familienmitglieder ihm gegenüber erwähnt hatte. Vielleicht hatte er das alles ja doch nicht fehlinterpretiert. Trotz seiner Zweifel an der Bedeutung ihres Austausches drängte ihn sein Beschützerinstinkt dazu, ihren Schmerz zu lindern. Er legte ihr die Hände links und rechts an den Hals und strich mit den Daumen über ihren Kiefer, während er ihr Gesicht anhob, sodass sie ihn ansehen musste. Sie litt so fürchterlich und war so verletzlich, so anders als die starke, fröhliche Schauspielerin, die die Welt sonst zu sehen bekam. Aber Trauer scherte sich nicht um sozialen Status und Grayson auch nicht. Er sah nur die Frau vor sich, an die er seit fast einem Jahr Tag und Nacht dachte und die ihn nun aus großen, traurigen Augen anschaute. Trotz der Alarmglocken, die in seinem Kopf losschrillten, dass er ihr berufliches Verhältnis gefährdete und sich auf die E-Mails womöglich zu viel einbildete, wollte er sie die ganze Nacht über in den Armen halten und sie küssen, bis ihr Schmerz nachließ. Er wollte sie beschützen, damit sie nie wieder verletzt wurde.

Er kämpfte gegen den Drang an, sie zu küssen, und sagte das, was er unabhängig von der Natur ihrer Beziehung auch genau so meinte: »Und ich, Parker. Jetzt hast du auch mich.«

Zwei

Parker wurde am Samstagmorgen von Christmas' schlabberiger Zunge geweckt, die ihr durchs Gesicht leckte. Sie stöhnte auf, und der Laut hallte dröhnend in ihrem Schädel wider, was sie direkt bereuen ließ, dass sie sich am Vorabend ihrem neuen Freund Tequila zugewandt hatte. Als sie sich umdrehte, stupste Christmas sie mit der Nase gegen die Wange, um sie dazu zu bewegen, aufzustehen und ihn zu füttern. Sie blinzelte ein paarmal und erkannte, dass sie sich nicht mehr im Heimkino befand, sondern auf ihrem Bett lag. Allerdings erinnerte sie sich nicht, wie sie nach oben gekommen war. Tatsächlich konnte sie sich an nichts mehr erinnern, nachdem ... *Oh verdammt! Grayson.*

Mit einem Ruck saß sie senkrecht im Bett, was das schmerzhafte Pochen hinter ihren Augen nur noch verstärkte. Sie stöhnte erneut auf – und bereute es sofort wieder –, schloss dann die Augen und fasste mit einem Stoßgebet, dass sie nicht nackt war, unter die Decke. *Puh.* Sie riss erleichtert die Augen auf. Tanktop und Jogginghose waren noch da.

Oh nein. Die Jogginghose. Die mit Eis, Schokolade und Tequila eingesaute Jogginghose? Erinnerungen an die letzte Nacht kamen wieder hoch: Grayson, der wie die personifizierte

Sünde und Lust in Gestalt eines mehr als eins achtzig großen, herrlich muskulösen Manns aussah. Der belustigte Ausdruck in seinen Augen, als er ihr ein Stück Schokolade aus den Haaren gepflückt hatte, und einen Moment später die Hitze in ihnen. Die Art von Hitze, bei der sie sich sexy und weiblich fühlte. Sie schloss die Augen wieder und hoffte, dass sie diesen Gefühlen nicht nachgegeben hatte.

Sie wusste noch, dass sie ihm von Bert erzählt hatte, und dann kam auch die Erinnerung daran zurück, wie sie in Graysons Armen gelegen hatte und seine beruhigende Stimme und tröstenden Worte ihre Einsamkeit ein wenig gemildert hatten. *Wenn ich nur noch wüsste, ob er dafür gesorgt hat, dass ich auch in anderer Hinsicht weniger einsam bin.* Sie hatte noch nie betrunken Sex gehabt, aber seit Monaten waren Graysons E-Mails der Anker in ihrem Leben – wer wusste also, was sie mit einem tequila- und trauervernebelten Hirn anstellte.

Christmas schob die Nase unter ihren Oberschenkel und riss sie damit aus ihren Gedanken.

»Sorry. Ich weiß, dass du Hunger hast.«

Sie zwang sich zum Aufstehen und wartete kurz, bis das Hämmern in ihrem Kopf nachließ, bevor sie in die Küche schlurfte, um sich eine Schmerztablette und Kaffee zu holen und Christmas zu füttern. Während ihr Hund fraß, wanderte sie ziellos durchs Haus auf der Suche nach Anzeichen für eine alkoholinduzierte Orgie.

Die Polster im Wohnzimmer waren noch an ihrem Platz und nirgendwo auf dem Dielenboden waren Abdrücke von nackten Hintern zu sehen. *Puh! Immerhin waren wir hier schon mal nicht zugange. Fehlen nur noch fünfzehn Zimmer.* Sie schaute zur hohen Decke hinauf und schickte ein kleines Dankgebet an die höheren Mächte des Universums. Nach Wellfleet zu kommen, um den wichtigsten Menschen in ihrem Leben zu betrauern, war nicht geplant gewesen. Eigentlich hatte sie nach Ende der Dreharbeiten nach L. A. zurückkehren und dort eine Woche oder zwei mit Bert verbringen wollen, bevor sie hierherkam, um …

Oh nein. Sie war wegen Bert so sehr neben der Spur gewesen, dass sie vollkommen vergessen hatte, dass sie Grayson vor ein paar Wochen eine E-Mail mit der Bitte geschickt hatte, sich in Wellfleet um das Treppengeländer des Hauses zu kümmern. Dass sie sich ein schöneres gewünscht hatte, stimmte zwar, aber sie hatte sich vor allem darauf gefreut, Zeit mit ihm zu verbringen und herauszufinden, ob die Gefühle für ihn echt waren. Ob aus dem, was in den vergangenen Monaten zwischen ihnen gewachsen war, mehr werden konnte. Aber nach dem gestrigen Abend konnte sie sich von dieser Vorstellung wohl verabschieden.

Schließlich machte sie sich auf den Weg zum Heimkino. Hitze breitete sich in ihrem Bauch aus beim Gedanken an Sex mit dem attraktiven, selbstsicheren Mann, der wirklich tolle E-Mails schrieb – und sie an einem absoluten Tiefpunkt erlebt, ihrem Geheule zugehört und ihre Tränen getrocknet hatte. Was für ein elendes Durcheinander. Das passte gar nicht zu ihr. Überhaupt nicht. Sie war organisiert, hatte ihren Text immer parat und legte selten eine Pause ein. Stattdessen arbeitete sie sich von Film zu Film und ließ dazwischen gerade genug Zeit, um sich vorzubereiten. Die Schauspielerei war eine gute Ablenkung vom Leben, das sie nicht hatte. Die Leute in ihren Kreisen hatten mehr Interesse daran, welche Vorteile sie ihnen verschaffte oder wie es ihre Karrieren voranbrachte, mit ihr gesehen zu werden. Freundschaften und Beziehungen waren bestenfalls flüchtig. Ihre Rollen und sich in ihrem stressigen

Leben zu vergraben hatte sie voll drauf, dafür aber mit Trauer keinerlei Erfahrung. Sie war erst ein Jahr alt gewesen, als sie ihre Mutter verloren hatte. Berts unerwarteter Tod hatte sie komplett aus der Bahn geworfen und der arme Grayson war Zeuge ihres Absturzes geworden.

Sie fasste sich an die Wange, wo sie die Berührung seines rauen Daumens, mit dem er ihr die Tränen weggewischt hatte, beinahe noch spüren konnte. Die intime Geste hatte sie überrascht. Aber es war die Erinnerung an den mitfühlenden Ausdruck in seinen Augen, die sie jetzt wie angewurzelt stehen bleiben ließ, nur ein paar Meter vom Heimkino entfernt. Hatte er sie wirklich so angesehen oder waren ihre Erinnerungen vom Alkohol eingefärbt? Und was noch viel schlimmer war: Plötzlich erinnerte sie sich auch wieder daran, wie sehr sie ihn hatte küssen wollen. Was, wenn sie das tatsächlich getan hatte, es aber nicht mehr wusste? Was, wenn sie sich ihm aufgedrängt hatte und er sie hatte abwehren müssen? Oder noch schlimmer: Was, wenn er sie nicht abgewehrt hatte?

Kein Tequila mehr. Nie wieder.

Christmas galoppierte die Treppe hinunter und stupste sie in die Kniekehlen, was sie ins Heimkino stolpern ließ. Perplex riss sie die Augen auf, als sie den Raum blitzblank vorfand. Sie blinzelte ein paarmal und fragte sich, ob sie die Nacht vielleicht nur geträumt hatte. Vielleicht war Grayson ja gar nicht hier gewesen. Sie ließ den Blick über den sauberen Dielenboden und die Ledersofas schweifen, bevor er auf die aufgeräumte Bar fiel, wo die fast leere Tequilaflasche sehr prominent stand. *Nope.* Den Teil hatte sie sich also nicht eingebildet. Sie erinnerte sich an die Geschirrtücher, die Grayson benutzt hatte, um den Couchtisch abzuwischen, und suchte hinter der Bar danach. Keine schmutzigen Geschirrtücher. Sie verlor wohl wirklich langsam den Verstand.

Mein Koffer! Ihr Herz hämmerte wie wild. Sie wusste noch genau, dass hier überall Kleidung und Süßkram herumgelegen hatte. *Shitshitshit.* Sie rannte nach oben in ihr Schlafzimmer und fand dort ihren Koffer auf dem Sessel am Fenster vor. Während sie ihn öffnete, hoffte und betete sie, dass ... *Oh nein.* Er hatte ihre Klamotten zusammengelegt. Im Wäschekorb fand sie außerdem die beiden benutzten Geschirrtücher und ihr Herz schmolz ein wenig dahin. Doch der schöne Moment verwandelte sich ins Gegenteil, als ihr wieder einfiel, dass sich Männer gerne mal aus einem bestimmten Grund so zuvorkommend verhielten.

Sie musste mit ihm geschlafen haben.

In diesem Moment wusste sie nicht, was sie wütender machte – die Scham, dass sie sich ihm wahrscheinlich an den Hals geworfen hatte, oder die Tatsache, dass sie sich kein Stück daran erinnerte. Am liebsten hätte sie sich direkt wieder die Tequilaflasche geschnappt und mit dem nächsten Flug die Stadt verlassen.

Wie sollte sie ihm je wieder unter die Augen treten?

Gar nicht. Das *wie* stand hier nicht zur Debatte.

Innerlich schimpfte sie sich aus, weil sie so leichtsinnig gewesen war und sich so sehr betrunken hatte, dass sie sich nun nicht mehr an den vermutlich besten Sex ihres Lebens erinnerte. Sie ging erst mal duschen, föhnte sich die Haare und widmete sich dann dem Prozess der Verwandlung in Parker Collins.

Foundation, Rouge, Eyeliner, Lippenstift und – *seufz* – künstliche Wimpern. Sie hasste die Dinger. Was machte es schon, dass ihre natürlichen zu hell waren? Konnte sie nicht einfach noch eine Weile Polly Collins sein? Ihre Agentin hatte Parker als Künstlernamen für Hollywood ausgesucht. Auch wenn sie ihre wahre Identität nie wirklich geheim gehalten hatte, kannte die Welt sie eben als Parker Collins, und sie hatte nie öffentlich über ihren Geburtsnamen gesprochen. Polly war zu ihrem Codewort für ein *normales* Leben geworden. Nicht, dass ihr Leben je normal gewesen wäre. Aber Polly war kein Promi. Wie oft hatte sie zu Bert gesagt, dass sie lieber wieder Polly sein wollte? Wenn sie die Nase voll von Paparazzi oder Bauchkrämpfe hatte oder zu erschöpft war, um sich Gedanken darüber zu machen, ob sie präsentabel genug für einen Abstecher in den Supermarkt aussah.

Und da hörte sie Berts Stimme. *Die Welt liebt Parker Collins, und das ermöglicht es dir, den Kindern dieser Welt etwas zurückzugeben. Pollys Stärke und Mut treiben dich an, aber sie hat die Macht, Parker in den Augen deiner Fans zu untergraben. Polly gehört für immer dir, aber sie wird nie ihnen gehören.*

Sie versuchte, den Kloß in ihrer Kehle runterzuschlucken, klebte sich die verfluchten Wimpern an und schnappte sich ihre Schlüssel. Zeit, sich zusammenzureißen und Berts Mistkerl von Bruder zu besuchen.

Grayson nahm den Weg über die Rasenfläche seitlich am Haus entlang und versuchte, seine Gedanken zu ordnen, bevor er an die Tür klopfte. Unterm Arm hatte er die neuen Entwürfe für Parkers Treppengeländer, über denen er noch bis spät in die Nacht hinein gesessen hatte. Er redete sich ein, dass er die Designs unbedingt mit seiner umwerfenden Auftraggeberin zusammen finalisieren musste. Das stimmte ja auch, aber nicht das hatte ihn in der vergangenen Nacht wach gehalten und sich wünschen lassen, dass er die Zeit zurückdrehen und die letzten zehn Monate ändern könnte. Dann würde er dafür sorgen, dass er deutlich vor dessen Tod von Bert wusste, und davon, dass Parker keine Familie hatte, dafür aber einen tollen Hund, und von all den anderen, persönlichen Dingen, die sie vermutlich nicht gerne preisgab. Und er würde direkt nach dem Verlust von Bert bei ihr sein, damit sie in ihrer Trauer nicht allein war.

Sie hatte sich trotz der Tränen am vergangenen Abend stark gegeben. Auch Grayson hatte schon getrauert und er wusste, wie zerstörerisch dieses Gefühl sein konnte. Sie war mit dem Kopf an seiner Schulter mitten im Gespräch eingeschlafen – oder besser gesagt, während sie vor sich hin murmelte und er versuchte, ihr zu folgen. Wenig davon hatte richtig Sinn ergeben, aber auf der anderen Seite ergab auch wenig von dem Sinn, was er seitdem empfand. Er hatte versucht, sich einzureden, dass es eigentlich nicht an ihm war, für sie da zu sein, insbesondere nachdem er möglicherweise ihre Kommunikation des letzten Jahres vollkommen fehlinterpretiert hatte. Sollte sie nicht außerdem einen ganzen Hofstaat haben, der sich um sie kümmerte? Aber da war niemand, und Grayson war schon immer schlecht von etwas abzubringen gewesen, das er wollte. Er wollte für Parker da sein, egal, ob er am Ende dastand wie ein Trottel.

In diesem Moment hinkte Christmas um die Hausecke und begrüßte Grayson mit einem freundlichen *Wuff*, als er ihn entdeckte.

Grayson ging in die Knie, um ihn durchzuknuddeln. »Hey, Kumpel.«

Der Hund leckte ihm über die Wange und schob dann die Schnauze in Graysons Schritt.

»Ich freue mich auch, dich wiederzusehen.« Grayson drückte die Nase des Hunds ein Stück beiseite. »Wo ist deine Mama?«

Christmas setzte sich, was Grayson die Gelegenheit gab, seine rechte Pfote unter die Lupe zu nehmen, die er zuvor geschont hatte. Er zupfte etwas zwischen den Ballen heraus, das verdächtig nach einem Stück Karamell aussah, und wurde zum Dank noch einmal abgeleckt.

»Christmas!«

Beim Klang von Parkers Stimme schauten Grayson und Christmas in Richtung Vorgarten. Parker umrundete die Hausecke, blieb jedoch wie angewurzelt stehen, als sie Grayson sah. Die begeisterte Reaktion des Hunds war ihm irgendwie lieber gewesen.

Christmas, der offensichtlich daran gewöhnt war, dass Parker verboten sexy aussah, gab ein *Wuff* von sich und rannte zu ihr hinüber. Grayson dagegen brauchte einen Moment, um sich beim Anblick der High Heels und ihrer langen, gebräunten Beine wieder zu sammeln. Er stand auf, sein Mund fühlte sich staubtrocken an, und er musste sich sehr beherrschen, um sie nicht offen anzugaffen. Zu dunkelblauen Shorts trug sie eine schlichte, weiße Bluse und ihre blonden Haare fielen ihr offen über eine Schulter. Das Outfit wurde von einem weißen Sonnenhut mit breiter Krempe und einer riesigen Sonnenbrille abgerundet.

»Hi.« Er konnte kaum fassen, dass diese perfekt durchgestylte Schauspielerin und die trauernde Frau in Schlabberklamotten von gestern Abend ein und dieselbe Person waren.

Sie klemmte sich ihre große Designerhandtasche in die Ellenbeuge und tätschelte Christmas nervös. »Ich … ich hatte nicht erwartet, dich hier zu sehen.«

»Ich hätte wahrscheinlich anrufen sollen.« *Ich habe mir Sorgen um dich gemacht.* »Ich dachte, wir könnten uns ein paar

Minuten Zeit nehmen und die Designideen für das Treppengeländer durchsprechen.«

Ihr Blick huschte unruhig zum Meer, zum Haus, zum Hund, überallhin, nur nicht zu ihm. »Ich ... ich kann nicht. Ich muss ... hm ... nach Brewster.« Damit wandte sie sich ab und eilte zur Vorderseite des Hauses.

Grayson ging ihr hinterher und bewunderte dabei ihren perfekten Hintern, während er über die Abfuhr grübelte, die sie ihm gerade ganz offensichtlich erteilte. »Tut mir leid, dass ich gestern Abend so bei dir reingeplatzt bin«, sagte er schließlich, weil er zu dem Schluss kam, dass sie ihm das übel nahm.

»*Mir* tut es leid«, sagte sie, ohne sich umzudrehen, und ließ Christmas ins Haus.

»Dir muss wirklich nichts leidtun. Ich wusste nicht, dass du in der Stadt bist. Ansonsten hätte ich meinen Schlüssel nicht einfach so benutzt.«

Sie reagierte nicht darauf. Offenbar war er auf dem Holzweg gewesen, als er die knisternde Stimmung vom Vorabend für mehr gehalten hatte als alkoholbefeuerte Lust. Er sollte ihr einfach die Entwürfe zur Begutachtung geben und gehen. Aber er wurde das Gefühl nicht los, dass sie hinter der Sonnenbrille eine Menge Schmerz versteckte, und wenn es stimmte, was sie ihm gestern erzählt hatte, litt sie ganz allein. Außerdem hatte sie gestern irgendetwas davon gebrabbelt, dass sie heute einen *Mistkerl* besuchen wollte, und das stieß ihm sauer auf.

»Parker, wegen gestern Abend ...«

Sie öffnete das Garagentor mit einem Klicken ihrer Fernbedienung und zum Vorschein kam ein glänzender, silberner Lexus. Verdammt, er hatte am Vorabend nicht daran gedacht, mal in die Garage zu schauen. Im Haus hatte kein einziges Licht gebrannt, als er gekommen war, um die Maße des Treppenge länders noch einmal zu überprüfen. Dann hatte er unten ein Geräusch gehört und einen Einbrecher vermutet.

Dass sie ihm nicht in die Augen sehen wollte, ärgerte ihn zunehmend. Er hatte ihr zehn Monate lang nicht in die Augen gesehen, was die Design-Erstellung deutlich erschwert hatte. Trotzdem hatte er dem Impuls widerstanden, sie um ein Treffen auf Skype oder FaceTime zu bitten, weil er dabei möglicherweise mit den Gefühlen, die sich immer mehr in ihm aufstauten, herausgeplatzt wäre. Dass er sie ohne Blickkontakt nicht richtig einschätzen konnte, hatte er nun deutlich unter Beweis gestellt, und dieses Mal würde er kein Risiko für Missverständnisse mehr eingehen. Wortlos zog er ihr die Sonnenbrille von der Nase.

»Grayson, was …?« Sie hielt sich eine Hand vors Gesicht und wandte sich ab.

Sanft drehte er sie wieder zu sich um. Kein Make-up – und war es auch noch so gut – konnte die Sorge und Trauer verbergen, die in ihren Augen stand. Es spielte keine Rolle, ob sie ihn bei sich haben wollte oder nicht. Er würde hierbleiben.

»Ich bin nicht hier, um mit dir über die Zeichnungen zu sprechen, Parker. Ich habe mir Sorgen um dich gemacht.«

Sie öffnete den Mund, als wollte sie etwas sagen, senkte dann aber nur stumm den Blick.

»Ich weiß, dass du um Bert trauerst, aber du kannst mit mir reden. Ich habe auch schon mal so einen Verlust durchgemacht.«

Endlich schaute sie ihm in die Augen. »Hast du?«

»Ja, als meine Mutter gestorben ist. Ich weiß, wie schwer das ist, und wenn dir der kleine Alkohol- und Süßigkeiten-Exzess peinlich ist oder so: muss er nicht.«

»Danke.« Tränen stiegen ihr in die Augen. »Das mit deiner

Mom tut mir sehr leid.«

»Mir auch. Ich verstehe das wirklich. Wenn du also einen Freund brauchst, bin ich für dich da.«

»Das weiß ich zu schätzen«, sagte sie leise. Ihre Wangen wurden rot. »Und danke fürs Aufräumen. Das hättest du wirklich nicht tun müssen.«

»Na ja, entweder das oder noch mehr Süßkram aus Christmas' Pfoten pflücken.«

Ihr Lächeln lockerte den Knoten in seinem Bauch ein wenig.

»Ich glaube, ich habe da vorhin ein Stück Karamell gefunden.«

»Nein, hast du nicht.«

»Und wie ich das habe. Außerdem, hm … *Christmas?*« Er zog eine Augenbraue hoch und war erleichtert, als sie sich zunehmend entspannte. »Wir mailen uns seit fast einem Jahr. Warum wusste ich nichts von deinem großen, liebenswerten Hund?«

»Tut mir leid. Ich erzähle nicht viel über mein Privatleben und er war während des Drehs nicht bei mir. Er bleibt immer – *blieb* immer – bei Bert, wenn ich arbeite.« Der Ausdruck in ihren Augen wurde wärmer. »Bert hat ihn mir zu Chanukka geschenkt.«

»Du bist Jüdin, hast ihn aber nach Weihnachten benannt?«

»Ich nicht, aber Bert war Jude, also haben wir zusammen Chanukka gefeiert. In einem Jahr habe ich mal angemerkt, dass Weihnachten auch ganz schön ist. Am nächsten Tag hat er mir meinen Liebling geschenkt und gesagt: ›Jetzt ist jeder Tag für dich Weihnachten‹.« Sie blinzelte die Tränen weg.

»Ich glaube, ich hätte Bert gemocht.«

»Ich … ich denke, er hätte dich auch gemocht. Darf ich

dich was fragen?«

»Sicher.« *Solange du nicht wieder dichtmachst.*

Um ihre Lippen legte sich ein entzückend verwirrter Zug. »Haben wir …?«

»Haben wir was?«

Sie verdrehte die Augen. »Gestern Abend. Haben wir … Du weißt schon?«

Ihm entkam ein Lachen, bevor er es aufhalten konnte. »Nein, haben wir nicht. Gott, Parker, meinst du im Ernst, dass du dich daran nicht erinnern könntest?«

Sie zuckte mit einer Schulter.

»Glaub mir, Süße. Wenn wir Sex gehabt hätten, würdest du dich nicht nur an jeden einzelnen Moment erinnern, sondern auch noch tagelang daran denken. Wochenlang. Vielleicht sogar monatelang.«

»Oh, bitte!« Sie lachte und der herrlich weibliche Laut war Musik in seinen Ohren.

Er konnte nicht widerstehen und schlang verspielt einen Arm um ihre Taille. »Hey, wenn du schon so nett fragst.«

Sie legte die Finger um seinen Unterarm und ihre Augen verdunkelten sich zu einem Mitternachtsblau. Die Luft zwischen ihnen knisterte, genau wie in der letzten Nacht. Vielleicht hatte er rein gar nichts fehlinterpretiert. Er kämpfte gegen den Impuls an, sich nach vorn zu lehnen und sie zu küssen. Als sie sich verführerisch über die Lippen leckte, holte ihn das mit einem Ruck in die Realität zurück. Sie machte sich Sorgen, dass sie miteinander im Bett gelandet waren, und er wollte sie küssen? *Verdammt.* Diese Art Mann wollte er wirklich nicht sein.

Er zwang sich, einen Schritt von ihr wegzumachen, bevor sein Verlangen die Führung übernahm. »Gestern Abend hast du irgendwas davon gesagt, dass du heute einen *Mistkerl* besuchen willst. Bist du zu dem unterwegs?«

»Habe ich?« Sie verschränkte die Arme, löste sie wieder und verschränkte sie erneut.

»Das heißt wohl ja?«

»Ich kann nicht fassen, dass ich das gesagt habe.« Sie lehnte sich gegen das Auto. »Was habe ich noch erzählt?«

Weil er nicht wollte, dass sie sich *irgendeinem* Mistkerl alleine näherte, umrundete er das Auto und stieg auf der Beifahrerseite ein. »Wir können auf dem Weg weiterreden. Ich lasse mich anschließend von Hunter abholen.«

Sie starrte ihn mit offenem Mund an. »Ich … Grayson. Ist das dein Ernst?«

Er legte den Sicherheitsgurt an und lehnte sich über den Fahrersitz, um sie anzulächeln. »Soll ich fahren?«

»Was?« Sie schaute auf den Autoschlüssel, als hätte sie vergessen, dass sie ihn immer noch in der Hand hielt. »Nein. Ich bin durchaus in der Lage zu fahren. Ich habe nur …« Sie seufzte frustriert und stieg dann ein. Mit einem Seitenblick zu Grayson drückte sie den Startknopf. »Du begleitest mich wirklich?«

»Du willst wirklich zu einem Mistkerl?«

Ihr Blick sagte ihm deutlich, dass er die Antwort darauf kennen sollte, und sie schien ein Augenrollen zu unterdrücken.

»Na dann.« Sie legte den Gang ein und verließ die Garage.

»Ich wollte dich gestern nicht erschrecken.«

Sie schloss das Garagentor mithilfe der Fernbedienung. »Hast du nicht.«

»Okay, Ehrlichkeit ist also echt nicht dein Ding.« Er machte es sich auf dem Ledersitz bequem, während sie das Auto auf die Straße lenkte. »Ich habe dich nicht erschreckt, und du hast nicht versucht, mich zu küssen.«

Sie schnappte nach Luft. »Habe ich nicht!«

Er zog eine Schulter hoch, woraufhin sich ihre Kiefermuskeln anspannten. Es war einfach zu verführerisch, sie ein bisschen aufzuziehen, weil sie dabei so unglaublich süß aussah. »Parker?«

»Was?«, fuhr sie ihn an. »Ich habe nicht versucht, dich zu küssen!«

Er lachte. »Willst du es dann mal mit Ehrlichkeit versuchen, oder …?«

»Warum bist du überhaupt hier?« Ein verspieltes Lächeln zeigte sich auf ihren Lippen, was ihm sagte, dass sie den peinlichen Moment hinter sich ließ, in dem sie gedacht hatte, dass sie miteinander geschlafen hätten. »Ehrlichkeit! Natürlich. Du bist …«

»Ätzend männlich? Ich weiß, hast du mir gestern schon gesagt.«

Sie schnitt eine Grimasse. »Oh Gott, wirklich?«

»Ja. Und glaub mir, das willst du nicht anders.«

»Ich soll dir ganz schön oft glauben.«

»Ich bin ja auch ein vertrauenswürdiger Kerl. Also, willst du mir vielleicht erzählen, wo wir überhaupt hinwollen?«

Sie ignorierte die Frage und deutete stattdessen, als sie am Mayo Beach vorbeikamen, auf den Pavillon, den Grayson für den Wettbewerb im letzten Sommer entworfen hatte. Direkt dahinter stand die Skulptur seines Bruders Hunter.

»Du und Hunter, ihr seid so talentiert«, sagte sie.

»Danke. Du auch.«

Sie warf ihm einen perplexen Blick zu. »Du kennst meine Filme?«

»Na ja, nur den Porno, aber der zählt auch, oder?«

Sie boxte ihm gegen den Arm und er rieb sich die Stelle mit

einem dramatischen Schmollen.

»Ich habe noch nie bei einem Porno mitgespielt.«

»Jetzt bin ich verwirrt. Sind wir jetzt wieder bei den Schwindeleien?«, neckte er sie.

Sie boxte ihn erneut, doch diesmal fing er ihre Hand ein und gab ihr einen Kuss auf den Handrücken. Er hatte keine Ahnung, wo dieses Bedürfnis auf einmal herkam, aber sie seufzte, und das war so ziemlich der schönste Laut, den er je gehört hatte.

»Du bist ...«

»Ätzen...«, unterbrach er sie.

»Nein«, sagte sie lächelnd. »Ich meine, ja schon, aber ich wollte eigentlich *anders* sagen.«

»Anders? Ist das gut oder schlecht?«

»Das steht noch zur Debatte.« Sie warf ihm einen Blick zu, den er nicht deuten konnte.

»Na gut.« Das war besser als die kalte Schulter. »Erzähl mir von dem Mistkerl, den du besuchen willst.«

»Abe Stein. Er ist Berts Bruder und sein einziger noch lebender Verwandter.« Ihr Ton wurde ernst. »Sie haben seit mehr als fünfzig Jahren nicht mehr miteinander gesprochen. Und ich will nur ... Sie hatten nur einander und haben trotzdem den Kontakt abgebrochen. Ich will einfach ... keine Ahnung. Es wieder einrenken.«

»Weiß er, dass du kommst?«

Sie schüttelte den Kopf und nahm die Auffahrt zur Route 6 Richtung Brewster. »Ich hatte Angst, dass er ablehnt. Er weiß vielleicht noch nicht mal, dass Bert gestorben ist, also muss ich ihm wohl die traurige Nachricht noch beibringen. Wobei Bert eine ziemlich große Nummer als Fotograf war, also gab es ziemlich viel Presse, als ...«

»Dann weiß er es wahrscheinlich.« Er war froh, dass er sie begleitete. Ein Überraschungsbesuch bei Berts zerstrittenem Bruder klang nach Ärger. »Was bringt dich auf die Idee, dass er Interesse an der Annäherung hat, die dir vorschwebt?«

»Ich bin mir ziemlich sicher, dass er das nicht hat. Bert hat versucht, Kontakt zu ihm aufzunehmen, aber Abe hat alles abgeblockt. Er hat jeden Brief zurückgehen lassen, den Bert ihm geschickt hat. Aber Bert hat immer gehofft, dass sie es eines Tages doch noch schaffen, und deswegen fühlt es sich für mich so wichtig an. Das und die Tatsache, dass Bert mir den Schlüssel zu seinem Schließfach hinterlassen hat, in dem er all die zurückgeschickten Briefe, ein paar Fotos und eine Notiz mit der Wohnadresse seines Bruders aufbewahrt hat. Auf den Briefen stand nur eine Postfachadresse, und es hat ein wenig gedauert, bis ich herausgefunden habe, dass die Adresse zum Ocean Edge Resort gehört. Ich musste ein paar Telefonate führen, um die Puzzleteile zusammenzusetzen, aber nachdem ich Berts Namen dem Personal und Leiter gegenüber erwähnt habe, kam ich schließlich auf Abe, und dann war mir alles klar. Aber Bert muss einen Grund gehabt haben, mir das alles zu hinterlassen, oder?«

»Das weiß ich nicht, Parker. Vielleicht wollte er einfach nur, dass du die Briefe bekommst, weil du für ihn offenbar zur Familie gehört hast. Weißt du sonst irgendwas über Abe?«

»Nur, dass er steinreich ist, und Bert hat ihn immer als selbstgerechten, egozentrischen Mistkerl beschrieben, der ihren Vater um sein Unternehmen betrogen und seine Ehefrau und Tochter vergrault hat.«

»Ernsthaft? Und das willst du dir antun? Bist du dir sicher?«

Sie warf ihm einen Blick aus den Augenwinkeln zu. »Bert hat mir mal gesagt, dass ich ihn an seine Nichte erinnere. Er hat mir das aus einem bestimmten Grund anvertraut. Ich muss das tun.«

Klar doch. Jetzt war er sich nicht mehr so sicher, ob er Bert noch mochte. Welcher Mann hinterließ einer Frau eine Spur, die sie direkt in die Höhle des Löwen führte? Planänderung. Die Arbeit konnte warten. Er würde sie da sicher nicht allein hingehen lassen. »Dann komme ich auf jeden Fall mit rein.«

»Grayson.« Ihre Schultern sackten nach unten.

Er legte eine Hand auf ihre. »Wir wissen beide, dass ich ätzend männlich bin, also versuch gar nicht erst, mich davon abzubringen. So was machen Freunde. Sie unterstützen sich, bei Tequilakonsum, Tränen und griesgrämigen, alten Mistkerlen.«

Sie zog die Augenbrauen zusammen. »Ich bin es nicht gewohnt, solche Freunde zu haben. Du musst das wirklich nicht machen.«

»Ich will aber. Ende der Diskussion.«

Sie öffnete den Mund, mit Sicherheit, um einen Kommentar zu seinem Männergehabe zu machen, also unterbrach er sie direkt. »Und du bist verführerisch weiblich. Find dich damit ab.«

Sie bog in die Einfahrt des Ocean Edge Resort, einer umzäunten Wohnanlage mit angeschlossenem Golfclub, was ihm einmal mehr vor Augen führte, wie sehr sich die Kreise unterschieden, in denen sie sich bewegten. Parker setzte sich aufrechter hin, straffte die Schultern und holte tief Luft, die sie anschließend langsam wieder entweichen ließ. Die Sorge und der verspielte Ausdruck in ihren Augen verschwanden und wurden durch eine Maske freundlicher Gelassenheit ersetzt, als sie sich in die selbstbewusste Parker Collins verwandelte, die die Welt kannte und liebte.

In diesem Moment fragte er sich, ob sie sich wohl manchmal zwischen der Frau, die sie wirklich war, und der Frau, die man von ihr erwartete, verlor.

Drei

Parker warf ihren Hut auf den Rücksitz und schnappte sich ihre Handtasche, wobei sie versuchte, den perplexen Ausdruck in Graysons Augen zu ignorieren. Wenigstens machte der es ihr leichter, ihre Schauspiel-Rüstung wieder anzulegen – im Gegensatz zu dem warmen, besorgten Ausdruck, der ihr das Gefühl gab, dass es okay war, sich ihm zu öffnen und sich wie eine normale, trauernde Achtundzwanzigjährige zu fühlen. Aber egal ob besorgt oder verwirrt, in seiner Nähe zu sein war überhaupt nicht leicht. Er war nett, freundlich, stark und stur, und sie musste sich eisern beherrschen, um nicht der immer größer werdenden Anziehung nachzugeben, die sie ihm gegenüber empfand.

Als sie aus dem Auto ausstieg, erlaubte sie sich noch einen verstohlenen Blick zu ihm. Sein schwarzes Shirt spannte sich über seiner breiten Brust. Seine tief sitzende Jeans wirkte mit den abgenutzten Knien und den ausgefransten Säumen, als wäre sie ein altes Lieblingsstück. Man sah ihm an, wie wohl er sich in seiner Haut fühlte. Früher war sie auch mal so gewesen. Selbst als sie ständig von einer Pflegefamilie zur nächsten wechseln musste, hatte sie sich selbst als Mensch gemocht. Aber das war vor ihrem großen Durchbruch. Jetzt konnte sie sich den Luxus, sie selbst zu sein, nicht mehr leisten, und sie war sich nicht einmal mehr sicher, ob sie noch wusste, wer die berühmte Parker Collins eigentlich war. Aber sie hatte sich ein Leben aufgebaut, für das andere töten würden, und sie musste jetzt dringend ihren Egoismus beiseitelassen und erledigen, wofür sie hergekommen war.

Sie fing Graysons abschätzenden Blick auf, unter dem ihr ganz heiß wurde. Sie fühlte sich sexy und sogar ein bisschen gefährlich. Aber wem wollte sie denn etwas vormachen? Sie war nicht der gefährliche Typ Frau. Sie hielt sich immer an die Regeln und tat, was man ihr sagte, was sich in ihrem Lebensstil widerspiegelte … abgesehen von der Sache gestern Nacht.

Vielleicht sollte sie Grayson vorwarnen oder ihm zumindest erklären, warum sie so abrupt zwischen Nähe und Distanz wechselte und warum sie sich wie in der Öffentlichkeit verhalten musste, aber was sollte sie denn groß sagen? *Ich kann keine schlechte Publicity riskieren, und ich muss schon alle Selbstbeherrschung aufbringen, um während dieses furchtbaren Besuchs keinen Nervenzusammenbruch zu bekommen?* Das ließ sie wie eine Blenderin wirken. So kam sie sich ohnehin oft vor. Aber das musste er ja nicht wissen.

Die beeindruckende Wohnanlage, die teuren Autos und die schicke Uniform des Angestellten, der auf sie zueilte, erinnerten sie daran, warum sie heute Morgen aus ihrem Horrorfilm-Süßigkeiten-Trauerloch gekrochen war. Parker war hervorragend in diesem Spiel, also tat sie, was sie am besten konnte, und wandte sich von Grayson ab.

Manchmal hasste sie es, ein Promi zu sein.

Meistens sogar.

Fast immer.

Insbesondere in diesem Moment.

»Danke«, sagte sie und reichte dem Angestellten ihren Autoschlüssel zusammen mit einem großzügigen Trinkgeld.

Grayson trat näher zu ihr, und der warme Ausdruck kehrte in seine Augen zurück, als er ihren Blick suchte. »Alles in Ordnung?«

Nein. Ich brauche dringend eine Umarmung und einen Drink und einen Berg Schokolade. Und ich brauche Bert. Ihr Herz zog sich bei dem Gedanken schmerzhaft zusammen. *Kannst du ihn bitte zurückholen? Nur lange genug, dass ich mich von ihm verabschieden und ihn noch ein letztes Mal umarmen kann?*

Sie schob all das beiseite. »Ja. Danke.« Das klang viel zu kurz angebunden angesichts der Tatsache, wie nett er zu ihr war, und sie hasste sich dafür. Aber unter diesen Umständen Parker zu sein, verlangte ihr viel ab.

Er schaute ihr noch einen Augenblick lang in die Augen und legte ihr dann eine Hand an die Hüfte. »Bist du dir sicher?«

Sie war es gewohnt, dass Leute sie anfassten, aber so tat das niemand – als wenn sie ihm wichtig wäre und er dafür keine Erlaubnis bräuchte. Ihr ging auf, dass er gestern Abend mehr von *ihr* gesehen hatte als irgendwer sonst außer Bert. Grayson hatte einen Blick auf Polly erhaschen können.

Sie musste gegen den Impuls ankämpfen, sich von ihm in die Arme nehmen zu lassen. »Ja. Danke.«

Er warf einen Blick über die Schulter auf die Wohnanlage und zog seine Hand zurück. Sie fühlte sich besser, wenn er sie berührte, straffte jedoch die Schultern und machte sich bereit, die quälendste Rolle ihres bisherigen Lebens zu spielen.

Parker hatte Zugang zu Privatstränden, erstklassigen Clubs, täglichen Wellnessbehandlungen und allem anderen, was sie sich je wünschen konnte, in jeder beliebigen Stadt. Aber sie fühlte sich dabei nie wohl, und kein Geld der Welt und kein

Promistatus konnten ihr geben, wonach sie sich wirklich sehnte: die Liebe und Sicherheit einer Familie. Bert war ihre Familie gewesen, aber jetzt …

Sie verdrängte diese Gedanken – was sie gefühlt schon ihr ganzes Leben lang tat –, während sie die mit Marmor geflieste Lobby in Richtung der Aufzüge durchquerten. Sofort spürte sie Blicke auf sich. Sie würde sich wohl nie an den eiskalten Schauer gewöhnen, der ihr in diesen ersten Momenten, in denen sie von Fremden erkannt wurde, über den Rücken lief. Er erinnerte sie daran, wachsam und auf alles gefasst zu bleiben, von Leuten, die nur ein Autogramm und Fotos mit ihr wollten, bis hin zu grapschenden und eifersüchtigen Menschen.

Erleichterung durchflutete sie, als der Aufzug endlich ankam und die Türen sich hinter ihnen schlossen. Doch die war nur von kurzer Dauer. Grayson war so groß, dass ihr die Kabine noch kleiner vorkam. Er roch nach Sand und Gischt und herrlich verlockend und sein Duft ging ihr tief unter die Haut. Und er stand zu dicht neben ihr, weswegen sie sich kaum an einen einzigen Grund erinnern konnte, warum sie sich gegen die Anziehung zwischen ihnen wehren sollte.

Als würde dieser Besuch bei Abe sie nicht schon nervös genug machen.

Er berührte sie erneut an der Hüfte, was ein aufregendes Kribbeln durch ihre Adern schickte, und hielt ihren Blick fest. Er hatte sich rasiert, was ihre Gedanken auf eine Reise schickte, die sie nicht unternehmen sollten – wie zum Beispiel zu der Frage, wie sich seine glatten Wangen an den Innenseiten ihrer Oberschenkel anfühlen würden.

»Hey.« Seine Stimme klang verführerisch wie geschmolzene Schokolade. »Bist du dir sicher, dass es dir gut geht? Wir sind hier drin allein. Du kannst dich entspannen.«

Ja, klar. Deine Stimme ist so sexy, dass ich dich noch viel mehr will, während mein Verstand mir klarmachen will, dass das falsch ist, obwohl es dafür keinen vernünftigen Grund gibt, und ein paar Stockwerke weiter oben stehe ich gleich einem Mistkerl gegenüber.

»Mach mir bitte keine Vorwürfe, okay? Allein oder nicht, ich kann keine schlechten Schlagzeilen riskieren, was echt bescheiden ist, aber das gehört zu meinem Leben dazu.« Warum fuhr sie ihn so an? Es war ja nicht seine Schuld, dass sie ihn wollte.

Er runzelte die Stirn. »Es ist mir vollkommen egal, wer du sein oder wie du dich für andere geben musst. Ich habe großen Respekt vor deiner Karriere und werde tun, was ich kann, um dein Image zu schützen, oder um was auch immer du dir da Sorgen machst. Mich interessiert dabei nur, dass es für *dich* okay ist, wie du dich fühlst, nicht für irgendwen.«

Wie soll das für mich okay sein? Es geht mir nicht gut. Insbesondere, wenn du so was Mitfühlendes, Süßes und Romantisches sagst, bei dem ich mich am liebsten in deine Arme werfen und da einen Monat lang bleiben würde. Dieses Geständnis schluckte sie jedoch herunter. »Es geht mir gut und ich *bin* entspannt.«

Er verengte die Augen zu Schlitzen und kam noch einen Schritt näher, um einen Arm um ihre Taille zu schlingen und sie an seinen harten Körper zu ziehen. Dann senkte er den Kopf, bis sie seinen warmen Atem auf ihren Lippen spürte. Großer Gott, ihr blieb die Luft weg.

»Was …?«

»Ich helfe dir beim Entspannen.« Ein mutwilliges Lächeln umspielte seine Lippen, bevor er ihren Mund mit einem tiefen, sinnlichen Kuss eroberte.

Die erste Berührung seiner Zunge riss sie aus dem Schockmoment und in ein *Hoppla, das ist schön.* Die nächste katapultierte sie von *schön* in unbekannte Sphären, in denen ihr Hirn einfach den Dienst einstellte. Seine Lippen waren weich, der Kuss leidenschaftlich, und er erforschte ihren Mund, als würde er ihm gehören, was heiße Lust durch ihren Körper schickte. Sie hatte vollkommen vergessen, wie es sich anfühlte, *richtig* geküsst zu werden, nicht im Rahmen einer Filmszene, und sie wollte so viel mehr davon. Sie stellte sich auf die Zehenspitzen und versuchte, den Kuss zu vertiefen. Dass der Aufzug auf Abes Stockwerk gehalten hatte, ging ihr erst im nächsten Moment auf. Grayson wich einen Schritt zurück, ließ jedoch seine Hand weiter an ihrer Taille ruhen.

»Besser?« *Ruhig. Cool. Gelassen.*

Wie unfair.

Sie berührte ihre Lippen mit den Fingerspitzen. »Mhm.«

Als sich die Türen schon wieder schlossen, hielt er sie auf. Parker wünschte, er würde die Dinger wieder zugehen lassen und sie noch einmal küssen. Stattdessen rieb er mit einem Daumen unter ihrer Unterlippe entlang, vermutlich, um die Spuren ihres Lippenstifts wegzuwischen, den er mit seinem unglaublichen Mund verschmiert hatte. Der irrsinnige Impuls, ihm über den Daumen zu lecken, überkam sie. Ihn in den Mund zu nehmen und mit der Zunge zu necken.

»Das nächste Mal passe ich besser auf deinen Lippenstift auf.« Der feste Druck seiner Hand auf ihrem unteren Rücken brachte sie in die Realität zurück.

Er schob sie aus dem Aufzug in den Gang, den sie mit weichen Knien entlangging. Ein paar Meter vor Abes Suite blieb sie stehen, um ihrem Verstand einen Moment Zeit zu geben, sich wieder einzuschalten, während sie sich an den Grund des Besuchs erinnerte. Als sie die Verwaltung angerufen und herausgefunden hatte, dass Abe hier wohnte, wurde sie von der

Mitteilung überrascht, dass er rund um die Uhr von einer Pflegekraft betreut wurde, da er mit immer mehr gesundheitlichen Problemen zu kämpfen hatte.

»Was ist los?«, fragte Grayson.

»Ich bin nervös. Das war …« *Verrückt.* »Ein bisschen viel. Und unerwartet und vermutlich unangebracht. Aber …« Sie deutete mit einer kreisenden Handbewegung auf seine breite Brust. »Da kam wohl dein Männergehabe durch und wollte helfen. Denke ich.«

»Genau«, erwiderte er gelassen.

Toll, es ging doch nichts über Klartext. Schöner wäre ja etwas in die Richtung: *Das war der erste Impuls, aber dann … Mist! Okay, du hast also kein Interesse an mir? Hast du bei all deinen Freunden eine so sexgeladene Ausstrahlung?* Sie schüttelte den Kopf und versuchte, sich auf ihre Aufgabe zu konzentrieren. Was, wenn Abe sich weigerte, mir ihr zu sprechen? Was, wenn er sie anschrie? Was, wenn er schreckliche Sachen über Bert sagte? Grayson lenkte sie einfach zu sehr ab, weswegen die nächsten Worte praktisch aus ihr herausplatzten.

»Ich habe schon Gespräche mit einflussreichen Filmemachern, Regisseuren und Produzenten geführt, aber das war alles nichts im Vergleich zu einem Treffen mit Berts Bruder. Abe hat ihn gehasst, und ich weiß nicht, was mich erwartet oder ob er überhaupt weiß, wie nahe Bert und ich uns standen. Wie sollte er denn? Bert hat gesagt, dass sie seit einer halben Ewigkeit nicht mehr miteinander gesprochen haben. Ich rede wirres Zeug, das weißt du ja schon alles. Und du hast mich geküsst. Als wenn … als wenn du …« *HaltdieKlappehaltdieKlappe!* »Die Nerven. Tut mir leid.«

Grayson legte ihr die kräftigen Hände auf die Schultern und sein durchdringender, selbstsicherer Blick brachte die Stimmen in ihrem Kopf zum Schweigen. Sie wartete mit angehaltenem Atem, dass er sie rettete. Dass er ihr sagte, dass sie das nicht tun musste, sondern stattdessen in den Aufzug abhauen und sich dort vielleicht noch einen Kuss – oder auch ein paar mehr – stehlen konnte, bevor sie sich wieder in ihrem Haus versteckte, bis sie vergaß, dass sie Abe hatte besuchen wollen. Warum nur gab Grayson ihr das Gefühl, dass sie sich ihm öffnen konnte? Es war so viel einfacher, Dinge durchzustehen, wenn sie sich im Parker-Modus befand.

»Du tust das für Bert«, erinnerte er sie ernst. »Und auch für dich selbst. Du schaffst das, Parker, und ich bin die ganze Zeit an deiner Seite, wenn du mich brauchst.«

Am liebsten hätte sie ihm vors Schienbein getreten, weil er sie nicht von dieser Sache abhielt, aber das wäre ungerecht, wo sie doch noch im Auto so sehr darauf gepocht hatte, wie wichtig das für sie war. Als er erneut eine Hand auf ihren Rücken legte und sie sanft in Richtung der Tür schob, zwang sie sich, eine aufrechtere Haltung anzunehmen, und redete sich dabei ein, dass das hier nur eine weitere Rolle war. Eine Rolle, die sie sich selbst ausgesucht hatte.

Sie setzte ihr einstudiertes Lächeln auf, als die Tür sich öffnete und eine hochgewachsene, schlanke ältere Frau mit kalten blauen Augen vor ihr stand.

»Ja?«

Parker hatte eine rundliche, freundliche Pflegekraft erwartet, keine schöne Frau mit weißen Haaren und perfekt sitzendem Make-up in einem engen, schwarzen Rock und einer blütenreinen, weißen Bluse. Der Druck von Graysons Hand auf ihrem Rücken wurde ein wenig stärker und sie war dankbar für die Unterstützung.

»Hi. Ich bin Parker Collins, eine Freundin von Abes Bruder

Bert Stein.«

Die Frau schien weder ein Lächeln noch Worte an sie verschwenden zu wollen, da sie einfach nur wartete, dass Parker fortfuhr. Ihr Mangel an Reaktion ließ in Parker unwillkürlich die Frage aufsteigen, ob sie überhaupt gewusst hatte, dass Abe einen Bruder besaß.

»Ist Abe zu sprechen?« Sie hätte vorher anrufen sollen, aber tatsächlich hatte sie nicht damit gerechnet, auf eine Pflege-Türsteherin zu treffen.

»Bitte, kommen Sie herein.« Die Pflegerin trat beiseite und deutete auf eine Couch im viktorianischen Stil neben den Fenstern. »Setzen Sie sich, ich sehe nach, ob er Gäste empfängt. Ms. Collins und …?«

»Ein Freund«, antwortete Grayson gelassen, während er Parker durch den stillen Raum begleitete. Lange Samtvorhänge, ein antiker Schreibtisch mit Löwenfüßen, ein zum Sofa passender Sessel und ein großer Flügel sorgten dafür, dass man sich eher wie in einem Museum vorkam, in dem man nichts anfassen durfte.

Nachdem die Pflegekraft durch eine schwere, doppelflügelige Holztür verschwunden war, fragte Parker im Flüsterton: »Ein Freund?«

»Ich spiele hier keine große Rolle. Ich bin wegen dir hier, nicht wegen ihm.«

Das saugte ihr Herz sofort in sich auf und der kleine Funken Glück linderte ihre Sorgen ein wenig.

Die Pflegerin blieb lange weg, bevor sie schließlich zurückkehrte und sie mit demselben eisigen Ausdruck musterte. »Mr. Stein empfängt Sie jetzt, aber er hat einen anstrengenden Vormittag hinter sich. Halten Sie den Besuch daher bitte kurz.«

»Ja, natürlich. Danke.« Parker stand auf, doch ihre Füße

wollten sich nicht vom Fleck bewegen.

»Du schaffst das«, raunte Grayson ihr so leise zu, dass nur sie ihn hörte.

Wieder spürte sie die Wärme seiner Hand auf ihrem Rücken und er führte sie durch den Raum. Dann öffnete er die schwere Holztür für sie und folgte ihr in das ungewöhnlich warme Zimmer dahinter. Parkers Blick landete direkt auf dem zerbrechlich wirkenden, alten Mann in dem Krankenhausbett. Sie zögerte, und ein schmerzhafter Stich durchfuhr sie, als sie erkannte, wie ähnlich er Bert sah. Die etwas zu kleinen Augen, die Römernase und das spitze Kinn. Doch wo Bert ein bisschen rundlich und trotz seiner sechsundachtzig Jahre noch vital gewirkt hatte, sah Abe aus, als würde er nur noch aus Haut und Knochen bestehen. Seine knubbeligen Fingerknöchel schienen zu groß für seine dürren Finger zu sein. Mitgefühl ersetzte ihre Nervosität.

»Und? Kommen Sie irgendwann mal rein oder wollen Sie den ganzen Tag da Wurzeln schlagen?«, fragte Abe grummelig und in einem fordernden Tonfall, der nicht zu dem kranken Mann vor ihnen zu passen schien.

»Ja, entschuldigen Sie«, sagte Parker. Grayson strahlte etwas aus, das an einen Wachhund erinnerte, der seiner Pflicht nachkam, als sie zum Bett gingen, neben dem medizinische Geräte stumm verschiedene Zahlen und Verlaufskurven anzeigten.

»Mr. Stein, ich bin Parker Collins, eine Freundin von Bert. Oder das war ich. Ihr Verlust tut mir sehr leid.«

Er fixierte sie aus blau-grauen Augen und zog verärgert die weißen Augenbrauen zusammen. »Ich habe nichts verloren.«

Sie fragte sich, inwieweit er noch bei Verstand war, und machte sich Sorgen, dass er ihre Worte vielleicht nicht richtig erfassen konnte. »Vielleicht wissen Sie noch nicht, dass Ihr Bruder Bert verstorben ist?«

Er schnaufte und machte eine wegwerfende Geste mit seiner schmalen Hand. »Doch, das weiß ich.«

Sein abfälliger Ton ließ ihr den Magen in die Kniekehlen sacken. *Dann bist du einfach nur so ein Arsch?*

Aus dem Augenwinkel nahm sie wahr, dass Grayson die Zähne zusammenbiss.

Niemand hat behauptet, dass das einfach wird. In Gedanken bei Bert zwang sie sich zum Weitersprechen. »Ich weiß, dass Sie nicht gut miteinander auskamen, aber …«

»In welchem Verhältnis standen Sie zu *ihm*?« Er krallte die Finger in die Bettdecke.

Dass er die Vergangenheitsform benutzte, jagte ihr einen kalten Schauer über den Rücken, und dass er dem letzten Wort noch ein Knurren hinterherschickte, ließ ihn plötzlich weniger wie einen grummeligen, alten Mann, sondern wie den großen bösen Wolf wirken. Verwandte hassten sich nicht mit einer solchen Intensität. Das ging einfach nicht. Es war unnatürlich. Sie überlegte kurz, einfach wieder zu gehen und die ganze Sache abzublasen, aber Grayson verstärkte den Druck auf ihren Rücken und sie zog Kraft aus seiner Unterstützung für einen neuen Versuch.

»Wir standen uns sehr nahe. Er hat mir geholfen, als Schauspielerin Fuß zu fassen.« Sie blinzelte den Frust und die Trauer weg, die in ihr schwelten, bevor sie den bedeutungsvollsten Teil ihrer Beziehung hinzufügte in der Hoffnung, dass sie damit etwas in Abe auslöste. »Wir waren wie eine Familie.«

»Familie«, murmelte er, wandte sich ab und schien auf dem Wort herumzukauen, als würde es einen schlechten Geschmack in seinem Mund hinterlassen. »Ich hatte auch mal eine Familie.

Wenn Sie und Bert wie eine Familie waren, bemitleide ich Sie.«

Zornestränen brannten in ihren Augen. Sie konnte nicht fassen, dass dieser verbitterte Mann mit dem liebevollen, freundlichen Mann verwandt war, der in den letzten zehn Jahren zu ihrem engsten Vertrauten geworden war. Grayson machte einen Schritt nach vorn und sie umfasste seine Hand, während sie ihm mit einem Blick signalisierte, dass sie die Sache im Griff hatte. Ihm war deutlich anzusehen, wie aufgewühlt er war, doch er schloss nur die Finger um ihre.

Sie versuchte es noch ein letztes Mal mit Höflichkeit. »Ich würde mich gerne mit Ihnen unterhalten und verstehen, was zwischen Ihnen schiefgelaufen ist. Vielleicht können wir das klären, wenn Sie nur ein bisschen Zeit für mich übrig hätten. Dann störe ich Sie auch nicht weiter.«

»Wer sagt, dass Sie mich stören?«, fuhr Abe sie an. »Herrgott noch mal, ihr jungen Leute denkt wirklich, dass ihr einfach so in das Leben anderer platzen und es *verändern* könnt? Was bringt Sie auf die Idee, dass ich irgendetwas *klären* will?«

Grayson drückte ihre Hand und zog damit ihre Aufmerksamkeit auf sich. Seine verengten Augen, die angespannten Kiefermuskeln und wie er den Kopf zur Seite neigte, sagten ihr, dass er dem alten Mann am liebsten die Leviten gelesen hätte, doch das würde er trotz aller Wut nicht einfach so tun. Er fragte sie stumm um Erlaubnis. Das berührte sie tief. Er hatte sich nicht nur bereit erklärt, sondern sogar darauf bestanden, sie zu begleiten, und wollte nun auch noch für sie einstehen? Sie wusste nicht, wie sie mit so viel Selbstlosigkeit umgehen sollte.

Schon okay, formte sie mit den Lippen. Er verengte die Augen noch weiter und schaute wieder zu Abe, schwieg aber, was ihr den Mut zum Weitermachen gab.

»Bert war ein wundervoller, warmherziger Mann und er hat

mir sehr viel bedeutet.« Ihre Stimme zitterte. *So viel nützen einem also die schauspielerischen Fähigkeiten.* Sie versagte auf ganzer Linie. Vermutlich, weil es nicht gespielt war. Das hier war echt. Das war für Bert. »Sie haben so viele gemeinsame Jahre verpasst. Ich wollte ein bisschen was davon mit Ihnen teilen.«

Abe Mir-doch-egal Stein winkte nur erneut verächtlich ab. »Pfft.«

»Hey.« Jetzt mischte Grayson sich doch ein. »Sie ist extra hergekommen, um mit Ihnen zu reden. Da könnten Sie sie wenigstens mit ein bisschen Respekt behandeln.«

»Grayson!«, wies sie ihn leise, aber scharf zurecht.

Abe schob das Kinn vor und verzog das Gesicht. Parker war sich sicher, dass ihr Herz sich jeden Moment überschlagen würde, während sie einen unglaublich langen Moment auf seine Reaktion wartete.

Als sie schon gehen wollte, wandte Abe sich ihnen wieder zu. »Ist vermerkt.«

Sie wusste nicht, was sie davon halten sollte, war aber mit den Nerven und ihrer Geduld am Ende. Das Ganze war ein riesiger Fehler.

»Es tut mir leid, dass ich Sie damit belästigt habe.« Damit wandte sie sich zum Gehen. *Ich brauche noch einen Beruhigungskuss. Sofort!*

»Morgen«, sagte Abe nachdrücklich. »Gleiche Uhrzeit.«

Sie drehte sich mit offenem Mund zu dem alten Mann um. »Ich bin *jetzt* hier.«

Dieses Mal war es Grayson, der sie mit einem warnenden Kopfschütteln zum Schweigen brachte.

»Morgen«, wiederholte Abe. »Kommen Sie nicht zu spät.«

Vier

Grayson musste all seine Selbstbeherrschung aufbieten, um sich nicht direkt zu äußern, während er mit Parker Abes Suite verließ und zurück zum Aufzug ging. Parker war sichtlich erschüttert, ihr Pokerface war jedoch wesentlich besser als seines. Er biss die Zähne so fest zusammen, dass er schon Angst hatte, sich jeden Moment einen abzubrechen. Er hoffte, sich wenigstens so lange zurücknehmen zu können, bis er sich wieder beruhigt hatte und nicht fluchend herausplatzte und Parker verklickerte, was er von Bert hielt und davon, dass er ihr die Briefe hinterlassen hatte, wegen denen sie nun hier war.

Sobald sich die Aufzugtüren schlossen, umfasste Parker mit beiden Händen sein Gesicht und zog ihn in einen heißen Kuss, der seine Wut in brennende Leidenschaft verwandelte. Er schob sie nach hinten gegen die Wand und drängte seinen harten Körper gegen ihre weichen Kurven. Sie klammerte sich an seinen Nacken und stöhnte so sexy, dass all die angestaute Lust in seinem Inneren sich Bahn brach. Als er die Hände über ihre Hüften und Taille gleiten ließ, verdiente er sich damit einen weiteren erotischen Laut, der dunkle, sinnliche Bilder vor seinen Augen aufsteigen ließ. Langsam bewegte er das Becken gegen ihres, doch als sie die Fingernägel in seine Haut grub, riss ihn das aus seinen heißen Fantasien. Sie fühlte sich so gut an und schmeckte so süß. Er wollte sie, hier und jetzt. Er wollte mehr von ihr, mehr als je zuvor von einer Frau, weil unter seinem Verlangen nach Sex und Verführung die Sehnsucht lauerte, sie mit allem zu beschützen, was er hatte. Sie war verletzlich, wütend und sie trauerte, und das durfte er nicht ausnutzen. Er musste sie auch vor ihm selbst beschützen. Jetzt.

Er ließ den Kuss zärtlicher werden, bis er sich schließlich ganz von ihren Lippen löste. Sie krallte sich fester in seinen Nacken.

»Küss mich, Grayson«, bettelte sie.

Die Sehnsucht in ihrer Stimme nistete sich direkt in seinem Herzen ein, ließ seine Beherrschung verpuffen und er eroberte ihren Mund erneut, tiefer, drängender. Er wollte, dass sie fühlte, was er fühlte, und legte zehn Monate aufgestauter Emotion hinein.

Als der Aufzug anhielt, zog er sich widerstrebend zurück. Parker schlug benommen die Augen auf und er konnte den Blick nicht abwenden. Was hatte diesen unerwarteten – und herrlichen – Überfall ausgelöst?

Sie räusperte sich und zupfte an ihrer Bluse und ihren Shorts herum, schob sich die Haare hinters Ohr, und als sich die Türen öffneten, meinte sie: »Das sollte dir beim Entspannen helfen.«

Verdammter Mist, war das ihr Ernst?

Er hielt mit ihr Schritt, als sie zügig die Lobby durchquerte. »Ging es gerade nur darum?«

»Mhm.« Sie hielt den Blick fest auf die Eingangstüren gerichtet und sie verließen das Gebäude. »Hast du mich nicht auch deswegen vorhin geküsst?«

Das war die ursprüngliche Intention gewesen, aber er hatte

jede Sekunde genossen.

Sie setzte sich die Sonnenbrille auf die Nase und verbarg damit wirkungsvoll ihre Gefühle, bevor sie dem Angestellten ein Zeichen gab. Verflucht, er hätte sich darum kümmern sollen, aber sein Blut sammelte sich immer noch unterhalb seiner Gürtellinie.

Die Hitze der Nachmittagssonne war nichts im Vergleich zu der sexuell aufgeladenen Anspannung zwischen ihnen, während sie schweigend darauf warteten, dass der Angestellte ihr Auto vorfuhr. Grayson war sich der Gaffer in ihrer Umgebung sehr wohl bewusst, vor allem der männlichen. Eifersucht nagte an ihm, ein fremdartiges und frustrierendes Gefühl, gegen das er allerdings auch nichts ausrichten konnte. Er versuchte, die Blicke der Männer auszublenden, und kämpfte gegen den Impuls an, allen mit einem weiteren, heißen Kuss zu zeigen, zu wem Parker gehörte. Wenn er das machte, würde er vielleicht nicht aufhören können. Es half auch nicht, dass sie ständig ihre Lippen betastete, als würde sie mit dem gleichen Bedürfnis hadern. Er stopfte die Hände in die Hosentaschen, um sie davon abzuhalten, ohne sein Zutun zu agieren. Wenn er doch nur sein Hirn abschalten könnte.

Als der Angestellte endlich mit dem Auto kam, zog Grayson seinen Geldbeutel aus der Tasche und reichte dem Mann ein paar Scheine, bevor er die Beifahrertür öffnete und Parker bedeutete, einzusteigen. Sie machte keine Anstalten, also nahm er ihr die Sonnenbrille ab, um ihr in die Augen sehen zu können – in denen ein derart intensives Verlangen stand, dass ihm beinahe die Stimme versagte.

»Du bist sicherer, wenn meine Hände und meine Gedanken anderweitig beschäftigt sind.«

Sie stieß einen geräuschvollen Atemzug aus. »Ich ... hm ...«

Er schob sie sanft auf den Autositz, bevor er die Tür hinter ihr schloss und sich dabei fragte, wie er ihr widerstehen sollte, nachdem sie wieder aus dem Auto ausgestiegen waren.

In Parkers Kopf herrschte das blanke Chaos. Sie hatte Grayson im Aufzug geküsst, nicht nur um sich selbst, sondern auch um ihn zu beruhigen, weil er aussah, als würde er jeden Moment explodieren, und in ihr kochten Enttäuschung und Zorn immer weiter hoch. Aber genau wie bei ihrem ersten Kuss hatte sie schon im zweiten Moment das Denken eingestellt und sich der Gier hingegeben, die in ihrem Inneren tobte. Sie nahm alles, was er ihr gab.

Auf dem Weg zurück nach Wellfleet hielt er den Blick fest auf die Straße gerichtet, was ihr die Möglichkeit verschaffte, ihn in Ruhe zu mustern. Sein volles, rabenschwarzes Haar sah aus, als wäre er sich mit den Händen durch die Strähnen gefahren. Die Muskeln entlang seines kantigen Kiefers zuckten immer wieder. Der Stoff seiner Ärmel spannte sich gefährlich über seinem steinhart angespannten Bizeps, weil er das Lenkrad so fest umklammert hielt, dass seine Fingerknöchel weiß hervortraten. Er war so anders als die anderen Männer, die sie kannte. Schauspieler waren für gewöhnlich schlanker, weniger maskulin, hübscher. An Grayson war nichts *hübsch*. Selbst sein Name war nicht so glatt. Rein optisch war er kantig und muskulös. Aber sie hatte schon einen Blick auf seine weiche Seite erhascht, und wenn er mit ihr sprach, lag in seiner tiefen, beruhigenden Stimme nichts Harsches. Genau wie der Tonfall seiner E-Mails, in denen jedes Wort sich wichtig angefühlt hatte, als wäre es nur für sie geschrieben worden.

Er warf ihr einen kurzen Seitenblick zu und erwischte sie beim Starren.

»Alles okay?«

Hm, nein, eigentlich nicht. »Natürlich.«

»Was geht dir gerade durch den Kopf? Spuck's am besten direkt aus. Ist besser so.«

»Ich habe nicht … Ich wollte nicht …«

»Doch, hast du, und doch, wolltest du«, unterbrach er sie mit etwas, das sie nur als verführerische Autorität beschreiben konnte.

»Na schön«, gab sie bissig zurück. »Ich habe den Ausblick bewundert. Okay?«

Er lächelte zufrieden. »Damit kann ich leben.«

»Natürlich kannst du das. Aber eins wüsste ich schon gerne: Küsst du alle deine Freunde?«

Er zuckte die Schultern und warf ihr einen kurzen, ernsten Blick zu, bevor er seine Aufmerksamkeit wieder auf die Straße richtete. »Du nicht?«

Unerwartete Enttäuschung breitete sich in ihr aus. »Nein, ich küsse meine Freunde normalerweise nicht. Nicht, dass ich so viele hätte, aber … nein. Das ist doch seltsam. Warum sollte man das tun?« Sie sollte jetzt dringend die Klappe halten, aber sie war so durcheinander und ihr Puls raste, was es ihr unmöglich machte, etwas für sich zu behalten. »Es hat sich wie ein intimer Kuss angefühlt. Nicht wie ein Kuss unter Freunden. So küsse ich nicht mal, wenn ich eine Liebesszene drehe.«

Er lachte leise, was sie nur noch mehr aufbrachte.

»Lachst du mich etwa aus?«

»Entspann dich«, sagte er so gelassen, dass sie ihm am liebsten eine reingehauen hätte. »Du hast gar nicht gefragt, *wie* ich meine Freunde küsse.«

Sie schnaubte spöttisch, konnte aber die Erleichterung nicht leugnen, die sich in ihr regte. »Du bist ein Arsch.«

»Kann schon sein. Wenn die Frage lautet, ob ich alle meine Freunde so küsse wie dich, dann ist die Antwort darauf nein. Solche Küsse sind für meine ganz besonderen Freundinnen reserviert.«

Sie verdrehte die Augen. »Von denen du vermutlich einen ganzen Harem hast.«

Er öffnete den Mund, um zu antworten, doch sie unterbrach ihn mit erhobener Hand.

»Antworte nicht darauf. Ich will es nicht wissen.«

Er zuckte die Schultern. »Du hast dich bei Abe übrigens echt gut geschlagen.«

»Warum hast du mich nicht daran gehindert, dass ich zu ihm gehe?« *Die Vorstellung, dass du andere Frauen küsst, ist furchtbar!*

»Weil du das gebraucht hast.«

»Schon klar.« Er hatte keine Ahnung, was sie brauchte, so viel stand fest. »Ich gehe da morgen auf keinen Fall noch mal hin. Das war so anstrengend. Keine Chance. Niemals.«

»Doch, wirst du. Morgen, selbe Uhrzeit, wie er gesagt hat.«

»Nein, werde ich nicht. Du kennst mich doch kein Stück. Ich werde da *nicht* wieder hingehen.«

»Ich kenne dich gut genug.«

Darüber grübelte sie während der restlichen Fahrt zu ihrem Haus intensiv nach. Am vergangenen Abend hatte er mitbekommen, wie sie einen recht eindrucksvollen Zusammenbruch hinlegte, aber das hieß noch lange nicht, dass er sie kannte. Und sie hatte ihm von Bert erzählt, und er wusste, dass sie einen großen, sabbernden Hund besaß, was auch nicht vielen Leuten bekannt war. Aber auch deswegen kannte er sie noch nicht richtig, oder? Sie schnitt innerlich eine Grimasse, als ihr wieder einfiel, dass er auch mitbekommen hatte, wie sie sich in ihr Promi-Selbst verwandelte. Na schön, vielleicht hatte er wirklich ein paar Einblicke hinter ihre Fassade bekommen, aber trotzdem. Er kannte sie nicht *richtig*.

Er stellte das Auto in der Garage ab, und bevor sie ihre Gedanken sammeln und sich ihre Handtasche schnappen konnte, öffnete er ihr die Tür und reichte ihr eine Hand, um ihr beim Aussteigen zu helfen. Die Entwürfe, die er vorhin mitgebracht hatte, hielt er in der anderen. Die hatte sie total vergessen.

Sie nahm die angebotene Hand, und ihr ging auf, dass sie den Gentleman in ihm genauso attraktiv fand wie den sturen Kerl, der zu ihr ins Auto gestiegen war, und den besitzergreifenden Mann, der sie einfach im Aufzug geküsst und gegen die Wand gedrückt hatte. *Oh, das war echt schön. Du hast dich so gu...*

Er zog sie auf die Beine. »Freunde helfen sich aus dem Auto raus. Du zerdenkst wirklich alles, oder?«

»Nein.« *Du machst mich nur unfassbar heiß.* Sie schnappte sich den Schlüsselbund aus seiner Hand und schloss die Haustür auf. Hoffentlich merkte er nicht, dass sie noch immer Schwierigkeiten hatte, ihre Erregung unter Kontrolle zu bekommen.

Christmas begrüßte sie mit einem *Wuff* und stürzte sich direkt auf Grayson. Der lachte nur, als der Hund ihm die Pfoten gegen die Brust stemmte. Warum schlug ihr Herz so viel schneller, wenn sie ihn zusammen mit ihrem Hund sah?

»Hey, Kumpel. Ich hab dich auch vermisst.« Er ließ sich von Christmas das Gesicht ablecken und ihr Herz schmolz noch mehr dahin. Der Hund fuhr ihm noch einmal mit der Zunge durchs Gesicht und trottete dann hinaus in den Garten.

Grayson folgte ihr ins Haus. »Zerdenken. Deswegen machst du auch ständig Änderungen an den Entwürfen. Das schafft Hindernisse, wo keine sind.«

»Was weißt du denn schon davon?« Sie würde sicher nicht zugeben, dass sie die Designs so oft geändert hatte, damit sie mehr von seinen Gedanken zu den Entwürfen und über den Prozess lesen konnte, wie er zu den finalen Elementen gelangte. Oder dass jedes Wort direkt aus seiner Seele zu kommen schien, wenn er über seine Familie schrieb. Nein, besser nicht zu viel darüber nachdenken. Ihre E-Mails hatten sich auf so viele Arten intim angefühlt, dass ihr das Eingeständnis viel zu peinlich war.

Er zog eine Augenbraue hoch. »Vom Zerdenken?«

»Hindernisse zu überwinden«, stellte sie klar. Als Teenager hatte sie eine kurze Phase der Verbitterung und Wut durchlaufen, in der sie jemandem die Schuld dafür geben wollte, dass sie im Pflegesystem gelandet war. Aber es gab niemanden außer Mutter Natur. Irgendwann hatte sie diese Gefühle überwunden und verstanden, dass sie wenigstens nicht als Kind von Drogensüchtigen zur Welt gekommen war, die auf der Straße lebten. Aber jetzt hörte sie wieder einen Hauch dieser Bitterkeit in ihrer Stimme und das ließ Übelkeit in ihr aufsteigen.

Sie stellte ihre Handtasche ab, doch als sie sich umdrehte, prallte sie prompt gegen Graysons Brust. Sein verführerischer Duft stieg ihr in die Nase und machte ihr noch viel bewusster, wie viel sie an ihm mochte. »Tut mir leid.«

»Mir nicht.«

»Nein. Ich meine …« *Dir nicht?* Das ließ sie stutzen. »Ich meine, tut mir leid, dass ich dich so angefahren habe. Ich bin wegen Abe gereizt. Ich wünschte, ich könnte vergessen, dass er

Berts Bruder ist, und mein Leben weiterleben, aber das geht nicht. Er ist so anders als Bert, dass ich sie mir nur schwer als Familie vorstellen kann. Aber das waren sie, und was er gesagt hat, hat mich stocksauer gemacht. Ich hatte nicht damit gerechnet, so wütend zu werden.« Sie schloss die Augen und atmete tief durch.

»Zerdenk es nicht«, sagte er mit der gleichen gelassenen Selbstsicherheit, mit der er alles anzugehen schien – außer, wenn er sie vor Abe beschützte.

Oder mich küsst.

»Du tust etwas, das dir viel bedeutet«, erinnerte er sie. »Aber das heißt nicht, dass es ihm genauso viel bedeutet. Es wird Zeit brauchen, zu ihm durchzudringen, aber du musst es versuchen.«

»Warum sollte ich mir die Mühe machen?« Sie war sich nicht sicher, ob sie einen weiteren Besuch durchstehen würde.

Er schaute sie einen langen Moment an. »Weil es dir wichtig ist.«

Bei ihm klang es wie eine Tatsache und er hatte recht. Sie würde es sich nie verzeihen, wenn sie jetzt aufgab, aber dass er das wusste, war überaus verwirrend.

»Ich lass dir die Design-Ideen da, damit du sie dir in Ruhe anschauen kannst.« Er legte die Zeichnungen auf die Anrichte. »Lass mich einfach wissen, wenn du sie durchsprechen willst.«

»Du gehst?« Sie klang so erschrocken, wie sie sich fühlte. Inzwischen hatte sie sich an seine Gegenwart gewöhnt und daran, dass er sie davon ablenkte, Bert zu vermissen. Und, okay, sie mochte ihn. Sehr. *Wirklich richtig sehr.*

Er schenkte ihr ein sexy Lächeln, das sich als heißes Funkeln in seinen Augen widerspiegelte. »Ich habe auch noch ein Leben.«

»Oh, stimmt.« Sie wedelte mit einer Hand durch die Luft

und kam sich unglaublich dumm vor. »Natürlich hast du das. Tut mir leid. Ich sehe sie durch und rufe dich dann an.«

»Großartig.« Er wandte sich zum Gehen und plötzlich lag ihr ein bleischweres Gewicht im Magen.

Als er sich noch einmal zu ihr umdrehte, glomm Hoffnung in ihrer Brust auf.

»Ich weiß, dass du die Sache mit Abe wieder zerdenken wirst, also sage ich es dir noch mal, damit du es nicht musst: Wir fahren da morgen wieder hin, weil dir Bert viel bedeutet hat und du es dir nie verzeihen würdest, wenn du nicht wenigstens versuchst, den Graben zwischen ihnen zu überbrücken.«

Sie verschränkte die Arme und schob das Kinn nach vorne. Er sollte nicht merken, dass er damit genau ins Schwarze getroffen hatte. »Du denkst wirklich, dass du mich so gut kennst.«

Er zuckte erneut die Schultern, was offenbar seine Antwort auf alles war. Oder vielleicht war das seine Art, sie wissen zu lassen, dass sie ihm nie wirklich die Chance gegeben hatte, sie richtig kennenzulernen, was wehtat. In all den Monaten ihres E-Mail-Kontakts hatte sie alles aufgesaugt, was er ihr gegeben hatte – und das war ziemlich viel –, während sie selbst ihre persönlichsten Geheimnisse weiter unter Verschluss hielt.

»Du hältst dich für so klug und so gelassen und weise, und du glaubst, immer die Kontrolle zu haben.« *Und du gehst einfach.*

HaltdieKlappehaltdieKlappehaltdieKlappe. Sie versuchte, zu lachen, als würde sie nur einen Witz darüber machen, aber sie wollte nicht, dass er sie in diesem riesigen, leeren Haus allein zurückließ. Und sie wollte morgen nicht noch mal zu Abe. Aber er hatte recht. Sie würde hinfahren, komme, was wolle.

Niemand hatte je so direkt hinter ihre Fassade geblickt, außer Bert, was ihre Anspannung noch weiter steigen ließ. Doch all das konnte sie Grayson nicht sagen. Er hatte ein Leben.

»Bringt dich eigentlich je was aus der Ruhe?«, fragte sie etwas ruhiger. »Triffst du nie auf Stolpersteine? Und trinkst dann zu viel und weißt beim Aufwachen nicht mehr, wie du ins Bett gekommen bist?«

Er seufzte und beim Anblick seiner ausgeprägten Brustmuskeln, die sich hoben und senkten, lief ihr das Wasser im Mund zusammen. Er schob eine Hand in die Hosentasche und rollte die Schulter nach hinten, während er ihr einen zurückhaltenden Blick zuwarf. »Muss schwer sein, herauszufinden, wer man ist.«

»Was soll mir das jetzt sagen?«

Wieder zuckte er die Schultern. Natürlich, was auch sonst.

»Ruf mich an oder schick mir eine Nachricht, wenn du die Entwürfe besprechen willst.«

Christmas kam herein, und Grayson ging in die Hocke, um sich erneut das Gesicht von ihm ablecken zu lassen. Sie wünschte sich, dass ihr das nicht so gefallen würde. Und warum wurde sie gerade ein bisschen eifersüchtig?

»Bis dann, Kumpel.« Er streichelte Christmas ein letztes Mal und warf Parker noch einen heißen Blick zu, der ihre Lippen prickeln ließ. »*Ich* habe dich ins Bett getragen, direkt nachdem du angefangen hast, dich auszuziehen.«

Und damit verschwand er durch die Garage und ließ sie mit der panischen Frage zurück, was sie gestern Abend wohl noch getan hatte.

Fünf

Grayson beugte sich über einen der Zeichentische in seiner Metallwerkstatt Grunter's Ironworks und betrachtete die Entwürfe für die texanische Niederlassung der Collins Children's Foundation. Während der wochenlangen Funkstille von Parkers Seite aus hatte er sich um die Designs für die beiden verbleibenden Zweigstellen gekümmert, aber er musste warten, bis sie das und ihr Treppengeländer absegnete, bevor er mit der eigentlichen Arbeit anfangen konnte. Eigentlich hatte er sich in der Werkstatt von den Grübeleien über sie ablenken wollen, aber nun saß er hier und spielte im Kopf noch einmal jedes Wort durch, das sie miteinander gewechselt hatten, spürte dem Gefühl ihrer weichen Kurven an seinem Körper nach und erinnerte sich an den Blick in ihren Augen, als er sich endlich so weit am Riemen gerissen hatte, dass er aus ihrem Haus verschwinden konnte. Selten war ihm etwas so schwergefallen, aber das Feuer, das bei jedem Kuss wie ein Stromschlag durch seine Adern rauschte, machte es ihm fast unmöglich, sie zurückzulassen. Wenn er geblieben wäre, hätte er sich nicht davon abhalten können, sich mehr von ihr zu nehmen. So sehr er sie auch wollte, sie war immer noch eine Kundin und machte gerade eine wirklich schwere Phase durch. Die musste sie überwinden, bevor er sich erlauben konnte, sich in ihrer Nähe zu verlieren. Und trotzdem konnte er sich kein Stück konzentrieren, weil er Parker Collins einfach nicht aus dem Kopf bekam, auf beruflicher Ebene ihre Zustimmung für den nächsten Schritt brauchte und selbigen auf persönlicher Ebene gerne machen wollte.

Hunter kam grölend vor Lachen mit ihrem Geschäftsführer Clark im Schlepptau aus dem Büro. Sein Bruder und er waren mit Clark zusammen aufgewachsen und hatten ihn nach dem College eingestellt, damit er sich um die organisatorische Seite ihres Unternehmens kümmerte. Grayson konnte sich wirklich glücklich schätzen, dass er einer Arbeit nachging, die er so sehr liebte, und das auch noch zusammen mit Menschen, die ihm so viel bedeuteten. Sie stritten sich manchmal, schätzten einander nicht immer so, wie sie sollten, gingen sich gegenseitig auf die Nerven, aber so war das eben mit Familie. Seine Gedanken kehrten schon wieder zu Parker zurück, die nie die Liebe und den Rückhalt erfahren hatte, die einem Familie normalerweise gab. Und doch machte sie es sich zur Aufgabe, einem verbitterten, sterbenden Mann den Wert von Familie beizubringen. Der Knoten in seinem Magen zog sich noch enger zusammen.

Clark deutete mit dem Daumen über die Schulter. »Ich mache dann mal Feierabend. Hab ein Date mit meiner fantastischen Ehefrau.« Im vergangenen Sommer hatten Clark und seine Frau Nina ein paar schwierige Monate gehabt, doch zum Glück hatten sie inzwischen wieder zueinandergefunden.

Grayson zwang sich, seine miese Laune einen Moment lang auszublenden. »Viel Spaß, Kumpel.«

Hunter spähte über Graysons Schulter. »Ist das für die Stiftung oder für Parkers Haus?«

»Die Stiftung. Das Büro in Texas.« Hunter und Grayson

hatten den Vertrag im vergangenen Jahr zusammen gewonnen, doch Hunter hatte sich zu dem Zeitpunkt gerade in Jana Garner verliebt, mit der er inzwischen verlobt war und die zu diesem Zeitpunkt ihr eigenes Tanzstudio eröffnet hatte. Daher hatte Grayson den Reiseteil des Projekts übernommen, sodass Hunter mit Jana am Cape bleiben konnte. Parker hatte dafür gesorgt, dass er in jeder Niederlassung eine kleine Schmiede als Werkstatt bekam, aber trotzdem arbeitete er immer noch am liebsten hier in diesem Gebäude, das er zusammen mit Hunter, ihrem ältesten Bruder Pete und ihrem guten Freund Blue Ryder – beide überaus fähige Handwerker – renoviert hatte.

»Welcher Stil?«, fragte Hunter. Sie waren beide Sturköpfe und erfolgreiche Metallkünstler. Hunter war für seine detailreichen, präzise gearbeiteten Skulpturen berühmt, während Grayson sich einen Namen mit Pavillons, Treppengeländern, Möbeln und Hibachi-Grills gemacht hatte, die sich hier am Cape gut verkauften.

»Ich bin mir noch nicht sicher. Die Niederlassung in Texas ist komplett minimalistisch gehalten.« Grayson fuhr sich mit einer Hand durch die Haare und warf seinem Bruder einen Seitenblick zu. Seine drei Brüder und er waren alle groß, hatten dunkle Haare und einen sportlichen Körperbau, aber ihn und Hunter hielt man oft für Zwillinge – sehr zu Hunters Missfallen, denn er war schließlich der große Bruder. Grayson verstand auch nicht ganz, wie die Leute darauf kamen, da Hunter seine Haare militärisch kurz geschoren trug, was ihn deutlich weniger zugänglich wirken ließ als Grayson. Aber weil Grayson seinen Bruder sehr respektierte, nahm er es als Kompliment.

»Minimalistisch? Das ist dann wohl mein Stichwort. Rutsch rüber und lass mich mal sehen.« Hunter schubste ihn mit dem Ellenbogen aus dem Weg und Grayson machte ihm gerne Platz.

Er war sowieso zu unruhig, um etwas Sinnvolles zu Papier zu bringen. Außerdem war Hunter besser, wenn es um Details ging.

Grayson tigerte unruhig auf und ab, in Gedanken noch immer bei der Frau, die er so sehr aus seinem Kopf zu verdrängen versuchte.

»Wie lief es denn mit Parker heute Morgen? Konntest du sie auf einen Entwurf festnageln?« Als er nicht antwortete, hakte Hunter noch einmal etwas lauter nach: »Hallo?«

»Hm?«

Ein wissendes Grinsen breitete sich auf Hunters Gesicht aus. »Du willst Parker nageln, oder?«

»*Alter*, Hunter.« Er rieb sich mit einer Hand übers Gesicht in der Hoffnung, sein verräterisches Lächeln damit zu verbergen. Ja, er wollte Parker näherkommen, aber *nageln* klang in Bezug auf sie falsch. Das Wort war zu kalt, zu hart und hatte rein gar nichts mit den Gefühlen zu tun, die er in letzter Zeit für sie empfand – die sich während der letzten Monate entwickelt hatten.

Nervensäge Hunter verschränkte immer noch grinsend die Arme vor der Brust. »Stimmt doch, oder? Du stehst voll auf sie. Verdammt, Gray. Und ich dachte die ganze Zeit echt, dass du Frust schiebst, weil sie ständig was an den Designs ändern will.«

»Das ist auch frustrierend, aber das machen viele andere Kunden ja auch«, meinte er abwehrend.

»Und?«

»Und sie hat es gerade wirklich nicht leicht.« Er erzählte Hunter von Bert und der Situation mit Abe.

»Dann geig dem Alten mal die Meinung. Sorg dafür, dass er sich anständig benimmt«, sagte Hunter. »Passt gar nicht zu dir, dass du zulässt, dass jemand mit einer Frau so umgeht.«

»Geht nicht.« Grayson lehnte sich gegen eine der Arbeitsbänke und verschränkte ebenfalls die Arme – eine typische Pose der Lacroux-Männer, um ihre Hände unter Kontrolle zu behalten, wenn sie am liebsten jemandem eine verpassen würden. »Sie muss das selbst machen. Ich begleite sie, und wenn er eine Grenze überschreitet, werde ich was sagen. Aber ich weiß, dass das etwas ist, was sie allein schaffen muss.«

»Weiß *sie* das auch? Frauen schicken uns ja gerne mal stumme Botschaften, die wir mitbekommen sollen.«

»Jana hat dir also ein paar Sachen beigebracht«, neckte Grayson ihn. Jana war mindestens genauso stur wie sein Bruder und irgendwie passten sie perfekt zusammen. Er hatte Hunter noch nie so glücklich und entspannt gesehen. »Keine Ahnung, ob ihr das schon bewusst ist, aber wenn nicht, wird es das noch.«

Grayson und Hunters Handys vibrierten gleichzeitig. Sie holten die Geräte aus der Tasche und sagten unisono: »Pete«, bevor sie die Nachricht im Gruppenchat lasen.

Beachcomber, heute Abend? Die Seaside-Gang hat Babysitter.

Pete und seine Frau Jenna wohnten in ihrem Strandhaus an der Bay, besaßen aber auch noch das Ferienhaus in der Seaside-Anlage, in der Jenna seit Kindertagen die Sommer verbrachte. Sie und ihre Freundinnen hatten inzwischen eigene Familien gegründet, doch die gemeinsamen Sommer in Seaside waren geblieben. Im Lauf der Jahre waren die Lacrouxs in die Gemeinschaft aufgenommen worden.

»Unbedingt. Jana will schon ewig mal wieder ausgehen.« Hunter schaute zu Grayson. »Bist du dabei?«

Der Beachcomber war ein Restaurant mit Bar direkt am Strand und der perfekte Ort für Parker, um mal ein bisschen abzuschalten und die Sorgen zu vergessen, mit denen sie sich gerade herumschlug. Grayson würde nicht zulassen, dass sie sich weiter in ihrem riesigen Haus an der Bay versteckte. Er wollte ihr helfen, die Trauer zu überwinden und wieder so zu werden, wie sie es vor Berts Tod gewesen war. Seine warmherzigen, lustigen Freunde würden sie mit offenen Armen empfangen, und das festigte seinen Entschluss. Parker brauchte ihn. Sie wusste es nur noch nicht.

»Und wie«, sagte er zu Hunter. »Und ich bringe jemanden mit.«

Parker versuchte alles, um sich von Grayson abzulenken, aber offensichtlich gab es nichts, was diesen Zweck erfüllte. Während des Drehs mit den langen Zwölf-Stunden-Arbeitstagen war das einfacher gewesen, weil sie dort sein Gesicht nicht gesehen hatte und seine tiefe, sexy Stimme sie nicht in ihren Bann zog. Und sie verlor sich auch nicht in seinen Augen, deren Ausdruck ihr deutlich sagte, wie sehr er sie wollte – aber auch, wie sehr er sich um sie kümmern wollte. Sie hatte schon einen Spaziergang mit Christmas am Strand gemacht, was für eine Weile ganz gut geholfen hatte, weil ihr neugieriger Hund beschloss, einen Vogel zu jagen. Die Leine riss und er erschreckte fünf Familien zu Tode, als er über ihre Handtücher hinwegpreschte und dabei ihre Sonnenschirme umriss. Bis er die Verfolgung des Vogels schließlich aufgab, hatte Parker sich ein Dutzend Mal entschuldigt, ein paar Autogramme gegeben und wollte ihren Hund am liebsten umbringen. Aber als Christmas dann wieder zu ihr trottete und sie mit seitlich aus dem Maul hängender Zunge angrinste, gingen alle Mordgedanken prompt über Bord. Sie ging in die Knie und schimpfte mit ihm, wie jede gute Mutter es tun würde, bevor sie ihn knuddelte, was genauso viel Sand auf ihr verteilte wie auf ihm. Nachdem die Familien, die er erschreckt hatte, sahen, wie süß der große Tollpatsch war, wollten sie ihn auch streicheln, was Christmas begeistert annahm, und auch Parker freute sich darüber.

Anschließend duschte sie und zog sich alte Shorts und ihr bequemstes schwarzes Tanktop an, auf dessen Vorderseite *Mustache Rides $5* stand. Es war ein Überbleibsel aus ihrer Teenagerzeit im Pflegesystem und unglaublich weich vom vielen Waschen. Sie hatte es für einen Dollar in einem Second-Hand-Laden gekauft, nachdem ein plötzlicher Regenschauer sie bis auf die Haut durchnässt hatte. Zusammen mit ihren Lieblingsshorts war es das perfekte Outfit für einen weiteren Horrorfilm-Süßigkeiten-Marathon.

Sie setzte sich auf die Veranda und sah die Entwürfe durch, die Grayson gezeichnet hatte und die wie erwartet großartig waren. *Wie er.* Dieser Gedanke versetzte sie direkt zurück zu den atemberaubenden Küssen – und dort blieb sie auch hängen.

Inzwischen saß sie auf dem Boden im Heimkino, stopfte viel zu viel Süßkram in sich hinein und war fest entschlossen, mindestens vier Horrorfilme zu schaffen. Die Trauer überwältigte sie im Moment nicht, aber sie war ziemlich eifersüchtig auf Grayson und sein erfülltes Leben, in dem sie keinen Platz hatte. Ihr feiger Hund schlief, den Kopf unter einem Kissen versteckt. Aktuell war sie halb durch *A Nightmare on Elm Street* gekommen und hatte eine riesige Tüte M&Ms zu drei Vierteln geleert. Vor ihrem nächsten Film würde sie sicher einen Monat brauchen, um wieder in Form zu kommen – was sie daran erinnerte, dass sie ihre Agentin Phillipa Grace anrufen musste. Sie schnappte sich ihr Handy und scrollte durch die Textnachrichten. Phillipa hatte öfter geschrieben als ein hyperaktiver Teenager, und nachdem Parker auch etliche von ihrer PR-Mitarbeiterin Luce sah, ging sie davon aus, dass Phillipa sie ein bisschen verrückt gemacht hatte.

Sie schickte Luce eine knappe Antwort. *Bin noch am Leben. Vermisse Bert. Kannst du sie noch ein bisschen hinhalten? Ich benehme mich, versprochen.*

Luce schrieb sofort zurück. *Immer. Willst du reden? Dich besaufen? Eine Weile so tun, als wärst du normal?*

Das brachte sie zum Lächeln. Luce wusste immer, was Parker brauchte. Und gerade hatte Parker vor allem ein schlechtes Gewissen, weil sie Grayson erzählt hatte, dass niemand für sie da war, aber das stimmte nicht. Sie war nur zu sehr in ihrer Trauer versunken gewesen, um klar zu denken. Wenn sie eine echte Freundin hatte, die immer für sie einstand und sie in den Arm nahm, wenn sie weinte, dann war das Luce. Sie sahen sich nicht mehr so oft, seit Luce zwischen Kalifornien und New York pendelte, aber Parker wusste, dass ihre Freundin alles stehen und liegen lassen würde, wenn sie sie darum bat, genauso wie sie es für Luce tun würde.

Ich bin in Wellfleet. Habe mich schon betrunken und bin voll im So-tun-als-ob-ich-normal-wäre-Modus. Danke. Ruf dich an, wenn ich wieder klar bin, antwortete sie ihr.

Dann suchte sie nach Graysons Nummer und ließ den Daumen über dem grünen Telefonsymbol schweben. Sie warf noch einen Blick auf die Entwürfe und überlegte, sie als Ausrede für den Anruf zu benutzen. Fast alles an ihm warf sie komplett aus der Bahn, seine Fürsorglichkeit genauso wie seine Entschlossenheit, sie nicht allein zu Abe gehen zu lassen. Als Abe immer unhöflicher geworden war, hatte sie gespürt, wie die Anspannung in Grayson wuchs, doch als er sie schließlich verteidigte, war ihr erster Impuls gewesen, ihn aufzuhalten. Hauptsächlich, weil die Filmbranche ihr eingehämmert hatte, alles im Keim zu ersticken, was ihrem Ruf schaden könnte. Das war auch nie ein Problem für sie gewesen. Die Männer in ihrem Umfeld mussten genauso an ihren eigenen Ruf denken und ein Image aufrechterhalten, und würden beides auch nie riskieren. Grayson schien das alles egal zu sein. Sie war nicht daran gewöhnt, dass Menschen selbstlos handelten, was es ihr ein wenig schwerer machte, ihm keine Hintergedanken zu unterstellen. Aber je mehr Zeit sie mit ihm verbrachte, desto leichter fiel es ihr.

Sie konnte es nicht fassen, wie oft Grayson sich schon für sie zurückgenommen hatte. Und sie war nicht nur überrascht, wie gut es sich anfühlte, so beschützt zu werden, sondern auch wie sehr sie seine Nähe genoss. Er war stur und willensstark, agierte aber mit so viel Gelassenheit, dass sie das unwahrscheinlich anziehend fand. Sie wünschte, er wäre jetzt hier, doch offensichtlich war sie die Einzige ohne jegliche gesellschaftliche Verpflichtung. Während ihres E-Mail-Kontakts hatte sie sorgfältig die Frage nach einer Partnerin vermieden und sich dabei eingeredet, dass sie sonst ja Einzelheiten ihres nicht existenten Privatlebens oder aus ihrer Vergangenheit preisgeben müsste. Aber sie kannte den wahren Grund. Sie hatte ihn sich nicht mit anderen Frauen vorstellen wollen. Doch wie konnte sie das nach diesen Küssen nicht? Er hatte gesagt, dass er besondere Freundinnen so küsste wie sie.

Und er hatte *ein Leben*.

Wenn er eine Freundin hat, hätte er mich gar nicht küssen sollen.

Sie legte das Handy weg und tippte frustriert mit dem Fuß auf den Boden. Wahrscheinlich war er gerade auf einem Date und küsste irgendeine andere *besondere Freundin*. Sie griff in die

M&M-Tüte und stopfte sich eine Handvoll der runden Kugeln in den Mund. Die Augen fest auf die Leinwand gerichtet, versuchte sie, sich auf den Film zu konzentrieren, aber sie sah nur Graysons dunkle Augen und seine verführerischen Lippen vor sich, wie sie sich auf ihre senkten. Stöhnend lehnte sie den Kopf nach hinten gegen die Couch. Christmas zog winselnd den Kopf unter dem Kissen hervor, leckte ihr über den Arm und rutschte dichter zu ihr.

»Süßigkeiten machen nicht alles besser, oder?«

Er legte den Kopf schief.

»Ja, ich weiß. Ist eine ziemlich blöde neue Angewohnheit. Bert hätte nicht gewollt, dass ich noch lange so bin wie jetzt.« Sie wusste, dass Bert ihr Bedürfnis zu trauern verstanden hätte, konnte sich jedoch bildlich vorstellen, wie er kopfschüttelnd vor ihr stand, die Hände in die Hüften gestemmt. *So kann man doch nicht leben*, würde er vermutlich sagen. Er hatte immer versucht, sie dazu zu bringen, mehr mit Leuten in ihrem Alter zu unternehmen. Aber sie tat sich mit den meisten schwer. So viele Menschen waren materialistisch oder nur daran interessiert, Schlagzeilen zu machen – egal ob gute oder schlechte. Sie hasste die Paparazzi, die ihr überall aufzulauern schienen. Vermutlich der Hauptgrund, warum sie lieber zu Hause blieb oder ihre Zeit mit Bert verbrachte, bei dem sie sie selbst sein konnte, ohne sich Gedanken darüber zu machen, was irgendwer über sie dachte. In diesem Moment ging ihr auf, dass das ebenfalls etwas war, das sie an Grayson sehr schätzte. Er war so echt und so selbstsicher. Das weckte in ihr mehr Sehnsucht als je zuvor danach, wieder Polly zu sein.

Christmas gab ein *Wuff* von sich und rannte aus dem Zimmer, was sie aus ihren Grübeleien riss. Der Hund musste über ein überdurchschnittlich gutes, wenn auch sehr selektives Gehör verfügen. Grayson hatte er am Vorabend schließlich erst bemerkt, als dieser schon im Raum stand. Sie machte den Film aus und nahm sich noch eine Handvoll M&Ms, die sie sich als Wegzehrung in den Mund schob. *Abendessen für Helden.*

Schließlich fand sie Christmas am Fenster neben der Haustür vor, wo er sich winselnd auf die Hinterbeine gestellt hatte, um hinauszuschauen.

»Noch mehr Vögel?« Sie trat an das Fenster auf der gegenüberliegenden Seite und schirmte ihre Augen ab, um nach draußen zu spähen. Von hier aus konnte sie jedoch nichts erkennen, also schob sie Christmas beiseite und versuchte es von dort aus. Grayson schaute sie grinsend an. Ihr Herz – und ihr Hund – spielten ein bisschen verrückt, als sie aufschloss und die Tür öffnete. Christmas stürzte sich direkt kopfüber in Graysons Schritt.

»Hoppla, hey, Kumpel. Vorsicht.« Er schob Christmas' Schnauze beiseite, ohne den Blick von Parker abzuwenden. »Hi. Tut mir leid, dass ich nicht vorher angerufen habe.«

»Scheint zur Gewohnheit zu werden.« *Eine, die ich immer mehr mag.*

Christmas arbeitete sich mit seinen riesigen Pfoten über Graysons Bauch zu seiner Brust hoch und leckte ihm übers Gesicht. Am liebsten hätte sie ihren Hund aus dem Weg geschoben und sich stattdessen selbst auf Grayson gestürzt – und ihn ein bisschen abgeleckt. Aber sie stand wie angewurzelt da und beobachtete, wie er den Blick auf ihren Mund senkte. Ihre Lippen kribbelten vor Vorfreude. Sein Blick wanderte weiter nach unten und blieb an ihren Brüsten hängen, woraufhin so ziemlich alle ihre Körperteile Interesse anmeldeten.

Christmas hatte nun offenbar genug von Grayson und machte sich auf in den Garten. Sie fragte sich, wie man jemals genug von diesem Mann haben konnte. Zwei Küsse und sie konnte quasi nur noch an ihn denken, was perfekt war, weil er eine wunderbare Ablenkung von ihrer Trauer darstellte.

Er griff in seine Hosentasche und reichte ihr einen Zehn-Dollar-Schein.

»Wofür ist das?«

»Süße, wenn du das nicht weißt, solltest du es vermutlich nicht so anbieten.« Er steckte das Geld wieder ein.

Sie folgte seinem Blick zu dem Aufdruck auf ihrer Brust und schnappte erschrocken nach Luft. »Oh mein Gott, ich hatte ganz vergessen, dass ich das anhabe.«

»Hast du jemand anderes erwartet? Ich kann auch wieder gehen.« Er deutete auf seinen Pick-up in der Einfahrt.

»Nein!«

Er schenkte ihr ein mutwilliges Grinsen und griff erneut in seine Hosentasche. »Nein?«

»Nein, geh nicht. Und nein, das … *das* auch nicht.«

Seine Augen verdunkelten sich, und er trat näher zu ihr, um ihr einen muskulösen Arm um die Taille zu schlingen und sie fest an sich zu ziehen. Ihr stockte der Atem.

»Ah, eine Gratisrunde. Cool.« Er schmiegte das Gesicht an ihren Hals.

Oh, das war schön. Oh je … Sie versuchte halbherzig, ihn von sich zu schieben, doch er fühlte sich an wie eine Mauer aus steinharten Bauch- und anderen herrlichen Muskeln, über die sie lieber nicht so genau nachdenken sollte. Tat sie aber. Ständig.

Grayson fuhr mit dem Daumen über ihre Unterlippe, was einen erregenden, heißen Schauer über ihren Rücken schickte. Dann zeigte er ihr den Schokoladenfleck, den er ihr von der Lippe gewischt hatte, und leckte ihn demonstrativ ab. Wie viele

M&Ms brauchte sie wohl, um Schokolade auf ihrem ganzen Körper zu verteilen?

»Schokolade ist heute Abend also wieder hoch im Kurs. Wie gut, dass ich hier bin, um dich zu retten. Komm, wir gehen aus.«

Ihr Verstand war immer noch ein bisschen benebelt von Träumereien über seinen Mund und seinen Daumen und alles andere. »Aus?«, fragte sie abgelenkt.

»Ja. Aus. Ich kann dich nicht den ganzen Abend hier herumsitzen und Süßigkeiten futtern lassen. Sonst muss ich dir am Ende wieder die Tequilaflasche wegnehmen und dich ins Bett tragen.«

Oh Gott, ja. Komm am besten direkt mit. Rasch schluckte sie die Aufforderung herunter.

»Und was wäre ich für ein Freund, wenn ich dich wieder alleine schlafen lassen würde? So was kann ich doch einer Frau wie dir nicht antun.«

Die Bilder, die ihr *dabei* prompt vor Augen standen, ließen sie ein paar Schritte nach hinten taumeln, und sie deutete über die Schulter. »Ich hole nur schnell die Flasche. Und Schokolade.« *Verflixt! Könnte mich mal bitte jemand treten?* »Ich meine, ich gehe mich umziehen.«

Er lachte. »Brauchst du nicht. Du siehst fantastisch aus.«

Sie riss sich von der Vorstellung los, wie er sich nackt über ihr abstützte. »So kann ich nicht raus. Ich muss duschen, mich schminken und mir die Haare machen. Ein Handyfoto von mir in diesem Zustand wird jemandem viel Geld einbringen.«

»Wie kommst du nur immer auf so einen Unsinn?« Er stieß einen lauten Pfiff aus, woraufhin Christmas aus dem Garten zurückkehrte.

Jetzt hatte sie noch einen Grund, ihn zu bewundern. »Wie

hast du das gemacht?«

»Wechsel nicht das Thema. Komm schon, gehen wir.«

Angesichts des Aufwands, den sie betreiben musste, um sich in der Öffentlichkeit zu zeigen, und weil sie kein bisschen in Stimmung dafür war, sagte sie: »Ich habe echt keine Lust zum Ausgehen. Unten läuft gerade *A Nightmare on Elm Street*. Willst du nicht reinkommen und mitschauen?«

»Was hast du nur mit diesen Horrorfilmen?«

Sie würde ihm sicher nicht auf die Nase binden, dass sie die benutzte, um sich zu beweisen, dass sie stark war und alles durchstehen konnte – weil alleine im Dunklen zu sitzen und zuzusehen, wie auf der Leinwand furchtbare Dinge passierten, ihr vor Augen führte, dass es Schlimmeres gab, als keine Familie zu haben.

Zum Glück schien er keine Antwort zu erwarten.

»Komm schon, Parker. Du musst mal für eine Weile auf andere Gedanken kommen.«

»Ja, vielleicht, aber ich will wirklich nicht den Aufwand betreiben und mich herrichten.«

»Willst du deswegen nicht mit mir ausgehen?«, fragte er plötzlich ernst.

»Moment mal. Bittest du mich gerade um ein Date?« Das könnte sie durchaus umstimmen. Die Zeit, die sie zum Duschen und Schminken brauchte, wäre ein Date mit Grayson absolut wert.

Er schaute sie an, als würde er sich wünschen, dass es ein Date wurde. »Möchtest du das denn?«

Ja. Aber ich brauche Zeit zum Fertigmachen. Würde er auf sie warten? Wo wollte er überhaupt hin? Was sollte sie anziehen?

Plötzlich schlang er einen Arm um ihre Taille und schwang sie sich über die Schulter.

»Grayson! Was machst du denn?« Sie zappelte, während er die Tür zumachte und abschloss und sie dabei mit einem Arm auf seiner Schulter festhielt. Er hatte ja noch immer den verfluchten Schlüssel!

»Du denkst schon wieder viel zu viel«, meinte er gelassen. »Ich habe dir ja gesagt, dass du damit Hindernisse schaffst, wo keine sind. Hör auf damit und entspann dich mal ein bisschen.«

»Lass mich runter! Ich bring dich um, ich schwör's!«

»Nein, wirst du nicht. *Das* würde definitiv für Schlagzeilen sorgen.«

Sechs

Parker saß schweigend mit verschränkten Armen auf dem Beifahrersitz und schmollte ganz entzückend. Das änderte sich auch nicht, als er das Auto auf dem Parkplatz des Beachcombers abstellte. Er wusste, dass sie sich Sorgen um ihr Image und Handyfotos machte und was auch immer sonst noch zum Promi-Dasein gehörte, aber er würde dafür sorgen, dass ihr nichts passierte.

»Soll ich da wirklich so reingehen?«

»Ich wünschte, du wüsstest, wie schön du gerade bist. Ganz ehrlich, du hast noch nie hübscher ausgesehen.« Er schob ihr eine Strähne hinters Ohr und fragte sich, ob sie wohl heute Nachmittag genauso viel an ihn gedacht hatte wie er an sie.

»Ohne das Make-up und die schicken Klamotten siehst du nicht aus wie eine berühmte Schauspielerin. Du siehst aus wie ein Strandhäschen, das ein bisschen Spaß braucht. Ich glaube nicht, dass dich jemand erkennen wird.«

Sie verdrehte die Augen, aber immerhin entlockten ihr seine Worte endlich ein kleines Lächeln. »Strandhäschen?«

Ihm war bis eben nicht klar gewesen, wie sehr er ihr Lächeln vermisst hatte, und jetzt wollte er es noch viel öfter sehen. »Ich bin mit meinen Händen besser als mit Worten.« Das ließ Hitze in ihrem Blick aufflammen und die gefiel ihm auch verdammt gut.

»Du bist mit Worten auch ziemlich gut«, erwiderte sie leise. »Getippt und ausgesprochen.«

Ihr Geständnis veranlasste ihn ebenfalls zu einem. »Ich konnte es nicht ertragen, dass du dich allein in diesem riesigen Haus versteckst.« Er fügte Überraschung in ihrem Blick zu der stetig wachsenden Liste an Dingen hinzu, die er gerne an ihr sah. »Ich werde heute Abend dein Bodyguard sein und sorge dafür, dass dir nichts passiert. Keine Fotos, keine Autogramme. Aber ich glaube wirklich nicht, dass du dir da Sorgen machen musst. In der Bar ist es ziemlich dunkel, und es ist immer voll, da gehst du in der Menge unter. Vertraust du mir?«

»Einem Kerl vertrauen, der mich über die Schulter geworfen und entführt hat?« Sie schaute zur Bar hinüber.

»Ja, genau dem.«

»Ich vertraue dir.« Sie pikte ihm mit einem Finger in die Brust. »Aber wenn ich auf der Titelseite eines Schmierblatts lande, verstecke ich mich in deinem Keller. Mit Christmas, Schokolade und einem Stapel Horrorfilme, die *du* dann mit mir zusammen schauen musst.«

»Süße, wenn du bei mir einziehst, schaust du weder Filme, noch musst du dich verstecken. Du hättest Glück, wenn du überhaupt mal das Schlafzimmer verlässt. Eigentlich …« Er legte ihr eine Hand in den Nacken und prompt stand ihr das Verlangen ins Gesicht geschrieben. »… sollte ich vielleicht ein paar Fotos machen und dafür sorgen, dass genau das passiert.« Mit dieser dreisten Aussage und der Geste ging er ein Risiko ein, aber er konnte sich einfach nicht davon abhalten.

Ihr stockte der Atem und sie öffnete den Mund ein wenig. Ihre Lippen waren nur noch einen Hauch von seinen entfernt, und das gab ihm den Hinweis, nach dem er gesucht hatte. So verführerisch. Zu verführerisch. Er zwang sich, aus dem Auto zu steigen, bevor er der Lust nachgab, die sich in ihm zusammenballte, und atmete tief die kühle Meeresbrise ein. Rasch konzentrierte er sich auf die Musik, die aus dem Gebäude drang, um sich von dem Kuss abzulenken, den er gerade ausgeschlagen hatte, während er Parker aus dem Pick-up half und einen Arm um sie legte. Wenn sie gemeinsam unterwegs waren, sollte ruhig jeder wissen, dass sie zu ihm gehörte. Sie schaute verwirrt zu ihm auf, doch er wusste nicht, ob das an seinen vorherigen Worten lag, daran, dass er sie nicht geküsste hatte, oder dass er den Arm um sie legte, also entschied er sich für die unproblematischste der drei Varianten, da er immer noch nicht wirklich klar denken konnte.

»Bodyguard, schon vergessen?«

Zum Glück protestierte sie nicht dagegen. Sie gingen auf die Terrasse auf der Rückseite des Beachcombers, auf der sich unzählige, knapp bekleidete Leute im Alter zwischen Anfang zwanzig und Ende dreißig tummelten, und zur Musik der Live-Band miteinander tanzten. Parkers Bewegungen wirkten steif und sie war sichtlich angespannt.

Er drückte sie fester an sich. »Ich passe auf dich auf.«

Sie nickte und schlang ebenfalls einen Arm um seine Taille. *Noch ein Bonus.*

Er ließ den Blick über die Gäste schweifen und hielt nach Anzeichen Ausschau, dass jemand sie erkannte, doch bis auf ein paar Männer, die sie interessiert musterten, gab es keinen Hinweis darauf, dass jemand sie als *die* Parker Collins wahrnahm. Er führte sie sicher durch die Menge und ignorierte dabei die Frauen, die *ihn* interessiert musterten, immer darauf konzentriert, dass Parker sich wohlfühlte.

»Gray!« Pete winkte ihm vom anderen Ende der Terrasse zu.

Sie gingen zu den beiden großen Tischen hinüber, die seine Freunde zusammengeschoben hatten. Seine jüngere Schwester Sky sprang auf, doch ihr Verlobter Sawyer zog sie zu einem Kuss zu sich herunter, bevor er sie losließ, damit sie die Neuankömmlinge begrüßen konnte.

»Mein Verlobter ist so anhänglich.« Sie umarmte Grayson. »Toll, dass ihr es auch geschafft habt. Hi, Parker. Ich bin Sky, Graysons Schwester, und der heiße Kerl, den ich gerade geküsst habe, ist Sawyer.«

»Schön, dich kennenzulernen. Ich habe schon viel von dir gehört.« Parker winkte Sawyer zu.

Grayson zog fragend die Augenbrauen hoch. Wo hatte sie etwas über Sky erfahren?

»In deinen E-Mails«, erinnerte sie ihn. »Du hast mir von ihrem Tattoostudio und einem Strandfeuer erzählt. Oh, und einer Geburtstagsparty für deine Nichte Bea.«

Während er noch verarbeitete, dass sie sich all das gemerkt hatte, obwohl diese Nachrichten Monate alt waren, schob sich Sky an ihm vorbei und umarmte sie.

»Er liebt Bea abgöttisch«, sagte Sky. »Hast du noch Leute dabei?«

»Nein«, erwiderte Grayson besitzergreifend. »Und apropos …« Er bedeutete seinen Freunden, etwas näher zu rücken. »Parker ist inkognito hier. Sorgen wir dafür, dass das auch so bleibt.«

Sky legte einen Arm um Parker. »Heute Abend bist du einfach nur eine von uns.«

»Klar doch«, sagte Pete nickend. »Hey, Parker. Ich bin Pete und das ist meine Frau Jenna. Bea ist unsere kleine Prinzessin.«

Jenna umrundete den Tisch und drängelte sich mit erstaunlichem Nachdruck für eine so zierliche Person zwischen Grayson und Parker. »Wir haben uns schon über dich informiert, weil Grayson für CCF arbeitet und wir als seine Freunde schließlich neugierig sein müssen. Ich stelle dich den anderen vor, sonst stehst du den Rest des Abends noch hier rum.« Jenna war das Organisationstalent der Truppe und übernahm gerne die Führung. »Hunter kennst du ja vom Wettbewerb, und die Frau, die die Finger nicht von ihm lassen kann, ist seine Verlobte Jana.« Jana winkte ihr zu. »Die hübsche Blonde und ihr Surfer auf der anderen Seite des Tischs sind Amy und Tony. Die andere Blonde, die gerade ihren Ehemann Caden küsst, ist Bella. Pass bloß auf, sie spielt anderen gerne Streiche.«

»Streiche?«, fragte Parker.

»Keine Sorge«, sagte Leanna. »Sie nimmt nur gerne Theresa, die Verwalterin unserer Ferienanlage, aufs Korn. Bella schmiedet gerade fleißig Pläne, also bekommst du heute live mit, was in ihrem hellen Köpfchen so vor sich geht. Ich bin übrigens Leanna und das ist mein Mann Kurt.«

Kurt winkte ihr zu. »Schön, dich kennenzulernen, Parker.«

»Du machst Marmelade, oder, Leanna? Grayson hat während meines letzten Drehs erwähnt, dass du eine neue Sorte rausbringst. Ich habe ein paar Kisten *Sweet Temptation* für die Crew und meine Kollegen liefern lassen. Die war so gut und hat herrlich nach Schokolade und Erdbeeren geschmeckt«, sagte Parker, und Grayson war erneut sprachlos, weil sie sich nicht nur an den Inhalt seiner E-Mails erinnerte, sondern auch daran, dass sie Leannas Marmelade gekauft hatte. »Und Kurt, ich habe ein paar deiner Bücher gelesen. Du bist ein herausragender Schriftsteller. Ich hoffe wirklich, dass *Fesseln aus Stahl* verfilmt wird.«

»Ich auch«, sagte Kurt.

»Denkt dran, der Job bleibt heute Abend draußen«, mischte Jenna sich mit einem netten, aber bestimmten Lächeln ein. »Die beiden Süßen, die am Ende des Tischs miteinander flüstern, sind Jamie und Jessica.«

Jessica winkte. »Was ist ein *Mustache Ride*?«

Parker schlug die Hände auf den Aufdruck und warf Grayson einen finsteren Blick zu.

»Wie wäre es, wenn du das deinen Mann fragst? Vielleicht lässt er sich für dich ja einen Schnurrbart wachsen.« Er lachte leise, als Jamie ihm den Mittelfinger zeigte. Dann fügte er ernster hinzu: »Ich habe sie genötigt, das anzuziehen. Ist Teil ihrer Verkleidung.«

Parker sah aus, als wollte sie ihn küssen, doch stattdessen formte sie nur ein *Danke* mit den Lippen.

»Gut mitgedacht«, sagte Bella, nachdem sich alle einen Platz gesucht hatten. »Hey, das Shirt würde ich auch tragen.«

»Nicht, wenn ich nicht dabei bin«, sagte Caden.

Grayson legte den Arm auf die Rückenlehne von Parkers Stuhl und sie warf einen interessierten Seitenblick auf seine Muskeln.

Er drückte ihre Schulter besitzergreifend. »Entspann dich.« Dann lehnte er sich dichter zu ihr und flüsterte: »Sonst mache ich doch noch Fotos und rufe bei Schmierblättern an.«

Sie riss die Augen auf, doch dann trat wieder das heiße Funkeln in ihren Blick. *Fotos werden nicht nötig sein.*

Bei ihrer Ankunft im Beachcomber hatte Parker sich eindeutig um die falschen Dinge Sorgen gemacht. Sie hatte fest damit gerechnet, sich mit Autogrammen und der peinlichen Aufmerksamkeit fremder Menschen vor Grayson und seinen Freunden herumschlagen zu müssen. Stattdessen hätte sie sich viel mehr darum sorgen sollen, ihre Gefühle in seiner Gegenwart unter Kontrolle zu halten. Seit seinem Kommentar im Auto über sein Schlafzimmer raste ihr Herz und jedes Streifen seines Beins, jede Berührung seiner Finger, jede zweideutige Bemerkung machte alles nur noch schlimmer.

Das Verlangen, das sich jedes Mal in ihr ausbreitete, sobald sie sich nahe kamen, verwirrte sie. Zusammen mit der Tatsache, dass er immer genau wusste, was sie brauchte – wie diesen Abend mit seinen Freunden –, schuf das eine Verbindung, die weit über die ihres E-Mail-Kontakts hinausging.

Sie waren schon etwa zwei Stunden in der Bar, aber Parker hatte nicht lange gebraucht, um zu merken, dass es hier ganz anders war als in den Clubs von Los Angeles und dass Graysons Freunde und Familie so ziemlich das genaue Gegenteil der Leute in ihrem eigenen Umfeld waren. Sie waren nicht aufgebrezelt oder trugen perfekt sitzende Kleidung, die ihre Körper betonte. Die Frauen hatten sich für hübsche Sommerkleider, Röcke oder Shorts entschieden, und die Männer für Jeans oder Shorts und T-Shirts, bis auf Kurt, der ein kurzärmeliges Hemd anhatte. Parker fühlte sich mit ihrem anzüglichen Shirt-Aufdruck und den alten Shorts kein bisschen fehl am Platz. Aber nicht nur die herzliche Aufnahme in die Gruppe und ihre legeren Klamotten verblüfften sie. Am meisten Eindruck machte auf sie, dass niemand an seinem Smartphone hing, als würde sein Leben davon abhängen, und dass auch keiner ständig in den Spiegel schaute, um sicherzugehen, dass die Frisur und das Make-up noch perfekt saßen. Sie hatten den Arm um ihre Partner gelegt und schauten sich immer wieder tief in die Augen. So hatte sich Parker das Leben immer erträumt.

»Hey«, sagte Grayson. »Alles okay?«

»Mehr als okay. Danke, dass du mich entführt hast. Genau das habe ich gebraucht.«

Er gab ihr einen kurzen, unerwarteten und sehr willkommenen Kuss auf die Lippen. »Ich weiß. Nichts zu danken.«

Das Küsschen machte Hoffnung auf mehr. Sie gewöhnte sich langsam daran, dass er sich nahm, was er wollte, und ihr genau das gab, was sie brauchte. Als sie den Blick über die Tischrunde schweifen ließ, stellte sie erleichtert fest, dass seine Freunde sie wohlwollend beobachteten. Diese Leute standen sich so nahe. Kein Wunder, dass er sie vermisst hatte, wenn er in einer der Niederlassungen von CCF arbeitete. Sie erinnerte sich noch gut an den Tag, als Grayson den Vertrag angenommen, dabei aber erklärt hatte, dass er die Reisen übernehmen und Hunter für seine frische Beziehung am Cape bleiben würde. Zu dem Zeitpunkt hatte Parker sich gedacht, dass Hunters Entscheidung die bedeutungsvollste Geste darstellte, die ein Mann zeigen konnte. Sie war so auf Hunters rücksichtsvolle Wahl fokussiert gewesen, dass sie Graysons Opfer gar nicht mitbekommen hatte, der so lange von den Leuten getrennt sein musste, die ihm so wichtig waren. Ihn heute Abend mit den anderen zu sehen, machte ihr sehr deutlich klar, dass sie falschgelegen hatte. Nicht Hunters Geste war die bedeutungsvollste gewesen. Grayson war derjenige, der etwas immens Wichtiges für einen Menschen tat, den er liebte. Für seinen Bruder.

Diese Erkenntnis ließ sie ihr Herz noch weiter für ihn öffnen.

Die Frauen am Tisch lachten laut auf, was Parker aus ihren

Gedanken riss. Offenbar hatte sie gerade etwas verpasst.

»Wisst ihr noch, das eine Jahr mit dem Tanga-Donnerstag am Pool?« Amy riss die blauen Augen auf.

»Theresa hat Bella damit wirklich gut erwischt.« Leanna lachte und stieß Bella mit dem Ellenbogen an, die die Augen verdrehte.

Parker hatte schon erfahren, dass die Frauen die Sommer seit Kindertagen zusammen verbrachten und dass Amy und Tony als Teenager ein heimliches Liebespaar gewesen waren. Sie erzählten alle begeistert von ihrer Hochzeit und zeigten Bilder von ihren Kindern, die so niedlich waren, dass sie einen spontanen Eisprung bekam. Dieser Freundeskreis lebte genau das Leben, von dem sie selbst immer geträumt hatte.

Grayson drückte ein Bein gegen ihres und zog damit ihre Aufmerksamkeit wieder auf sich. Er nahm seine Pflichten als Bodyguard sehr ernst und schaute sich gerade aufmerksam um. Außerdem hatte er den ganzen Abend seinen Arm nicht von ihren Schultern genommen und sie entspannte sich zunehmend unter seiner Berührung und Zuwendung. Unzählige Male hatte er sich schon zu ihr gelehnt, um sie zu fragen, ob sie Spaß hatte, ihr etwas zu trinken anzubieten oder ihr eine Bemerkung zuzuflüstern.

Ihr war klar, dass sie sich hier in dieser Bar zwischen den Dünen im Kreis seiner Freunde und Familie in einer Blase befanden, in einer Welt abseits ihres richtigen Lebens. Aber sie mochte diese Blase. Heute Abend fühlte sie sich so sehr wie Polly wie schon seit langer Zeit nicht mehr. Sogar mehr als in der Zuflucht ihres Zuhauses. Vielleicht sogar mehr als bei Bert, weil Bert ihr wohl ein paar Takte über den Aufzug gesagt hätte, in dem sie das Haus heute verlassen hatte, während Grayson sie darin bestätigte. Was hätte Bert wohl von Graysons Kidnapping gehalten? Ihr gefiel es, auch wenn sie sich Sorgen machte, dass man sie ohne ihre Parker-Maske erkannte.

Die Frauen lachten erneut, und Parker bemerkte, dass Grayson schon wieder ihre Gedanken beherrschte. Er unterhielt sich mit den Männern und lauschte gerade aufmerksam etwas, das Jamie und Pete erzählten. Sie beobachtete ihn gerne in seiner Welt, mit seinen Freunden. Es war offensichtlich, wie wichtig diese Leute einander waren.

»Wie lange bist du hier?«, fragte Sky.

»Ich weiß noch nicht, wahrscheinlich ein paar Wochen.« Sie hatte es nicht besonders eilig, nach Kalifornien zurückzukehren, was sie überraschte. Normalerweise sorgte sie dafür, dass sie zu viel zu tun hatte, um zu grübeln. Luce hatte inzwischen mit Sicherheit Phillipa Bescheid gesagt, dass es ihr gut ging, aber sie machte sich einen gedanklichen Vermerk, sich bei ihrer Agentin zu melden, wenn sie die Sache mit Abe geklärt hatte.

»Oh, gut. Vielleicht schaffst du es ja, mich in meinem Studio in Provincetown zu besuchen«, sagte Sky begeistert. »Ich würde dich gerne meiner Freundin Lizzie vorstellen. Ihr gehört der Blumenladen nebenan.«

»Klar, gerne.« Ob Sky wohl merkte, wie viel es Parker bedeutete, dass sie sie ihrer Freundin vorstellen wollte?

»Wird Grayson auch so lange noch hierbleiben?«, wollte Jana wissen.

Das hoffe ich. Sie schaute zu Grayson und die Verführung in seinem Blick sagte ihr, dass es ihm genauso ging, aber sie wollte nicht besitzergreifend einem Mann gegenüber wirken, mit dem sie nicht zusammen war. »Das ist wohl Graysons Entscheidung«, antwortete sie schließlich.

»Na ja«, sagte Bella grinsend. »Wenn ich mir seinen Blick so anschaue, würde ich mal annehmen, dass er so lange bleibt, wie du hier bist.«

Parkers Puls beschleunigte sich, weil Graysons Freunde offenbar bemerkten, was sie schon die ganze Zeit über spürte.

»Vielleicht können er und die Jungs ja mal was zusammen unternehmen und wir machen einen Mädelstag oder so«, schlug Jana vor.

»Ja!«, stimmte Jenna begeistert zu und erstellte sofort eine Liste potenzieller Ausflüge.

»Pass bloß auf«, meinte Leanna zu Parker. »Bella sorgt dafür, dass ihr heiratet, bevor du das Cape verlässt.«

»Hey, ich bin nur ehrlich«, sagte Bella. »Ich kann ja auch nichts dafür, dass ich immer recht habe.«

Grayson drückte Parkers Schulter und in diesem Moment wurde ihr bewusst, dass sie einen Fehler gemacht hatte. Sie war davon ausgegangen, dass sie die Einzige war, die das Interesse in seinem Blick wahrnahm, aber es war wohl für *jeden* vollkommen offensichtlich.

»Tanzt du mit mir?« Grayson wartete ihre Antwort nicht ab, sondern stand auf und zog sie mit sich hoch, bevor er einen Arm um ihre Taille legte.

Auf der Tanzfläche war kaum genug Platz, um sich zu bewegen, aber das machte ihr nichts aus. Sie schlang die Arme um seinen Nacken und streichelte sacht über seine Haut, während sie einander tief in die Augen schauten. Sie hatte das Gefühl, als hätte sie ihr Leben lang nur auf diesen einen Moment gewartet. Dass jemand sie ansah, wie Grayson es gerade tat, als wäre sie mehr als nur ein attraktiver Filmstar. Bei ihm fühlte sie sich, als wäre sie etwas Besonderes, etwas Wertvolles, und geborgen, weil er sicherstellte, dass es ihr gut ging.

»Fühlst du dich so wohl, wie es von außen wirkt, oder ist das nur gespielt?« Sein Blick verriet, dass er sie necken wollte, aber da schwang auch echte Sorge in seiner Stimme mit.

»So viel Zufriedenheit kann ich nicht vorspielen, so gut bin ich nicht«, gab sie zu. »Das hier habe ich echt gebraucht.« *Ich habe dich gebraucht.*

»Meine Freunde rücken einem gerne mal ziemlich auf die Pelle. Bis wir gehen, haben sie sicher alle deine Nummer und werden dir ständig auf die Nerven gehen, solange du hier bist.«

Seine Hand wanderte zu ihrem unteren Rücken und er zog sie etwas dichter zu sich. Seine Bewegungen waren nicht sexuell aufgeladen, und er glotzte sie auch nicht lüstern an, wie andere Männer es oft taten. Das hier fühlte sich nicht an, als würde er automatisch mehr von ihr erwarten. Grayson war sinnlich, aber zurückhaltend, als würde er die Verbindung zwischen ihnen genauso sehr genießen wie sie und als hätte er es nicht eilig, der Sache ein Ende zu setzen.

»Sie sind großartig. Das ist also vollkommen okay für mich. Und deine Geschwister sind auch toll.«

»Sie sind schon echt cool«, gab er scheinbar gleichmütig zurück, doch sie hatte gesehen, wie er strahlte, wenn er Pete und Hunter aufzog, und wie ernst er wurde, wenn das Gespräch sich um ihren Vater drehte und sie sich alle Sorgen machten, dass er zu viel arbeitete. Ebenso ernst, wie er Sky gefragt hatte, wie es in ihrem Tattoostudio lief, als würde er ihre Antworten analysieren und abschätzen, ob sie sinnvolle Geschäftsentscheidungen traf.

Hielt er wohl engen Kontakt durch Anrufe, E-Mails oder im Chat mit ihr, wenn er für CCF auf Reisen war? Was sie wieder daran erinnerte, was er für die Beziehung seines Bruders aufgegeben hatte.

»Matt, unser anderer Bruder, würde dir sicher auch gefallen«, sagte er. »Er lehrt an der Uni in Princeton.«

»Du hast ihn in einer E-Mail an den Feiertagen erwähnt.

Du hast wirklich großes Glück, von so vielen Menschen geliebt zu werden. So ein Sicherheitsnetz habe ich nicht. Da ist nur Luce, meine PR-Mitarbeiterin und gute Freundin, aber sie hat so viele Kunden und lebt die Hälfte der Zeit über in New York, deswegen sehen wir uns nicht so oft.«

»Ich glaube, sie sind jetzt auch für dich da.« Er schien in ihrem Blick nach etwas zu suchen, und sie fragte sich, ob er die Hoffnung darin erkannte. Sie wollte so sehr, dass er recht hatte. Aber möglicherweise wurde das auch von den immer stärker werdenden Gefühlen für ihn überdeckt.

»Ich kann mir kaum vorstellen, wie schwer es für dich war, das alles allein durchzustehen«, sagte er und drückte sie ein wenig fester an sich. »Als ich meine Mom verloren habe, war meine größte Angst, dass ich etwas von ihr vergesse. Also habe ich mich zurückgezogen, weil ich dachte, dass ich alle Energie darauf verwenden muss, mich an sie zu erinnern. Irgendwann habe ich aber erkannt, dass ich sie nie vergessen werde. Dafür hat sie eine zu wichtige Rolle in meinem Leben gespielt. Ich sehe sie in allem, was ich tue, sage und fühle.«

»Du verstehst das wirklich.« Die aufwallenden Emotionen ließen ihr die Stimme versagen. Sie konnte sich nicht vorstellen, dass Grayson vor irgendetwas Angst hatte, aber das Gefühl, das er beschrieben hatte, war ihrem so ähnlich, dass er es selbst erlebt haben musste. »Der Gedanke, dass ich Bert nicht mehr einfach anrufen kann, ist so hart für mich.« Sie bewegten sich inzwischen kaum noch, sondern waren ganz in einer Welt versunken, in der nur sie beide existierten.

»Ich mag dich wirklich gern, Parker. Du bist witzig und klug und versuchst so sehr, stark zu sein, obwohl du gerade den wichtigsten Menschen in deinem Leben verloren hast. Wir lernen uns seit Monaten besser kennen, und ich wünschte, ich hätte von Bert gewusst, damit ich früher für dich hätte da sein können. Aber ich bin jetzt hier und ich will dich noch besser kennenlernen und für dich da sein. Wenn du mich lässt.«

Sie versuchte, den Kloß in ihrer Kehle herunterzuschlucken. So lange träumte sie schon davon, mit ihm zusammen zu sein, und hatte sich dabei doch immer gefragt, ob ihre Gefühle vielleicht der Einsamkeit entsprangen – auch wenn sie das nicht hoffte. Aber darin war nie vorgekommen, dass sie Bert verlor oder Abe kennenlernte und dabei gleichzeitig versuchte, wieder mehr zu sich selbst zu finden. Sie konnte es nicht fassen, dass Grayson trotz allem bei ihr sein wollte, wo er doch jede Frau haben könnte, die er wollte. Sie war nicht blind und hatte die Blicke durchaus bemerkt, die die hübschen Frauen ihm heute Abend zugeworfen hatten, auch wenn er so getan hatte, als würde er sie nicht wahrnehmen. Er könnte sich jemanden suchen, dessen Leben nicht von Filmsets und unerwünschter Aufmerksamkeit von Fotografen bestimmt wurde. Sie reiste ständig durchs ganze Land, von einem Drehort zum nächsten. E-Mails würden ihr nie reichen. Sie verliebte sich schon seit Monaten in ihn und noch viel mehr während der letzten beiden Tage. Was passierte, wenn sie sich erlaubte, ihm wirklich nahezukommen? Wenn sie ihm all ihre Geheimnisse anvertraute und ihrer Sehnsucht und ihrem Herzen folgte?

»Du zerdenkst es schon wieder«, sagte er mit einem wissenden Lächeln. »Wenn du dir Sorgen machst, dass wir uns noch nicht gut genug kennen, verbringen wir eben noch ein bisschen mehr Zeit miteinander. Das macht man doch so.«

»Das alles fühlt sich gerade so weit weg von meinem echten Leben an«, erwiderte sie ehrlich. »Das klingt wahrscheinlich komisch, aber was du hier hast mit deiner Familie und deinen Freunden, ist etwas Wundervolles und Besonderes, das so ganz anders ist als die Welt, in der ich lebe.« *Aber es ist das Leben, das ich immer wollte.* »Ich entscheide normalerweise nie selbst darüber, was ich tue oder lasse. Normalerweise ist mein Terminkalender randvoll mit Meetings, Dreharbeiten oder PR-Events.«

»Mir ist klar, dass du es nicht gewohnt bist. Aber jetzt bist du hier. Du lebst dein Leben. Für heute Abend, für diesen Augenblick, *ist* das dein echtes Leben.«

Er legte ihr die Hände an den Hals und strich mit den Daumen über ihren Kiefer wie in dem Moment, kurz bevor sie sich im Aufzug geküsst hatten. Ihr Körper erinnerte sich daran und sofort wurde ihr warm. Sie entspannte sich in seinen Armen und sehnte sich so sehr danach, seinen herrlichen Mund auf ihrem zu spüren.

»Du willst das also *nur* für heute Abend? *Uns* für heute Abend?« One-Night-Stands waren nicht ihr Ding und sie würde keine Ausnahme machen. Nicht mal für Grayson.

Der Ausdruck in seinen Augen wurde wärmer. »Ich will Zeit mit dir verbringen. Heute Abend. Morgen. In einer Woche. Wir sehen, wie es sich entwickelt, und lassen die Zeit entscheiden, wie unser echtes Leben für uns aussieht.«

»Grayson …?« Sie klang so atemlos, wie sie sich fühlte.

»Denk nicht so viel darüber nach.«

Seine Lippen strichen verführerisch über ihre und für einen Moment kochte Panik in ihr hoch. *Handyfotos! Schmierblätter!* Aber diese Gedanken hatten keine Chance gegen Graysons Küsse. Sie wollte das. Sich von ihm küssen und berühren lassen, dass er sich um sie kümmerte und liebevoll mit ihr umging. Zum ersten Mal, seit sie Bert verloren hatte, fühlte sie sich sicher genug, um alles loszulassen und sich der süßen Zärtlichkeit des Kusses hinzugeben.

Sieben

Später am Abend bog Grayson in Parkers Einfahrt ein und stellte den Motor ab. »Wollen wir Christmas rauslassen und uns noch eine Weile nach draußen setzen? Es sei denn, du bist zu müde? Dann fahre ich nach Hause.«

»Bleib. Das klingt toll.« Sie wollte auch noch nicht, dass der Abend zu Ende ging. Nachdem sie miteinander getanzt – und noch ein paar fantastische Küsse miteinander geteilt – hatten, war die Zeit mit Graysons Familie und Freunden nur so verflogen. Parker stellte erfreut fest, dass Grayson mit seiner Vermutung richtig lag, als die Mädels mit ihr Nummern austauschen wollten. Langsam bekam sie das Gefühl, dass er eine Art übersinnliche Verbindung zu ihr hatte. Woher hatte er gewusst, dass sie Parker in ihren Freundeskreis aufnehmen würden?

Christmas schleckte sie ausgiebig ab, bevor er in den Garten verschwand. Parker holte eine Decke aus dem Haus und breitete sie auf dem Gras ein Stück von der Klippenkante entfernt aus. Grayson schlang einen Arm um sie und zog sie dicht an seine Seite.

»Sky hat gemeint, dass wir ein süßes Paar abgeben«, sagte er wie nebenbei. Bei ihrer Ankunft waren sie noch kein Paar gewesen, aber irgendwie waren sie es innerhalb weniger Stunden geworden. »Ist das okay für dich?«

Was an ihrem Verhalten brachte ihn auf die Idee, dass sie ein Problem damit haben könnte? »Ist es für *dich* okay?«

»Was glaubst du denn?« Er hob ihr Kinn an und drückte seine Lippen auf ihre. »Aber dein Image ist dir wichtig und ich will dir deinen Ruf nicht versauen.«

»*Mir* ist mein Image nicht wichtig. Ich mache mir so viele Gedanken darüber, wie ich in der Öffentlichkeit wirke, weil ich es muss. Das ist mein Job.«

»Das verstehe ich langsam. Aber es ändert nichts an der Tatsache, dass ich nicht will, dass du wegen mir Probleme bekommst.«

»Das ist wirklich lieb von dir, aber dass wir zusammen sind, macht mir keine Probleme. Es sei denn, du hast irgendwelche Leichen im Keller, von denen ich nichts weiß.«

»Nicht, dass ich wüsste. Ich bin sicher kein Heiliger, aber ich schlafe mich auch nicht durch alle Betten.«

»Warum sollte es dann für mich nicht okay sein?«

Er zuckte mit den Schultern. »Ich wollte nur sichergehen. Was ist mit dir? Irgendwas in deiner Vergangenheit, das meinen Ruf ruinieren könnte?«

»Nein. Es ist sogar ziemlich peinlich, wie anständig ich immer war.«

»Das glaube ich sofort.« Er küsste sie erneut, ein bisschen länger dieses Mal. »Ich würde dich damit nie aufziehen, aber ich könnte versuchen, die unanständige Seite in dir zu wecken.«

»Woher weißt du, dass ich eine habe?« *Habe ich eine unan-ständige Seite?*

»Ich habe nur so ein Gefühl, dass viel mehr in dir steckt, als du zeigst.«

Und da war sie wieder, seine unheimliche Fähigkeit, sie besser zu durchschauen als irgendwer sonst. Merkte er, dass sie nervös wegen dem war, was zwischen ihnen passierte?

»Ich hatte schon lange keine Beziehung mehr«, gab sie zu. »Keine Ahnung, ob ich noch weiß, wie das geht.« Die Meeresbrise strich über die Klippe und trug die Geräusche der Bay mit sich. Parker sog die friedliche Atmosphäre des Abends in sich auf und genoss die Vorfreude auf das, was noch kam, die ihr Herz schneller klopfen ließ.

»Dann sind wir schon mal zwei. Aber zusammen bekommen wir das hin.« Er verschränkte seine Finger mit ihren und richtete den Blick aufs Wasser. »Erzähl mir von Polly.«

»Polly?« Sie konnte die Überraschung in ihrer Stimme nicht verbergen.

»Die hast du gestern Abend erwähnt. Du hast gesagt: ›Parker darf nicht weinen oder fluchen oder eine Riesentüte M&Ms essen und Horrorfilme schauen, bis ihre Augen viereckig sind, ohne dass man sie dafür verurteilt. Das kann nur Polly.‹ Ich bin davon ausgegangen, dass sie deine Schwester ist, aber du hast ja gemeint, dass du keine Familie hast.«

»Ich … sie ist …« Sie schaute hinauf zum sternenübersäten Himmel. So gerne wollte sie ihre Vergangenheit nicht nur mit ihm teilen, sondern ihr Gewicht auch endlich abschütteln. Bevor sie es sich anders überlegen konnte, sagte sie: »Ich bin Polly.«

»Oh. Ist Parker dein Künstlername? So nennt man das, oder?«

Seine gelassene Reaktion schockierte und erleichterte sie gleichermaßen. Für sie war das eine wirklich große Sache. »Ja. Mein echter Name ist Polly Collins. Meine Agentin meinte, dass Polly zu sehr nach den alten Filmen über *Pollyanna* klingt.

›Polly sein‹ bedeutet für mich, ein normaler Mensch zu sein, der sich keine Sorgen um Paparazzi oder üble Schlagzeilen machen muss. Mit Freunden ausgehen zu können, wie wir es heute Abend gemacht haben, ohne ständig wachsam zu sein. Und du hattest mit der Bar vollkommen recht. Es war dunkel und voll und niemand hat auf mich geachtet. Aber wo ich wohne, ist das nicht so. Zu Hause lauern mir ständig Paparazzi auf, im Supermarkt, in Restaurants und am Strand. Sie sind überall. Manchmal will ich so sehr wieder Polly sein, dass ich kaum klar denken kann.«

Sie legte sich eine Hand auf die Brust und atmete tief durch. »Wow, es fühlt sich so gut an, das mal laut auszusprechen. Ich habe mein ganzes Leben als Erwachsene so getan, als wäre ich Parker, und meistens wünsche ich mir einfach nur, Polly in der Öffentlichkeit sein zu dürfen, und sei es auch nur für einen Tag.«

»Ich mag dich gerade sehr, wie du bist. Polly, Parker, *Parky*. Ja, das wäre doch ein besserer Name für dich.«

»Nenn mich ja nicht Parky.« Das brachte sie beide zum Lachen.

»Danke, dass du mir das anvertraut hast. Ich renne damit auch nicht zur Presse.«

Sie stieß ihn verspielt mit der Schulter an. »Du machst Witze, aber du kannst dir nicht vorstellen, wie sich das gerade anfühlt. Hast du eine Ahnung, wie viele Leute das nicht wissen? Regisseure, Produzenten, Schauspielkollegen …«

»Und ein Metallarbeiter-Niemand entlockt es dir«, neckte er sie.

»Du bist alles, aber kein Niemand. Du machst deinen Job besser als die Hälfte meiner Kollegen ihren.«

Er zuckte die Schultern und lächelte bescheiden.

»Ganz im Ernst. Ich habe diesen Zwei-Jahres-Vertrag mit euch gemacht, weil Hunter und du so unglaublich gut seid. Eure Arbeiten sind atemberaubend. Als ich das Modell von deinem Pavillon gesehen habe, wollte ich es mir direkt mit einem guten Buch, einer Kuscheldecke und Schokolade für einen Monat darin gemütlich machen.«

»Dann muss ich dir wohl einen für deinen Garten bauen, damit du genau das tun kannst. Und ich bin mir ziemlich sicher, dass Christmas es nicht gut finden würde, wenn du es dir ohne ihn gemütlich machst.« Er lehnte die Wange an ihre und flüsterte: »Vielleicht will ich ja auch dabei sein.«

Ja, bitte. »Bau mir einen Pavillon, dann lasse ich dich vielleicht mit rein. Wolltest du schon immer mit Metall arbeiten?«

»Könnte man so sagen, zumindest wollte ich nie was anderes. Meinem Vater gehört ein Baumarkt, und als wir noch Kinder waren, hatte er nicht oft frei, aber er hat sich immer Zeit genommen, um uns auf der Suche nach Hobbys zu unterstützen, die uns Spaß machen. Und wahrscheinlich, um das Chaos auf ein gewisses Maß zu reduzieren. Wir waren mit Sicherheit anstrengend. Er hat Sky einen kleinen Schuppen als Kunstatelier gebaut. Matt hat jedes Buch bekommen, das er haben wollte, und Pete hat er beigebracht, wie man Schiffe restauriert. Es ist mir ein bisschen peinlich, und wenn du das Hunter je verrätst, streite ich alles ab, aber ich fand Hunter so cool. Er war schon immer ein bisschen miesepetrig, weniger umgänglich als Pete und Matt. Er wollte Metall schmieden und ich habe mich einfach drangehängt.«

»Du bist so selbstsicher. Ich kann mir nicht vorstellen, dass du jemand anderes für cooler als dich selbst hältst. Wahrscheinlich hat dich der Ehrgeiz gepackt und du wolltest es besser machen als er.«

Er lachte leise in sich hinein. »So hätte ich es vielleicht ausdrücken sollen, aber das stimmt nicht. Er ist mein älterer Bruder. Ich habe zu ihm aufgesehen. Soll ich dir ein Geheimnis verraten?«

»Wer steht denn nicht auf dunkle Geheimnisse?« Sie liebte diese Einblicke in seine Jugend.

»Ich finde ihn immer noch ziemlich cool.«

Dass ein erwachsener Mann so etwas zugab, machte ihn in ihren Augen nur noch attraktiver. »Und ich dachte, du wärst so ein harter Kerl.«

Christmas trottete zu ihnen herüber und streckte sich zu ihren Füßen auf der Decke aus. Grayson zog die Schuhe aus und rubbelte mit dem Fuß über sein Fell. »Ich bin ein harter Kerl.«

»Ja, das sehe ich«, neckte sie ihn.

»Was? Wie kannst du ihm nur widerstehen?« Er lehnte sich nach vorn, um Christmas den Kopf zu tätscheln.

»Kann ich nicht.« *Genauso wenig wie dir.*

Grayson wusste nicht, was Parker an sich hatte, dass er ihr all seine Geheimnisse erzählen wollte, doch der liebevolle Ausdruck in ihren Augen holte die Wahrheit an die Oberfläche.

»Ich war schon immer eher zurückhaltend, aber bei dir klappt das einfach nicht. Bei dir bin ich eher wie meine Mutter. Sie hätte ihre Gefühle nicht mal verstecken können, wenn ihr Leben davon abgehangen hätte, und genau das weckst du in mir. Das hat noch nie jemand geschafft.«

»Ich glaube, deine Mom wäre froh, dass du nach ihr

kommst«, sagte sie leise. »Du vermisst sie bestimmt.«

»Ja. Ich vermisse so vieles an ihr. Wie sie gesummt hat, wenn sie etwas verbergen wollte. Sie war furchtbar schlecht darin, Geheimnisse zu bewahren, sogar bei Geburtstagsgeschenken. Sie ist beinahe geplatzt, weil sie uns so gerne erzählen wollte, was wir bekommen.« Die Erinnerung brachte ihn zum Lächeln. »Und ihren Steak-Pie, was vielleicht eklig klingt, aber superlecker war. Aber was ich am meisten vermisse, ist das Gefühl, wenn ich nach Hause gekommen bin und sie gestrahlt hat, selbst als ich ein nerviger Teenager war. Oder wenn ich sie angerufen habe und das Lächeln in ihrer Stimme hören konnte. Sie hat sich nie lange mit Ärger aufgehalten, wenn wir was angestellt haben, sondern immer das Gute in uns gesehen.«

Parker senkte den Blick. »Ich weiß nicht, wie sich so was anfühlt.«

Seine Brust fühlte sich plötzlich eng an. »Hast du deine Eltern früh verloren?«

»Meinen Vater kenne ich nicht, und meine Mutter ist gestorben, als ich erst ein Jahr alt war.« Sie holte zittrig Luft. »Wir sind während eines schweren Erdbebens über die San Francisco-Oakland Bay Bridge gefahren. Daran erinnere ich mich natürlich nicht mehr, aber ich wünschte, ich wüsste noch irgendwas von ihr, ganz egal was.«

»Oh, Baby. Das tut mir so leid.« Er nahm sie in die Arme. Die beruhigenden Geräusche der Bay im Hintergrund wurden von ihrem rasenden Herz beinahe übertönt. »War Bert ein Verwandter? Hat er dich zu sich genommen?«

Sie schüttelte den Kopf und lehnte sich ein wenig nach hinten, um ihm wieder in die Augen zu sehen. »Man hat keine Verwandten gefunden, also bin ich bei Pflegefamilien aufgewachsen. Mit sechzehn habe ich einen Nebenjob als Aushilfe in einem Diner angenommen und dort Bert kennengelernt. Er kam jeden Sonntag. Nach meinem Highschool-Abschluss bin ich dann in Vollzeit eingestiegen. Bert war ein netter Kerl, und ich wusste, dass er als Fotograf arbeitet. Als er mich irgendwann gefragt hat, ob er mich mal fotografieren darf, habe ich ja gesagt.«

»Dir ist schon klar, wie gefährlich das war, oder?«

Sie nickte lächelnd. »Ja. Aber Bert war schon über siebzig und schwul, also war ich mir ziemlich sicher, dass er kein Interesse daran hatte, mich nackt zu sehen. Wir haben uns für einen Nachmittag im Park verabredet und er hat ein paar Fotos von mir gemacht. Danach haben wir uns öfter unterhalten und ein paar Wochen später fragte er, ob ich mal daran gedacht hätte, Model zu werden. Das war meilenweit von allem entfernt, was ich je in Betracht gezogen hatte. Ich war schon dankbar, dass ich einen Job hatte, mit dem ich genug Geld für meine Zimmermiete verdiente. Ein paar Wochen später meinte er dann, dass er meine Fotos einer befreundeten Modelagentin gezeigt hat, und hat mich gefragt, ob ich sie mal kennenlernen will. Ich stimmte zu, und einen Monat später habe ich dreimal so viel wie im Diner verdient, den Job aber gehasst. So viel Aufmerksamkeit war ich nicht gewohnt. Ich habe mich unwohl damit gefühlt, vor der Kamera als Einzige im Mittelpunkt zu stehen und mich von Leuten anfassen zu lassen, die meinen Körper in die richtige Position brachten. Keine Ahnung ... Es war einfach nicht mein Ding.«

Grayson versuchte, sie sich als Achtzehnjährige vorzustellen, die Bert vertraute und sich kopfüber in eine Branche stürzte, in der angeblich oft mit Sex für Jobangebote bezahlt wurde. »Du hattest wirklich Glück, dass Bert ein ehrlicher Kerl war. Hoffentlich hat er ernst genommen, wie unwohl dir dabei war.«

»Ich hatte Glück, dass er ehrlich *und* dass ich ihm wichtig war. Er war ein guter Mann und hat mich wie eine Tochter behandelt. Als ich ihm gesagt habe, dass ich das Modeln nicht mag, hat er ein Treffen mit Phillipa Grace für mich arrangiert, auch eine Agentin, und als ich den Entschluss gefasst habe, es mit der Schauspielerei zu versuchen, hat er mir Privatunterricht bezahlt. Er ist mit mir zu den Castings gegangen, hat mir beim Textlernen geholfen und auf mich aufgepasst. Phillipa ist immer noch meine Agentin und sie war auch immer sehr gut zu mir.«

So langsam verstand Grayson, warum sie unbedingt für Bert tun wollte, was in ihrer Macht stand. Der Mann war für sie in allen Punkten da gewesen, die wichtig waren. »Macht dir das Schauspielern Spaß?«

»Die Arbeit? Ja. Während meiner Kindheit musste ich ständig umziehen, auch wenn die Familien, bei denen ich gewohnt habe, mich immer gut behandelt haben. Stabilität war ein unerreichbarer Traum. Der Sechser im Lotto. Bei der ersten Familie war ich drei Jahre lang, musste dann aber zurück ins Heim, warum auch immer. Ein Jahr später wurde ein anderes Zuhause für mich gefunden, aber da war ich weniger als ein Jahr und in dem danach auch nicht viel länger. Den Rest kannst du dir denken.«

»Ich kann mir nicht mal vorstellen, wie das gewesen sein muss.« Er zog sie wieder an sich, weil er die Nähe brauchte.

»So ist das Leben eben, und wenn man es nicht anders kennt, entwickelt man Bewältigungsstrategien, ohne es zu merken. Wie sich nicht an andere zu binden. Aber genau das ist so toll an der Schauspielerei. Ich kann in ein anderes Leben schlüpfen und so tun, als wäre ich die geliebte Tochter, Schwester oder Mutter. Es ist, als würde man einen Wunschtraum tatsächlich erleben. Aber alles drumherum mag ich nicht.

Zu Hause in Kalifornien habe ich keinerlei Privatsphäre, und mal von dem kleinen Tequila-Absturz abgesehen, bin ich keine Partygängerin, und ich passe auch sonst nicht richtig in diese Welt.«

»Deswegen ist Polly dein Wunschtraum.« Jetzt verstand er langsam. »Und dabei lebst du den Traum vieler Menschen.«

Sie nickte und ihr Blick wurde ernst. »Ich bin wirklich dankbar für alles, was ich habe, und jede Chance, die ich bekommen habe. Wirklich. Ich weiß, wie viel Glück ich hatte. Meine Karriere hat es mir ermöglicht, die Kinderstiftung zu gründen und Kindern in instabilen Lebenssituationen etwas zu geben, an dem sie sich festhalten können. Etwas, auf das sie sich in dem Chaos zwischen Umzügen, Anpassung und auf der Suche nach neuen Freunden freuen können.«

Jetzt klang sie deutlich begeisterter und sicherer. »Ich weiß, dass es nur ein Tropfen auf den heißen Stein ist, aber wenn man im Pflegesystem aufwächst, wird alles von außen bestimmt. Man muss oft umziehen und die Kinder zurücklassen, die einem wichtig geworden sind, die man mag. Man hat keine Wahl, wird nicht gefragt. CCF gibt solchen Kindern die Möglichkeit, die Jungen und Mädchen wiederzusehen, mit denen sie Zeit verbracht, mit denen sie zusammengewohnt und zu denen sie eine Bindung aufgebaut haben. Jedes Jahr mit den gleichen Kindern an den gleichen Ort zu kommen, ermöglicht es, diese Bindungen zu stärken. So kann man die Beziehung zu dem verängstigten Mädchen erhalten, das ein Jahr oder einen Monat im Nachbarbett geschlafen hat. Es hält diese Freundschaften am Leben, statt sie zu vergessen, weil morgen in dem Bett irgendein anderes Kind liegt. Aber natürlich braucht man dafür einen Haufen Genehmigungen und Geld und es gibt massenweise Hürden und …«

»Parker.« Ihre Stärke und ihr Mut machten ihn einen Moment lang sprachlos, angesichts dessen, was sie durchgemacht hatte. Und er war perplex, wie leicht es ihr trotz des schwierigen Starts ins Leben fiel, anderen Menschen zu vertrauen. Sie offenbarte ihm hier nicht nur ihre Vergangenheit, sondern auch ihr großes Herz, ihre Hoffnungen und Träume, mit denen sie versuchte, für andere zu erreichen, was sie selbst nie bekommen hatte. Er hatte die Ziele der Stiftung unterschätzt und ihm ging auf – nicht zum ersten Mal heute –, wie viele Dinge er in seinem eigenen Leben als selbstverständlich empfand. Durch Parker wusste er seine liebevolle Familie noch mehr zu schätzen, und er wollte ihr unbedingt dabei helfen, die Stabilität zu finden, nach der sie sich so sehr sehnte. Und auch alles andere, was sie sich für andere und sich selbst wünschte.

»Tut mir leid. Ich rede schon wieder zu viel«, sagte sie zurückhaltend.

»Nein, Süße.« Er schaute ihr fest in die Augen und suchte nach den richtigen Worten. »Du bist leidenschaftlich und inspirierend und so unglaublich stark, dass ich neben dir schwach aussehe. Gott, Parker, wie überlebst du in Hollywood? Wieso hat sich noch kein Kerl Hals über Kopf in dich verliebt und trägt dich auf Händen?«

Er wartete nicht auf eine Antwort, konnte es nicht. So viel wollte er ihr noch sagen. »Ich wünschte … Ich kann es schwer in Worte fassen. Ich wünschte, dass du deine Mom nicht verloren hättest und deinen Vater kennen würdest. Ich wünschte, dass Bert immer noch für dich da wäre, und auch für mich, damit ich ihm danken könnte. Erst war ich ziemlich sauer auf ihn, dass er dir diese Briefe hinterlassen hat, die dich zu Abe geführt haben, aber er hat dir wirklich alles bedeutet. So einem Mann kann ich einfach nur dankbar sein.«

»Er war der netteste Mensch der Welt, bis ich dich kennengelernt habe. Du stehst ihm in nichts nach.«

Er strich über ihren Nacken und schob die Hand in ihre Haare. »So viel, wie Bert dir bedeutet hat, ist das das größte Kompliment, das ich je bekommen habe. Ich habe CCFs Ziele vorher nicht verstanden, aber jetzt ergibt alles einen Sinn. Jetzt begreife ich und bin so stolz darauf, daran mitwirken zu dürfen.«

»Das musst du nicht für mich sagen.«

»Nicht für dich. *Wegen* dir. Du hast mir die Augen geöffnet. Ich will Teil davon sein, Parker. Teil der Stiftung und deines Lebens.«

Hitze breitete sich zwischen ihnen aus.

»Grayson …?« Sie streckte die Arme nach ihm aus, als er sich zu ihr lehnte. In ihren Augen konnte er die gleiche Ehrfurcht für den Moment lesen, die er selbst gerade für das empfand, was sich zwischen ihnen entwickelte.

»Ich spüre es auch, Süße, und ich kann dir die Frage nicht beantworten.« Das war komplettes Neuland für ihn, Verlangen und Sehnsucht in Verbindung mit seinem Herzen, das sie nicht mehr gehen lassen wollte. »Aber ich will nicht gegen unsere Gefühle ankämpfen.«

Ihr Atem strich über seine Haut, als er ihr einen zarten Kuss auf die Ober-, dann einen auf die Unterlippe drückte. Sie schloss die Augen mit einem hingebungsvollen Seufzen und er saugte an ihrer vollen Unterlippe. Sie schmeckte so süß, dass er unbedingt mehr davon wollte und sie wieder und wieder zärtlich küsste. *Langsam, langsam, langsam,* ermahnte er sich und kämpfte gegen den Impuls an, den Kuss zu vertiefen und sie zu erobern. Er wollte jedes Einatmen, jede Berührung, jeden sehnsüchtigen Laut genießen, der ihr über die Lippen kam.

Langsam, langsam, langsam.

Sacht fuhr er die Konturen ihrer Lippen mit der Zunge nach, jeden Bogen bis zu den Mundwinkeln, die er einzeln küsste.

»Grayson«, hauchte sie zittrig.

Das Verlangen in ihrer Stimme ging ihm unter die Haut und brannte sich bis in sein Innerstes. Er schob ihr die Haare über eine Schulter und ließ die Zunge über ihre empfindliche Haut wandern, um dann eine Spur aus Küssen über ihren Hals zu verteilen. Sie atmete inzwischen schwer und grub die Fingernägel in seine Brust, während er die Lippen auf ihre Halsbeuge presste und ihren rasenden Puls unter seiner Zunge genoss. Sie schmeckte nach Sommer und Sex und so süß, wie er es sich nie hätte träumen lassen. Mit einer schnellen Drehung brachte er sich über sie und umfasste ihr Gesicht mit beiden Händen. Das Verlangen in ihren Augen war ebenso unglaublich, wie ihre weichen Kurven zum ersten Mal unter seinem Körper zu spüren. Sie drängte sich gegen seine Erregung. Sich weiter zurückzuhalten, war pure Folter, wenn auch eine herrliche. *Langsam, langsam, langsam.*

»Es wird fantastisch«, versprach er. »Wenn wir beide dafür bereit sind.«

Ein Wimmern entkam ihr, und er widmete sich wieder ihren Lippen, ohne den Kuss zu vertiefen, weil sonst aus *langsam* ganz schnell *leidenschaftlich* werden würde. Leidenschaftlich wollte er, aber erst ...

»Heute werde ich dich küssen, bis du deine Lippen nicht mehr spürst.« Er strich sacht mit dem Mund über ihren. »Bis dein Körper es nicht mehr aushält und dein Kopf so voll von Bildern von uns ist, dass du uns morgen noch schmeckst.« Er gab ihr einen Kuss auf die Wange, den Hals, den Kiefer, und

Parker seufzte verträumt auf. »Bis du nur noch ans Küssen denken kannst.« Er presste die Lippen auf ihren Hals und saugte an ihrer Haut, was ihm ein leidenschaftliches Stöhnen einbrachte. Sie bog den Rücken durch, krallte die Hände in seine Haare und brachte ihn damit an den Rand seiner Selbstbeherrschung.

»Und dann küsse ich dich einfach weiter.« Damit verschloss er ihr den Mund mit seinen Lippen und ließ seinen Worten Taten folgen.

Acht

Am nächsten Morgen wachte Parker auf, ohne dass ihr die Trauer die Luft zum Atmen raubte. Stattdessen spürte sie eine ganz andere Art von Anspannung sehr viel weiter unten. Sie ging von ihrem Geschlecht aus, das sich schmerzhaft ziehend nach Graysons Mund sehnte, und breitete sich durch ihren ganzen Körper aus, bis sie es nicht mehr aushielt. In ihrem Traum hatte seine geschickte Zunge sie am Rand der Ekstase entlangtänzeln lassen und sie in dieser süßen Folter gefangen gehalten – und genau da war sie unglaublich erregt aufgewacht und brauchte dringend Erleichterung. Sie schob eine Hand unter die Laken, in Gedanken immer noch bei ihrem Traum, und wünschte sich so sehr, Graysons Mund zu spüren. Allein die Erinnerung an seine Küsse ließ sie noch feuchter werden. Stundenlange, herrlich genießerische Küsse, auf ihrem Hals, ihrem Gesicht, ihren Schultern, ihren Ohren. Er hatte jeden Zentimeter ihrer Haut von den Schultern aufwärts mit der Zunge verwöhnt, war aber nie weiter nach unten gewandert, und als er schließlich gegangen war, konnte sie kaum noch einen Muskel rühren und stand kurz vor einem Orgasmus. Und er hatte ihr so viele süße Nichtigkeiten zugeflüstert, ihr das Gefühl gegeben, etwas ganz Besonderes zu sein, und dass sie ihm wichtig war. Mehr als das – sie fühlte sich geborgen und geschätzt, wie sie es sich schon in so vielen ihrer Rollen vorgestellt hatte. Sie schloss die Augen und hing der Erinnerung seines Gewichts auf ihrem Körper nach, seines heißen, feuchten Munds, der an ihrer Haut saugte, und seiner Worte, die sie umfingen. Sie hatte gespürt, wie sich seine harte Länge gegen sie drückte, und erinnerte sich, wie gut sich das an ihrem Schritt angefühlt hatte, während sie nun auch die andere Hand unter die Bettdecke schob. Mit einer verwöhnte sie den Punkt in ihrem Inneren, mit der anderen ihre Klitoris, was sie innerhalb kürzester Zeit zum Höhepunkt bringen würde. Oh, sie hatte sich schon lange keine Lust mehr verschafft und noch länger mit keinem Mann geschlafen. Es dauerte nicht lange, bis der Orgasmus fast in greifbare Nähe rückte. Sie biss die Zähne zusammen und drängte sich ihrer Hand entgegen. Gleich war sie …

Wuff!

Sie riss die Augen auf. Christmas saß neben dem Bett, hatte den Kopf auf die Matratze gelegt und beobachtete sie. *Ist das sein Ernst?* Sie schloss die Augen und versuchte, sich wieder in ihrer Fantasie zu verlieren, aber jetzt hörte sie nur noch Christmas atmen und nicht mehr die Geräusche von Graysons Küssen. Langsam öffnete sie ein Auge wieder.

»Geh auf deinen Platz«, forderte sie den Hund auf.

Er winselte. Sie machte das Auge wieder zu in der Hoffnung, dass er sich hinlegen würde. Doch er winselte erneut, also schlug sie widerstrebend die Augen wieder auf. *Verflixt!* Sie zog ihren Slip wieder ganz hoch und schlug die Bettdecke zurück, weil sie seinem traurigen Hundeblick einfach nichts entgegenzusetzen hatte.

»Ich hatte seit Monaten keinen Orgasmus mehr und du

musst ausgerechnet jetzt raus?« Sie ging nach unten, um ihm die Tür zu öffnen, doch bis sie zurück in ihrem Schlafzimmer war, war die Stimmung verflogen. Jetzt brauchte sie eine kalte Dusche. Eiskalt.

Arktisch.

Vielleicht sollte sie zweimal duschen.

Nachdem sie wieder angezogen war und sich ihre Parker-Collins-Fassade geschminkt hatte, konnte sie zum ersten Mal seit Wochen wieder klar denken – und fühlte sich so sexy wie … vermutlich noch nie. Ihr war gar nicht klar gewesen, wie sehr sie in ihrem Selbstmitleid versunken war. Das hätte Bert nicht gewollt. Sie selbst wollte das nicht, und nun war sie endlich bereit, einen Schritt nach vorne zu machen. Mit Graysons Entwürfen für das Geländer ging sie nach draußen in den Garten, wo Christmas Vögel von einem Ende zum anderen jagte. *Wie schön, dass du Spaß hast. Orgasmus-Killer.*

Die Sonne lachte vom Himmel und trotz des frühen Morgens wurde es schon warm. Parker breitete die Zeichnungen auf dem Verandatisch aus und bestaunte Graysons Kunstfertigkeit. Die Geländerdesigns waren gewagt und einzigartig, wie er selbst. Er hatte sich für ein Meeresthema mit Seegras, Fischen und ineinander verschlungenen Metallelementen entschieden, die das Ganze aussehen ließen, als würden Wellen die Fische die Treppe hinauftragen. Sie selbst wäre nie auf die Idee gekommen, Tiere in ein Treppengeländer einzubauen. Er hatte genaue Vorstellungen von dem, was er machen wollte, und hielt auch nicht mit seiner Meinung hinterm Berg, selbst wenn sie ihrer widersprach. *Und er küsst mich, bis ich keinen klaren Gedanken mehr fassen kann, und gibt mir ein Gefühl von Geborgenheit, das mir eine Heidenangst einjagt.*

Sie schaute von den Entwürfen auf, weil ihre Gedanken

ohnehin nur darum kreisten, wie sie sich am vergangenen Abend mit ihm gefühlt hatte. Sie wanderte zum anderen Ende ihres Gartens und beobachtete eine junge Familie, die weiter unten am Strand spielte. Diese Gefühle konnten nach so kurzer Zeit noch nicht echt sein. Oder? Die Monate des E-Mail-Austauschs zählten ja auch, aber es ging trotzdem doch alles ziemlich schnell. Oder war sie so sehr in ihrer Trauer um Bert versunken, dass sie diese Emotionen falsch deutete? Sie war noch nie jemand gewesen, der sich schnell verknallte, aber auf andere traf das durchaus zu, und sie wollte nicht mehr in Graysons Verhalten hineininterpretieren, als sie sollte. Sie arbeitete in einer Branche, in der nur zählte, was die Karriere weiter voranbrachte. Wo Dinge und Menschen zu einhundert Prozent austauschbar waren. Das hatte sie beruflich wie persönlich schon so oft erlebt. Die Männer, die mit ihr ausgehen wollten, fielen in mindestens eine von drei Kategorien. Die, die auf der Suche nach was fürs Auge waren. *Aber hübsch zu sein, ist nichts Besonderes. Das hängt hauptsächlich von den Genen ab.* Männer auf der Suche nach einer schnellen Nummer. *Falsche Frau dafür.* Und dann gab es noch die, die sie als Trittbrett für ihre Karriere benutzen wollten. Mit ihr zusammen abgelichtet zu werden, brachte sie ins Gespräch, und mit ein paar heißen Gerüchten war man schnell in aller Munde. Solche Kerle erkannte sie meist schon von Weitem. Die paar, mit denen sie eine Weile zusammen gewesen war, hatte sie in der Gruppe *beste Lügner* zusammengefasst. Die waren unter ihrem Radar durchgeschlüpft und hatten erst später ihr wahres Gesicht gezeigt.

Und dann war da Grayson.

Dass Grayson sie hübsch fand, war offensichtlich. Sie sah es in seinen Augen, hörte es in seiner Stimme – aber dass sie ein

Promi war, schien ihm vollkommen egal zu sein, und das machte ihn für sie noch anziehender. Sex hatte nie einen hohen Stellenwert für sie eingenommen, aber Graysons Küsse waren so heiß. Und er strahlte aus, dass er wusste, was er tat. Oh ja, sie dachte definitiv an Sex. Oft. Er hatte recht, heute hatten es andere Gedanken schwer, damit zu konkurrieren. Aber die tiefe Verbindung, die sie zu ihm empfand, ging weit über die Küsse hinaus, die sie miteinander geteilt hatten. Sie war in allem, was er tat und sagte. Seit zehn Monaten verliebte sie sich in seine Gedankengänge, schuf eine Basis ohne die Ablenkung durch Eifersucht, Materialismus oder die Presse.

Ihr Blick schweifte über das dunkle Meer und ein tiefer Frieden überkam sie. Sie beobachtete die Kinder, die am Ufer spielten, wie ihre Eltern lächelnd Händchen hielten. Gestern Abend war sie so glücklich mit Grayson und seinen Geschwistern und Freunden gewesen, was sie wieder daran erinnerte, wie viel er für den Auftrag für die Stiftung aufgab.

Christmas gab ein *Wuff* von sich und galoppierte in Richtung Einfahrt, die Grayson gerade hinauffuhr. Parker musste sich davon abhalten, ihrem Hund hinterherzurennen. Das Logo von Grunter's Ironworks auf der Seite des Pick-ups erinnerte sie an seinen Kommentar darüber, dass er nur ein Metallarbeiter-Niemand war, und ihr Herz setzte einen Schlag aus. Das war natürlich ein Scherz gewesen, aber tatsächlich schauten Leute aus der Unterhaltungsbranche gerne mal auf Menschen herab, die nicht dazugehörten. Das hatte sie schon immer wütend gemacht, doch sie wusste, dass man solche Leute nicht ändern konnte. Es war einfach eine der bitteren Wahrheiten der Branche.

Grayson stieg aus dem Auto, ging in die Knie, um ihren Hund zu knuddeln, und ließ Christmas' schlabbernde Küsse lächelnd über sich ergehen. Sie hasste es, Christmas zu Hause lassen zu müssen, während sie drehte. Aber Filmsets waren selten haustierfreundliche Umgebungen, insbesondere für große Hunde, die Aufmerksamkeit so sehr liebten wie ihrer. Ihr wurde so warm ums Herz, als sie nun beobachtete, wie Grayson ihn mit Zuwendung überschüttete, ohne sich um müffelnden Hundeatem, Sabber oder Haare auf seiner Kleidung zu scheren. Sollten die Leute von seinem Beruf halten, was sie wollten. Sie mochte Graysons Welt und ihn noch viel mehr.

Ich bin hier. Das ist mein echtes Leben und ich werde es voll auskosten.

Christmas trottete mit einem riesigen Knochen im Maul zufrieden neben ihm her, was ihr gleich noch wärmer werden ließ.

»Du hast meinem Schatz ein Geschenk mitgebracht?« Sie schlang die Arme um Graysons Nacken und gab ihm einen Kuss.

»Mhm. Und dir habe ich auch was mitgebracht.« Er küsste sie noch einmal leidenschaftlich, was ihr eine wohlige Gänsehaut bescherte.

»Ja, hast du«, sagte sie verträumt.

Christmas schob den Kopf zwischen sie, weil er offenbar noch nicht genug von Grayson hatte. Der lachte, umfasste den Kopf des Hunds mit beiden Händen und gab ihm einen Kuss auf die Schnauze. »Ich brauche mal einen Moment für deine Mom, Kumpel. Geh dein Leckerchen fressen.« Er hielt ein zusammengerolltes Papier hoch. »Noch ein paar Vorschläge.«

»Aber ich finde die Fische großartig. Die passen perfekt zum ganzen Anwesen.«

Er entrollte die neuen Entwürfe über den alten. »Das finde ich auch. Aber …« Er zog eine Augenbraue hoch. »Du hast ja nur ein Dutzend Änderungswünsche gehabt.«

»So genau habe ich sie mir noch nicht angeschaut.«

Er legte ihr die Arme um die Taille. »Warum hast du überhaupt auf so vielen Änderungen bestanden?«

»Keine Ahnung«, wich sie ihm aus. »Ich wollte wohl einfach daran arbeiten, bis es sich richtig anfühlt.« *Oder bis ich endlich genug von deinen E-Mails gelesen habe.*

Er verengte die Augen zu Schlitzen. »Und ich hatte gehofft, dass du einfach nur mehr Zeit für uns schinden wolltest.«

»Hast du nicht.« Das Geständnis lag ihr auf der Zunge, aber sie befürchtete, dass er ihr nicht glauben würde, nachdem er so präzise ins Schwarze getroffen hatte.

»Die Hoffnung war da.« Bevor sie jedoch antworten konnte, fuhr er fort: »Gestern Nacht hatte ich sehr viele lange, einsame Stunden, um an dich zu denken.«

»Ich auch.« Ihre Wangen wurden heiß, als sie sich an das kleine Szenario in ihrem Kopf vom Morgen erinnerte. »Du hast dein Versprechen definitiv gehalten.«

Er lehnte sich für einen weiteren Kuss zu ihr. »Fragst du dich schon, was das Versprechen für heute Abend sein wird?«

Ihr fielen spontan etwa ein Dutzend Sachen ein, die sie gerne hören würde – und alle beinhalteten, dass sie dabei nackt waren.

»Schau besser anders, bevor noch jemand ein Foto von deinem Gesicht macht und es mit der Bildunterschrift: ›Sexy Schauspielerin sabbert heißem Künstler nach‹ im Internet postet.«

»Das mag ich so an dir. Du bist so bescheiden.«

»Manchmal ist es schon ein bisschen peinlich«, erwiderte er ernst. »Wie sehr du mich anstarrst.«

Sie versetzte ihm einen Klaps, was ihr ein tiefes, anziehendes

Lachen einbrachte.

Er deutete auf die Entwürfe. »Konzentrier dich.« Dann bedachte er sie jedoch mit einem verführerischen Blick und murmelte: »Verdammt. Du bringst mich noch um den Verstand.«

»Tut mir leid. Moment mal. *Du* hast *mich* geküsst.«

»Stimmt. Sorry.« Er fuhr sich mit einer Hand durch die Haare und atmete geräuschvoll aus.

Sie genoss es, dass sie ihren sonst so beherrschten Kerl genauso aus der Fassung bringen konnte wie er sie.

»Ich habe gestern noch über unser Gespräch nachgedacht.«

»Und für dich entschieden, dass eine Frau, die so zwischen zwei Welten festhängt, doch nicht dein Ding ist?« Sie formulierte es als Scherz, aber ihre Sorge dahinter war echt.

»Ganz weit daneben.« Er gab ihr einen Kuss auf die Nasenspitze. »Mir ist klar geworden, dass du Wurzeln brauchst. Dicke, stabile, unzerstörbare Wurzeln.« Er wandte sich wieder den Entwürfen zu und fuhr die Linien mit einem Finger nach. »Deswegen ist mir die Idee mit diesen Baumstämmen gekommen, die als Geländerpfosten dienen und deren Wurzeln sich um die Stufen ranken. Siehst du die verschlungenen Äste, die sich an der Treppe entlangwinden? Die könnten wir als eigentliches Geländer benutzen und dazwischen dünnere Zweige, ein paar Blätter und, wenn du willst, einen Vogel oder zwei für Christmas einarbeiten. Damit bekommt das Ganze einen weniger gleichförmigen, individuelleren Look.«

Wurzeln. Er hatte ihr wirklich zugehört, und es berührte sie tief, dass er bei dem Entwurf für diesen Hingucker in ihrem Haus auch ihren Hund mit einbezogen hatte.

»Die Idee gefällt mir wirklich gut.«

»Das dachte ich mir.« Er deutete erneut auf die Zeichnungen. »Dieses Motiv könnten wir entlang der Galerie über dem Wohnzimmer weiterführen. Ich stelle mir da eine Mischung aus verschiedenen Metallen vor, mit Wurzeln, die über die Kante des Holzes hängen und vielleicht bauen wir einen großen Baum mit dekorativen Holzpfosten zwischen den einzelnen Bereichen ein, damit es optisch zum oberen Stockwerk passt. Für die Holzarbeiten müssten wir vielleicht meinen Freund Blue engagieren. Er ist ein hervorragender Handwerker. Du kannst aber natürlich auch das normale Geländer behalten, das schon da ist.«

»Nein, das ist so viel besser und bedeutungsvoller.«

»Bist du dir sicher? Ich weiß, dass du sicher einen Haufen Änderungswünsche hast, und das ist auch okay.«

»Dieses Haus ist viel zu leer. Ich hatte gehofft, dass sich das ändert, wenn die Stiftung es übernimmt und die Kinder anfangen, es zu nutzen. Aber jetzt weiß ich, was ihm fehlt. Hier wurden nur die hochwertigsten Materialien verbaut, aber nicht mit Herzblut. Es ist kein Zuhause. Nur ein Haus. Wie konnte mir das entgehen?«

»Du wolltest den Kindern nur das Beste geben.«

»Aber das hier …« Sie schaute auf die fantastischen Zeichnungen. »*Das* ist das Beste. Dieses Design ist perfekt so, wie du es entworfen hast. Mit einem Vogel oder zwei für Christmas.«

»Ah, doch eine Änderung.« Er staubte noch einen Kuss ab. »Freut mich, dass es dir gefällt, aber ich arbeite schon lange genug mit dir, um zu wissen, dass du deine Meinung bis morgen noch mal änderst. Lass sie für einen Tag oder zwei liegen und dann reden wir noch mal darüber?«

Sie hakte einen Finger in seine Gürtelschlaufe ein und zog ihn dichter zu sich. Erst jetzt fiel ihr auf, dass er ein Polohemd und kein T-Shirt trug. Kurz fragte sie sich, ob er das für ihr

Image angezogen hatte, da sie heute Abe noch einmal besuchen würden. Das würde zu ihm passen. Daraufhin entschied sie, ihre teure Hose und die Bluse gegen etwas Legereres zu tauschen. Er gab sich so viel Mühe für sie. Jetzt war sie dran.

Auf dem Weg nach Brewster besprachen sie den bevorstehenden Besuch. Parker war fest entschlossen, zu Abe durchzudringen, und Grayson war genauso fest entschlossen, dafür zu sorgen, dass sie Abes Suite so selbstbewusst verließ, wie sie sie betrat. Er würde nicht zulassen, dass der alte Mann ihr die Laune verdarb. Nicht jetzt. Nicht nach gestern Abend.

Nie wieder.

Als sie das Resort betraten, griff sie nach seiner Hand und schenkte ihm ein Lächeln, das weder einstudiert noch aufgesetzt aussah. Inzwischen kannte er den Unterschied, was ihn überraschte. Wann hatte er angefangen, solche Sachen zu bemerken? Diese simple Geste, mit der sie ihre Beziehung in aller Öffentlichkeit anerkannte, nahm ihm eine Angst, von der er gar nicht gewusst hatte, dass sie in ihm schwelte. Es war eine Sache, sich in einer schummrigen Bar zu küssen. Am helllichten Tag in einem gehobenen Resort Händchen zu halten, wo alle Leute piekfein herausgeputzt waren und sich benahmen, als hätten sie eine Gelddruckmaschine im Keller, stand jedoch auf einem ganz anderen Blatt – und er fiel hier auf wie ein bunter Hund. Erst hatte er überlegt, eine Anzughose und ein Hemd anzuziehen, aber er würde nicht vorgeben, jemand zu sein, der er nicht war. Das Polohemd war schon eine Stufe mehr als seine normalen Shirts, aber das war für Parker und nicht für die feinen Pinkel hier.

Während sie die Lobby durchquerten, versuchte Grayson abzuschätzen, ob die Männer Parker anstarrten, weil sie sie erkannten, oder ob sie einfach nur die schöne, blonde Frau in dem sexy, kurzen Sommerkleid bewunderten. Der Saum reichte ihr nicht mal bis ans Knie, was in ihm das Verlangen weckte, die Hände über ihre herrlichen Schenkel gleiten zu lassen – und ihnen dann mit dem Mund zu folgen. Es hatte ihn positiv überrascht, dass sie in ihrer schicken Hose und der Bluse ins Haus gegangen und in diesem Kleid wieder herausgekommen war. Ihre Haltung hatte etwas von der Anspannung verloren, sie flirtete sogar ein bisschen mit ihm und schien sich insgesamt in ihrer Haut wohler zu fühlen.

»Das Kleid steht dir hervorragend«, sagte er, während sie auf den Aufzug warteten.

Sie blinzelte ein paarmal, als würde sie ihre Antwort abwägen. »Danke. Ich habe es für dich angezogen.«

Verdammt, das fühlte sich großartig an. Sie betraten den Aufzug und nachdem die Türen sich hinter ihnen geschlossen hatten, zog er sie in die Arme. »Dein Herz klopft so schnell. Nervös?«

»Ja, aber ich glaube, dass das mehr mit dir als mit Abe zu tun hat.«

»Das ist die beste Variante von nervös, Süße.« Dieses Mal wollte er ihren Lippenstift nicht verschmieren und küsste sie daher auf die Wange. Als sie einen erfreuten Laut von sich gab, suchten sich seine Lippen einen Weg ihren Kiefer entlang bis zur empfindlichen Haut unterhalb ihres Ohrs. Sie schmiegte sich an ihn wie eine Katze und schnurrte praktisch, als er ihren schönen, verführerischen Hals liebkoste. Der sexy Laut vibrierte zwischen ihnen.

»Mehr«, flüsterte sie.

Er setzte die Zähne ein und saugte leicht an ihrer Haut, weil er sich daran erinnerte, dass sie das mochte. Sie klammerte sich an seinen Kopf und hielt ihn unnachgiebig an Ort und Stelle, während er sie nach Herzenslust verwöhnte. Ihr weiblicher Duft lockte ihn, und er verlor sich zunehmend in dem leisen Ächzen, das sie bei jeder Bewegung seiner Zunge ausstieß.

»Mehr«, wiederholte sie und drängte das Becken gegen seine harte Länge.

Er warf einen Blick auf die Anzeige. *Noch sechs Stockwerke.* Er brauchte mehr von ihr. Also legte er die Hände auf ihre Oberschenkel und drückte sie sanft, während er über ihre bebenden Muskeln nach oben unter ihr Kleid glitt.

»Grayson«, flüsterte sie.

»Hm?« Er behielt die Etagenanzeige im Auge, und ihm war bewusst, dass ihnen nur noch wenig Zeit blieb. Trotzdem strich er mit der Zunge von ihrer Schulter ihren Hals hinauf.

»Nichts«, sagte sie hastig. »Hör nicht auf.«

Nichts hält mich jetzt noch auf. Er umfasste ihren Hintern unter dem Kleid – *Kein Stoff? Oh verdammt!* – und schob eine Hand in ihren Schritt, wo er den knappen Tanga beiseiteschob, während sie die Beine weiter auseinanderstellte. Er hatte sie am Vorabend so gerne berühren wollen, aber ihm war klar gewesen, dass sie eine andere Art von Intimität und Zärtlichkeit brauchte. Um sich selbst hatte er sich gekümmert, nachdem er wieder zu Hause war, und dann noch mal heute Morgen, um sein Verlangen unter Kontrolle zu bekommen, doch nun ließ sie den Kopf nach vorne sinken und flüsterte: »Ja, ja, ja«, als er die Finger über ihre feuchte Mitte wandern ließ. Jetzt brauchte sie das genauso sehr wie er.

»Am liebsten würde ich vor dir auf die Knie gehen und dich

mit dem Mund um den Verstand bringen«, murmelte er an ihrem Hals.

Sie gab einen Laut zwischen Wimmern und Betteln von sich, und er wünschte, sie hätten den ganzen Tag nur für sich.

Er streichelte ihr Geschlecht, was ihr erneut ein erotisches Vibrieren entlockte, und drang mit den Fingern in ihre samtige Hitze ein. »Gott, Baby.«

Um Beherrschung bemüht lehnte er die Stirn gegen ihre, aber er wusste, dass er hier nicht wegkonnte, ohne einen lustvollen Aufschrei von ihr zu hören. Sie atmeten beide schwer, als er mit dem Daumen ihre Klitoris umkreiste und ihr wieder ein sinnliches Stöhnen entkam, bevor er die Finger tief in sie schob und nach der Stelle in ihr suchte – und sie fand –, die sie verrückt machte. Sie grub die Fingernägel in seine Oberarme, und er saugte an ihrem Hals, während sie sich immer wieder gegen seine Hand bewegte. Sie kniff die Beine fest zusammen und ihr Atem wurde flacher, bevor sie seinen Namen keuchte.

»Grayson, Grayson, Grayson.« Er spürte das Pulsieren, das ihn heiß und eng umfing, als sie der Höhepunkt überrollte – und er trieb sie noch weiter.

»Du bist so schön, wenn du für mich kommst, Baby.« Er zögerte ihren Orgasmus hinaus, bis sie den Kopf mit geschlossenen Augen in den Nacken sinken ließ. »So heiß, Baby, so sexy«, flüsterte er und sie genoss keuchend die Nachwehen ihres Höhepunkts.

»Mehr«, flehte sie.

Er warf einen Blick auf den Halten-Knopf und zog ernsthaft in Betracht, ihn zu drücken. Sie wollte es, und er war so verflucht erregt, dass seine pochende Länge sich unangenehm gegen den Stoff seiner Hose drückte, aber der Besuch bei Abe war zu wichtig für Parker, um ihn für ein bisschen Befriedigung sausen zu lassen.

Noch zwei Stockwerke.

»Später«, brachte er mühsam hervor. Er zog seine Hand zurück und legte ihr die feuchten Finger an die Lippen. »Aufmachen.« Ihre Augen wurden groß und Hitze flammte in ihnen auf, doch sie gehorchte. Er strich mit den Fingern über ihre Zunge, als wären sie sein Schaft – und Gott, wie sehr wünschte er sich das gerade. Sie schloss die Lippen um seine Finger, und er wäre beinahe in seiner Hose gekommen, als er sie dabei beobachtete, wie sie ihre eigene Feuchtigkeit von seiner Haut leckte. *Was ich alles mit deiner Zunge anstellen will …*

Noch ein Stockwerk.

Er zog die Finger aus ihrem Mund und steckte sie sich in den eigenen, ohne den Blick von ihrem zu lösen. Sie starrte ihn gleichermaßen überrascht wie fasziniert an. *Oh, ja. Gehen wir noch einen Schritt weiter.*

»Ich will deinen hübschen Lippenstift nicht verschmieren, aber ich will deinen sexy Mund.« Er umfasste ihr Gesicht mit beiden Händen und stoppte nur Millimeter vor ihren Lippen, um von dort mit der Zunge nach ihrer zu tasten. Sie ging sofort auf das sinnliche Spiel ein und kam jeder Bewegung mit ihrer Zunge entgegen, was ihn beinahe den Verstand verlieren ließ.

Als der Aufzug schließlich anhielt, gab er ihr noch einen Kuss auf die Stirn. »Oh ja, Baby. Du hast definitiv eine unanständige Seite.«

Neun

Ich habe eine unanständige Seite? Ich habe eine unanständige Seite. Omeingott! Ich habe eine unanständige Seite! Parkers Körper kribbelte vom Kopf bis zu den Zehen. Das hätte sich vermutlich nicht so aufregend anfühlen sollen, vor allem angesichts der Tatsache, dass ihr Tanga feucht war und sie gerade etwas in einem Aufzug getan hatte, was sie sich nicht mal in ihren wildesten Träumen hätte vorstellen können – aber das tat es. Da musste wirklich etwas Unanständiges in ihr lauern, denn sie hatte das Bedürfnis verspürt, jeder von Graysons Anweisungen zu folgen, nachdem er sie mit einem tiefen, erotischen Knurren aufgefordert hatte, den Mund für ihn zu öffnen.

Grayson legte ihr wieder eine Hand auf den Rücken, als sie den Aufzug verließen. *Die Hand, die er gerade noch zwischen meinen Beinen hatte – und in meinem Mund. Ach du Schande. Wie soll ich da drin klar denken?*

»Macht es dir was aus, wenn wir einen Abstecher zur Toilette machen, bevor wir zu Abe gehen?«, fragte er gelassen wie immer.

Dieser Kerl … Ihr Körper fühlte sich an, als würde jedes Nervenende blank liegen.

»Du hast mich so heiß gemacht, dass ich platze, wenn ich

mich nicht in den nächsten zehn Sekunden abkühle«, raunte er ihr ins Ohr.

Sie folgte seinem Blick zu der beeindruckenden Ausbuchtung hinter dem Reißverschluss seiner Jeans. Ihr Grinsen sah vermutlich ziemlich selbstzufrieden aus, was ja auch passte.

»Sorry«, gab sie zurück, bevor sie auf der Damentoilette verschwand.

Zehn Minuten später standen sie an Abes Bett. Parkers Herz schlug so schnell, dass sie sich am liebsten an eine seiner blinkenden Maschinen angeschlossen hätte, um sicherzugehen, dass sie keinen Infarkt hatte. Doch ihr Puls raste nicht mehr wegen dem, was sie mit Mr. Unanständig im Aufzug gemacht hatte. Abe schien über Nacht zehn Jahre gealtert zu sein und das holte sie auf den harten Boden der Realität zurück. Es schmerzte sie, ihn so zu sehen. Am liebsten würde sie sich neben ihn legen und ihn in die Arme nehmen, um sein Leiden zu mildern, auch wenn er zu Bert und gestern auch zu ihr so gemein gewesen war.

»Schön, Sie wiederzusehen, Abe. Wie geht's Ihnen heute?« Sie griff nach Graysons Hand, weil sie seinen Rückhalt brauchte, um sich zu beruhigen.

»Ich bin noch da«, gab er missgelaunt zurück.

Wäre er lieber tot? Grayson zog eine Augenbraue hoch, und sie wusste, dass er sich das Gleiche fragte.

»Ich bin froh, dass Sie noch da sind. Mein Freund Grayson ist auch wieder mitgekommen.«

»Habe ich bemerkt.« Abe klang gelangweilt. »Lacroux?«

»Ja, Sir«, antwortete Grayson. »Woher wissen Sie, wie ich heiße?«

»Denken Sie, ich lasse jeden einfach so in meine Räume? *Ein Freund,* so haben Sie sich doch bezeichnet.« Er schnaubte spöttisch. »Schon toll, was man mit ein bisschen Geld herausfindet. Ich wusste schon, wer Sie sind, bevor sie gestern reinkamen. Metallkünstler. Und ein ziemlich guter, soweit ich weiß.«

»Danke«, sagte Grayson, warf Parker aber einen ungläubigen Blick zu.

Abe war so reich, da überraschte sie das nicht. In ihrer Branche war so etwas gang und gäbe. Die Geschwindigkeit, mit der er an die Informationen gekommen war, beeindruckte sie allerdings.

»Also, reden Sie«, fuhr Abe sie an und bekam prompt einen Hustenanfall. Sein schmaler Oberkörper hob sich von der Matratze und seine Halsmuskeln traten bei jedem Huster vor Anstrengung hervor.

Parker schnappte sich ein paar Taschentücher vom Beistelltisch und drückte sie ihm in die Hand. »Alles in Ordnung?«

Die Tür wurde geöffnet und die Pflegekraft eilte zum Bett. »Sir?«

Er winkte nur abwehrend ab und räusperte sich lange und tief, bevor er wieder auf die Matratze sank. Die Pflegerin musterte ihn, verließ das Zimmer dann jedoch wortlos wieder.

»Wir können auch ein andermal wiederkommen«, bot Parker an.

Er machte erneut eine wegwerfende Handbewegung. »Reden Sie.«

Parker drückte Graysons Hand. Wieder und wieder war sie während der Fahrt im Kopf durchgegangen, was sie ihm sagen wollte, aber nichts davon fühlte sich echt an. Es wirkte *einstudiert*, wie eine Rolle, und das wollte sie nicht, also ließ sie ihr Herz für sich sprechen.

»Sie wollen wahrscheinlich nicht über die Vergangenheit reden, aber …«

»Sagen Sie mir nicht, worüber ich reden will.« Abe klammerte sich ans Bettlaken. »Hat Ihnen nie jemand beigebracht, wie man die Führung in solchen Situationen übernimmt?«

»Tut mir leid. Ich bin nervös.« Sie schluckte hart, weil sie das eigentlich nicht hatte zugeben wollen.

»Nervös ist gut. Das heißt, dass Sie noch am Leben sind«, erwiderte Abe nickend. »Spucken Sie's aus, bevor Ihrem Freund noch der Kragen platzt.«

Sie warf Grayson einen Seitenblick zu, der in der Tat immer noch sehr angespannt wirkte. Er schenkte ihr ein Lächeln und der Hauch von Verführung, der ihrem kleinen Intermezzo im Aufzug geschuldet war, beruhigte sie ein wenig.

»Das hier fällt mir nicht leicht«, sagte sie. »Aber ich werde versuchen, es zu erklären.«

»Zügig«, sagte Abe.

»Ja, Sir. Zügig.« Sie holte noch einmal tief Luft. »Bert hat mir sehr viel bedeutet. Ganz egal, was zwischen Ihnen vorgefallen ist – er war ein guter, freundlicher, talentierter Mann, und ich war nicht für ihn da, als er gestorben ist. Ich war bei Dreharbeiten.« Sie spürte Graysons Blick auf sich und ihr ging auf, dass er das auch noch nicht wusste.

»Ich konnte mich nicht verabschieden, und er hat mir nicht erzählt, warum er mir die Briefe hinterlassen hat, die Sie zurückgeschickt haben. Aber ich weiß, dass Sie ihm wichtig waren, und Bert war mir wichtig. Und es macht mich traurig, dass Sie all diese Jahre mit ihm verloren haben, die sie mit ihm hätten verbringen können. Sie waren eine Familie!« Kein Schauspielunterricht der Welt hätte sie auf die Wut und Trauer vorbereiten können, die einer Quelle tief in ihr entsprangen, von deren Existenz sie bisher nichts geahnt hatte. »Es gibt Menschen, die alles dafür tun würden, eine Familie zu haben.

Ich bin im Pflegesystem aufgewachsen und habe von dem geträumt, was Sie weggeworfen haben. Ihn aus ihrem Leben zu streichen war egoistisch und gemein, und ich möchte es verstehen. Um … keine Ahnung. Die Kluft zu überbrücken, bevor … bevor …«

»Bevor ich sterbe«, beendete Abe den Satz für sie und starrte an ihr vorbei ins Leere.

»Ja«, gab sie leise zu. Grayson drückte ihr einen Kuss auf den Kopf.

Unangenehmes Schweigen breitete sich im Raum aus. Parker suchte nach einem Hinweis darauf, was gerade in Abe vor sich ging, aber er war nicht zusammengezuckt, hatte nicht geseufzt, geschnaubt oder die Hände zu Fäusten geballt. Als sich seine graublauen Augen schließlich wieder auf sie richteten, wirkte er noch ein gutes Stück älter als noch vor ein paar Minuten. Seine Wangen waren eingefallen, die Ringe unter seinen Augen sahen dunkler aus und seine bleichen Lippen bewegten sich nicht.

Schließlich holte er angestrengt Luft. »Das war ja eine ordentliche Ladung.«

»Ja. Tut mir leid«, sagte sie leise.

»Ehrlich.« Seine Augen weiteten sich ein wenig. »Und für Amerikas Liebling auch ziemlich gemein.«

»Tut mir leid.« *Verdammt.*

»Schon okay«, flüsterte Grayson ihr zu.

»Ist es das?« Abes Stimme klang ein wenig kräftiger.

»Ja«, gab Grayson selbstsicher zurück. »Sie musste das loswerden, und Sie mussten es vermutlich hören. Das wissen Sie natürlich nur selbst, aber sie musste es definitiv laut aussprechen.«

Abe nickte und auf seiner Stirn entstanden noch mehr tiefe

Falten. »Der Bert, den Sie gekannt haben … Hatte er ein Ziel? War er ehrgeizig? Klug?«

»Ja. All das.« Parkers Herz klopfte wie wild. Dass sie ihn nicht einschätzen konnte, machte ihr mehr zu schaffen als seine Wut.

»Das war er früher nicht«, sagte Abe. »Als wir noch jung waren, bin ich aufs College gegangen und habe anschließend Tag und Nacht in der Supermarktkette unseres Vaters geschuftet, um das Geschäft von der Pike auf zu lernen. Er hat währenddessen einen auf armen Künstler gemacht. Hat weiß der Teufel wo genächtigt und *gemalt*.« Er schnitt eine Grimasse, als würde das Wort einen sauren Geschmack in seinem Mund hinterlassen. »Das Familienunternehmen hätte er nie führen können. Er hatte nicht das Zeug dazu, dreißig Filialen zu leiten, vierzehn Stunden am Tag zu arbeiten, die Finanzen und rechtlichen Aspekte im Auge zu behalten. Wir hätten alles verloren. Er war zu weich, wie unser *Vater*.« Ein weiteres Wort, das ihn anzuekeln schien.

Die abfälligen Worte über Bert legten in Parker einen Schalter um. »Ich werde nicht mit Ihnen darüber streiten, ob Bert nun das Unternehmen hätte führen können oder nicht, und es ist mir auch egal, was sie von dem Lebensstil gehalten haben, den er führte, während er zu dem herausragenden Fotografen geworden ist, der er war. Ich will nur …« *Was? Was will ich eigentlich? Warum bin ich hier?* Der Gedanke ließ sie stutzen. Sie wollte die Vergangenheit der beiden wieder ins Lot bringen, aber in diesem Moment verstand sie, dass das nicht ging und auch nicht ihre Aufgabe war. Dennoch wollte sie die Verbitterung in Abes Herz lindern, auch wenn ihm nicht bewusst war, dass er das brauchte.

»Ich wollte nur, dass Sie wissen, dass Bert Sie geliebt hat«, sagte sie schließlich. »Und ich weiß, dass er gerne den Kontakt mit Ihnen wieder aufgenommen hätte. Es hat ihm wehgetan, dass Sie seine Briefe zurückgeschickt haben, aber ich weiß, dass er Ihnen vergeben hätte, wenn er die Möglichkeit dazu bekommen hätte.«

»Ich habe den ersten Brief gelesen«, fuhr Abe sie an und der Zorn kehrte in seine zusammengekniffenen Augen zurück. »Er wollte es ausdiskutieren, sich rechtfertigen.«

»Hätten Sie das nicht gewollt?«, schoss Grayson zurück. »Wenn es andersherum gewesen wäre, hätten Sie sich nicht verteidigt? Es ausdiskutiert, bis die Verhältnisse wieder klar gewesen wären? Bis Sie und Ihr Bruder – ihr Fleisch und Blut – wieder eine stabile Beziehung gehabt hätten?«

Sie schaute ihn an, doch Grayson hielt den Blick fest auf Abe gerichtet. Seine Kiefermuskeln waren angespannt und sein Ton fest, doch in seinen Augen erkannte sie Mitgefühl.

Abe starrte stur geradeaus und drehte nicht einmal den Kopf in Graysons Richtung. »Hat mich nicht viel Mühe gekostet, meinen Vater davon zu überzeugen, dass er ihm nicht vertrauen kann. *Pff.* Das war so einfach. Die beiden waren einfach nur armselig.«

Grayson nahm die Hand von ihrer Taille und ballte sie zur Faust. Sein Mitgefühl war wie weggeblasen. »Sie haben Ihren Bruder aus dem Unternehmen gedrängt?«

Plötzlich konnte man die Luft fast schneiden und Parker fand sich zwischen einem Pulverfass neben sich und einem im Bett wieder. Sie hob beschwichtigend die Hände. »Das reicht. Ich will das nicht mehr. Das hier war ein Fehler.« Sie drängte die Tränen zurück. »Ich kann das nicht. Es macht mich fertig.«

Abe wandte sich zu ihr um. »Sie sind hergekommen, um mir zu sagen, dass mein Bruder mich geliebt hat, weil Sie in einem beschissenen System großgeworden sind mit einem Märchen davon, wie das Leben aussehen sollte. Ich habe Ihnen zugehört. Und jetzt hören Sie mir zu.« Er deutete zittrig mit dem Zeigefinger auf sie.

Parker kniff die Lippen zusammen, um ihre Wut und ihren Schmerz zurückzuhalten, die sich Bahn brechen wollten. Grayson umfasste ihre Hand so fest, dass ihr klar wurde, wie sehr er sich ebenfalls beherrschen musste.

»Glauben Sie wirklich, dass ich das nicht wusste? Dachten Sie, dass mich das ändern wird?« Abe schnaubte spöttisch. »Nett sein ist etwas für Schwächlinge. Ich bin kein *netter* Mann. Damit muss ich leben, nicht Sie. Meine Tochter hat sich für irgendeine Rockband oder so einen Unsinn davongemacht und ist nie zurückgekommen. Gut, dass ich sie los bin. Meine Frau hat mich für einen anderen Mann verlassen.« Er klatschte sich mit der Hand auf die Brust. »Nichts kann mich brechen. Stolz hat mich weitermachen lassen. Stärke und Stolz. Das macht einen Mann aus.«

Grayson ließ Parkers Hand los und die Muskeln in seinen Armen zuckten. An seinem Hals trat deutlich sichtbar eine Ader hervor. »Stolz verdient man sich, indem man etwas gut macht.« Sein Ton war ebenso eiskalt wie der Ausdruck in seinen Augen. »Stärke ist die Kraft, alles zu überwinden. Und in der Familie braucht es Stärke, um sich zurückzunehmen und den Menschen Raum zu geben, die man liebt. Sich selbst hintanzustellen, selbst wenn man es verdient hätte, an der Spitze zu stehen.«

Parker konnte den Blick nicht von dem Mann abwenden, der in diesem Moment immer mehr von ihrem Herz eroberte. Gefühle rangen in ihr miteinander. Sie war nicht hergekommen, um Streit mit Abe anzufangen oder ihm ein schlechtes Gewissen zu machen. Aber Graysons Worte waren eindrucksvoll und wahr, und sie wollte ihn nicht aufhalten.

»Ich fürchte, Sie machen sich schon sehr lange etwas vor, Mr. Stein.« Grayson straffte die Schultern und sein Ton wurde sanfter. »Sie haben Ihren Bruder und Vater betrogen, haben sich Ihrer Familie gegenüber unwürdig verhalten und diese Schande verstecken Sie hinter einer Fassade aus Verbitterung und Spott. Sie haben die Menschen, die Sie geliebt haben, von sich gestoßen, weil Sie den Mann nicht mögen, den Sie im Spiegel sehen. Das ist kein Stolz. Ich nenne so jemanden einen Feigling.«

Grayson zog Parker zur Tür. Er hatte die Nase voll von Abes unverschämtem, bissigem Verhalten. Der Kommentar, dass Parker an Märchen glaubte, war totaler Unsinn, und er würde nicht zulassen, dass sie sich noch mehr hasserfüllte Worte von dem alten Mann anhören musste.

»Wenn Sie jetzt gehen, sind *Sie* die Feiglinge.« Abe legte es wirklich darauf an.

Grayson fuhr zu ihm herum. Parker flehte ihn mit Blicken an, es gut sein zu lassen, aber es reichte. Er befreite sich aus ihrem Griff und marschierte zum Bett zurück. »Haben Sie mir was zu sagen, alter Mann?« Seine Stimme glich einem tiefen Grollen. »Mir reißt nämlich gleich der Geduldsfaden.«

Abe grummelte etwas Unverständliches. Parker öffnete den Mund, um sich einzumischen, doch Grayson brachte sie mit einem Blick zum Schweigen, weil er nicht wollte, dass sie weiter auf die Manipulation dieses Manns hereinfiel.

Abe schaute ihm direkt in die Augen und reckte trotzig das

Kinn. »Ihre kleine Rede war genauso uninspirierend wie ihre.«

»Ein Samen muss auf fruchtbaren Boden fallen«, presste Grayson zwischen zusammengebissenen Zähnen hervor.

»Touché.« Abe hustete ein paarmal und ließ sich dann wieder ins Kissen sinken. »Sie erzählen mir nichts Neues. Ich weiß, wer ich bin.« Er zögerte und krallte die Finger ins Laken. Als er weitersprach, war sein Ton nicht mehr aggressiv, sondern eher niedergeschlagen. »Ich habe lange nach meiner Tochter gesucht. Habe Tausende von Dollar bezahlt, um sie aufzuspüren, aber sie wollte nicht gefunden werden. Einfach weg, ohne jede Spur. Meine Frau? *Pfft.* Hat mich wie gesagt für einen anderen verlassen. Welcher Mann kämpft um so eine Frau?«

»Das verstehe ich«, sagte Parker überraschenderweise. Sie trat näher ans Bett und griff nach Abes Hand. Der Mann versteifte sich, doch sie wirkte auf einmal entspannt. Ihre Haltung, der Ausdruck in ihren Augen, selbst der Zug um ihren Mund wurde weich. Ihre hübschen Lippen umspielte ein kleines Lächeln, das Graysons Herz zum Schmelzen brachte. »Ich wusste nicht, dass Ihre Frau Sie für einen anderen Mann verlassen hat, aber ich verstehe, warum Sie nicht um sie gekämpft haben. Und Ihre Tochter? Ich kannte den Grund nicht, aber wenn Sie wirklich nach ihr gesucht haben ...«

»Jahrelang«, murmelte er.

»Dann haben Sie getan, was sie konnten«, sagte Parker. »Aber Bert? Warum, Abe? Wenn er bereit war, die Vergangenheit ruhen zu lassen und Ihnen zu vergeben, warum konnten Sie es dann nicht auch?«

Parker hatte sich schon vor Graysons Augen in die Schauspielerin verwandelt, die alle Welt in ihr sah, und er hatte sie erlebt, wie sie sich wieder aufraffte, nachdem sie ihre Sorgen in Tequila ertränkt hatte. Er hatte die echte Parker – *Polly* – in der

Bar erlebt und seitdem auch oft genug, um zu merken, wenn sie sich zeigte. Doch die Person, die er gerade beobachtete, diese empathische, selbstbewusste Frau, war eine wunderschöne Mischung aus beiden. Er hatte dem alten Mann die Hölle heißgemacht. Parker dagegen blieb ruhig und strahlte unglaublich viel Mitgefühl aus. Sie war immer noch fest entschlossen, der Sache auf den Grund zu gehen, nur tat sie es dieses Mal mit einer natürlichen Würde, die niemand vortäuschen konnte. Wenn jemand stolz auf sich sein sollte, dann diese Frau.

»Sie haben ganz schön Eier in der Hose, kleine Lady«, sagte Abe. »Die hatte meine Miriam auch. Musste sie auch, sonst hätte sie mich nie so verlassen können. Vielleicht verdienen Sie ja, dass Ihr Märchen wahr wird.«

Parker legte auch die andere Hand auf Abes, öffnete seine Faust und drückte seine Finger sanft auf ihre Handfläche. »Ich weiß, wie oft man sich mit Geschwistern streitet, dass man sauer aufeinander ist, sich mal nicht leiden kann und sich provoziert. Ich kenne die Geschichten von lauten, nervigen Feiertagen, an denen die Leute es kaum aushalten, sich im gleichen Raum aufzuhalten. Ich will das alles – die Eifersucht, die Wut, die sich anfühlt, als würde man daran zerbrechen, und die Liebe darunter, die einem sagt, dass man nie wirklich daran zerbricht, weil die Familie immer für einen da ist, ganz egal, was passiert. Wenn das ein Märchen ist, ja, dann will ich, dass es wahr wird. Ihr Bruder hat mir alles gegeben, was ich mir immer gewünscht habe, das *Gefühl* von Familie. Und glauben Sie mir, Abe, Bert war nicht immer einfach. Er hatte auch weniger glorreiche Momente.«

Interesse glomm in Abes Augen auf. »Inwiefern?«

Das überraschte sie. »Puh, okay. Na ja, zum einen schmatzte er beim Essen mit offenem Mund.«

»Das hat er schon immer gemacht«, sagte Abe schmunzelnd.

»Und manchmal hat er vor dem Sprechen nicht nachgedacht und dann etwas Derbes vom Stapel gelassen, das er gar nicht so meinte.«

»Oh doch, gemeint hat der Mistkerl es sehr wohl so«, sagte Abe und sein Lächeln wurde etwas deutlicher. »Er war nur schlau genug, um zu wissen, dass er es nicht laut sagen sollte.« Dann schien ihm aufzufallen, dass er auftaute, also setzte er unfreundlicher hinterher: »Was hat die Nervensäge sonst noch gemacht?«

»Er hat sich geweigert, Weihnachten mit mir zu feiern. Standhaft.« Parker zählte so viele liebevolle Erinnerungen auf, dass Grayson ihr genau wie Abe an den Lippen hing. Selbst wenn Abe es dabei beließ und lieber kalt und distanziert blieb, würde sie damit klarkommen, weil diese Erinnerungen die Trauer zur Seite treten ließen und die Lücken füllten, die sie hinterließ.

Als sie zum Ende kam, blinzelte sie ein paar Tränen weg und holte tief Luft, die sie langsam wieder entweichen ließ. Sie lächelte ein wenig und musterte Abes Gesicht. »Und er hat Sie vermisst, Abe.«

Abe zog seine Hand zwischen ihren hervor und legte sie stattdessen auf ihre. »Sie kennen meine Antwort schon«, sagte er leise.

Parker zog die Augenbrauen zusammen. »Ich verstehe nicht.«

Grayson schlang einen Arm um sie. Vorhin war er zu wütend gewesen, um zu erkennen, was dahintersteckte. »Stolz hat ihn davon abgehalten, sich mit Bert zu versöhnen, Baby. Stolz ist mächtig.«

Tränen rannen ihr über die Wange, und sie lehnte sich

übers Bett, um den gebrechlichen, alten Mann zu umarmen.
»Danke.«

Abe ließ die Arme steif liegen. Als Parker ihn auf die Wange küsste, legte er ihr eine Hand auf den Rücken und hielt sie für einen langen Moment fest. Als sie ihn schließlich wieder losließ, fasste er sie am Unterarm und flüsterte so leise, dass Grayson ihn kaum verstand: »Ich danke *Ihnen*.«

Zehn

Sobald sie Abes Suite verlassen hatten, fasste Parker sich an die Brust.

»Ich muss erst mal durchatmen! Im einen Moment gehe ich davon aus, dass wir gehen, und habe ihn einfach nur für ein Arschloch gehalten, doch dann ...« Sie warf sich in Graysons Arme und küsste ihn, überwältigt vom Moment, dem Tag, der Woche. Überwältigt von seinem Rückhalt. »Vielen Dank.«

»Ich habe nichts gemacht. Das warst du. Nicht mal sein eigener Bruder hat es geschafft, zu ihm durchzudringen, aber du schon. Du warst unglaublich.«

»Du hast mich unterstützt und mich dazu gebracht, wieder herzukommen, obwohl ich viel lieber weggelaufen wäre und die ganze Sache vergessen hätte. Und du hast noch viel mehr getan.« Sie machten sich auf den Weg zum Aufzug. »Du bist für mich eingetreten *und* hast dich für mich zurückgehalten. Aus irgendeinem Grund wusstest du, wie sehr ich das hier gebraucht habe, und gestern Abend wusstest du, wie sehr ich es gebraucht habe, mich mit mir selbst wohlzufühlen. Mit meinem echten Ich.«

»Und ich hatte schon Angst, dass du zusammenklappst, sobald wir die Suite verlassen haben«, erwiderte er mit einem warmen Lächeln.

»Zusammenklappen? Vielleicht, wenn wir tatsächlich zu früh gegangen wären, aber ich bin so froh, dass wir geblieben sind. Genau das wollte ich, dass er weiß, wie sehr Bert ihn geliebt hat, und dass er sich daran erinnert, wie sehr er Bert geliebt hat. Ich würde ihn gerne in ein paar Tagen noch mal besuchen. Er sollte nicht allein sein.«

»Das habe ich mir schon gedacht.«

»Mir ist klar, dass ich zu viel über meine eigenen Gefühle geredet habe, und er hat es eigentlich nicht verdient, dass ich das alles bei ihm ablade. Er war ein Ventil für mich, und weil er das gemerkt hat, kam er mit der Märchensache um die Ecke. Eigentlich dachte ich, dass ich das schon vor Jahren verarbeitet habe. Aber vielleicht war es immer irgendwie da. Vielleicht sollte ich mich entschuldigen, wenn ich Abe das nächste Mal besuche.«

»Wenn *wir* ihn das nächste Mal besuchen.« Die Aufzugtüren öffneten sich und sie betraten die Kabine. »Also, wenn es dir nichts ausmacht, dass ich wieder mitkomme. Nur, bis wir uns sicher sind, dass er dich nicht wieder angeht.«

»Wie könnte mir das was ausmachen? Ich bin gerne mit dir zusammen.«

Er strich ihr über die Wangen und schaute ihr tief in die Augen, während sich die Aufzugtüren schlossen. Ihr Puls raste und ihre Emotionen waren ein einziges Chaos. Das Hochgefühl nach dem Gespräch mit Abe hielt immer noch an und wurde durch die Gefühle für Grayson und die Tatsache, dass sie wieder im Aufzug standen, noch verstärkt. Der Aufzug, ihr spezieller Ort. Und dann konnte sie sich nicht mehr zurückhalten.

»Das hier«, sagte sie. »Wie du mich gerade in den Armen hältst, mit den Daumen über meine Wangen streichelst und meinen Kopf ein bisschen nach hinten legst, damit du mir in die Augen sehen kannst. Das ist inzwischen meine Lieblingshaltung.«

»Vorsicht, Süße«, sagte er sehr ernst. »Zehn Monate lang dachte ich, dass wir uns eine Freundschaft aufbauen und dabei beide hoffen, dass mehr daraus werden könnte. Ich bin davon ausgegangen, dass ich alles unter Kontrolle habe, aber in dem Moment, als ich dich betrunken und schokoladenverschmiert so tief in Trauer versunken gesehen habe, wurde mir klar, dass ich verloren bin. Meine Beherrschung hat sich in Luft aufgelöst. Ich empfinde einfach zu viel für dich, und wenn du solche Sachen sagst, kann ich mich noch viel schlechter zurückhalten.«

Das steigerte ihre Euphorie noch. »Dann lass es.«

Leidenschaftlich eroberte er ihren Mund, forderte eine Antwort, die sie ihm nur allzu gerne gab – und die sie sich auch von ihm holte. Der Kuss rauschte besitzergreifend durch ihre Adern und sie wollte nichts lieber, als Grayson zu gehören. Er küsste sie wilder, er zog sie fester an sich. Sie verlor sich in dem Kuss, in ihm, und ließ sich von ihrem Verlangen forttragen.

Ein Räuspern ließ sie beide aufschrecken, und als sie sich widerstrebend voneinander lösten, entdeckte Parker ziemlich perplex eine kleine Gruppe von Leuten, die darauf wartete, dass sie den Aufzug verließen. Ihre Wangen wurden heiß vor Verlegenheit, als sie die Situation abschätzte: Zwei Teenager hatten ihre Handys in der Hand. Ein Pärchen musterte sie sichtlich amüsiert. Ein älterer Mann schüttelte den Kopf und im Hintergrund standen drei Teenager-Mädchen und flüsterten kichernd miteinander.

Grayson schlang besitzergreifend einen Arm um sie und straffte die Schultern. »Entschuldigen Sie uns bitte«, sagte er und schob sie aus der Kabine.

Das war der längste Moment in Parkers Leben und sie konnte nur einen klaren Gedanken fassen: Gott sei Dank funktionierte Graysons Hirn. Ihr eigenes steckte noch immer in dem Kuss fest.

Als sie wieder vor dem Resort standen, strich er mit dem Daumen unterhalb ihrer Unterlippe entlang und sein breites Grinsen brachte sie zum Lachen.

»Tut mir leid, das mit deinem Lippenstift. Ich glaube, ich habe ziemlich viel davon erwischt.«

»Ja, hast du.« Sie wischte ihm einen Rest Farbe von den Lippen. »Was haben wir nur mit Aufzügen?«

»Keine Ahnung, aber ich finde, du solltest einen bei dir zu Hause einbauen lassen. Und ich vielleicht bei mir auch.«

»Ich fühle mich anders«, sagte Parker, als sie in ihre Einfahrt einbogen. »Lebendiger.«

»Da ist auch ein Funkeln in deinen Augen, das vorher nicht da war, und du klingst nicht mehr so beherrscht.« Den Rückweg hatten sie genutzt, um den Besuch bei Abe noch einmal Revue passieren zu lassen. Sie waren beide mit dem Ergebnis zufrieden, aber Grayson war auch erleichtert. Er hatte sich Sorgen gemacht, was ihr diese Treffen abverlangten, wenn sie weiter so verliefen, wie sie begonnen hatten.

»Mir war nicht klar, wie sehr mich das runtergezogen hat, aber ich glaube, dass Bert auch glücklich damit wäre, wie es gelaufen ist. Ich will mich auch nicht mehr zu Hause verstecken. Hast du Zeit heute?«

»Ob ich Zeit habe? Baby, du stehst für mich an erster Stelle.«

Das schien sie tief zu berühren, obwohl er ihr doch eigentlich schon mit Taten gezeigt hatte, dass er ihr oberste Priorität in seinem Leben einräumte.

»Wie wäre es, wenn du kurz reingehst und dein Make-up und deine Haare richtest, oder was immer du sonst so tun musst, bevor du den Nachmittag in der Öffentlichkeit verbringst, und wir dann nach Provincetown fahren? Christmas können wir mitnehmen. Ein Tapetenwechsel gefällt ihm bestimmt auch.«

Sie holte einen kleinen Spiegel aus ihrer Handtasche. »Sehe ich so schlimm aus?«

»Absolut nicht. Du bist so sexy, dass man dir einen Gefahrgut-Aufkleber verpassen sollte.« Er lehnte sich zu ihr hinüber und gab ihr einen Kuss. »Mir ist es lieber, wenn du keinen Lippenstift trägst, damit ich dich jederzeit küssen kann, aber ich weiß, dass du dich auf Fotos und Fans gefasst machen musst. Ich versuche nur, dich dabei zu unterstützen.«

Er stieg aus, umrundete das Auto und öffnete ihre Tür. Rasch klappte sie den Spiegel wieder zu, bevor er sie erneut in die Arme zog und in einen langen Kuss verwickelte. Als sie sich schließlich voneinander lösten, dauerte es einen Moment, bis ihre Lider sich flatternd hoben und ihr lustvernebelter Blick wieder klar wurde.

»Heute trage ich definitiv keinen Lippenstift.«

»Bist du dir sicher?«

Sie nickte nachdrücklich.

»Du stehst echt auf mich«, neckte er sie und küsste sie noch einmal. »Aber mach mich hinterher nicht verantwortlich, wenn dein Ruf in Ermangelung von Lippenstift Schaden nimmt. Keine Ahnung, wie viele Promi-Lifestyle-Regeln wir heute brechen. Vielleicht weihst du mich vorher mal ein, damit ich es nicht versaue.«

Sie begrüßten Christmas ausgiebig und ließen ihn sein Geschäft machen.

»Du wirkst auf mich nicht wie jemand, der sich gerne an Regeln hält.« Parker wühlte in ihrer Handtasche nach ihrem Handy.

Erst jetzt wurde Grayson bewusst, dass er sie noch nie am Smartphone gesehen hatte. »Für dich versuche ich es.« Er warf einen Blick auf ihr Handy. »Ein Schritt zurück ins normale Leben? Das ist ein gutes Zeichen.« Und eine Erinnerung daran, dass ihr normales Leben sich am anderen Ende des Landes abspielte. Eine Erinnerung, mit der er sich jetzt noch nicht auseinandersetzen wollte.

»Ich habe mir vorgenommen, ein paar Leute zurückzurufen, wenn ich die Sache mit Abe geklärt habe. Meine Agentin und ein paar Mitglieder der Stiftung, bevor sie irgendwann einen Suchtrupp rausschicken.«

»Ich lass dir dafür gerne Privatsphäre.« Er machte einen Schritt zurück, doch sie griff nach seiner Hand.

»Die brauche ich nicht. Ich telefoniere auf dem Weg nach Provincetown, wenn es dich nicht stört?«

»Mich stört nichts, was du tust.«

»Bis jetzt habe ich mich ja auch nirgendwo gezeigt. Wenn mein Leben wieder normal läuft, siehst du das vielleicht anders.«

»Ja, vielleicht«, sagte er. »Aber das werden wir erst rausfinden, wenn es so weit ist.«

Sie zog die Augenbrauchen zusammen, als hätte sie nicht erwartet, dass er ihr zustimmte. »Ach ja?«

Sie wirkte beunruhigt, und auch wenn keiner von ihnen das gerne hörte oder laut aussprach, konnte er doch mit seinen

Sorgen nicht ewig hinterm Berg halten. »Das ist für uns beide neu und du lebst dein Leben ein paar Tausend Meilen entfernt von hier. Ich reise die nächsten vierzehn Monate noch zu den Zweigstellen der Stiftung, um vor Ort zu arbeiten, aber mein Leben spielt sich hier am Cape ab. Wenn wir das wirklich ernsthaft wollen – was ich sehr hoffe –, haben wir noch eine Menge zu klären.«

»Ich weiß«, sagte sie leise.

»Sollen wir jetzt gleich darüber reden? Herausfinden, wo die größten Baustellen sind und wie wir mit ihnen umgehen wollen? Von mir aus gerne. Ansonsten können wir Probleme auch angehen, wenn sie aufkommen, was für mich auch vollkommen in Ordnung ist. Wenn wir damit ein bisschen warten, steht unsere Beziehung vielleicht auf einem stabileren Fundament als im Moment.«

»Aber was ist, wenn wir warten, uns dabei wirklich nahekommen und dann keine Lösungen finden?« Sie tigerte unruhig vor ihm auf und ab.

Grayson zog sie wieder an sich. »Eins nach dem andern. Zieh dich bitte nicht zurück, wenn ein Hindernis auftaucht. Probleme wirken immer größer, wenn man allein ist.« Sie lächelte, und die Sorge in ihren Augen schwand ein wenig, als er sie noch ein wenig fester umarmte. »Wenn wir keine Lösung finden, heißt das, dass wir keine finden wollen.«

»Okay. Ich mag es, wenn du recht hast.«

»Ich auch.« Er gab ihr einen zurückhaltenden Kuss. Wenn er dem Impuls nachgab und sie so küsste, wie er es gerne würde, würde er sie im nächsten Moment ins Schlafzimmer tragen – und ihre Anrufe und der Ausflug wären vergessen.

Elf

Während sie durch die Läden von Provincetown bummelten, hielt Grayson Christmas an der Leine und hatte die andere Hand mit Parkers verflochten. Sie hatte ziemlich lange gebraucht, um sich selbst davon zu überzeugen, dass sie sich für den Ausflug nicht bis ins kleinste Detail aufbrezeln musste – obwohl sie genau das ja hasste wie die Pest. Aber sie war froh, dass sie standhaft geblieben war, weil Graysons Küsse langsam, aber sicher zur Sucht wurden. Und sie wollte nicht, dass Lippenstift oder sonst irgendetwas sie auch nur von einem einzigen abhielten.

Auf der Fahrt hatte sie ein Dutzend Nachrichten beantwortet, sich für Beileidsbekundungen bedankt und ein Skript für eine Romantikkomödie zur Durchsicht angenommen, das Phillipa ihr am nächsten Tag zuschicken würde. Allein bei der Vorstellung, direkt wieder in ihren brechend vollen Terminkalender einzusteigen, wurde sie schon müde, aber das war eben ihr Leben und sie war trotz allem dankbar dafür.

Sie schlenderten durch die Läden am Hafen, schauten eine Weile einer Pantomime-Performance an einer Straßenecke zu und kauften ein paar Kleinigkeiten für ihr Haus. Provincetown war ein buntes Künstlerstädtchen und wie eine kleine Welt für sich, was einer der Gründe war, warum sie den Ort so mochte. Außerdem hatte Bert hier seine Karriere als Fotograf begonnen, weswegen sie das Gefühl hatte, ihm etwas näher zu sein. Provincetown war außerdem ziemlich hundefreundlich, und Christmas hatte den Spaß seines Lebens, während er andere Hunde beschnüffelte und von Passanten auf dem Gehweg mit Streicheleinheiten überschüttet wurde. Parker war froh, dass Grayson vorgeschlagen hatte, ihn mitzunehmen. Er kümmerte sich schon den ganzen Tag über rührend um ihn und lobte ihn jedes Mal, wenn sie einen Laden betraten oder Fremde ihn kraulen durften. Christmas schien ihm genauso wichtig zu sein wie ihr und das verschaffte ihm einen noch größeren Platz in ihrem Herzen. Da hatte Grayson sich schon ziemlich breitgemacht und je weiter das ging, desto glücklicher war sie.

Zum Mittagessen gingen sie ins Café Heaven, wo eins von Berts Fotos als Druck hinter dem Tresen hing. Sie suchten sich einen Platz im Außenbereich, beobachteten beim Essen die vorbeigehenden Leute und sprachen über Bert. Parker wurde im Verlauf des Nachmittags etliche Male erkannt, aber bis auf zwei Teenager-Mädchen, die um ein Foto mit ihr baten, ließ man sie zum Glück völlig in Ruhe.

»Ich hatte ganz vergessen, wie es ist, wenn nicht hinter jeder Ecke Paparazzi lauern«, sagte sie auf dem Weg in Skys Tattoostudio. Sie erinnerte sich noch, wie Bert ihr mal gesagt hatte, dass er nur in Provincetown er selbst sein konnte, als er noch jünger gewesen war. Sie wusste, dass er das auf sein Leben als schwuler Mann in den Fünfzigern bezog, aber ihr ging es durchaus ähnlich, während sie sich unbehelligt durch die belebten Straßen bewegte und niemand sich groß dafür interessierte, dass sie da war.

»Und ich habe hier noch nie einen gesehen. Deswegen habe

ich mir auch keine großen Sorgen gemacht, als du das mit den Fotos und Klatschzeitschriften erwähnt hast. Hier am Cape sieht man oft Promis, aber ich habe noch nie mitbekommen, dass jemand einen großen Rummel darum macht. Bestimmt gibt es diese Situationen, aber so krass scheint das eher ein Westküsten-Ding zu sein. Hier bist du einfach nur eine hübsche, blonde Frau, die halt auch Filme macht.« Er wollte sie küssen, doch Christmas schob die Schnauze zwischen ihre Beine.

Sie lachten und Grayson beugte sich nach unten, um dem Hund einen Kuss auf den Kopf zu geben. »Du bist ein eifersüchtiger Kerl. Aber ich kann es dir nicht verübeln. Wenn jemand anderes deine Mom küssen würde, würde ich deutlich mehr tun, als mich dazwischenzudrängeln.«

Parker verdrehte die Augen. »Als müsstest du dir darum Sorgen machen. Ich bin treu wie … Ich wollte gerade Christmas sagen, aber er hat mich ja für dich sitzen lassen. Also bin ich eben so treu wie … *ich*.«

Er zog sie für einen Kuss zu sich heran. »Das reicht mir vollkommen, Baby.«

Versprochen?

»Du verdrehst mir den Kopf, wenn du mich so anschaust«, raunte er ihr ins Ohr.

»Psst.« Sie krallte eine Hand in sein Hemd. »Wenn du diese Tonlage benutzt …« Ihr Hirn stellte den Dienst ein. *Neineinein. Nicht jetzt.* Sie wollte noch einen geraden Satz herausbringen, wenn sie Sky gleich besuchten, aber er sollte trotzdem wissen, wie gut sie sich mit ihm fühlte. »So wie du mich gerade ansiehst … Das hat noch keiner vor dir gemacht. Du schaust mich an, als würdest du mich nie wieder hergeben wollen, als würdest du *mich* sehen und nicht die Schauspielerin. Also ja.

Du bist heiß und deine Muskeln sehen aus, als wären sie nur geschaffen worden, um sie den ganzen Tag lang zu bewundern und abzulecken.« Sie konnte nicht mehr aufhören! »Und als wäre das nicht schon genug, bist du auch noch der beste Küsser der Welt *und* du liebst meinen Hund abgöttisch.« Jetzt hatte sie Graysons – und Christmas' – volle Aufmerksamkeit. »Wie soll ich dich denn sonst anschauen?«

Ein zweideutiges Grinsen breitete sich auf seinem Gesicht aus und der Ausdruck in seinen Augen war mehr als heiß. »Ganz. Genau. So.« Er legte einen Arm um ihre Taille und sie setzten ihren Weg zu Skys Studio fort. Sehr zügig.

»Warum hast du es denn so eilig? Ich glaube, ich habe meine Beine da hinten vergessen. Die aus Gummi funktionieren nicht so gut.«

Er lachte. »Je schneller wir bei Sky vorbeischauen, desto schneller können wir nach Hause. Ich muss noch ein bisschen Anfassen und Ablecken eintreiben.«

»*Omeingott.*« *Ja, ja, ja!*

Er zog eine Augenbraue hoch. »Ätzend männlich?«

»Ja. Unglücklicherweise stehe ich sehr auf ätzend männliche Kerle.«

»Plural?« Er verengte die Augen warnend zu Schlitzen.

»Stört dich das?« Sie tätschelte Christmas den Kopf und gab Grayson dann einen Kuss aufs stoppelige Kinn. »Ein Lieblings-mann und ein Lieblingshundejunge.«

Er gab ein niedliches, leises Knurren von sich, doch sie näherten sich bereits Skys Studio. »Ist das der Laden von Skys Freundin Lizzie?« Sie deutete auf P-town Petals, den Blumenla-den nebenan.

»Ja. Sie ist Blues Verlobte«, sagte Grayson.

»Blue, der mit Holz arbeitet? Mann, hier kennt wirklich

jeder jeden.«

»Das mögen wir ja so daran.« Er griff nach ihrer Hand und sie gingen ins Studio.

Christmas schnüffelte aufgeregt. Auf dem Tresen stand eine elektrische Duftlampe, die den Geruch von Lavendel mit einer schmalen Rauchfahne verteilte.

»Grayson!« Eine junge Frau mit rabenschwarzen Haaren sprang vom Hocker hinter dem Empfangstresen auf und fiel ihm um den Hals. Grayson gab ihr einen geräuschvollen Schmatzer auf die Wange. Sie hatte ein wunderschönes Lächeln und einer ihrer Arme war komplett tätowiert. »Ich wusste gar nicht, dass du vorbeikommen wolltest. Und du musst Parker sein. Ich bin Cree. Sky hat erzählt, dass ihr zusammen seid.«

»Hi«, sagte Parker überrascht und erfreut zugleich, dass Sky schon jetzt von ihnen als Paar sprach.

Cree ging in die Knie und ließ sich von Christmas über die Wangen lecken.

»Das ist mein Liebling Christmas«, sagte Parker.

»Toller Name!« Cree umarmte den Hund kurz und sprang dann wieder auf. Ihr sonniges Gemüt stand in merkwürdigem Kontrast zu ihrer komplett schwarzen Kleidung und den schweren Militärstiefeln.

Ein Stück weiter saß Sky über einen Kunden gebeugt. Ihre langen, dunklen Haare hatte sie zu einem Zopf zusammengebunden, was den Blick auf den oberen Teil eines Tattoos auf ihrer linken Schulter freigab. Das Summen der Tätowiermaschine verstummte und Sky warf einen Blick über die Schulter zu ihnen. »Kommt ruhig rüber. Ich brauche hier noch eine Weile.«

Cree öffnete das kniehohe Eisentor für sie, das den Warte- vom Arbeitsbereich trennte. »Sie hat noch ein paar Stunden mit seinem Tattoo zu tun.«

»Ist es okay, wenn ich Christmas mitnehme?«, fragte Parker.

»Klar. Sky liebt Hunde.« Cree lachte und kehrte zum Tresen zurück.

»Hi, Leute.« Skys Blick fiel auf Christmas. »Ooh. Er ist so süß!«

»Du siehst mich doch ständig und das fällt dir erst jetzt auf?« Grayson gab ihr einen Kuss auf die Wange. »Wie läuft's denn so, Schwesterchen?«

»Super, wie jeden Tag«, sagte Sky. »Ihr habt Sawyer verpasst. Er hätte euch gerne gesehen, aber musste zum Training runter nach Eastham.«

»Er war früher Profiboxer, hat aber einen Schlag zu viel abbekommen und deswegen seine Karriere an den Nagel gehängt«, erklärte Grayson. »Jetzt trainiert er andere Boxer im Club von Janas Bruder.«

»Und er schreibt«, sagte Sky und wandte sich wieder ihrem Kunden zu, der so entspannt aussah, als würde er jeden Moment einschlafen. Das Summen der Maschine setzte wieder ein, als sie weiterarbeitete. »Sawyer schreibt Gedichte und hat mit seinem Vater zusammen schon zwei Bücher veröffentlicht.«

»Ich gebe euch nachher eins mit«, rief Cree herüber und hielt ein Buch hoch.

»Wow, danke. Ich liebe Gedichte«, sagte Parker.

»Gut zu wissen.« Grayson gab ihr einen Kuss.

»Lizzie habt ihr wohl auch verpasst. Vor zehn Minuten hat ihr die Kundschaft die Bude eingerannt. Aber du lernst sie bestimmt noch kennen, Parker. Kommt ihr eigentlich mal zum Frühstücken nach Seaside? Nächstes Wochenende vielleicht?« Sky wischte das Blut von der Stelle, die sie gerade tätowiert hatte, und setzte die Nadel direkt wieder an.

»Ich habe da so eine fiese Kundin, die mir im Nacken sitzt, dass ich ihr Treppengeländer fertig mache. Du musst also meine Chefin fragen.« Er zwinkerte Parker zu.

Ich würde gerne noch ganz andere Dinge machen, als dir im Nacken zu sitzen.

»Eine attraktive Blondine, die auf dir sitzt?« Sky lachte. »Armer Kerl. Parker?«

»Na schön, er hat sich wohl einen freien Vormittag verdient.«

»Super! Die Mädels und ich hatten gehofft, dich bald wiederzusehen.«

Grayson und sie hatten noch nicht mal besprochen, was sie am nächsten Tag tun wollten, geschweige denn in der nächsten Woche. Tatsächlich machten sie noch gar keine Pläne. Doch es war bereits so selbstverständlich, von ihnen als Paar zu denken, dass Parker sich nicht fragen musste, an welchem Punkt ihrer Beziehung sie sich eigentlich befanden.

»Dann arbeitet ihr, während ihr hier seid?«, fragte Sky.

»Bis jetzt haben wir noch nicht viel geschafft bekommen, aber das wird schon.« Grayson zog Parker in die Arme und senkte die Stimme. »Meine berühmte Freundin bekommt morgen ein neues Drehbuch zu lesen.«

Ihr Herz machte einen Sprung, als er sie so beiläufig als seine Freundin bezeichnete, und sie war froh, dass er nicht so laut sprach, dass alle das *berühmt* mitbekamen. Das war beides so typisch für Grayson.

»Wie aufregend!« Sky wischte erneut Farbe und Blut vom Arm ihres Kunden.

Christmas lehnte sich gegen Graysons Bein. Er streichelte den Hund und flüsterte Parker zu: »Ich kann mir auch ein paar aufregende Dinge vorstellen, die ich gerade gerne machen würde.«

»Grayson!« Hoffentlich hatte Sky ihn nicht gehört. Er küsste sie noch einmal und stellte sich dann neben sie, was den Blick auf Sky freigab, die sie mit Herzchen in den Augen beobachtete.

»Ihr seid so süß«, sagte sie mit einem zufriedenen Lächeln. »Da bekommt man ja Karies.«

»Es ist so toll!«, rief Cree. »Sky und Sawyer sind genauso, nur ich sitze auf dem Trockenen. Ihr habt doch noch einen Bruder, oder?«

Sie lachten und unterhielten sich noch ein paar Minuten, bevor Parker und Grayson zurück zum Auto gingen. Auf dem Weg zurück nach Wellfleet ging ihr auf, dass ihr heute bei dem Gedanken an Bert nicht die Tränen in die Augen gestiegen waren. Nicht, als sie das Foto im Café Heaven gesehen hatte, nicht, als sie über ihn gesprochen hatten, und nicht, wenn sie den Erinnerungen an ihn ein wenig nachhing. Das Gespräch mit Abe hatte durch den schlimmsten Teil der Trauer geholfen, weil es ihre Schuldgefühle milderte, dass sie nicht bei Bert gewesen war, als er starb.

Sie warf Grayson einen Seitenblick zu. Ohne ihn wäre sie vielleicht nie zu Abe durchgedrungen. Und Grayson war die ganze Zeit an ihrer Seite gewesen und hatte sie daran erinnert, wie schön das Leben sein konnte, wenn sie sich genug Zeit nahm, es zu genießen, anstatt von Film zu Film zu hetzen. Die Sonne ging langsam unter und Christmas gähnte auf der Rückbank, mit sich und der Welt zufrieden. Und in diesem Moment wurde Parker klar, dass sie die Einzige gewesen war, die zu Abe hatte durchdringen können, aber Grayson war der Einzige, der mit seiner Geduld, Selbstsicherheit und dem instinktiven Verständnis dafür, was sie brauchte, zu ihr durchdringen konnte.

Zwölf

Parker lehnte sich gegen das Geländer ihrer Veranda und schaute aufs Meer hinaus, während sie abwesend mit dem nackten Fuß über Christmas' Rücken strich. Der Hund schlief wie ein Stein nach dem aufregenden Nachmittag. Sie hatten sich auf dem Rückweg etwas zu essen im Bookstore Restaurant mitgenommen und dazu eine Flasche Wein geköpft, die sie sich im Freien schmecken ließen. Parkers lange Haare fielen ihr über eine Schulter nach vorn und ihre Haut schimmerte im silbernen Licht des Monds. Eine milde Brise ließ den Saum ihres Kleids gegen ihre Oberschenkel schwingen.

Wenn es je einen perfekten Moment gegeben hat, dann den hier. Genau hier, genau jetzt. Sie befanden sich weit genug oben, dass man sie vom Strand aus nicht sehen konnte. Dadurch wirkte es, als ob die zauberhafte Bay und der sternenübersäte Himmel ihr ganz persönliches Paradies waren. Grayson schlang die Arme von hinten um Parker und gab ihr einen Kuss auf die Wange. Sie ließ den Kopf an seiner Schulter ruhen und seufzte zufrieden.

»Ich glaube, du wurdest nur für mich erschaffen«, flüsterte er an ihrer Wange.

»Ach ja? Wie kommst du darauf?«

»Weil ich nur an dich denken konnte, während du Tausende von Meilen weit weg warst, und wenn wir zusammen sind, fühlt sich alles gut und richtig an.« Er ließ die Zunge über ihre Ohrmuschel wandern und drückte ihr einen Kuss auf die empfindliche Stelle darunter.

»Warum noch?« Sie schloss die Augen und ein süßes Lächeln umspielte ihre Mundwinkel.

Er küsste sich ihren Hals hinunter und über ihre Schulter und genoss dabei die wohligen Schauer, die sie erbeben ließen. »Ich liebe dein Lächeln und höre dein Lachen so gerne. Bei dir zu sein macht mich glücklich.«

Sie lehnte sich an ihn und ihr Hintern rieb über seine Erektion. »Hm. Ich merke, wie glücklich dich das macht.«

»Und?«, neckte er sie und drängte das Becken ein wenig gegen sie.

»Red weiter, aber küss mich auch noch mal.«

»Oh ja. Du wurdest definitiv für mich erschaffen.« Er drückte die Lippen auf ihre Schulter und ließ dann die Zähne über ihre Haut gleiten.

Sie griff nach ihm und packte ihn an der Hüfte, während sie den Kopf zur Seite neigte und ihm ihren Hals anbot. »Grays…« Der Rest seines Namens ging in einem Stöhnen unter, als er den Mund auf ihren Hals presste und an ihrer Haut saugte.

Er spreizte die Finger auf ihrem Bauch und schmiegte das Becken fester an ihren Hintern. Sie packte seine Hüfte noch fester, sodass er nicht zurückweichen konnte.

»Keine Sorge, Baby. Ich gehe nirgendwohin, bis du nicht voll befriedigt bist.« Er fasste ihre seidig glatten Haare zusammen und legte sie ihr über die andere Schulter, um der nun entblößten Haut die gleiche, zärtliche Aufmerksamkeit zukommen zu lassen wie der anderen Seite.

»Sag mir wie«, flüsterte sie.

Sie ließ die Hände im Einklang mit seinen Küssen über seine Hüften auf und ab wandern. Eine Hand schob er in ihre Haare, die andere suchte sich einen Weg ihren Körper hinauf und zwischen ihren Brüsten entlang, bis seine Finger an ihrem Halsansatz ruhten.

»Zuerst küsse ich deine Lippen.«

Er drehte ihren Kopf mit einer nachdrücklichen Bewegung, bis er ihren Mund mit einem leidenschaftlichen Kuss einnehmen konnte. Ihre Lippen waren warm und süß, doch der Kuss wurde schnell drängend und sehnsüchtig. Hier war kein Raum für Finesse, nur für den wilden Tanz ihrer Zungen und ihre Körper, die sich in erotischem Rhythmus miteinander bewegten. Sie stöhnte und wimmerte und grub ihre Fingernägel knapp oberhalb seiner Taille in seine Haut. Schnell ermahnte er sich, langsamer zu machen, doch er rieb seine pochende Länge trotzdem an ihrem Hintern, weil die Anspannung in ihm einfach zu stark wurde. Dann drehte er sie in seinen Armen um, ohne sich von ihren Lippen zu lösen. Als sich ihr weicher Körper an seinen schmiegte, entfuhr ihm ein Aufstöhnen und er umfasste ihren festen Hintern mit beiden Händen.

»So sexy, Baby.«

Ihre Lippen fanden sich erneut und er zog ihr Bein nach oben und um seine Taille, um über die Außenseite ihres Oberschenkels zu streicheln und dann weiter zur seidigen Haut ihres Hinterns zu wandern. Sie keuchte an seinem Mund und krallte sich in seinen Rücken. Genauso gut hätte er versuchen können, einen führerlosen Zug zu verlangsamen. Er verlor sich im Gefühl ihrer heißen Haut, im rasenden Pochen ihres Herzens an seinem und darin, wie unglaublich erotisch es war, wenn sie ihn anflehte. Seine Hände fanden ihren Weg unter ihr

Kleid und dort das kleine Stück Stoff über ihren Hüften. Sie nahm ihr Bein wieder herunter und mit einem kräftigen Ruck riss er ihr den Tanga vom Leib und ließ ihn achtlos zu Boden fallen.

Als er von ihrem Mund abließ, rangen sie beide keuchend nach Atem. In ihren blauen Augen stand so viel Erregung, während er seine flache Hand über ihren straffen Bauch hinabgleiten ließ und die Handfläche auf dem Weg nach unten gegen ihren Bauchnabel drückte. Seine Fingerspitzen strichen über ihr feuchtes Geschlecht, und sie schloss die Augen und legte den Kopf erneut in den Nacken.

»Sieh mich an, Süße.« Er schaffte es kaum, die Hand stillzuhalten. Er wollte ihr Verlangen spüren, zusehen, wie sie sich seiner Berührung hingab, aber sie wollte mehr von ihm hören, und nichts konnte ihn davon abhalten, jede ihrer Fantasien in die Realität umzusetzen.

Sie öffnete langsam die Augen und er küsste sie zärtlich.

»Sag es mir«, drängte sie ihn. »Während du mich anfasst.«

»Du hast ja keine Ahnung, wie heiß es ist, wenn du von brav auf unanständig umschaltest.« Er küsste sie noch einmal rau und wild, während er mit den Fingern in ihre enge Hitze eindrang. Ihr Geschlecht zog sich um ihn zusammen, und die heiße Lust, die ihn dabei durchströmte, ließ ihn aufstöhnen.

Rasch fand er den Punkt, an dem sie ihn am meisten haben wollte. Sie sog scharf die Luft ein und schloss die Augen erneut. Wieder und wieder reizte er diese Stelle und entlockte ihr damit jedes Mal die gleiche herrliche Reaktion.

»Du wirst für mich kommen, genau so, während ich dich küsse.«

»Ja«, raunte sie sinnlich.

»Und dann bringe ich dich noch mal mit dem Mund zum

Kommen.« Er stahl sich noch einen tiefen Kuss und nahm sich mit Fingern und Lippen, was er wollte. Ihr Körper versteifte sich und erbebte. Sie stellte sich auf die Zehenspitzen und er verteilte kleine Küsse auf ihren Lippen, um ihre lustvolle Anspannung noch mehr hinauszuzögern.

»Bitte«, bettelte sie.

Er vertiefte den Kuss und liebkoste mit dem Daumen ihre empfindliche Klitoris. Ihre Hüften zuckten unwillkürlich nach vorn.

»Gefällt dir das, Baby?«

»Ja. Gott, ja.«

Er hinterließ eine Spur aus Küssen auf ihrem Schlüsselbein, während er sie weiter lockte und reizte und mit den Lippen verwöhnte. Mit der freien Hand griff er in ihre Haare und hielt sie fest, wo er sie haben wollte, um sie tiefer, härter und besitzergreifender zu küssen, wobei er die Zunge im gleichen Rhythmus wie seine Finger bewegte. Sie stellte sich erneut zitternd und atemlos auf die Zehenspitzen, als er sie immer weiter dem Höhepunkt entgegentrieb, ohne ihn ihr zu gewähren, weil er wusste, dass ihr das einen unglaublich intensiven Orgasmus verschaffen würde.

»Bereit, für mich zu kommen, Süße?«, fragte er an ihren Lippen.

Sie wimmerte leise, als er ihren Mund einmal mehr mit einem langsamen, sinnlichen Kuss eroberte, seine Finger dabei allerdings schneller und kräftiger bewegte. Sie grub die Fingernägel in seine Arme und stöhnte flehend seinen Namen.

»Grayson ...« Ihre inneren Muskeln verspannten sich um ihn und pulsierten um seine Finger.

Er hielt sie genau dort, auf dem Gipfel ihres Orgasmus. Ihr Becken zuckte ihm entgegen, und er verlangsamte das Tempo seiner Finger etwas, um ihre Lust zu verlängern.

In dem Moment, als ihr Höhepunkt abebbte, ließ er sich auf die Knie sinken. »Noch mal.«

Christmas hob den Kopf.

»Schon okay, Kumpel«, beruhigte Grayson ihn ruhiger, als er sich fühlte. Christmas legte die Schnauze wieder zwischen die Vorderpfoten und schloss die Augen.

Sanft schob Grayson Parkers Beine auseinander und war unglaublich dankbar, dass sie sich keine Sorgen machen mussten, vom Strand aus gesehen zu werden. Sie strich ihm durch die Haare, als er ihr Kleid nach oben schob und es an ihren Hüften festhielt, um ihr feucht glänzendes Geschlecht in der kühlen Brise zu entblößen.

»Baby ...« Mehr brachte er nicht hervor, bevor er sie zum ersten Mal schmeckte. Er strich mit der Zunge zwischen ihren Schamlippen entlang, sodass sie die Hände in seine Haare krallte. »So süß.« Wieder und wieder strich er mit der Zunge über sie und schob ihre Beine mit den Knien noch weiter auseinander, bis er sie mit dem ganzen Mund verwöhnen konnte. Sie kam ihm entgegen, als er mit der Zunge in sie stieß, bis sie lustvoll aufschrie.

»So gut, Baby. Das ist so verdammt gut.« Er griff nach ihrer Hand und führte sie zwischen ihre Beine. »Fass dich an, Baby, zusammen mit mir.«

Er spürte ihr Zögern und nahm ihre Finger in den Mund, um sie mit der Zunge zu umkreisen. Dann legte er sie auf ihre Klit und schaute ihr fest in die Augen, während er langsam ihre Hand bewegte.

»Mit mir zusammen, Baby. Für mich. Sei mein unanständiges Mädchen.«

Er küsste ihre Finger, mit denen sie sich streichelte, und

rutschte dann tiefer, um wieder mit der Zunge in sie einzudringen.

»Halt dein Kleid mit der anderen Hand fest.« Er zog ihre Finger aus seinen Haaren, damit sie den Stoff greifen konnte. »So sexy, Baby. Gott, ich komme gleich nur von deinem Anblick.«

»Wag es ja nicht«, brachte sie angestrengt hervor.

Er lachte leise, weil er ganz sicher die Chance nicht vertun würde, sie richtig zu lieben. Dann umfasste er ihren Hintern mit beiden Händen und hielt sie fest, um sie zu lecken, an ihr zu saugen und sie in immer größere Höhen zu treiben, bis ihr ganzer Körper bebte. Die schnellen, sicheren Bewegungen ihrer Finger passten sich seiner Leidenschaft an und dann strich er mit der Zunge über den Punkt, der sie aller Beherrschung beraubte.

»Ja! So gut. Oh Gott. Grayson. Mehr. Oh Gott ...«

Er nahm jedes Quäntchen Verlangen, das sie ihm schenkte, bis sie ein letzter Schauer durchlief. Dann ließ er ihre feucht glänzenden Finger in den Mund gleiten und leckte sie sauber. Noch ein letztes Mal ließ er die Zunge über ihre empfindliche Haut huschen, was ein heftiges Beben durch ihren ganzen Körper schickte, bevor er wieder auf die Beine kam.

Er umfasste ihr Gesicht mit beiden Händen, und ihr verführerischer Duft hüllte sie beide ein, bevor er sie küsste – *hart*.

»Schmeckst du das?« Er küsste sie noch einmal. »So süß. So perfekt.« Er strich mit dem Daumen über ihre feuchte Unterlippe. »Und all das gehört mir.«

Dreizehn

Parker versuchte, eine Antwort zu formulieren, aber sie schwelgte noch zu sehr im Nachbeben ihres Orgasmus. Wenn das Geländer hinter ihr nicht wäre und Grayson sie nicht immer noch in den Armen halten würde, wäre sie zu einer kleinen Pfütze auf der Veranda zerschmolzen. Grayson hob sie auf die Arme, er musste die Verwirrung in ihren Augen gesehen haben. Sie war gerne draußen. Das brachte diesen Tick Gefahr in die Situation, bei dem sie sich sexy fühlte. Er küsste sie wieder – oh, wie sie seine Küsse liebte. *All das gehört mir*, hatte er gesagt. *Du hast ja keine Ahnung, wie sehr ich dir gehöre. Nimm mich. Liebe mich. Lass mich bei dir bleiben.*

»Schlafzimmer«, sagte er und stieß einen knappen Pfiff aus. Christmas streckte sich ausgiebig und trottete dann ins Haus. Grayson schloss die Tür hinter ihnen und trug Parker nach oben.

»Warum?«, brachte sie schließlich hervor.

»Weil ich deinen schönen Körper ganz sicher nicht auf die harte Veranda legen werde. Ich will spüren, wie du dich unter mir windest und den Rücken durchbiegst, wenn du mich reitest, und ich will nicht, dass deine hübschen, kleinen Knie oder dein sexy Rücken dabei Schaden nehmen.«

Sie drückte ihm einen Finger auf die Lippen. Jedes Mal, wenn er mit dem Dirty Talk anfing, reagierte ihr Körper auf eine Weise darauf, wie sie es noch nie erlebt hatte. Seine Worte ließen Hitze in ihr aufsteigen und zwischen ihren Beinen breitete sich ein sehnsüchtiges Ziehen aus. »Keine Versprechungen mehr. Ich weiß nicht, ob ich das überlebe.«

»Okay, Baby. Lass mich wissen, wenn du mehr hören willst.«

Er trug sie ins Schlafzimmer. Christmas legte sich auf den Boden, weil er wohl instinktiv wusste, dass Grayson jetzt der Platz im Bett zustand. Ihr großer, starker Held stellte sie auf die unsicheren Beine, hielt sie aber weiter fest und öffnete den Reißverschluss ihres Kleids. Er streifte ihr den Stoff über eine Schulter, drückte ihr einen Kuss auf die entblößte Haut und wiederholte die sinnliche Berührung dann auf der anderen Seite, während ihr Sommerkleid zu Boden glitt, sodass sie nur noch mit ihrem durchsichtigen BH bekleidet vor ihm stand. Sie griff nach seinem Hemd, doch ihre Bewegungen waren langsam, weil sie sich noch immer von ihren intensiven Höhepunkten erholte. Er zog sich das Hemd aus und ließ es achtlos fallen, bevor er ihr Gesicht mit beiden Händen umfasste und sie dieses Mal liebevoll und zärtlich küsste.

Sie griff hinter sich, um den Verschluss ihres BHs zu öffnen, doch er schüttelte den Kopf. »Das ist mein Job, Baby.« Er führte ihre Finger an seinen Mund und leckte über ihre Fingerspitzen, was ein verlangendes Pochen in ihren Schritt schickte. »Ich habe es nicht eilig. Du bist noch lange nicht oft genug gekommen.«

Großer Gott. Sie hatte sich in eine Orgasmus-Maschine verliebt. *Glück muss die Frau haben.*

Er öffnete seine Jeans und schob sie über seine muskulösen Oberschenkel nach unten, um dann aus den Hosenbeinen zu steigen. Sein beeindruckender Schaft zeichnete sich deutlich sichtbar unter seinen eng anliegenden Boxershorts ab. Dass er sie dabei beobachtete, wie sie seinen kleinen Striptease beobachtete, machte das Ganze nur noch erotischer.

Er nahm ihre Hand und legte sie auf seine Länge. Sein Schaft zuckte unter ihren Fingern. »Das gehört alles dir, Baby.«

Nur ein kleiner Satz. *Ein einziger.* Und ihr blieb beinahe das Herz stehen.

Er führte ihre Hand wieder an die Lippen und drückte einen Kuss darauf. Dann fasste er sie an den Schultern und drehte sie von sich weg, um seine Länge zwischen ihre Pobacken zu drücken und ihr einen Kuss auf die Stelle unterhalb ihres Ohrs zu geben. »Keine Eile«, flüsterte er.

Sie schloss die Augen, als seine Lippen zu ihrem Nacken wanderten, und sie ließ den Kopf nach vorne sinken. Ihm die Kontrolle zu überlassen, ihm vollkommen zu vertrauen, schickte einen aufregenden Lustblitz durch ihren Körper. Er küsste sich über ihre Wirbelsäule nach unten, bis seine Zunge beinahe ihren BH erreichte, und öffnete den Verschluss, um dann jeden ihrer Wirbel einzeln zu liebkosen, bis hinunter zu ihrem Steißbein. Gänsehaut breitete sich auf ihrem ganzen Körper aus.

Er hielt sie an den Hüften fest und gab ihr einen Kuss auf den Ansatz ihres Hinterns. Dann widmete er sich einer runden Pobacke von oben bis zum Übergang zum Oberschenkel. Er ließ die Zunge ihre Schenkel hinunterwandern und obwohl sie schon so unglaublich feucht war, ließ er sich einfach so verflucht viel Zeit. Er umfasste die Rückseiten ihrer Oberschenkel und spreizte ihre Beine weiter. Erregung ließ ihren Puls in die Höhe schnellen, und als er die Hand zwischen ihre Beine schob und sie reizte, während er gleichzeitig die Rückseiten ihrer Oberschenkel mit dem Mund liebkoste, rollte der nächste heftige

Orgasmus innerhalb von Sekunden über sie hinweg. Ihr Körper zitterte und zuckte, doch er ließ ihr kaum Zeit, sondern stand auf, streifte sich die Boxershorts ab und drängte seine harte Länge zwischen ihre Beine. Mit jeder Bewegung ihrer Hüften glitt ihr Schritt von der Wurzel bis zur Spitze über seinen Schaft. Grayson schlang einen Arm um sie und drückte sie an seine Brust.

»Reite mich, immer schneller, bis ich ganz dir gehöre«, raunte er ihr tief und dunkel zu, was ihr direkt wieder jeden klaren Gedanken raubte. »Genau so, Baby. Komm für mich.«

Er ließ sie das Tempo bestimmen und während sie noch im Nachglühen ihres Orgasmus schwelgte, stieß er das Becken nach vorn und ließ seinen Schaft über ihre Schamlippen gleiten, sodass sich ihre Feuchtigkeit auf ihm verteilte, ohne jedoch in sie einzudringen. Bis jetzt hatte sie gedacht, dass es nicht erotischer als auf der Veranda werden konnte, aber das hier? Das Necken, die Reibung, die Anweisungen … Das machte süchtig. *Er* machte süchtig.

Er schob die Hände unter ihren BH und reizte ihre emp-findlichen Brustwarzen mit den Daumen.

»Oh Gott, Grayson.« Die Sehnsucht in ihrer Stimme war nicht zu überhören, nicht mal von ihr selbst. Sie stöhnte, und als er ihre Nippel sanft zwischen Daumen und Zeigefinger rollte, schickte das einen heißen Blitz direkt in ihre Körpermitte und brachte sie beinahe erneut zum Kommen.

»Noch mal, Parker. Ich will, dass du kommst, bis du an nichts anderes mehr denken kannst. *Uns. Das hier. Mehr.*« Er saugte an ihrem Nacken und hinter ihren geschlossenen Lidern explodierte ein Feuerwerk, als sie wieder zum Höhepunkt kam und eine heißkalte Welle ihre Brust und Glieder durchlief.

»*Ogottogottogott.* Mehr. Mehr«, bettelte sie. Bei ihm hatte sie das Gefühl, sich in eine Nymphomanin zu verwandeln.

Dann ließ er eine ihrer Brüste los und schob ihr zwei Finger in den Mund.

»Lutsch daran, Baby«, wies er sie knurrend an.

Und sie tat es, als würde ihr Leben davon abhängen. Sie saugte und leckte und biss ihn sanft. Dabei bewegte sie ihr Becken im gleichen Rhythmus über seinen Schaft wie er seine Finger in ihrem Mund. Mit der freien Hand liebkoste er ihre Brustwarze so exquisit, dass sie keinen klaren Gedanken mehr fassen konnte, und sie kam noch einmal. Dann ließ sie sich verschwitzt gegen seine Brust sinken, weil ihre Beine sie nicht mehr richtig trugen. Und trotzdem wollte sie immer noch mehr.

Er hob sie hoch und setzte sie auf die Bettkante, um ihr dort den BH von den Schultern zu streifen. Den hatte sie ganz vergessen. Grayson ging vor ihr in die Knie, und in seinen Augen stand so viel Liebe, als er ihr Gesicht mit beiden Händen umfasste und sie küsste. Seine Zunge fühlte sich seidig heiß an und neckte mit sinnlichen, langsamen Bewegungen ihre.

»Bist du noch da?«, fragte er.

»Und wie.« Sie hatte sich noch nie so weiblich und sexuell gefühlt, so besonders, wie er es ihr mit jeder Berührung und jedem Wort vermittelte.

Er grinste sie so sündig an und heute Nacht wollte sie seine Sünde sein. Ohne den Blick von ihren Augen abzuwenden, legte er die Hände auf ihre Brüste.

»Sag es mir.« Das verzweifelte Betteln kam ihr ohne ihr Zutun über die Lippen, aber es war ihr egal.

»Ich werde dich küssen und lecken und lieben, bis du wieder kommst.«

»Oh Gott, ja.«

»Aber ich werde mich nur auf deine wundervollen Brüste konzentrieren.«

»Grayson, das geht nicht. Ich kann nicht.« Wie stellte er sich das denn vor? Sie war noch nie gekommen ohne zumindest ein bisschen Reibung an der Stelle, an der sie es am meisten brauchte.

Er brachte sie mit einem Kuss zum Schweigen. »Doch, du kannst, Baby. Und du wirst.«

Damit senkte er die Lippen auf ihre rechte Brust, neckte den Nippel mit der Zunge und drückte dabei die linke sanft. Sie drängte sich seinem Mund entgegen, doch er weigerte sich, ihr mehr zu geben. Seine Zunge huschte über die empfindliche Brustwarze und von dort über den Rest ihrer Brust, viel zu weit weg von der Stelle, wo sie sie eigentlich haben wollte. Dann wiederholte er die süße Folter auf der anderen Seite. Ihr war gar nicht klar gewesen, dass sie dieses köstliche, sehnsüchtige Ziehen auch in ihren Nippeln spüren konnte.

»Grayson, bitte«, flehte sie.

Er saugte an ihrer Brustwarze und schob ihr gleichzeitig den Zeigefinger in ihren Mund. Sie schloss automatisch die Lippen darum. Gott, sie wollte ihn überall in sich spüren. Was immer er ihr gab, einen Finger, seinen Daumen oder seinen verlocken-den Schaft. Sie wollte alles. Mit geschlossenen Augen konzentrierte sie sich nur auf das Brennen in ihren Brustwarzen und stellte sich vor, sein Finger wäre seine harte Länge. Ihr Becken bewegte sich im gleichen Rhythmus wie sein Finger, während er ihre Brust liebkoste und mit den Zähnen den Nippel reizte, bis es fast wehtat – ein herrlicher Schmerz. Sie verlor sich in der Erotik des Moments.

»Baby, du bist schon wieder so kurz davor.« Er saugte noch einmal an ihrer Brustwarze. »Lass es zu, Baby. Komm für mich.«

Dann schloss er die Lippen fest um ihren Nippel, was heiße Lust und Schmerz wie einen Stromschlag zwischen ihre Beine schickte.

Sie ließ den Kopf in den Nacken sinken und stemmte das Becken von der Matratze hoch. Alle Selbstbeherrschung löste sich in Luft auf, als der Höhepunkt sie mit sich riss und sie etwas Unverständliches schrie, während Grayson immer noch nicht von ihren Brüsten abließ.

Sie packte seinen Kopf, um ihn an Ort und Stelle zu halten, als der Orgasmus langsam verebbte.

»Mehr«, forderte sie.

Er stand auf und sie umfasste seine beeindruckende Härte. Ihr lief das Wasser im Mund zusammen, und sein Blick sagte ihr, dass er das Gleiche dachte wie sie. Als er einen Schritt nach vorn machte, öffnete sie den Mund. Grayson umschloss die Wurzel seines Schafts und drückte zu.

»Ich bin getestet«, sagte er.

Daran hatte sie überhaupt noch nicht gedacht. Zum Glück tat er es. Sie nickte und hoffte, dass er verstand, dass sie auch gesund war, weil sie nicht mal den Versuch unternehmen würde, zu sprechen.

Sie lehnte sich nach vorn und leckte über die Spitze, um seinen Geschmack aufzunehmen. Das brachte ihr ein Stöhnen ein, das noch mehr Hitze zwischen ihre Beine schickte. Seine Augen verdunkelten sich. Sie ließ die Zunge um seine empfindsame Spitze kreisen und nahm ihn dann in den Mund. Mit einem Griff fasste er ihre Haare zusammen und hielt sie ihr aus dem Gesicht. Sie schloss die Augen, saugte und leckte und genoss das Gefühl seiner seidigen Härte an ihren Lippen. Das Wissen, dass er sie beobachtete, machte es nur noch aufregender.

»Sieh mich an, Baby.« Sie schaute ihm in die Augen. Ein verführerisches Lächeln umspielte seine Lippen. »Ich habe noch vielleicht zwanzig Sekunden, aber ich würde lieber in dir kommen.«

Sie erbebte am ganzen Körper bei der Vorstellung, wie er in sie eindrang. Mit einer Hand streichelte sie ihn weiter, als er sich aus ihrem Mund zurückzog, doch dann packte er sie und hob sie auf die Mitte des Betts. Er positionierte sich zwischen ihren Beinen und drückte seinen Schaft erneut mit der Hand. Seine Muskeln traten entlang seiner breiten Schultern und den Hals hinauf vor Anstrengung deutlich sichtbar hervor, seine kräftigen Oberschenkel zuckten. Sein Anblick raubte ihr den Atem.

»Kondom?«, fragte er.

Sie schüttelte den Kopf. »Ich verhüte.«

Je näher er ihr kam, desto schärfer wurden ihre Sinne. Das Gefühl seiner Beine an ihren, der Moment, in dem seine Länge ihre Mitte berührte, das Gewicht seiner muskulösen Brust auf ihren Brüsten. *Perfekt. Herrlich und unvergleichlich.*

Er schob sich ein kleines Stück in sie, was sie die Augen schließen ließ. Sanft streichelte er mit dem Daumen über ihre Wange. »Mach die Augen wieder auf, Baby. Lass mich sehen, was du fühlst.«

Sie gehorchte, und die Emotionen, die sie in seinem Blick entdeckte, machten sie sprachlos. »Grayson.«

»Ich weiß, Baby. Es ist fast schon zu groß, diese Sache mit uns. Ich spüre es auch.«

»Es ist …« Sie blinzelte ein paarmal, weil ihr unverständlicherweise Tränen in die Augen stiegen.

»Echt. Und es gehört uns.« Er gab ihr einen sanften Kuss und drang dann tief in sie ein.

Sie spürte, wie sich ihr Körper anpasste, wie er sie ganz ausfüllte. Zärtlich hielt er ihren Kopf mit beiden Händen fest und küsste sie wieder. Sie versank in dem Moment, in den Gefühlen zwischen ihnen.

»Du bist alles für mich«, gestand er und jedes Wort war so emotional. »Alles.«

Ihr ging es genauso, sie verlor sich in ihm, gab sich ihm hin, und als sie einen herrlichen, sinnlichen gemeinsamen Rhythmus fanden, schenkte sie ihm auch den letzten Rest ihres Herzens.

Vierzehn

Grayson war schon immer ein Frühaufsteher gewesen. Wie seine Brüder ging er gerne morgens joggen, um einen klaren Kopf zu bekommen. Das war ihm inzwischen so sehr in Fleisch und Blut übergegangen, dass es für ihn eine Sucht war wie Kaffee für andere Leute. Aber an diesem Morgen dachte er nicht mal daran, Joggen zu gehen – oder überhaupt aus Parkers Bett aufzustehen. Natürlich sah Christmas das ganz anders, also hatte sich Grayson gerade lange genug aufgerafft, um ihn zu füttern und rauszulassen, bevor er zu Parker zurückkehrte – und sie noch einmal ausgiebig verwöhnte. Im Bett, unter der Dusche und später noch auf der Couch. Sie weckte ein nie gekanntes Verlangen in ihm und er sehnte sich nach so viel mehr als nur Sex. Er wollte heute, morgen, und auch wenn es verrückt klang, wollte er auch jeden noch kommenden Tag.

Er schaute von den Geländerentwürfen auf, an denen er gerade arbeitete, und beobachtete sie beinahe ehrfürchtig, wie sie das Skript las, das man ihr zugestellt hatte, während er kurz nach Hause gefahren war, um sich frische Kleidung und sein Waschzeug zu holen. Beim Mittagessen holte sie die Trauer um Bert wieder ein. Sie teilte ein paar Erinnerungen an ihre Urlaube am Cape mit Grayson und mit ihm zu reden, half ihr.

Am Samstagmorgen wollten sie Abe wieder besuchen und das würde ihr vermutlich auch helfen. Grayson wusste nur zu gut, dass Trauer wie eine Wolke sein konnte, die urplötzlich auftauchte und einem das Licht stahl. Man konnte versuchen, vor ihr wegzulaufen, aber Trauer war ein geduldiger Gegner und irgendwann holte sie einen ein. Sie zu verarbeiten, den Schmerz zu akzeptieren und einen Weg zu finden, mit einer anderen Form von Licht zu überleben, war die einzige Möglichkeit, sie irgendwann richtig zu überwinden. Parker befand sich auf einem steinigen Pfad, aber sie lief nicht vor ihrer Trauer weg, und Grayson war froh, dass er ihr dabei helfen konnte, ihren Weg zu finden.

Gerade saß sie seitlich auf der Couch und hatte die nackten Füße unters Sitzpolster geschoben. Sie machte sich Notizen, drehte den Stift zwischen Daumen und Zeigefinger oder klemmte ihn sich zwischen die Zähne. Alles, was sie tat, war hinreißend, aber er mochte es besonders, wenn sie den Stift in den Mund nahm und sich beim Lesen eine Haarsträhne um den Finger wickelte. Manchmal zog sie die Augenbrauen zusammen und ab und zu lachte sie leise, schnappte nach Luft oder lächelte. Die Schauspielerei war ein ebenso essenzieller Teil von ihr, wie es die Arbeit mit Metall für ihn war, auch wenn sie die mediale Aufmerksamkeit hasste, die ihr Job mit sich brachte. Wenn er Parker in seinem Leben haben wollte, musste er seine Abneigung gegenüber dem Lebensstil überwinden, den ihr Beruf ihr abverlangte.

»Ich merke, dass du mich anstarrst«, sagte sie mit einem frechen Lächeln, ohne den Blick von ihrem Drehbuch zu nehmen.

»Der Träger deines Tanktops rutscht dir über die Schulter, das lenkt mich ab. Du weißt doch, wie gerne ich diese Stelle küsse.« Er spürte noch immer ihre seidig weiche Haut unter seiner Zunge – von anderen Körperteilen ganz zu schweigen.

Sie schaute ihm in die Augen. »Du küsst alles an mir gerne.«

»Ist das eine Aufforderung?« Er zog eine Augenbraue hoch, doch er liebte es, wenn sie mehr forderte.

Ihre Wangen wurden rot, was ihn dazu veranlasste, aus seinem Sessel aufzustehen und ihr das Skript aus den Händen zu nehmen.

»Hey, ich arbeite.« Doch ein Lächeln begleitete den Protest, und er schob ihre Knie auseinander und lehnte die Brust an ihren Bauch, sodass sie sich auf Augenhöhe befanden.

»Grayson …«

Atemlos. Das gefällt mir. »Wie soll ich denn arbeiten, wenn du so süß und sexy aussiehst?«

Sie strich ihm durch die Haare, was ihm genauso gefiel. Es gab nichts an Parker, was er nicht mochte, und auch das raubte ihm die Konzentration. Er hatte sich anscheinend über Nacht in sie verliebt, war ihr mit Haut und Haar verfallen, doch als er ihr in die wunderschönen Augen schaute, regte sich Angst in ihm, als ihre Worte durch seinen Kopf huschten. *Das alles fühlt sich gerade so weit weg von meinem echten Leben an.*

Er hatte eine ganze Weile in der Stiftungszweigstelle in Beverly Hills gearbeitet und schon da die Nase voll gehabt von den versnobten Menschen und ihrem materialistischen Lebensstil, der bei reichen Leuten in diesem Teil der Welt offenbar dazugehörte.

»Hörst du mir überhaupt zu?« Sie zog an seinem Ohr.

Er schob die Sorgen beiseite und konzentrierte sich auf Parker. »Ich war in Gedanken. Tut mir leid. Was hast du gesagt?«

Sie verdrehte die Augen. »Du kommst rüber und dann

ignorierst du mich? Hm? Sind die Flitterwochen jetzt schon vorbei?«

Er drückte die Lippen auf ihre. »Niemals, Süße. Ich habe an *dich* gedacht. Tut mir wirklich leid. Sag es mir noch mal, du hast meine volle Aufmerksamkeit.«

»Ich muss dir etwas gestehen, das ich dir schon vor Tagen hätte sagen sollen, aber es ist mir peinlich.« Sie wickelte sich eine Strähne um den Finger.

»Wie kann dir nach gestern Nacht noch etwas vor mir peinlich sein?« Er hatte ihren Körper so ausgiebig erkundet, dass er noch jetzt den Duft ihrer Erregung in der Nase hatte.

»Nein, anders peinlich.« Sie zögerte, als wäre sie in Gedanken auch noch bei der Intimität des gestrigen Abends. »Du erinnerst dich, dass ich dich um Änderungen an den Entwürfen gebeten habe?«

»Ob ich mich daran erinnere?« Er lachte. »Baby, ich habe mehr Zeit mit deinen Änderungswünschen und den E-Mails verbracht, in denen ich dir meine Entscheidungen haarklein erklärt habe, als ich für sechs andere Kunden im gleichen Zeitraum gebraucht hätte.«

Ein zufriedenes Lächeln umspielte ihre Mundwinkel. »Ja, ich weiß. Deswegen habe ich es gemacht.«

»Hm?«

»Ich habe so gern mehr über das Warum und Wie deines künstlerischen Prozesses erfahren. Ich bin nach langen Drehtagen erschöpft in meinen Trailer gekommen und musste noch stundenlang Text lernen, wozu ich mich kaum aufraffen konnte. Und deine E-Mails waren wie ein Energydrink. Ich habe sofort auf meinen Laptop geschaut und mich gefragt, ob du mir wohl wieder eine geschickt hast. Mein Herz hat wild geklopft, und dann hatte ich zu viel Angst, um nachzuschauen.

Weil ich traurig war, wenn keine Nachricht von dir da war, und manchmal hatte ich auch ein schlechtes Gewissen, weil ich wusste, dass ich dir mehr Arbeit aufgehalst habe, nur um die Leere in mir zu füllen.«

»Dann lagen deine Änderungswünsche nicht daran, dass du jede kleinste Kleinigkeit zerdacht hast?«

Sie zuckte mit den Schultern. »Ist das nicht auch eine Form von Zerdenken? Ich habe halt nur nicht zu viel über die Entwürfe nachgedacht. Sondern über dich.«

Er stemmte sich hoch und gab ihr einen Kuss auf den Mund. »Über mich kannst du jederzeit zu viel nachdenken, Baby. So lange du willst. Das ist das Beste, was du darüber sagen konntest.«

»Warum?«

»Weil ich dachte, dass ich den Tonfall deiner E-Mails falsch interpretiert habe und dass sie gar nicht so persönlich klingen sollten, wie ich sie verstanden habe. Ich habe dich nur nicht um einen Videocall gebeten, wie ich es mit jedem anderen Kunden gemacht hätte, der ständig etwas ändern will, weil ich das Gefühl hatte, dass wir unsere professionelle Beziehung dann kaum hätten aufrechterhalten können. Keine Ahnung, warum mir das so wichtig war.«

Sie schaute ihn perplex an. »Du hattest schon die ganze Zeit über Gefühle für mich?«

»Zumindest ein Gefühl, dass mehr daraus werden könnte und ich genau das will. Ja.«

»Das ging mir genauso. Aber du warst stärker als ich. Ich habe meinen Gefühlen nachgegeben, als ich dir die E-Mail mit dem Auftrag für das Treppengeländer geschickt habe. Eigentlich wollte ich nach Abschluss der Dreharbeiten Bert besuchen und dann ein paar Wochen hierherkommen. Ich wollte sehen, ob …

Ich wollte dich besser kennenlernen, von Angesicht zu Angesicht. Dass ich Bert verliere, hatte ich nicht erwartet, und die wochenlange Funkstille war auch nicht geplant. Das tut mir immer noch so leid.«

»Muss es nicht, Baby. Ich wünschte nur, ich hätte früher etwas getan, dich um den Videocall gebeten oder dir meine Gefühle gestanden, weil ich dann bei dir hätte sein können, als du das mit Bert erfahren hast. Ich hätte mit dir zur Beerdigung gehen können, dich zur Bank begleiten, als du jemanden gebraucht hast, der dich in den Arm nimmt und dir sagt, dass alles wieder gut wird.«

»Grayson«, flüsterte sie.

Das machte sie oft. Sie sagte seinen Namen, als würden sich all ihre Gedanken nur darum drehen. Und er hatte den Verdacht, dass das in diesen Momenten auch genau so war.

»Ich weiß, Baby. Wir müssen eine Menge aufholen.« Er setzte sich auf und zog sie in die Arme, wo sie hingehörte. »Du bist ein unglaublich fähiger und starker Mensch und Bert war für lange Zeit ein Segen in deinem Leben. Aber in gewisser Weise warst du dein ganzes Leben lang allein, hast dir eine großartige Karriere erarbeitet und hoffst auf mehr. Jetzt bin ich da und ich möchte dein *Mehr* sein.«

In Graysons Augen standen so viele Emotionen und er hatte sie perfekt zusammengefasst. *Mehr.*

»Das bist du schon«, erwiderte sie und lehnte sich für einen Kuss nach vorn. Doch in diesem Moment klingelte ihr Handy unter Graysons Bein.

»Oh, Baby, du bringst meinen ganzen Körper zum Klingen.«

Sie lachte und schob die Hand unter sein Bein, um ihr Handy darunter hervorzuziehen. »Es ist Luce.« Sie setzte sich neben ihn und nahm den Anruf an. »Hi, Luce.«

»Ich dachte, dass du dich bedeckt halten willst?«

»Tue ich«, antwortete Parker verwirrt. Grayson warf ihr ein Luftküsschen zu und widmete sich wieder den Zeichnungen. »Ich bin im Strandhaus und lese das Drehbuch, das Phillipa mir geschickt hat.«

»Und wer ist der heiße Kerl, der dich im Aufzug geküsst hat?«

Parker klappte die Kinnlade nach unten. »Was?« *Omeingott, der Aufzug!* Bilder von versteckten Kameras rauschten ihr durch den Kopf und Panik breitete sich in ihrer Brust aus.

Grayson sprang bei ihrem Aufschrei auf die Füße und kam mit verengten Augen zu ihr herüber. *Besitzergreifend.* Das gefiel ihr überaus gut.

»Im Ernst, meine Liebe«, sagte Luce. »Wir sind *Freundinnen.* Wenn du dich mit einem Künstler – oder irgendeinem anderen heißen, muskulösen Kerl – in deinem Haus verkriechst, wäre es doch das Mindeste, dass du mir die interessanten Details erzählst, damit ich sie nicht von der Titelseite der *Us Weekly* erfahren muss.«

Parker vergrub das Gesicht in den Händen. »Oh Gott, Luce. Wie schlimm ist es?«

»Schlimm?« Luce schnaubte spöttisch. »Machst du Witze? Es ist verdammt heiß. Ich bin überrascht, dass ihr keinen Kurzschluss im Aufzug verursacht habt.«

»Sind wir …? Wo sind seine Hände?« Sie schloss die Augen, weil Grayson sie immer noch anschaute, als würde er sie vor aller Welt beschützen wollen. Hoffentlich sagte Luce jetzt nicht: *unter deinem Kleid.*

»Wo die *waren*, ist die entscheidendere Frage«, sagte Luce.

»Luce! Hände! Wo sind sie auf dem Foto?« Sie hielt einen Finger hoch, um Grayson aufzuhalten, der ihr immer weiter auf die Pelle rückte. Sie wollte erst wissen, auf was sie sich einstellen musste, bevor sie irgendwas sagte. Er ließ sich neben ihr auf die Couch sinken und gab ihr damit ein bisschen mehr Raum zum Atmen. Wobei sie gerade vermutlich allein auf einer einsamen Insel stehen müsste, um genug Luft zu bekommen.

Luce seufzte das verträumte Seufzen, das so viele Frauen von sich gaben, wenn sie etwas wahnsinnig Niedliches oder Romantisches sahen, und Parker entspannte sich ein wenig. Ihre Freundin würde nicht seufzen, wenn er die Hand zwischen Parkers Beinen hätte. In diesem Fall hätte sie schon längst die PR-Krallen zur Schadensbegrenzung ausgefahren.

»Seine Hände, die übrigens echt verflixt groß sind, worüber wir uns noch so was von unterhalten werden, liegen auf deinem Hals. Er hat die Daumen an deinen Kiefer gelegt und der Kuss ist … intim. Er ist perfekt. Die Art von Kuss, die Frauen dazu bringen wird, ihren Ehemännern die Hölle heißzumachen, weil die sie *nicht* so küssen.«

Parker griff nach Graysons Hand. »Ich weiß, was du meinst. Dann raus mit der Katastrophe. Wie lautet die Schlagzeile?«

»Wie sollten sie daraus eine Katastrophe machen? Ihr seht wie ein verliebtes Pärchen aus. Die Schlagzeile lautet: ›Wer ist der neue Mann an Parker Collins' Seite?‹. Im Artikel wird erwähnt, dass Grayson den Stiftungswettbewerb gewonnen hat und sie spekulieren ein bisschen herum.«

Parker hing gedanklich noch immer bei dem verliebten Pärchen fest und Grayson beobachtete sie weiter mit Argusaugen. »Warte kurz, Luce.« Sie nahm das Handy vom Ohr und sagte zu Grayson: »Jemand hat ein Foto von uns gemacht, wie wir uns im Aufzug küssen. Es ist in der *Us Weekly*.«

»Oh verdammt. Ich versau es dir jetzt schon?« Er rieb sich mit einer Hand übers Gesicht.

»Nein. Gar nicht. Lass mich noch kurz mit Luce reden, aber mach dir keine Sorgen. Es ist alles in Ordnung.« Sie war überraschenderweise jetzt schon nicht mehr so panisch. Es *war* ein perfekter Kuss gewesen, und sie konnte küssen, wen immer sie wollte. Es war ja nicht so, als hätte man sie in ihrem *Mustache Rides*-Shirt und ultraknappen Shorts abgelichtet. Es war kein Foto, auf dem ihr halber Hintern aus der Hose hing oder sie aussah, als hätte sie die letzte Nacht im Suff verbracht.

Grayson rührte keinen Muskel. Er hielt den Blick stur geradeaus gerichtet und alles an ihm strahlte Sorge aus. *Um mich.* Ein ganz neues Gefühl machte sich in ihr breit. Wo war er ihr ganzes Leben lang gewesen?

Sie hob das Handy lächelnd wieder ans Ohr, um den Rest mit Luce zu besprechen.

»Das ist *keine* Katastrophe, Parker. Es macht dich menschlich.« Luce hielt inne, bis Parker ihr zustimmte. »Okay, dann reden wir doch mal drüber, wo seine Hände auf dem Foto hätten sein können. Und stimmt es, dass große Hände auf einen großen ...«

»Luce!« Parker lachte, was Grayson herüberschauen ließ. *Alles in Ordnung. Versprochen,* formte sie mit den Lippen. Er ließ den Kopf nach hinten gegen die Rückenlehne der Couch sinken und seufzte so erleichtert, als hätte sie ihm gerade gesagt, dass er keinen Krebs hatte. Und sie verliebte sich dafür noch ein Stück mehr in ihn.

Sie beobachtete, wie er zum Tisch zurückging und sich

wieder über die Zeichnungen beugte. Erst einen Moment später fiel ihr auf, dass Luce noch immer mit ihr sprach.

Sie war komplett aus dem Gespräch ausgestiegen und hörte gerade Luce' Warnung, dass sie mit mehr Fotos rechnen sollte. Allerdings ging ihre Freundin nicht davon aus, dass man ihr am Cape großartig nachstellen würde. Luce war der Meinung, dass es zu weit vom echten Klatsch entfernt und die Story nicht kontrovers genug war, dass Paparazzi die Reisekosten investieren würden. Aber jetzt, wo sie Blut gewittert hatten, würden sie das Ganze sicher aufblasen, um es an die einschlägigen Magazine zu verkaufen. Parker musste damit rechnen, dass Fotos mit anderen Männern von ihr auftauchten unter der Behauptung, dass ihre Beziehung mit Grayson gefährdet schien.

Nachdem sie den Anruf beendet hatte, ging sie zu Grayson hinüber. Er legte den Bleistift weg und breitete die Arme aus, damit sie sich auf seinen Schoß setzen konnte.

»Tut mir leid, Süße. Ich hätte dich nie im Aufzug geküsst, wenn ich geahnt hätte, dass du deswegen Probleme kriegst.«

Sie lehnte die Stirn gegen seine Schulter. »Doch, hättest du.«

Lächelnd umfasste er ihr Gesicht mit beiden Händen. *Oh ja, Luce, es stimmt. Große Hände und alles andere ist auch groß. Herz, Verstand und Körper.*

»Ja, da hast du wahrscheinlich recht.« Er drückte die warmen Lippen auf ihre. »Und was passiert jetzt?«

»Nichts. Es wurde nur ein bisschen spekuliert, dass du mein neuer Kerl bist, was ja auch stimmt. Ja, damit sind wir ins Rampenlicht gerückt, und Luce hat gesagt, dass die Bluthunde wahrscheinlich versuchen werden, Fotos von mir und anderen Männern zu machen, um das Ganze anzuheizen und die Verkaufszahlen hochzutreiben. Aber du weißt, dass da nichts dran sein wird, also mache ich mir keine großen Sorgen.«

»Da bin ich erleichtert. Wir werden ab sofort vorsichtiger sein.« Er wandte den Blick ab und biss die Zähne zusammen.

»Ich will nicht vorsichtiger sein.« Sein Gesichtsausdruck blieb angespannt. »Was ist los?«

»Wer war denn dein *letzter* Kerl?«, fragte er grollend.

»Du bist eifersüchtig.« Sie pikte ihn in die Brust. »Du! Der selbstsicherste Kerl, den ich kenne, ist eifersüchtig? Wegen mir?« Sie lachte und er lächelte immerhin ein wenig.

»Ich bin nicht eifersüchtig. Nur neugierig.«

Oh, das würde lustig werden. »Na ja, mit Bradley Cooper bin ich mal ein paar Wochen ausgegangen, aber er war echt schlecht im Bett, und hey, wer will sich schon mit so was rumschlagen? Ach, und Liam Hemsworth, aber da hatte er sich gerade frisch von Miley getrennt, also zählt das eigentlich nicht.«

Grayson biss die Zähne zusammen und sie konnte einfach nicht widerstehen. »Christian Bale ist wohl so was wie mein *letzter* Kerl, weil er der letzte war, mit dem ich geschlafen habe, aber eigentlich habe ich nur die Zeit überbrückt, während ich auf …«

»Gott, Parker. Was zum Teufel willst du denn mit *mir*?«

Erschrocken legte sie ihm die Hände an die Wangen und wurde sehr ernst. »Du hast mich nicht ausreden lassen.«

»Will ich wirklich wissen, auf wen du gewartet hast? Ich bin kein Stück wie diese Hollywood-Typen, Parker. Ich bin nur ich. Das hier ist mein Leben. Ich hänge in Kneipen mit Freunden ab, denen es völlig egal ist, was für Klamotten sie anhaben, und es ist mir egal, wer mich sieht, weil ich mit mir zufrieden bin und …« Er schüttelte den Kopf und ihr sackte der Magen in die Kniekehlen.

»Das war nur ein Witz, Grayson. Ich hatte mit keinem dieser Männer was, und ich wollte sagen, dass ich auf *dich* gewartet habe. Aber das macht dir wirklich zu schaffen, oder?« Das warf sie gründlich aus der Bahn, und sie wusste nicht, wie sie das wieder geraderücken sollte. »Was ist daraus geworden, dass das hier unsere Realität ist und wir die Probleme angehen, wenn sie auftauchen? Ich dachte, wir schaffen uns ein stabileres Fundament. Ich will ein Fundament!«

Wundervoll, jetzt war sie den Tränen nahe. Sie kniff die Lippen zusammen und versuchte, die aufwallenden Gefühle zurückzudrängen. Plötzlich grinste Grayson sie breit an und ihr ging ein Licht auf – ein zorniges.

»Du fieser Kerl!« Sie versetzte ihm einen Klaps auf die Brust, doch er lachte nur, was sie noch wütender machte. »Du hast mir eine Heidenangst eingejagt! Hör auf zu lachen!«

Er küsste ihren kleinen Wutanfall einfach weg, bis sie nur noch stöhnte und in sein Lachen einstimmte.

»Deine glattgebügelten Schauspieler können mir nicht das Wasser reichen, Baby.«

»Gerade kann ich dich nicht besonders gut leiden«, sagte sie. »Und ich mache mir schon Sorgen, dass dir das *wirklich* zu schaffen macht.«

Er wurde wieder ernst. »Nicht die Männer. Keinen Moment lang. Aber alles andere? Ich glaube, das geht an uns beiden nicht spurlos vorbei, aber wie du gesagt hast: Wir schaffen uns ein Fundament. Und was für eins.« Er strich mit einer Hand über ihren Oberschenkel nach oben.

»Wir sollten aber vielleicht trotzdem darüber reden«, erwiderte sie, als er sie erneut küsste. »Du bist ziemlich gut im Ablenken.«

»Wir bekommen das schon hin«, versprach er und senkte

die Lippen auf ihren Hals. Er wusste ganz genau, wie er ihren Verstand dazu brachte, den Dienst zu quittieren.

»Ich möchte … Oh, das fühlt sich gut an.« Es fiel ihr schwer, sich zu konzentrieren. »Ich möchte, dass du nächsten Monat Zeit mit mir in L. A. verbringst, wenn du mit dem Geländer fertig bist und bevor du nach Texas fliegst und …« *Omeingott, das ist so gut.*

»Was immer du willst.« Sein Atem strich über ihre Haut.

Mit geschlossenen Augen schwelgte sie in dem Gefühl seiner Lippen auf ihrem Hals, doch da erinnerte sie sich an etwas, das er mal in einer seiner E-Mails erwähnt hatte. »Aber du hasst L. A.«

»Trotzdem würde ich alles für dich tun.« Seine Zunge wanderte über ihre Unterlippe.

»Ich für dich auch«, gab sie atemlos zurück.

Seine Augen wurden beinahe schwarz. »Okay, Baby. Und jetzt denk nicht mehr so viel darüber nach. Es gibt nichts, womit wir nicht fertig werden. Wir schaffen das.«

Er küsste sie wieder und sie schloss die Augen im Vertrauen auf dieses Versprechen. Sie saugte seine Selbstsicherheit – und seine Küsse – praktisch in sich auf und ließ ihre Sorgen davon wegtragen und durch etwas sehr viel Angenehmeres ersetzen.

Fünfzehn

Abgesehen davon, dass er eine Woche lang von seiner Familie und seinen Freunden mit dem Artikel in der *Us Weekly* aufgezogen wurde, konnte Grayson wirklich nicht meckern. Jeder Tag begann und endete mit Parker in seinen Armen. Christmas hatte sich problemlos mit ihrem neuen Bettgefährten arrangiert. Der kluge Hund wartete, bis sie ihr abendliches Liebesspiel beendet hatten, bevor er sich aufs Fußende schlich und dort bis zum Morgen schlief. Sie brauchten definitiv ein größeres Bett, aber Grayson machte die Gesellschaft nichts aus. Immerhin war Christmas vor ihm da gewesen und der große Hund brauchte auch Liebe.

Bis zum Samstag hatten sich ihre Lebensabläufe ebenso einfach zusammengefügt wie ihre Herzen. Grayson verbrachte den Tag bei Grunter's, wo er am Geländer arbeitete, an dem Parker nur eine einzige Änderung vorgenommen hatte: die zwei Vögel für Christmas. Der Hund war schon zweimal in seinen Pick-up gesprungen und hatte ihn zur Arbeit begleitet, und er hatte ihn wirklich gerne bei sich. Das Geländer gefiel ihm mit jedem Stück, das er schmiedete, besser, und die Wurzeln erwachten im gleichen Maß zum Leben, wie Parker in ihr eigenes zurückfand und ihre Trauer langsam überwand. Sie war zweimal mit Sky und den Mädels unterwegs gewesen und mittlerweile chatteten sie miteinander wie alte Freundinnen, was ihn unglaublich freute.

Parker fand das zugesendete Drehbuch wirklich gut, und das schien eine ganze Welle ins Rollen gebracht zu haben, die hauptsächlich aus E-Mails, Anrufen, Nachrichten und Terminabsprachen für Meetings bestand. Wenn sie mal länger telefonierte, nutzte Grayson die Zeit zum Joggen. Aber das Laufen war ihm nicht mehr so wichtig wie in der Zeit, bevor Parker in sein Leben getreten war. Jetzt sehnte er sich mehr nach der morgendlichen Intimität und gemeinsam verbrachten Abenden, die sie mit Spaziergängen mit Christmas am Strand oder Abendessen mit ihren Freunden verbrachten oder an denen sie sich bis in die frühen Morgenstunden unterhielten und ihre Hoffnungen und Träume miteinander teilten. In letzter Zeit ertappte Grayson sich immer wieder dabei, dass er sich eine Zukunft mit Parker ausmalte. Er konnte sich ihr gemeinsames Leben und vielleicht sogar eine Familie problemlos mit ihr vorstellen, solange er nicht zu genau über die Logistik nachdachte. Daran scheiterte er jedes Mal.

Für den Moment schob er die Gedanken jedoch beiseite, weil die Sonne durch die offene Terrassentür hereinströmte und den Raum zusammen mit der kühlen Brise von der Bay her mit dem Versprechen auf einen schönen Samstag erfüllte.

Grayson griff nach Parkers Hand und setzte sich neben sie an den Tisch, wo sie den Inhalt von Berts Bankschließfach ausgebreitet hatte. Interessiert betrachtete er die vielen ungeöffneten, vergilbten Briefumschläge, deren Poststempel bis in die Siebziger zurückreichten. Schließlich griff er nach einem Foto, das offensichtlich Bert mit einer sehr viel jüngeren Parker zeigte, und bekam so einen ersten Blick auf das Mädchen, das sie einmal gewesen war, und den Mann, der ihr alles bedeutet hatte. Ihre Haare waren länger und nicht raffiniert geschnitten oder gestylt, wie sie sie inzwischen trug. Sie lächelte, aber die Sorge stand ihr deutlich ins Gesicht geschrieben – Angst, Müdigkeit, Hoffnung und darunter das Selbstbewusstsein, das sie sich wohl im Lauf ihres Lebens erarbeitet haben musste. Bert hatte einen kleinen Bauch und die gleichen graublauen Augen wie Abe, doch sie wirkten einladend und freundlich. Kein Wunder, dass Parker ihm vertraut hatte. Wenn Grayson diesem Mann über den Weg gelaufen wäre, hätte er das zweifellos auch getan.

»Das wurde an dem Tag aufgenommen, als er mich meiner ersten Modelagentin vorgestellt hat. Bert hat sie darum gebeten, damit wir uns immer an diesen Moment erinnern können. Ich habe ihm gesagt, dass er es behalten kann. Wahrscheinlich wusste ich da schon, dass Modeln nicht mein Ding ist.«

Sie griff nach einem anderen Foto und strich lächelnd darüber, bevor sie es ihm reichte. »Das war die erste Aufnahme, die Bert damals von mir im Park gemacht hat.«

Er hatte das Gefühl, eine ganz andere Frau als auf dem ersten Bild zu sehen. Sie lachte und musste sich gerade umgedreht haben, denn ihre Haare schwangen um ihr Gesicht durch die Luft. Ihre Augen reflektierten das Sonnenlicht und verliehen der Momentaufnahme eine jugendliche, sorgenfreie Ausgelassenheit. Diesen Ausdruck hatte er noch nie bei ihr gesehen, und er fragte sich, ob das wohl nur gespielt war oder sie es wirklich empfunden hatte. Er hoffte auf Letzteres und darüber hinaus auch, dass er es eines Tages mit eigenen Augen sehen würde.

»Dieses Foto hat er der Modelagentin gegeben. Eine meiner Lieblingsaufnahmen.« Sie lehnte sich zu ihm. »Er war so begeistert und hat mich aufgefordert, mich umzudrehen und mir die Ballons anzuschauen. Ich weiß noch, wie gerne ich sie sehen wollte. Nicht wegen der Ballons, sondern weil er mich mit seiner Begeisterung angesteckt hat. Ich stehe also mit dem Rücken zu ihm und halte danach Ausschau, suche im Park und am Himmel nach Ballons, aber da war natürlich nichts. Er wusste einfach nur, wie er mich austricksen musste, um den Shot zu bekommen, den er haben wollte.« Sie lachte leise. »Das habe ich so an ihm geliebt. Und dann hat er plötzlich ›Welpen!‹ gerufen und … Na ja, du weißt, wie ich bei Christmas bin. Ich liebe Welpen, also bin ich herumgefahren, um mir die nicht existenten Welpen anzuschauen. Deswegen sehe ich so begeistert aus. Bert war gut, oder?«

Grayson wurde ganz warm ums Herz, weil Bert sie so durchschaut und dieses Wissen genutzt hatte, um ihr zu helfen. Er umarmte Parker und gab ihr einen Kuss auf die Schläfe.

»Klingt, als wäre er ein toller Kerl gewesen. Geht's dir gut? Willst du nachher immer noch Abe besuchen?« Sie hatten außerdem geplant, danach im Baumarkt seines Vaters vorbeizuschauen. Grayson freute sich darauf, Parker seinem Vater vorzustellen, und außerdem wollte er nach ihm sehen. Als sie die letzten Male miteinander telefoniert hatten, hatte er müde geklungen.

»Mhm. Ich überlege nur noch, ob ich die Briefe und Fotos mitnehmen soll, oder ob das Abe zu sehr aufregt.«

Sie zeigte ihm weitere und aktuellere Bilder von sich und Bert, und dann noch eins, auf dem Bert und Abe als Kinder zu sehen waren. Jemand hatte ihre Namen und das Alter auf die Rückseite der Schwarz-Weiß-Aufnahme geschrieben, und ebenso die Notiz ›Mom, Dad und die Jungs‹ auf ein Familienfoto. Parker nahm sich ein anderes Foto, auf dem Bert Arm in Arm mit einem älteren Mann zu sehen war. Die Liebe in ihren

Augen war unübersehbar.

»Das war Berts Partner Alan. Sie waren fünfundvierzig Jahre lang zusammen. Alan ist gestorben, zwei Jahre bevor Bert und ich uns kennengelernt haben, aber Bert hat mir erst Monate nach dem Fotoshooting im Park von ihm erzählt. Er meinte, er wusste, dass wir einander brauchen, weil er die Einsamkeit in meinen Augen gesehen hat.« Sie hielt inne, und er vermutete, dass sie das Gespräch gerade Revue passieren ließ. »Ich bin froh, dass sie einander so lange hatten und auch, dass Bert und ich uns so lange kannten.«

Seine Gedanken wanderten zu Abe, dessen Glaubenssätze, was einen Mann stark machte, so verdreht waren. Es ergab irgendwie Sinn, dass seine Vorstellung von Schwäche genauso wenig nachvollziehbar war. »Ich frage mich, ob Berts Homosexualität vielleicht ein Problem für Abe war.«

»Keine Ahnung. Das habe ich mich auch schon gefragt, aber diesen Krieg will ich nicht mit ihm ausfechten, und ich glaube auch nicht, dass Bert das gewollt hätte. Er hat mir erzählt, wie es in seiner Jugend als schwuler Mann zuging und wie sich die Dinge über die Jahre hinweg verändert haben. Alan hat es wohl gehasst, ihre Beziehung geheim zu halten. Er war elf Jahre älter als Bert und musste seine Sexualität dementsprechend länger verstecken. Eines Tages hatte Alan genug davon und sie haben sich zusammen geoutet. Für Bert war es das Befreiendste – und Furchteinflößendste –, was er jemals getan hat, aber Alan hat ihm Halt gegeben.«

Sie legte das Foto weg. »Bert hat mir Halt gegeben, und ich ertrage den Gedanken kaum, dass ich nicht da war, als er mich am meisten gebraucht hat. Er hat so viel für mich getan und ich habe nicht …«

Christmas trottete von der Veranda herein und stellte sich

neben sie, den großen Kopf zur Seite gelegt, als würde er fragen, warum seine Mom so traurig war.

Grayson zog Parker auf seinen Schoß und legte ihr eine Hand auf den Hinterkopf. Als Christmas winselte, kraulte er ihn hinter den Ohren.

»Er wusste es, Baby«, versicherte er ihr. »Er wusste, wie sehr du ihn geliebt hast, und es klingt, als hättest du ihm genau das gegeben, was er brauchte. Du warst da und hast sein Leben mit ihm geteilt. Du hast ihn genauso geliebt wie er dich.«

Sie nickte an seiner Brust. »Ich weiß, aber …«

Grayson umfasste ihr Gesicht mit beiden Händen und wischte ihr die Tränen weg.

»Aber es tut weh, und du fühlst dich, als hättest du ihn im Stich gelassen. Ich weiß. So habe ich mich auch gefühlt, als wir meine Mom so unerwartet verloren haben. Aber sie wussten es, Baby, da bin ich mir sicher.« Er gab ihr einen sanften Kuss. »Es ist in Ordnung, traurig zu sein und auch alles andere, aber du hättest nichts anders machen können. Wir sterben alle irgendwann, und deswegen leben wir im Hier und Jetzt und lieben die Menschen, die uns wichtig sind, mit allem, was wir haben, damit sie genau das wissen, wenn wir nicht mehr da sind.«

»Wie machst du das? Du weißt immer, wie du dafür sorgen kannst, dass es mir besser geht.«

»Ich sage nur, wie es ist. Ich würde dir gerne in Zukunft diesen Schmerz ersparen, aber das kann niemand. Ich kann dir aber versprechen, dass ich immer bei dir sein werde, selbst wenn wir uns gerade nicht am gleichen Ort befinden. Wenn du traurig oder einsam bist oder mich einfach nur brauchst, genügt ein Anruf und ich bin da, so schnell es geht.«

»Das verspreche ich dir auch.«

Christmas schob den Kopf zwischen sie, was die Stimmung

auflockerte und ihm auch ein paar Versprechen einbrachte.

Nachdem sie ein bisschen geweint hatte, fühlte Parker sich deutlich besser, war sich jedoch auch sicher, dass das mehr mit Grayson als mit dem Ventil der Tränen zu tun hatte. Sie entschied sich dafür, Abe die Fotos und Briefe mitzubringen, weil sie schließlich rechtmäßig ihm gehörten, und wenn ihn das zu sehr aufregte, würde sie sie einfach wieder mit nach Hause nehmen. Die sonst so unterkühlte Pflegekraft war heute ein bisschen weniger steif und schenkte ihnen bei ihrer Ankunft sogar ein schmales, ein wenig erleichtert wirkendes Lächeln.

»Er ist heute sehr müde, würde Sie aber trotzdem gerne sehen«, sagte sie. »Halten Sie den Besuch bitte kurz. Er hat in den letzten Tagen wenig Energie.«

»Geh schon mal vor«, sagte Grayson. »Ich mache einen Abstecher zur Toilette und bin dann gleich da.«

Parker öffnete die Tür zu Abes Schlafzimmer und spürte dabei überdeutlich, wie sehr ihr die Präsenz ihres Freunds an ihrer Seite fehlte. Ein Blick über die Schulter zeigte ihr, dass er noch mit der Pflegerin sprach, dann betrat sie das Schlafzimmer. Abe hatte die Augen geschlossen, und sie fragte sich, ob er wohl schlief, doch als sie an sein Bett trat, schaute er sie an.

»Da ist sie ja wieder«, sagte er leise und ein bisschen ruppig. Es war nur ein kleiner Rest seiner miesepetrigen Art, und das brachte sie zum Lächeln. So war Abe eben einfach.

»Hi, Abe. Wie geht es Ihnen?« Sie umarmte ihn kurz. Seine Haut war immer noch aschfahl und das Atmen fiel ihm sichtlich schwer.

»Sie umarmen Leute ja ganz schön viel«, beschwerte er sich.

Sie erkannte jedoch, dass das nur aufgesetzt war. »Ich umarme nur nörgelige, alte Männer«, neckte sie ihn.

»Lacroux hätte dazu sicher was zu sagen.«

Sie lächelte. »Da haben Sie wahrscheinlich recht.«

»Wo ist er?«

»Auf der Toilette. Er kommt gleich nach.« Sie griff nach ihrer Handtasche, um die Briefe und Fotos herauszuholen. Bisher war ihr der Gedanke noch gar nicht gekommen, dass er womöglich nicht mehr genug sah. »Ich habe Ihnen was mitgebracht.«

Er krallte die Finger in die Bettlaken. »Warum?«

»Weil ich ein netter Mensch bin. Und weil ich mir gedacht habe, dass Sie das vielleicht gerne haben wollen. Entschuldigen Sie bitte die Frage, Abe, aber …«

Er hob zittrig eine Hand. »Selbstbewusstsein. Kontrolle. Hat Bert Ihnen eigentlich irgendwas beigebracht? Entschuldigen Sie sich nicht für eine Frage, die Sie dann trotzdem stellen. Fragen Sie oder lassen Sie es. Aber seien Sie selbstbewusst in allem, was Sie tun.«

Irgendwie freute sie sich über diese kleine Lektion, die er ihr mit so viel Nachdruck vermittelte. Das musste doch bedeuten, dass sie ihm nicht ganz egal war. Warum sollte er sich sonst die Mühe machen? Hinter sich hörte sie, wie Grayson den Raum betrat.

»Stimmt, tut mir leid. Können Sie überhaupt etwas sehen?« Es fiel ihr wahnsinnig schwer, die Frage so direkt zu stellen.

»Nein. Und ja keine Gefühlsduselei deswegen«, erwiderte er bissig. »Makuladegeneration ist bei alten Menschen nicht ungewöhnlich und sie ist ein Segen. So muss ich meinen eigenen Verfall nicht mitansehen.«

»Okay, keine Gefühlsduselei«, sagte sie. Grayson trat an ihre Seite und legte ihr eine Hand auf den unteren Rücken.

»Lacroux.« Abe nickte ihm knapp zu.

»Wie geht's, Abe?«

»Wie sehe ich denn aus?« Er machte eine wegwerfende Bewegung mit seinen gekrümmten Fingern. »Das brauchen Sie nicht zu beantworten. Beschreiben Sie mir lieber, wie Parker aussieht.«

Grayson riss überrascht die Augen auf, und Parker war sich sicher, dass ihre eigenen genauso groß waren. Diese Bitte kam unerwartet.

»Sehr gerne.« Grayson ließ den Blick über ihr Gesicht und dann weiter über ihren Körper wandern. Die Temperatur schien plötzlich sprunghaft anzusteigen. »Mal sehen. Dass sie wunderschön ist, wollen Sie sicher nicht hören, weil das zu einfach wäre. Oder dass ihre Augen kornblumenblau sind und ihre Haare die Farbe von Maisgrannen haben, die frisch vom Kolben geschält wurden. Sie wissen schon, diese dünnen Fäden? Meine Mutter hat uns als Kinder immer eingespannt, um die abzumachen. Aber ich schweife ab.«

Er hielt kurz inne, und sie wusste, dass er es genoss, wie seine Beschreibung sie tief ins Herz traf. Sie versuchte nicht mal, es zu verbergen.

»Ich überspringe das mal und komme direkt zu ihrem leicht verlegenen Gesichtsausdruck«, fuhr Grayson grinsend fort. »Der konkurriert gerade mit dem Lächeln, das sie kaum unterdrücken kann.«

»Gott«, murmelte Abe. »Kornblumenblau?« Er schüttelte den Kopf. »Was haben Sie denn dabei, Parker? Geben Sie mir was, das den Zucker aus meinem Mund vertreibt.«

Grayson und sie lachten, aber ihr Herz raste immer noch

wie verrückt. Die kleine Bemerkung über seine Mutter war etwas Besonderes für sie, und seine Augen hatten dabei einen warmen Ausdruck angenommen, der ihr sagte, dass es ihm genauso ging.

»Ich habe ein Foto von Ihnen und Bert als Kinder mitgebracht. Und eins von Ihnen beiden mit Ihren Eltern.«

Abe verengte die Augen ein wenig, sagte jedoch nichts, was Parker als gutes Zeichen wertete. Sie beschrieb das Bild von Abe, Bert und ihren Eltern.

»Daran erinnere ich mich«, murmelte er mehr zu sich selbst. »Reden Sie weiter.«

Sie beschrieb ihm Berts und seine Kleidung auf dem Foto, das sie alleine miteinander zeigte, und das Haus hinter ihnen. Abe streckte zittrig eine Hand mit der Handfläche nach oben aus. Grayson und sie tauschten einen überraschten Blick miteinander, doch sie gab Abe das Foto. Er hielt es mit Daumen und Zeigefinger fest und ließ die Hand wieder aufs Bett sinken.

»Wir waren mal Freunde«, brummte er. »Was noch?«

Die Briefe machten sie nervöser als die Fotos. »Ich habe die Briefe mitgebracht, die Sie haben zurückgehen lassen. Ich war mir nicht sicher, ob Sie die haben wollen oder ob ich sie Ihnen vielleicht vorlesen soll, aber sie gehören Ihnen.«

Er deutete auf den Beistelltisch. »Legen Sie sie da hin.«

»Okay.« Sie tat, wie ihr geheißen. »Vielleicht kann ich sie Ihnen bei meinem nächsten Besuch vorlesen.«

Abe streckte eine Hand nach ihr aus, die Parker ergriff. Seine Haut fühlte sich an wie Seidenpapier über spitzen Knochen und in ihrer Brust breitete sich ein dumpfer Schmerz aus.

»Ich will, dass Sie mir genau zuhören, Parker, weil ich das nur einmal sagen werde.« Er runzelte die Stirn und drückte ihre

Hand. Tränen stiegen ihr in die Augen, bevor er auch nur ein weiteres Wort sagen konnte, weil in seinem Tonfall eine Endgültigkeit lag, die ihr wie ein Messer ins Herz fuhr. »Lacroux, hören Sie zu?«

»Ja, Sir«, antwortete Grayson ernst.

»Parker, Sie haben getan, was Sie sich vorgenommen hatten. Darauf sollten Sie stolz sein, und ich weiß, wie schwer das für Sie gewesen sein muss.«

Emotionen schnürten ihr die Kehle zu und ließen ihr die Tränen über die Wangen rinnen. Grayson schlang einen Arm um ihre Schultern.

»Tränen. Die sehe ich zwar nicht, aber ich höre sie. Geben Sie ihr doch mal ein Taschentuch, Lacroux.« Sein ruppiger Ton brachte sie zum Lächeln.

»Natürlich.« Grayson reichte ihr ein paar Papiertaschentücher vom Tisch.

»Das sind hoffentlich Freudentränen«, fuhr Abe streng fort. »Es gibt nichts, weswegen Sie traurig sein müssten. Haben Sie verstanden?«

Sie nickte, doch als ihr aufging, dass er sie nicht sehen konnte, brachte sie mühsam ein »Ja« hervor.

»Gut, denn das hier wird Ihr letzter Besuch bei mir sein.«
»Aber …«

Er unterbrach sie, indem er ihre Hand drückte. »Nein. Ich bin ein alter Mann und diese Gespräche sind anstrengend für mich. Sie haben ein Leben zu leben und dank Ihnen habe ich ein paar Erinnerungen aufzufrischen, bevor ich mir endgültig die Radieschen von unten anschaue. Das würde ich gern allein und in dem Wissen tun, dass Sie da draußen mit ihrem Bodyguard-Liebhaber glücklich sind. Wenn ich seine liebeskranke Beschreibung richtig deute, wird der so schnell nirgendwohin verschwinden.«

Ein Schluchzen entkam ihr. Unfähig, sich davon abzuhalten, umarmte sie Abe erneut. »Aber ich bin noch eine Weile hier. Könnte ich Sie nicht noch mal besuchen?«

Er legte die zerbrechlichen Arme um sie. »Nein, Liebes, können Sie nicht.«

Der Kosename ließ sie noch heftiger schluchzen.

»Lacroux?«

»Ja, Sir?« Man hörte Grayson an, dass er ebenfalls mit seinen Gefühlen kämpfte.

»Sie kümmern sich um sie.« Das war keine Frage.

»Natürlich.«

Parker gab Abe einen Kuss auf die Wange und wusste nicht, ob die feuchte Spur darauf von seinen oder ihren Tränen stammte. »Vielen Dank, Abe. Ich glaube, ich habe Sie lieb.«

»Sie haben es immer noch nicht gelernt.« Er schnaufte entnervt, aber seine schmalen Lippen verzogen sich zu einem Lächeln, das sie direkt wieder zum Weinen brachte.

Sie versuchte, die Schultern zu straffen, trotz der tiefen Trauer darüber, dass das hier ihr endgültiger Abschied war, und wischte sich über die Augen. »Selbstbewusstsein. Kontrolle.« Sie holte tief Luft, um ihre zittrige Stimme in den Griff zu bekommen. »Sie bedeuten mir sehr viel, Abe.«

Er nickte und biss die Zähne zusammen, um das Zittern seiner Unterlippe zu verbergen.

Grayson nahm Abes schmale Hand in seine große und der Anblick ließ Parker erneut Tränen in die Augen steigen.

»Es war ein Privileg, Sie kennenlernen zu dürfen«, sagte Grayson sanft. »Alter Mistkerl.«

Parker schnappte nach Luft, doch Abe lachte hustend.

»Ich wusste, dass ich Sie mag«, sagte Abe. »Und jetzt raus mit euch. Ich habe zu tun.«

Sechzehn

Parker war nach dem Besuch bei Abe sehr still. Die Tränen waren im Aufzug versiegt und jetzt, wo sie darauf warteten, dass der Angestellte das Auto vorfuhr, versteckte sie ihre Augen hinter der Sonnenbrille. Natürlich wollte Grayson wissen, was sie gerade dachte, aber er wusste auch, dass er sie für den Moment besser nur im Arm hielt und ihr Zeit gab, alles zu verarbeiten. Er war auch selbst noch mit seinen eigenen Gedanken beschäftigt. Wer hätte gedacht, dass sich in dem verbitterten, alten Mann ein so großes Herz verbarg?

Er gab dem Angestellten ein Trinkgeld und öffnete Parker die Beifahrertür. Erst schien es, als würde sie einsteigen, doch dann drehte sie sich um und schlang die Arme um seinen Nacken. Er hielt sie fest und ließ sie sich ausweinen.

»Alles gut, Baby. Wir stehen das zusammen durch.« Über ihre Schulter hinweg entdeckte er einen dürren Teenager mit struppigen Haaren, der mit seinem Handy Fotos von ihnen machte. Der gleiche Junge, den er auch vor dem Aufzug gesehen hatte, als sie sich geküsst hatten.

»Steig ein, Baby.« Er bugsierte sie sanft auf den Sitz, ohne den Blick von dem Teenager zu nehmen, der nun wild auf seinem Smartphone herumtippte. »Bleib sitzen. Ich bin gleich wieder da.« Er schloss die Tür und ging zu dem Jungen hinüber. Das Letzte, was Parker jetzt brauchte, war ein Foto von ihrer Trauer.

Fuchsteufelswild blieb er vor dem Teenager stehen und hätte ihn am liebsten direkt in Grund und Boden gestampft, doch er beherrschte sich. Das Kerlchen war noch ein Kind und hatte wahrscheinlich für das letzte Foto einen Batzen Geld bekommen, weswegen er jetzt von all den Videospielen träumte, die er sich von dem hübschen Sümmchen kaufen konnte. Grayson hielt ihm auffordernd die Hand hin.

Der Junge hörte auf zu tippen. Er schaute von Graysons Hand seinen Arm hinauf und es bereitete Grayson ein ziemliches Vergnügen, dass allein seine Körpergröße den Teenager einschüchtern und dazu bringen würde, ihm zu geben, was er wollte. Der Junge stopfte sein Handy in die Hosentasche.

»Wie viel?« Grayson musste sich wirklich anstrengen, die Wut aus seiner Stimme herauszuhalten.

»Was?« Der Junge wich seinem Blick aus.

Grayson machte noch einen Schritt auf ihn zu. Er schüchterte den Kleinen nicht gerne ein und würde auch nie die Hand gegen ihn erheben, aber ein bisschen Angst würde hier durchaus weiterhelfen. Und es gab nichts, das er für Parker nicht tun würde. »Wie viel willst du für das Foto?«

Der Junge schluckte sichtlich angestrengt.

»Wie viel?«, wiederholte Grayson.

»Die haben mir fünfhundert für das letzte gezahlt«, sagte er und wich einen Schritt zurück. »Wenn ich sie mit einem anderen Kerl erwische, sollte es noch mehr geben. Hab mir gedacht, dass sie sicher das Gleiche für noch ein Foto von Ihnen beiden springen lassen.«

»Hast du es schon irgendwo gepostet?«

Der Junge schüttelte den Kopf.

»Fünfzehnhundert, hier und jetzt. Du wirst nie wieder ein Foto von ihr machen – und ich kriege deine SIM-Karte.«

»Aber …«

»Nimm den Deal an oder ich mache deine Eltern ausfindig, und du musst mit den Konsequenzen leben.« Grayson hielt ihm erneut auffordernd die Hand hin, doch der Junge zögerte. Sein Blick huschte zum Auto, von wo aus Parker sie beobachtete. Die Sonnenbrille hatte sie nicht abgenommen. Grayson war klar, dass der Junge gerade durchrechnete, wie viele Fotos er wohl noch machen und verkaufen konnte – und vermutlich auch, ob er schnell genug hier wegkam –, also appellierte er an sein Herz.

»Sie ist ein echter Mensch, nicht nur ein Promi, und jedes Foto, das du verkaufst, macht ihr das Leben zehnmal schwerer. Willst du das wirklich verantworten? Hast du nichts Besseres zu tun?«

Der Junge schaute zu ihm auf und dann auf sein Handy, das er inzwischen wieder aus der Tasche gefischt hatte.

»Haben deine Eltern dir nicht beigebracht, dass es nicht darum geht, wie viel Geld du hast, sondern dass vor allem zählt, wie du es verdient hast?« Graysons Vater hatte ihm das unzählige Male gesagt und er hatte es sich zu Herzen genommen. Betrügen, lügen, andere übers Ohr hauen – nichts davon kam in seinem Weltbild vor.

»Mein Dad ist Anwalt«, erwiderte der Junge und sein Tonfall war genau so, wie man es von einem nervigen Teenager erwartete. »Vielleicht hat ihm *sein* Vater das nie beigebracht.« Er nahm die SIM-Karte aus dem Gerät und klatschte sie Grayson auf die Handfläche, bevor er Parker noch einen Blick zuwarf. »Behalten Sie Ihr blödes Geld.«

Er wandte sich zum Gehen, doch Grayson hielt ihn am Arm fest, was ihn ängstlich die Augen aufreißen ließ. Doch Grayson holte nur seinen Geldbeutel hervor und reichte dem Teenager fünf Zwanziger. »Für eine neue SIM-Karte. Danke. Du hast ihr das Leben gerade leichter gemacht.«

Der Junge schnappte sich das Geld. »Was soll's«, sagte er und marschierte davon.

Grayson ließ einen langen Atemzug entweichen und kehrte dann mit dem Gefühl, dass er ein Problem für Parker aus dem Weg geräumt hatte, zum Auto zurück. Wie konnte sie nur so leben?

»Was war das denn?«, fragte sie.

Er schüttelte den Kopf und griff nach ihrer Hand, während er das Auto vom Gelände des Resorts lenkte. »Nichts. Alles okay?«

»Überraschenderweise ja, glaube ich. Ich bin traurig, aber ich verstehe, warum Abe nicht will, dass ich wiederkomme. Er hat recht. Ich wollte die Fehde zwischen ihm und Bert beenden und habe so viel mehr bekommen. Er ist miesepetrig und war wahrscheinlich ein echter Arsch gegenüber vielen Leuten. Aber ... keine Ahnung. Ich habe irgendwie das Gefühl, dass er seine Schuld beglichen hat. Und ich hatte das Gefühl, dass er bereut, wie sein Leben gelaufen ist. Dieses Päckchen muss er tragen, und ich bin trotzdem froh, dass ich die Möglichkeit hatte, ihn kennenzulernen. Ich denke, es geht ihm jetzt emotional besser als vor unserem ersten Besuch.«

Sie nahm ihre Sonnenbrille ab und in ihren Augen las Grayson so viel: Traurigkeit, Akzeptanz und Zufriedenheit.

»Mir geht es jetzt auch besser«, gestand sie. »Wäre es für dich okay, wenn wir eine Weile in deiner Welt leben? Wie geplant deinen Dad besuchen und dann vielleicht zu dir nach

Hause fahren?«

»Was immer du willst, Süße.« Grayson war klar, dass sein kleines, an einem privaten See gelegenes Cottage nicht mit ihrem Strandanwesen mithalten konnte, aber die Vorstellung von Parker in seinem Zuhause verschaffte ihm ein tiefes Gefühl der Befriedigung. Er wollte sie in seinem Leben haben und das nicht nur für eine Weile.

Der Baumarkt der Lacrouxs befand sich in einer ruhigen Nebenstraße, die Parker an das Filmset einer Kleinstadt erinnerte. Bäume säumten die schmalen Gehwege und ihre Kronen breiteten sich wie Sonnenschirme aus und spendeten den Schaufenstern Schatten. Überall sah man Kästen mit bunten Blumen und Holzbänke boten Passanten einen Platz zum Ausruhen. Vor einem Schokoladenladen saß eine junge Familie und ließ sich Köstlichkeiten aus weißen Bäckereitüten schmecken. Auf der gegenüberliegenden Straßenseite stand ein Pärchen vor einem Schuhladen. Die Frau deutete auf etwas, während der Mann versuchte, sie weiterzuziehen. Parker war schon immer gerne Zeugin solcher kleinen Momente geworden. Momente, an die sich die Leute vermutlich nicht lange erinnerten, nach denen sie sich selbst aber immer gesehnt hatte.

»Bereit, meinen alten Herrn kennenzulernen?« Grayson lehnte sich für einen Kuss zu ihr.

Jetzt habe ich meine eigenen Momente.

»Ja.« Sie griff nach seiner Hand. »Dein Dad macht kluges Marketing.« Sie deutete auf die Auslage im Schaufenster. »Durch die Pflanzen zwischen den Werkzeugen bekommt man das Gefühl, dass man da nicht nur als Mann reingehen kann.«

»Sky hat den Laden geführt, während Dad in der Klinik war. Das und noch ein paar andere freundliche Akzente sind auf ihrem Mist gewachsen.« Er schüttelte leise lachend den Kopf. »Sie hat sogar Bilder hinter den Regalen an die Wände gemalt. Für Sky ist alles eine Leinwand.«

»Die Körper anderer Menschen inklusive.«

»Genau. Sie hat dem Laden ordentlich neues Leben eingehaucht. Dad hat immer allein gearbeitet, was wohl seine Alkoholsucht nach Moms Tod noch begünstigt hat. Letztes Jahr hat er dann eine Teilzeitkraft eingestellt. Mira ist eine alleinerziehende Mutter in Skys Alter, und ich glaube, dass ihm die Gesellschaft wirklich guttut.«

Als Grayson die Tür öffnen wollte, hielt sie ihn jedoch auf. »Bevor wir reingehen … Du hast gesagt, dass du nicht zuschauen würdest, wie ich meine Sorgen im Alkohol ertränke, oder so was in die Richtung. Ich trinke normalerweise nicht viel, und ich will nicht, dass du dir dahingehend Sorgen um mich machst. Eigentlich trinke ich fast nie. Und ich war noch nie so betrunken wie an dem Abend. Ein oder zwei Gläser Wein, wenn ich mit Freunden oder dir beim Abendessen zusammensitze, aber meine Droge der Wahl sind Süßigkeiten, vor allem Schokolade. An dem Abend …« Sie suchte nach der richtigen Erklärung dafür. »Ich habe einfach keinen Ausweg gesehen, weil ich Bert so sehr vermisst habe. Das war definitiv mein absoluter Tiefpunkt. Und am nächsten Tag konnte ich nicht fassen, wie viel ich getrunken habe. Das war ja schließlich kein dreitägiger Absturz oder …«

»Ich weiß.« Er gab ihr einen sanften Kuss. »Du erinnerst dich wahrscheinlich nicht mehr daran, aber du hast ziemlich viel Tequila verschüttet. Wenn du ein Alkoholproblem hättest,

hättest du am nächsten Morgen direkt weitergemacht, aber das hast du nicht. Zerdenk es nicht. Ich sehe, wer du bist, und was ich sehe, gefällt mir.«

Sie reckte den Hals, um seine Lippen zu erreichen, und er kam ihr auf halbem Weg entgegen. Der lange Kuss unterstrich alles, was er gerade gesagt hatte.

»Leute?« Pete kam von dem Klingeln einer Türglocke begleitet aus dem Laden. »Ich dachte, dass ihr nicht in der Öffentlichkeit rummachen wolltet?« Er lachte und umarmte Parker fest. »Wie geht's dir?«

Sie wusste, dass er sie nur aufzog, aber sie küsste Grayson wirklich gerne und wollte nicht, dass jemand etwas anderes annahm. »Ganz gut, danke. Und natürlich zeige ich gern, wie sehr ich deinen Bruder mag.« Ein flauschiger Golden Retriever schob sich an Pete vorbei. Parker ging in die Hocke, um den Hund zu streicheln, der sie sofort begeistert ableckte. »Oh, hallo. Wer bist du denn?«

»Das ist Joey, Petes andere Tochter.« Grayson umarmte seinen Bruder kurz. »Wie geht's Pop?«

»Gut. Er wirkt ein bisschen müde, aber er ist auch viel auf den Beinen. Abgesehen davon ist er wie immer der Fels in der Brandung.« Pete nickte ihm beruhigend zu. »Wir wollten gerade los. Kommt doch morgen zum Frühstück nach Seaside, dann können wir in Ruhe quatschen.«

Grayson warf Parker einen fragenden Blick zu. Sie mochte es, wie er Sachen nicht einfach für sie beide entschied, auch wenn es ihr in diesem Fall nichts ausgemacht hätte.

»Sehr gerne.« Die Mädels hatten sie auch schon eingeladen. Aber sie war egoistisch gewesen und hatte ihre Vormittage mit Grayson nicht aufgeben wollen. Dabei hatten sie auf den Ausflügen immer viel Spaß gehabt. Am Anfang der Woche waren sie am Strand gewesen und vor ein paar Tagen hatten sie sich zum Mittagessen getroffen und waren anschließend zu einem Bibliotheksverkauf nach Brewster gefahren.

»Alles klar.« Pete nahm Joey an die Leine. »Dann sehen wir uns morgen. Pop ist im Büro.«

Nachdem Pete gegangen war, fragte Grayson: »Ist es wirklich okay für dich, wenn wir da hinfahren?«

»Ja. Ich mag deine Freunde sehr und du musst dir keine Sorgen machen. Ich werde mich jetzt nicht tagelang einigeln, Süßigkeiten futtern und Horrorfilme schauen. Abe wird immer einen besonderen Platz in meinem Herzen einnehmen, aber er ist nicht Bert. Ich würde ihn gerne noch mal besuchen, aber ich werde seine Wünsche respektieren.« Sie verschränkte die Finger mit seinen. »Und jetzt stell mich dem Mann vor, der so einen tollen Mann aus dir gemacht hat.«

Die Glocke über der Tür klingelte erneut, als sie den Laden betraten, und plötzlich traf es Parker wie ein Hammerschlag, dass sie gleich Graysons Vater kennenlernen würde. Das war eine große Sache. Insbesondere, weil sie noch nie die Eltern eines Partners kennengelernt hatte. Ihr erster Impuls war, in den Schauspielerinnen-Modus zu wechseln, um den bestmöglichen Eindruck zu hinterlassen, aber den unterdrückte sie schnell wieder.

»Hey, Grayson!«, rief ihnen eine hübsche Brünette vom Tresen im hinteren Teil des Geschäfts aus zu.

»Wie geht's?«, fragte er und ging an Regalen mit Farbdosen und Pinseln in allen Größen und Ausführungen vorbei auf sie zu. »Mira, das ist meine Freundin Parker. Parker, das ist Mira.«

»Die ganze Stadt weiß wahrscheinlich, wer Sie sind. Schön, Sie kennenzulernen.« Miras breites Lächeln machte sie noch hübscher und auf ihrer Nase waren trotz ihres dunkleren Teints

Sommersprossen zu erkennen.

»Wir können uns gerne duzen. Du hast das Foto gesehen?«
Es sollte sie nicht überraschen, dass jeder die Kuss-Schlagzeile
auf der Titelseite mitbekommen hatte. Graysons Geschwister
hatten sie beide gnadenlos damit aufgezogen und die Mädels
beendeten jeden Witz darüber mit: »Warte! Ich hole schnell
meine Kamera!«

»Ob ich es gesehen habe? Meine Freundinnen und ich haben ziemlich geschmachtet.« Mira schnappte erschrocken nach
Luft und machte eine abwehrende Geste. »Nein, so war das
nicht gemeint. Nicht wegen Grayson. Nichts für ungut. Du bist
attraktiv, aber …«

»Kein Ding«, unterbrach er sie mit einem amüsierten Grinsen.

»Puh.« Mira lachte. »Ich meinte damit, dass die Leidenschaft zwischen euch beinahe das Papier abgefackelt hätte. Das
war echt heiß und trotzdem süß. Schmachtwürdig.«

Sie hatte etwas so Unaufdringliches an sich, dass Parker sie
sofort mochte. »Danke.«

»Neil lächelt deswegen schon seit Tagen.« Sie senkte die
Stimme. »Dafür könnt ihr Sky danken.« Die Glocke über der
Tür klingelte. »Die Pflicht ruft. War schön, dich kennenzulernen, Parker. Komm gerne jederzeit vorbei.« Dann beeilte sie
sich, den neuen Kunden zu begrüßen.

»Ich liebe sie jetzt schon«, flüsterte Parker auf dem Weg
zum Büro.

»Vielleicht sollte ich mir die Haare wachsen lassen und mir
ein paar Sommersprossen aufmalen.«

Das brachte sie zum Lachen. Als sie das Büro betraten, entdeckte sie sofort das Foto der *Us Weekly* gerahmt auf dem
Schreibtisch und hätte beinahe ihre Zunge verschluckt.

Neil schaute von dem Kassenbuch auf, an dem er gerade arbeitete, und als sich ein Lächeln auf seinem Gesicht ausbreitete, war unschwer zu erkennen, von wem Grayson sein gutes Aussehen hatte. Die Haare seines Vaters waren heller und sein kantiges Gesicht ein bisschen runder geschnitten, aber die Ähnlichkeit zwischen ihnen war unverkennbar. Ihr Blick huschte zurück zu dem Foto und sofort wurde sie wieder nervös. Die gerahmte Aufnahme stand neben dem Hochzeitsfoto von Graysons Eltern und einem Bild von Pete und Jenna. Neils Liebe zu seinen Kindern war unverkennbar. An der Wand über dem Schreibtisch hingen Fotos von Grayson und seinen Geschwistern, vom Kleinkind- bis ins Erwachsenenalter. Parkers Herz zog sich schmerzhaft zusammen. Erstaunlich, wie viel ein paar Bilder vermitteln konnten. Sie fühlte sich sehr geehrt, nun selbst ein Teil der Sammlung zu sein.

»Gray.« Neil stemmte sich aus dem Stuhl hoch und umarmte seinen Sohn. Er war ein großer Mann, wenn auch nicht ganz so muskulös wie Grayson.

»Hi, Pop.« Grayson streckte mit einem stolzen Ausdruck in den Augen eine Hand nach Parker aus, doch bevor er etwas sagen konnte, zog sein Vater sie auch schon in eine warme Umarmung.

»Wie schön, dich kennenzulernen, Kleines.« Er schaute lächelnd zwischen ihr und Grayson hin und her.

Kleines. Sie fragte sich, ob er so wohl auch Graysons Mutter genannt hatte, und bei dieser Vorstellung wurde ihr noch wärmer ums Herz.

»Ich freue mich auch sehr.«

»Pop?« Grayson schnappte sich den Bilderrahmen. »Ist das dein Ernst?«

»Deine Schwester hat uns allen eins geschenkt.« Er lachte

leise. »Das hat sie dir wohl nicht erzählt.«

Parker unterdrückte ein Kichern, als ihr aufging, dass Sky und die Mädels auch bei ihr kein Wort darüber verloren hatten. Vielleicht war Bella ja nicht die Einzige in der Gruppe, die gerne Streiche spielte. Oder vielleicht war es auch gar kein Streich. Dieser Gedanke brachte sie zum Lächeln.

»Pete und Hunter haben auch eins?« Grayson verengte die Augen zu Schlitzen.

»Jep«, sagte Neil. »Matty auch. Sky hat gemeint, dass wir sonst ewig darauf warten können, mal ein Foto von euch zu bekommen, weil ihr zu sehr mit Knutschen beschäftigt seid.«

»Oh Mann.« Grayson schüttelte den Kopf.

»Ach, Junge. Deine Schwester liebt dich. Und offensichtlich mögen sie und die Jungs Parker auch sehr gerne. Der Teil mit dem Knutschen stammt außerdem von mir.« Dann wurde Neil jedoch ernst, als er sich Parker zuwandte. »Sky hat auch noch gesagt, dass wir kein Gewese darum machen sollen, dass du Schauspielerin bist. Es ist schön, dass du so viel Erfolg hast, und du bist bestimmt auch gut in deinem Job. Aber ob du nun schauspielerst oder an der nächsten Straßenecke Zeitungen verkaufst – es zählt nur, wer du ohne dieses ganze Brimborium bist und wie du meinen Sohn behandelst. Ich hoffe, dass du nicht wegen seines guten Aussehens und seines Reichtums mit ihm ausgehst.« Er zwinkerte ihr zu. »Mit beidem ist es nämlich nicht so weit her.«

»Verflixt«, scherzte sie. »Dann muss ich wohl einen neuen Plan schmieden.«

Grayson grinste. »Ich hatte mir Sorgen gemacht, dass es dir heute nicht gut geht, Pop. Gut zu wissen, dass du deinen Humor nicht verloren hast.«

»Es ist alles in Ordnung, Grayson. Ich bin nur ein bisschen

müde, sonst nichts.« Er ließ sich wieder in seinen Stuhl sinken und griff nach dem Hochzeitsfoto. »Das echte Leben ist hier und jetzt. Wir können die Zeit nicht zurückdrehen, also lebe ich es eben, müde oder nicht.«

Das echte Leben ist hier und jetzt. Der Apfel fiel offenbar nicht weit vom Stamm und diese Verbindung ließ ein wohliges Gefühl in ihr aufsteigen.

Neil warf ihr einen mitfühlenden Blick zu. »Sky hat mir erzählt, dass du einen guten Freund verloren hast, und es tut mir wirklich leid, dass du das durchmachen musst. Grayson weiß, wie es ist, jemanden zu verlieren, den man liebt, du bist also in guten Händen. Aber wenn du mal mit einem alten Mann darüber reden willst, steht dir meine Tür immer offen.«

»Vielen Dank«, brachte sie erstickt hervor. Seine Empathie und Skys Rücksichtnahme berührten sie tief. Sie hatte ihrem Vater nicht nur eingeschärft, keine große Sache aus ihrem Promi-Status zu machen, sondern ihm auch noch erzählt, was Parker gerade durchlebte. Andere würden das vielleicht als Einmischung empfinden, aber für Parker war das die Fürsorge einer Freundin, die sich Gedanken um sie machte.

»Mit den richtigen Menschen an deiner Seite gibt es nichts, was du nicht durchstehen kannst«, fügte Neil mit einem Seitenblick zu Grayson hinzu.

Siebzehn

Nachdem sie später am Abend Christmas samt seiner Hunde-
ausstattung sowie Kleidung, Toilettenartikel und das Skript
eingepackt hatten, an dem Parker gerade arbeitete, machten sie
es sich in Graysons Cottage gemütlich. Das Haus besaß drei
Schlafzimmer und befand sich am Rand eines lichten Kiefern-
walds direkt an einem See. Christmas schnüffelte sich ausgiebig
durch die Räume und legte sich dann irgendwann vor den
Kamin.

Eigentlich hatte Grayson irgendwie erwartet, zumindest
einen Anflug von Panik zu bekommen, wenn er Parker so weit
in sein Allerheiligstes ließ. Doch es erschütterte ihn nur, wie
gern er zusah, wie sie von Zimmer zu Zimmer wanderte und
Plätze für ihre Sachen suchte.

»Du hast einen exzellenten Einrichtungsgeschmack.« Sie gab
ihm einen Kuss und verschwand dann mit ihren Waschsachen
im Bad. »Ich liebe die Familienfotos im Wohnzimmer und die
Skulpturen im Garten.«

Im Verlauf ihres E-Mail-Kontakts hatte er sich immer wieder vorgestellt, wie es wäre, sie hier bei sich zu haben, aber jetzt
zu sehen, wie ihre Sachen neben seinen standen – ihre Kleidung, die neben seiner hing, ihr Parfüm und ihre Haarbürste

neben seinem Rasierwasser auf der Kommode –, machte das Cottage noch mehr zu einem Zuhause.

Sie kam ins Schlafzimmer zurück und räumte ihre restliche Kleidung in die Schublade, die er für sie frei gemacht hatte.

»Und dieses Bett? So was habe ich noch nie gesehen, was wohl bedeutet, dass du es selbst gebaut hast.«

Sie hatte ja keine Ahnung, wie außergewöhnlich es für Grayson war, dass er sein Bett mit ihr teilen *wollte*. Noch nie zuvor hatte er sein Zuhause oder sein Bett mit einer Frau teilen wollen. Das Bett hatte er selbst entworfen und eigenhändig geschmiedet. Aber Parker durfte an absolut allem teilhaben.

Ein wenig später setzten sie sich zum Abendessen auf die Terrasse und danach zog Parker sich für einen Spaziergang um den See um. Grayson lehnte im Türrahmen des Schlafzimmers und beobachtete sie dabei.

»Wie hältst du es bei mir aus, wenn dein eigenes Haus so fantastisch ist?«, fragte sie.

»Was gibt es da auszuhalten? Du warst da. Solange wir zusammen sind, ist es mir egal, ob wir in einem Palast oder in meinem Auto schlafen. Ich habe mir Sorgen gemacht, ob dir mein Haus vielleicht zu rustikal oder zu klein ist.«

»Zu klein? Du hast drei Schlafzimmer. Wie viele brauchst du denn noch?« Sie holte ihre Sandalen aus dem Schrank.

»Nicht zu klein für *mich*. Du bist an große, schicke Häuser gewöhnt. Das hier ist ganz anders.«

»Da hast du recht. Es ist nicht groß und schick, sondern warm und gemütlich, und ich kann mir nicht vorstellen, wie man es irgendwo anders mehr lieben könnte.«

Ich kann mir nicht vorstellen, irgendetwas mehr zu lieben als dich. Solche Gedanken kreisten in den letzten Tagen immer öfter in seinem Kopf und es fiel ihm schwer, sie für sich zu behalten.

Sie bückte sich, um ihre Sandalen überzustreifen, und verschaffte ihm so einen Blick auf ihren perfekten Hintern. Er stieß sich vom Türrahmen ab und schloss sie in die Arme.

»Es ist ziemlich unfair, wenn du dich so bückst. Das ist einfach zu verführerisch, wo ich doch schon so lange deinen fürchterlich sexy Anblick in meinem Schlafzimmer ertragen musste.«

Sie schlang die Arme um seinen Nacken. »Wie habe ich denn im Wohnzimmer ausgesehen?«

Er küsste sie leidenschaftlich.

»So gut?«, fragte sie, nachdem sie einen geräuschvollen Atemzug hatte entweichen lassen.

»Mhm«, murmelte er.

»Und im Bad?« Sie schloss die Augen und legte den Kopf in den Nacken, was ihm Zugang zu ihrem Hals verschaffte.

»Unglaublich heiß, genau wie jetzt. Als müsstest du dringend ausgezogen und über dem Waschbecken leidenschaftlich geliebt werden.« Er strich mit der Zunge über ihren hämmernden Puls und sie flüsterte seinen Namen. »Hmm. Das gefällt meiner Süßen.«

»Was ist mit …«, brachte sie atemlos hervor, »der Küche?«

»Die Küche?« Er umfasste ihre Wangen und schaute ihr tief in die halb geschlossenen Augen. »In der Küche solltest du immer nackt sein.«

»Nackt«, wisperte sie und schmiegte sich fest an ihn. »Warum?«

Es machte ihn so unglaublich an, dass sie nicht genug vom Dirty Talk bekam. »Ich will auf jeder Arbeitsfläche mit dir schlafen, dich auf den Tisch legen, auf den Boden …« Er schob eine Hand in ihre Haare und küsste sie mit langsamen, intensiven Strichen seiner Zunge. Sie stöhnte lustvoll auf, und als er den Kuss noch vertiefte, krallte sie die Hände in seine Haare. Verdammt, das war so gut. Er packte ihren Hintern und presste sie an sich. Das Gefühl ihres Schritts an seinem harten Schaft entlockte ihm ein Ächzen.

»Baby, ich glaube nicht, dass wir es zu diesem Spaziergang schaffen.« Er nahm ihr Ohrläppchen in den Mund und reizte es mit den Zähnen.

»Morgen ist auch noch ein Tag.«

Nachdem sie ihm damit grünes Licht gegeben hatte, ließ er seine Hände über ihre Kurven wandern, ihren Brustkorb hinauf, über ihre Brüste und auf dem gleichen Weg wieder nach unten. Sie küssten sich, versuchten jede erreichbare Stelle zu streicheln, schnappten nach den Lippen und der Zunge des anderen, bissen sacht in Hals und Schulter, bis sie beide vollkommen außer Atem waren. Er zog ihr das Shirt aus und warf es zur Seite. Mit einem schnellen Handgriff ereilte ihren BH das gleiche Schicksal. Mondlicht zog eine silberne Bahn über ihre nackten Brüste und der Anblick ihrer zusammengezogenen Brustwarzen steigerte seine Erregung nur noch. Sie griff nach dem Knopf ihrer Jeans, während er sich das Shirt über den Kopf streifte, und er machte kurzen Prozess mit seiner Hose und Unterwäsche. Sie leckte sich über die Lippen und zog langsam den Reißverschluss ihrer Jeans nach unten.

»Lass mich.« Er schob ihre Hand beiseite und setzte sich auf die Bettkante, um sie dann an den Hüften zwischen seine Beine zu ziehen. »Ich will dich genau hier, wo ich dich sehen und anfassen und schmecken kann.«

Nachdem er ihre Jeans geöffnet hatte, sog er ihren Anblick förmlich in sich auf. Sie war unglaublich, wie sie mit nacktem Oberkörper vor ihm stand und ihre Brüste sich mit jedem schweren Atemzug hoben und senkten. »Du bist so wunderschön, Süße.«

Er zog sie dichter zu sich und senkte den Mund auf ihre Brust, um einen ihrer Nippel mit der Zunge zu necken und ihr damit ein gieriges Stöhnen zu entlocken. Sie bog den Rücken durch und drängte ihn, sich mehr zu nehmen, doch er reizte sie nur weiter, indem er die Zunge um die harte Brustwarze kreisen ließ.

»Grayson, bitte«, bettelte sie. Sie krallte die Hände in seine Haare und versuchte, ihn zu dirigieren. Doch er war zu stark und zu entschlossen, ihr Lust zu verschaffen.

Er ließ die Zunge zu der Vertiefung zwischen ihren Brüsten gleiten und dann über die Wölbung nach oben bis zu ihrem anderen Nippel. Dann hauchte er leicht auf ihre feuchte Haut und wiederholte das so lange, bis sich ihre Brustwarze so fest zusammenzog, dass sie es zwischen den Beinen spürte.

Als er sie mit den Zähnen neckte, schrie sie auf. »Bitte, bitte, bitte!«

»Bald«, versprach er und drückte einen Kuss auf die Kuhle zwischen ihren Brüsten.

Er hakte die Finger in den Bund ihrer Jeans und des Seidenslips ein und verteilte eine Spur aus Küssen über ihren Bauch. Ihre Muskeln zuckten unter seiner Zunge, und sie klammerte sich an seine Schultern, was sicher Spuren hinterlassen würde, die ihm aber vollkommen egal waren. Das verzweifelte Verlangen, das er in ihrer Berührung spürte, war herrlich und so intensiv, dass sie schon kurz vor dem Höhepunkt stehen musste. Er zog ihr die Jeans und den Slip über die Hüften und die Oberschenkel nach unten und entblößte so ihr glattes, weiches Geschlecht. Weil er es nicht erwarten konnte, sie zu schmecken, küsste er sich von einem Hüftknochen zum anderen und hielt nur kurz an ihrem Bauchnabel inne, in den er mit der Zunge eindrang, wie er es mit seiner harten Länge in ihre süße, heiße Mitte tun würde. Sie drängte ihn an den Schultern weiter nach unten.

»Ich brauche keine Anleitung, Baby. Dir fehlt ein bisschen Geduld.«

Er strich mit der Zunge über den Ansatz ihrer Schamlippen und genoss den Geschmack ihrer Erregung. Sie versuchte, die Beine zu spreizen und die Jeans loszuwerden, doch sie war gefangen. Perfekt für die Lust, die ihr gleich den Verstand rauben würde.

»*Oh Gott*, Grayson.«

»Überlass das mir, Baby.«

Mit der Zunge neckte er ihre empfindsamste Stelle. Ihre Oberschenkel zuckten und ihr Atem ging flacher, bevor sie die Fingernägel schließlich in seine Haut grub, während er sie immer weiter trieb, sie streichelte, leckte und reizte, bis ihr ganzer Körper vor Erregung bebte. Er schob eine Hand unter ihr Kreuz und presste ihren Schoß gegen seinen Mund, während er mit der freien Hand ihre Brust umfasste.

»Brauche dich.« Sie versuchte noch immer, die Jeans abzustreifen.

»Du kriegst mich auch, Baby. Versprochen. Komm für mich.« Damit ließ er die Zunge immer wieder von ihrer Klitoris zwischen ihre feuchten Schamlippen wandern.

»*Ogottogott*, Gray…«

Sie bäumte sich unter ihm auf, aber er gab nicht nach, sondern bewegte die Zunge noch schneller. Ihr Becken drängte sich ihm entgegen und ihr Geschlecht pulsierte unter seiner Zunge.

»Grayson, Grayson, Grayson.« Sie keuchte und zitterte vom Kopf bis zu den Füßen, während der Orgasmus langsam wieder abebbte.

Er stemmte sich hoch, um ihr aus der verbliebenen Kleidung zu helfen, und nahm sie dann in die Arme, weil er die tiefere Verbindung zu ihr brauchte.

»Hörnichtaufhörnichtauf.«

»Tue ich nicht, Baby. Ich will dich nur festhalten.« *Für immer.* Er eroberte ihre Lippen mit seinen, um das Geständnis zu unterdrücken, und ließ nicht ab, bis er jeden Winkel ihres sexy Munds erforscht hatte. Sie war so verdammt anziehend, so süß und sie gehörte ihm. Liebe durchströmte ihn und zog ihn noch weiter zu ihr. Es war alles zu viel, ihre sehnsüchtigen Laute, die Leidenschaft in ihren Augen und wie sie sich mit ihm bewegte.

Als ihre Lippen sich wieder voneinander lösten, verlangte sie bettelnd nach mehr Dirty Talk.

Mit ihr in seinen Armen ließ er sich erneut auf die Bettkante sinken. »Ich bringe dich mit meinem Schwanz zum Kommen und dann noch mal mit meinem Mund.« Er hob sie ohne jede Anstrengung an und legte sich ihre Beine um die Hüften, bevor er sie langsam auf seine harte Erektion senkte. Sie stöhnten beide auf, als ihre Körper sich trafen.

»So gut.« Sie strich mit den Lippen über seine. »Ich liebe das.«

Liebe rauschte auch durch seine Adern, kribbelte unter seiner Haut und schlich sich über seine Lippen. »Ich liebe dich, Baby.«

Sie öffnete die Augen und schien in seinen nach etwas zu suchen.

»Wirklich, Süße.« Es ging zu schnell und war zu viel für sie. Er wusste, dass sie es wieder zerdenken würde – was er vermutlich auch tun sollte –, aber seine Gefühle waren zu echt, um sie infrage zu stellen.

»Denk nicht nach, Parker. Fühl nur.« Er legte ihr die Hände auf die Schultern. »Reite mich, Süße. Bis ich dir gehöre.«

»Ich …«

Er küsste sie, um ihren Verstand zum Schweigen zu bringen. »Psst. Du musst es nicht sagen. Ich weiß es auch so.«

Ein ängstlicher Ausdruck zeigte sich in ihren Augen und versetzte ihm einen schmerzhaften Stich.

»Was ist los, Baby? Red mit mir. Zu viel, zu schnell?« Er war in ihr Leben geplatzt, ein Leben, das seit Wochen kopfstand. Gerade wollte er ihr nur Halt geben, damit sie sich sicher und geliebt fühlte. Er wollte ihr Fels in der Brandung sein, ihr Anker, ihr alles bedeuten. Aber er konnte bis in alle Ewigkeit darauf warten, wenn es sein musste.

Sie schüttelte den Kopf und eine ganze Reihe von Emotionen huschte über ihr Gesicht – Angst, Liebe, Lust. Die Lust schien letzten Endes zu gewinnen. »Wenn du kommst, können wir nicht …«

Er konnte ein Lächeln nicht unterdrücken, weil sie ihre Liebe zu ihm zwar noch nicht in Worte fassen konnte, er sie aber in allem hörte und spürte, was sie tat und sagte.

»Werde ich nicht. Noch nicht.« Von ihrer engen Hitze umgeben zu sein und nicht kommen zu dürfen, war pure Folter, aber er wollte noch so viel mehr von ihr. »Zerdenk es nicht, Süße. Ich passe auf dich auf. Ich passe auf uns auf.«

Er saugte wieder an ihrer Brustwarze und hielt sie an den Hüften fest, während sie einen gemeinsamen Rhythmus fanden.

»Härter«, forderte sie ihn auf. »Saug stärker.«

Sie drängte den Oberkörper gegen seinen Mund und ritt ihn schneller. Ihr Geschlecht wurde bei jeder Abwärtsbewegung enger und ihre Brüste bewegten sich im gleichen Takt. Süße, sexy Laute kamen ihr über die Lippen und als er schon dachte, sich keinen Moment länger zurückhalten zu können, rief sie seinen Namen und stolperte über die Klippe der Ekstase.

»Grayson!«

Parker ließ sich auch dieses Mal im Nachhall ihres Orgasmus treiben, den sie mit Grayson so oft erlebte und nach dem sie sich inzwischen ständig sehnte. Er legte sie vorsichtig auf die Matratze, ohne sich von ihr zu lösen. *Du liebst mich, du liebst mich, du liebst mich.* So gerne wollte sie ihm sagen, dass sie sich seit Monaten in ihn verliebte, aber sie wollten ihr Leben doch einen Tag nach dem anderen angehen und das Hier und Jetzt genießen. Die Angst, ihr Herz aufs Spiel zu setzen, ohne zu wissen, was die Zukunft für sie bereithielt, war zu viel für sie. Was würde passieren, wenn sie in ihr Leben nach Kalifornien zurückkehrte? Und nachdem seine Arbeit für die Stiftung beendet war? Sein Leben spielte sich hier am Cape ab, und sie selbst reiste ständig durch die Gegend, abhängig von den Rollen, die sie annahm. Natürlich wusste sie, dass eine mögliche Trennung kein bisschen weniger schmerzen würde, nur weil sie ihm nicht gesagt hatte, dass sie ihn liebte, aber sie musste auch anerkennen, dass in Sachen Liebe relativ wenig einen rationalen Sinn ergab.

Er strich ihr die Haare aus dem Gesicht und ein zärtliches Lächeln umspielte seine Lippen. »Hast du schon genug, Baby?«

Er war noch nicht gekommen. Dieser Mann war eine Maschine. Das war die einzig plausible Erklärung für die Orgasmen, die sie schon gar nicht mehr zählen konnte. *Ein*

Wunder-Penis. Der Gedanke brachte sie zum Grinsen.

»Nein.« *Ich liebe dich.* »Du hast mir deinen Mund versprochen.«

»Und meine Versprechen halte ich immer.« Er strich mit dem Daumen über ihre Lippen. »Ich liebe deinen Mund, Baby. Und deine Augen. Und deine Wangen. Und am meisten liebe ich …«

»Mein Herz?« *Ich liebe dein Herz.*

Ein frecher Ausdruck trat in seine Augen. »Das auch, aber ich wollte eigentlich deine Möpse sagen.«

Das brachte sie zum Lachen. Seinen Humor liebte sie auch. »Wolltest du nicht.«

»Stimmt. Ich wollte sagen: deine herrlich süßen … *Küsse.*«

Sie verdrehte die Augen. *Ich liebe deine Küsse, deine Berührungen, das unglaubliche Wunderding zwischen deinen Beinen.*

»Ja, dein *Herz.* Du und deine schmutzigen Gedanken. Den süßen Ort zwischen deinen Beinen liebe ich auch, nur, falls du dich das gefragt hast, aber das ist nur ein Bonus.«

Ihr blieb der Mund offen stehen.

»Und genau das liebe ich auch. Diesen Gott-bist-du-pervers-Blick. Du magst Dirty Talk, findest es aber furchtbar, dass ich das weiß.«

Voll ins Schwarze. Noch ein Grund, warum ich dich liebe. Sie versuchte, ihn an den Schultern weiter nach unten zu drücken. »Hör auf, mich hinzuhalten, und lös dein Versprechen ein.«

Er umfasste ihr Gesicht mit beiden Händen und küsste sie zärtlich.

»Grayson?« *Ich liebe dich.*

»Ja, unanständiges Mädchen?«

»Hör auf damit.« Sie gab ihm einen spielerischen Klaps auf den Arm. Seine harte Länge, die sich immer noch zwischen ihre

Beine drückte, raubte ihr die Konzentration. »Ich meine es ernst.«

»Ich auch.« Er küsste sie noch einmal und bewegte die Hüften, sodass er mit der Spitze seines Schafts in sie eindrang.

»Gott, das fühlt sich so gut an.«

»Willst du das, Baby?« Auch wenn es kaum möglich schien, wurden seine Augen noch dunkler.

»Nein. Deinen Mund. Ich will deinen Mund.«

Er schob sich tiefer in sie, was ihr ein Aufkeuchen entlockte. *Ja, ja, ja*, lag ihr auf der Zunge. Als sie gerade den Mund öffnete, um ihm zu sagen, dass sie alles von ihm wollte, zog er sich aus ihr zurück und ihr entkam ein unfreiwilliges Wimmern.

»Mund«, raunte er ihr dunkel zu und rutschte an ihrem Körper nach unten, um ihre Beine weiter auseinanderzuschieben und sich eins über die Schulter zu legen. »Nimm meine Hände.«

Ihre Finger schlossen sich um seine und er senkte die geschickten Lippen auf ihren Schritt. *Oh verflucht, ich liebe deinen Mund so sehr.* Sie hielt sich an seinen Händen fest, während seine Zunge sie reizte und auf der Suche nach dem fantastischen Lustpunkt in sie stieß – und ihn zielsicher immer wieder fand. Er zog sie an den Händen zu sich und sorgte so dafür, dass ihr Geschlecht sich keinen Millimeter von seinem Mund wegbewegte. *Kluger Mann, mein Sexgott.*

»Grays…« Lichtblitze zuckten hinter ihren geschlossenen Lidern auf und Feuer breitete sich in ihrem Bauch aus, als der Orgasmus sie überrollte. Bevor die Ekstase jedoch wieder abflauen konnte, war Grayson schon über ihr und der Duft ihrer eigenen Erregung hüllte sie ein. Er fing ihre Lippen für einen Kuss ein und schob sich gleichzeitig tief in sie. Mit einem Stöhnen verlor sie sich in dem Gefühl, wie er sie ausfüllte, dem

Gewicht seines Körpers und seinem kräftigen Herzschlag, als er die Arme um sie legte.

»Liebe dich, Baby«, murmelte er zwischen zwei Küssen.

Seine Worte umfingen sie warm. Ihre Gedanken kamen und gingen mit jedem Stoß seines Beckens. *Ich liebe dich. Ich habe Angst. Ich liebe dich. Ich liebe dich.* Er legte die Hände an ihren Hals in der Position, die sie so sehr mochte. *Mehr, mehr, mehr.* Dann änderte er den Winkel ein wenig und erwischte den Punkt, der ein weiteres Feuerwerk in ihr auslöste, und sie gaben sich beide der Lust hin. Keuchend, küssend, streichelnd, bettelnd ritten sie auf der Welle ihrer Leidenschaft.

Danach lagen sie befriedigt und verschwitzt dicht aneinandergeschmiegt und ihr Herz platzte beinahe vor Liebe.

»Schlaf, Baby. Ich passe auf dich auf«, murmelte Grayson.

Das tust du, Grayson. Das tust du definitiv.

Achtzehn

»Kurt musste für eine Signierstunde nach New York.« Leanna wippte ihren einjährigen Sohn Sloan auf ihrer Hüfte. Er war ihr mit seinen braunen Haaren und den hübschesten braun-grünen Augen, die Parker je gesehen hatte, wie aus dem Gesicht geschnitten.

Parker war froh, dass sie Anfang der Woche noch Zeit mit Kurt beim Abendessen bei Pete und Jenna hatten verbringen können. Grayson und sie verbrachten die frühen Morgenstunden lieber miteinander als mit essen. Aber heute hatten sie sich extra viel Mühe gegeben, sich nicht von leidenschaftlichen Küssen und intensiven Orgasmen ablenken zu lassen, und stattdessen ihre Freunde in Seaside zu besuchen. Sie war froh, dass sie gekommen waren – sowohl unter der Dusche als auch zu diesem Besuch. Es war lustig, die Truppe interagieren und kochen zu sehen, und wie sich alle um die Kinder der anderen mitkümmerten.

»Wirklich schade, dass Blue und Lizzie und Hunter und Jana keine Zeit hatten. Sie sind zu beschäftigt.« Sky hob eine Schnabeltasse vom Boden auf und stellte sie auf den Tisch. Grayson hatte mit ihr geschimpft, weil sie allen einen Abzug des Titelseitenfotos gegeben hatte – wie sich herausstellte auch all ihren Freunden –, doch *Sky* hatte sein Gemecker gelassen hingenommen. *So ein Kuss sollte in die Geschichte eingehen.*

»Beschäftigt ja, mit Vögeln«, sagte Bella.

Die anderen nickten zustimmend. Ob sie wohl auch gewusst hatten, dass Grayson und sie sich ihnen deswegen bisher nicht angeschlossen hatten?

»Du hast immer nur Sex im Kopf«, erwiderte Leanna. »Sie werden wahrscheinlich …«

»Vögeln«, beendete Sawyer den Satz für sie. »Was wir auch gerade tun würden, wenn ich nicht in zwanzig Minuten beim Training sein müsste.«

»Na toll«, murmelte Leanna.

»Warum tust du immer so, als hätten die Leute keinen Sex?«, fragte Jenna. »Wir mussten dein Schlafzimmerfenster umbauen, damit wir es von außen zumachen können, weißt du noch?« Sie wandte sich zu Parker um. »Sie und Kurt haben jedes Mal vergessen, das Fenster zuzumachen. Da hätte man auch genauso gut einem Pornokanal zuhören können.« Sie wackelte mit den Augenbrauen und Leanna lief knallrot an.

Parker konnte sich kaum vorstellen, wie peinlich es für sie wäre, wenn Grayson oder sie Nachbarn hätten. Sie hatte nur ein paar Sexpartner gehabt, war aber im Bett immer eher still gewesen. Grayson weckte nie gekannte Seiten in ihr. Dazu zählte auch das wohlig warme Gefühl, das sie gerade beim Anblick ihres großen, starken Manns überkam, der seine entzückende, eineinhalbjährige Nichte Bea auf seinen Knien wippen ließ. Beas dunkle Haare kringelten sich an den Enden und ihr Lächeln ließ ihre blauen Augen noch heller strahlen, als sie mit jeder Bewegung von Graysons Beinen laut auflachte.

»Dein Lover ruft an. Dein Lover ruft an. Dein Lover ruft an.« Alle wandten sich zu der Computerstimme um, die von der

anderen Straßenseite herüberschallte, wo eine Frau mit Kurzhaarfrisur hektisch auf ihrem Handy herumtippte.

»Was war das denn?«, fragte Jenna perplex.

»*Dein Lover ruft an. Dein Lover ruft an. Dein Lover ruft an*«, ertönte die Stimme wieder und die Frau tippte wieder auf ihr Handy ein.

»*Das* ist Bella in Aktion.« Leanna deutete auf Bella. »Du musst damit aufhören«, flüsterte sie streng. »Wirklich. Letztes Jahr hat Theresa uns blau gefärbt, um sich für deine Streiche an uns zu rächen. Wer weiß, was sie als Nächstes macht.«

Parker ging auf, dass hier gerade einer von Bellas Streichen lief.

Bella beschäftigte sich damit, ihrer kleinen Tochter Summer Stückchen eines Muffins zu reichen. »Wie kommst du darauf, dass ich was damit zu tun habe?«

»*Dein Lover ruft an. Dein Lover ruft an. Dein Lover ruft an.*«

Bella unterdrückte ein Lachen. Theresa verschwand hastig in ihrem Haus und knallte die Tür hinter sich zu.

»Du hast Theresas Klingelton geändert?«, fragte Jenna grinsend. Dann wurde sie jedoch wieder ernst. »Dir ist doch klar, dass sie keine Ahnung hat, wie sie das abstellen soll, oder?«

»Du solltest es wieder richten«, sagte Amy. »Ich mag deine Streiche ja, aber was, wenn ihr Handy mal mitten im Supermarkt klingelt?«

»Ach, Mann.« Bella erhob sich. »Na schön. Ich stelle es wieder ab, aber euch ist hoffentlich klar, was das bedeutet?«

»Dass du schwindelst und es gar nicht abstellen wirst?«, neckte Amy sie.

Bella verschränkte die Arme vor der Brust und schüttelte den Kopf. »Nein, das war's dann. Die Streiche waren die letzte Verbindung zu unseren sorglosen Jahren. Was bleibt uns denn noch? Alt und grau und langweilig zu werden?«

»Du bist gerade mal vierunddreißig«, erinnerte Amy sie.

»Runter!«, verlangte die kleine Summer.

»Hast du keinen Hunger?«, fragte Bella und hielt ihr ein Stück Muffin hin. »Die hat Tante Leanna extra für dich gebacken.«

Summer schüttelte den Kopf, sodass ihre blonden Locken nur so flogen. Bella wollte sie aus dem Stuhl heben, doch Caden kam ihr zuvor. »Ich mach das schon. Geh du und hilf Theresa. Und ich sorge schon dafür, dass dein Leben nie langweilig wird, Kleines. Versprochen.«

Bella verdrehte die Augen, doch Caden flüsterte ihr etwas ins Ohr, das ihr die Röte in die Wangen trieb.

»Ich gehe ja schon!« Damit eilte sie die Treppe hinunter.

Caden hob Summer aus ihrem Stuhl. »Ihr wisst doch, wie sehr sie Theresa mag. Sonst würde sie ihr keine Streiche spielen.«

»Ja, wissen wir«, sagte Jenna. »Und jetzt wird sie ihr vermutlich noch mehr spielen, weil sie auf sexuelle Gefälligkeiten hofft.«

»Was bin ich doch für ein Glückspilz.« Caden grinste und stellte Summer auf der Terrasse ab. Sobald ihre Füße den Boden berührten, flitzte sie davon, was Amys und Tonys Tochter Hannah dazu veranlasste, laut zu quietschen und ebenfalls nach Freiheit zu verlangen.

»Natürlich willst du raus.« Amy gab ihr einen Kuss und ließ sie dann Summer nachjagen. Leannas Hund Pepper sprang auf und folgte den Mädchen. »Wo Summer hingeht, ist Hannah nicht weit.«

»Das wird die Hölle, wenn sie erst mal im Teenageralter sind«, fügte Tony hinzu.

»Das könnt ihr bei der Kleinen hier vergessen«, sagte Grayson und küsste Bea auf die Wange, bevor er sie in die Luft hob. »Pete wird sie im Schrank einsperren, sobald sie Jungs für sich entdeckt.«

»Glay!«, quietschte Bea.

Glay. Das ist einfach zu süß.

»Bea!«, erwiderte er und gab ihr einen Schmatzer auf die Pausbacken. Ihr niedliches Kichern ließ Parkers Herz dahinschmelzen.

»Klar tut er das«, sagte Jenna zu Grayson. »Aber ich habe den Schlüssel.«

»Träum weiter, Babe«, sagte Pete. »Bevor sie dreißig ist, geht sie nicht mit Jungs aus.«

»Keine Sorge, Jenna«, mischte Sky sich ein. »Du kannst Bea zu mir und Sawyer geben, wenn sie ein Teenager ist. Wir erziehen sie anständig.«

Sawyer verengte die dunklen Augen. »Was bringt dich auf die Idee, dass ich sie auf Dates gehen lasse? Ich bin da ganz bei Pete. Dreißig klingt für mich ziemlich gut.«

Jenna verdrehte die Augen. »Aber Sky glaubt fest daran, Liebe zu genießen, wie sie kommt, und wir Frauen kriegen letztendlich doch unseren Willen.« Sie sprang auf, als Jessica und Jamie aus ihrem Ferienhaus traten und zu ihnen herüberkamen. »Hey, Leute.«

Liebe genießen, wie sie kommt. Das war Graysons Gedankengängen über ihr echtes Leben, das sich im Hier und Jetzt abspielte, so ähnlich. Bestimmt hatten sie das von ihrem Vater.

»Haben wir das Frühstück verpasst?« Jamie hatte seinen Sohn Dustin auf dem Arm, der etwa so alt wie Sloan war. Dustin hatte die schwarzen Haare seines Vaters und Jessicas blaue Augen geerbt.

Als Dustin das Durcheinander auf der Terrasse erspähte, streckte er die Hände aus und zappelte auf Jamies Arm. »Wauwau, Wauwau, Wauwau!«

Jamie setzte ihn ab, sodass er zu Pepper krabbeln konnte, der ihn direkt mit Hundeküssen begrüßte.

»Wie haltet ihr das nur aus?« Parker liebte Babys, obwohl sie nur wenig Erfahrung mit ihnen hatte. »Ich würde den ganzen Tag damit verbringen, sie zum Lachen zu bringen.«

Grayson setzte Bea wieder auf seinen Schoß. »Dann würdest du aber vermutlich nicht mehr viel zum Schauspielern kommen.«

»Wen juckt das?« Parker schaute in die Runde, auf die Hochstühle, die bunten Plastikspielzeuge, die Feuchttücher, Schnabeltassen und das übrige Baby-Zubehör. Um sie herum hörte sie das Kichern von Kleinkindern und das Trappeln kleiner Füße und Peppers Krallen auf der Terrasse.

»So sollte ein Leben aussehen. Eine Horde Kinder im Kreis von Freunden und …« Plötzlich bemerkte sie, dass alle außer Hannah und Summer, die sich gerade rückwärts über die Treppe davonmachten, sehr still geworden waren. Tony hielt am Ende der Stufen Wache. »Meine Arbeit ist toll, aber das hier wäre auch schön, mehr wollte ich damit nicht sagen.«

Nun richteten sich alle Blicke auf Grayson, der Parker anstarrte, als hätte sie ihnen gerade enthüllt, dass sie eine lange verschollene Prinzessin war. Zum Glück wählten ihre Freunde diesen Moment, um den Frühstückstisch abzuräumen, und um sie herum brach hektische Aktivität aus. Grayson und sie standen auf, aber er schaute sie immer noch so an.

»Was denn?«, fragte sie schließlich.

»Nichts. Ich habe nur …« Er zuckte mit den Schultern. »Das hatte ich nicht erwartet.«

Ich auch nicht, aber es stimmt.

Bea zog an seinen Haaren, was ihren Blickkontakt unterbrach, und Jenna nahm ihm ihre Tochter ab.

Er wartete, bis Jenna weg war, und führte Parker dann ein Stück beiseite. »Du willst also eine Horde Kinder?«

»Irgendwann, ja. Aber ist es nicht ein bisschen früh, um darüber zu reden? Wir haben uns ja noch nicht mal über die wichtigen Dinge unterhalten. Zum Beispiel wo wir beide wohnen. Nicht, dass ich das jetzt gerade will, aber …« Sie hielt inne, weil sie selbst nicht so recht wusste, wo sie damit hinwollte. Ein Teil von ihr wollte über alles sprechen, aber der größere wollte sich nicht mit der harten Realität und der Tatsache auseinandersetzen, dass sie an verschiedenen Enden des Landes wohnten.

Er suchte plötzlich sehr ernst in ihrem Blick nach etwas. War er verärgert? »Du hast absolut recht. Es ist noch zu früh.«

Die Enttäuschung, die sie durchflutete, verwirrte sie noch mehr.

Neunzehn

Zwei Tage später arbeitete Grayson gerade in Grunter's am Geländer für Parkers Haus und dachte immer noch über das nach, was sie am Sonntagmorgen gesagt hatte. *Aber ist es nicht ein bisschen früh, um darüber zu reden? Wir haben uns ja noch nicht mal über die wichtigen Dinge unterhalten. Zum Beispiel wo wir beide wohnen.* Er war ja derjenige gewesen, der vorgeschlagen hatte, die Probleme dann anzugehen, wenn sie kamen, doch das bereute er nun bitter. Auch wenn sie ihm ihre Liebe noch nicht gestanden hatte, wusste er doch mit absoluter Sicherheit, dass sie ihn liebte. Mit der gleichen Sicherheit, mit der er sich über seine Gefühle für sie klar war. Vielleicht war es an der Zeit, die Karten auf den Tisch zu legen und das zu besprechen, was sie im Moment sorgfältig vermieden.

Er nahm sich die Zange, hielt ein Stück Metall über die gemauerte Esse und versuchte, sich in den Geräuschen der Blasebalge, der vom Feuer ausgehenden Hitze und dem Geruch des glühenden Metalls zu verlieren. Aber all das, was seine Nerven normalerweise beruhigte, kratzte nun noch nicht mal an der Oberfläche. Anspannung ballte sich in seinem Magen zusammen, weil er das mit Parker unbedingt klären wollte.

Hunter kam mit dem Smartphone in der Hand in die

Werkstatt und sein breites Grinsen verriet Grayson, dass er gerade mit Jana chattete. Die beiden schrieben sich oft – und oft genug auch versautes Zeug, womit Hunter nur zu gerne angab.

Sein Bruder schob das Handy in die Hosentasche. »Hey, du siehst aus, als würdest du jeden Moment explodieren.«

»Alles in Ordnung«, log Grayson.

»Klar doch.« Hunter kramte in einer Sammlung von Eisenstangen herum. »Wie läuft es mit dem Geländer?«

»Gut. Zwei Wochen vielleicht noch.« Er sollte seine schlechte Laune nicht an seinem Bruder auslassen, aber er hatte ihm einen Gefallen getan, indem er den Reiseteil des Vertrags mit CCF übernahm, und gerade wünschte er sich, dass jemand für ihn das Gleiche tun würde. Aber eigentlich wollte er gar nicht nach Kalifornien ziehen. Er wollte nur nicht von Parker getrennt sein.

Am vergangenen Abend hatte Parker nach ihrem gemeinsamen Spaziergang mit Christmas um den See eine Stunde mit ihrer Agentin telefoniert. Grayson freute sich darauf, Zeit mit ihr in ihrer Welt zu verbringen und diesen Part ihres Lebens mit ihr zu teilen, auch wenn er dem Promi-Dasein wirklich nichts abgewinnen konnte. Sie hatten eigentlich geplant, zusammen nach L. A. zu fliegen, wenn er mit dem Geländer fertig war, doch nach dem Telefonat hatte sie ihm eröffnet, dass sie in der kommenden Woche an Meetings für die Rolle teilnehmen musste, die sie gerne annehmen würde, und das hatte ihn auf den Boden der Tatsachen zurückgeholt. Er musste hierbleiben und das Geländer fertig machen, wenn er je den Auftrag für CCF abschließen wollte. Je schneller er das schaffte, desto einfacher würde es werden, ihre Terminkalender miteinander zu vereinbaren und ihre Wohnsituation zu regeln.

Er brachte das rot glühende Metallstück zum Amboss und schnappte sich einen Hammer. Wie würde seine Zukunft mit Parker aussehen? Irgendwann würde Parker wieder zu Drehorten reisen, selbst wenn sie diese Rolle nicht bekam. Schon sehr bald würden sich ihre Leben viel weiter voneinander entfernt abspielen.

Grayson konzentrierte sich auf das Hämmern des Metalls und formte es zu dem Bild, das er in seinem Geist erschaffen hatte. Wenn doch nur das Leben genauso einfach wäre.

»Willst du ausspucken, welche Laus dir über die Leber gelaufen ist?«, fragte Hunter. »Oder tun wir weiter so, als würdest du nicht vor dich hinbrüten?«

Er verhielt mitten in der Bewegung. »Dafür gibt es keine Lösung.«

»Lass es drauf ankommen.« Hunter lehnte sich gegen den Zeichentisch und schlug gelassen ein Bein übers andere. Arroganter Kerl. Vermutlich hatte Grayson das von ihm gelernt.

»Okay, na gut.« Warum nicht? Grayson fand offensichtlich keinen Ausweg. Vielleicht würde das ja Hunter gelingen. »Ich will mit Parker zusammen sein. Sie lebt in L. A. und reist für ihre Dreharbeiten oft durch die ganze Welt. Abgesehen von den Trips für die Stiftung spielt sich mein Leben hier ab. Ich weiß nicht, wie wir es schaffen sollen, das alles miteinander zu vereinen.«

Hunter zuckte mit den Schultern. »Warum nicht?«

»Was meinst du mit: Warum nicht? Sie lebt am anderen Ende des Landes. Da fährt man nicht mal so einfach übers Wochenende hin.«

»Und …?«

Grayson biss die Zähne zusammen, weil er seinen Bruder am liebsten erwürgt hätte. »Und ich muss arbeiten. Sie muss arbeiten. Was sollen wir denn machen? Uns alle paar Wochen mal treffen?«

»Nein. Das würdest du nie durchhalten.«

»Ach, sag bloß.« Grayson hämmerte weiter auf das Metallstück ein.

»Hast du mit ihr darüber gesprochen?«

Grayson schüttelte den Kopf. »Kann ich nicht. Es gibt keine Lösung dafür, was sollte das also bringen?«

»Keine Ahnung. Vielleicht hat *sie* ja eine Lösung dafür.«

Er legte den Hammer weg und schob das Metallstück beiseite, damit er unruhig auf und ab tigern konnte. »Sie hat in letzter Zeit so viel durchgemacht. Wenn sie jetzt denkt, dass sie ihr Leben für mich umkrempeln muss, ist das wirklich das Letzte, was sie braucht. Ich bin der Mann. Ich muss Opfer bringen, wenn ich mit ihr zusammen sein will, aber ich finde es in Kalifornien wirklich ätzend. Irgendwas an der Gegend fühlt sich furchtbar falsch für mich an.«

Sein Handy vibrierte und Parkers Name leuchtete auf dem Display auf. Er öffnete die Nachricht. *Christmas vermisst dich. Aber ich nicht. Niemals. Kein Stück. Und ich habe mir auch nicht gerade dein Rasierwasser auf die Handgelenke gesprüht, damit ich dich den ganzen Tag riechen kann. Das Zeug hat mich einfach angegriffen.*

Er las die Nachricht noch einmal und die Intensität seiner Liebe für sie überraschte ihn aufs Neue. Er schaffte es ja kaum, den Tag über von ihr getrennt zu sein, geschweige denn ein paar Wochen.

»Ich *liebe* sie«, sagte er schließlich. »Sie ist die eine Frau für mich, Hunter. Ich denke Tag und Nacht an sie. Ich will ihr alles geben, was sie sich immer gewünscht hat – Familie, Stabilität, Kinder. Was immer sie glücklich macht, damit sie sich nie mehr nach etwas sehnt. Ich habe wirklich gedacht, dass wir einen Tag nach dem anderen angehen sollten und die Antworten dann schon von alleine kommen, aber jetzt stecke ich bis zum Hals drin und kann nicht klar genug denken, um eine vernünftige Lösung zu finden.«

»Weißt du, was Pop jetzt sagen würde?«, fragte Hunter. »Vernünftige Lösungen haben bei Frauen sowieso keinen Sinn.«

»Und was willst du mir damit sagen? Denke ich zu viel darüber nach?«

»Was würdest du mir raten, wenn ich in diesem Dilemma stecken würde?«

»Dass du dir was überlegen und es in die Tat umsetzen sollst.« Grayson nahm seine Wanderung wieder auf. »Vielleicht zerdenke ich es ja wirklich, obwohl ich Parker gesagt habe, dass sie genau das nicht tun soll. Aber es gibt trotzdem keine direkte Lösung für das Problem.«

»Es gibt nie direkte Lösungen. Das weißt du doch, Gray. Wir haben alle unterschiedlich auf Moms Tod reagiert. Und die Lösungen, wie wir letztendlich damit umgegangen sind, sahen auch für jeden von uns anders aus. Denk doch nur mal an Matt. Verdammt, er hat es eigentlich immer noch nicht verarbeitet. Es gibt einen Grund, warum er nie herkommt.« Hunter ging erneut neben den Eisenstangen in die Knie und schaute sich eine nach der anderen an. »Man weiß nie, was einem noch bevorsteht, also nimm es, wie es kommt.« Er schaute zu Grayson auf. »Warst du nicht der, der mir das beigebracht hat?«

»Möglich. Ich bin halt echt schlau.« Er grinste.

Hunter schüttelte den Kopf. »Gerade aber eher verdammt blöd, wenn ich dich an deinen eigenen Rat erinnern muss.« Er hielt zwei Eisenstangen in unterschiedlichen Längen hoch. »Hilf mir hier mal gerade.«

Grayson ging neben ihm in die Hocke. »Wonach suchen wir?«

»Ich habe deine Zeichnungen für einen Pavillon gesehen, der offenbar für Parker bestimmt ist. Ich gehe davon aus, dass wir Material brauchen, wenn du ihr einen bauen willst. Da dachte ich, dass ich mich schon mal um die Bestellung kümmern könnte, während du noch zu liebeskrank bist, um klar zu denken.«

Grayson hatte tatsächlich einen Pavillon für ihren Garten entworfen. Jetzt schien es, als würde sie zwei davon brauchen – einen für Wellfleet und einen für Los Angeles.

Parker und Sky unterhielten sich, während Christmas am Ufer des kleinen Sees spielte, Vögeln nachstellte und aufgeregt bellte, wenn sie davonflogen. Sky hatte sie am Morgen mit einer gerahmten Kopie des Kusses aus der *Us Weekly* überrascht und sie hatten spontan den Tag zusammen verbracht. Auf einer kleinen Shoppingtour hatte Parker einen pinken Slip gefunden, auf dessen Vorderseite *Vergeben* stand und mit dem sie Grayson später überraschen würde. Nach dem Mittagessen in einem Café waren sie zu Graysons Cottage zurückgekehrt und saßen seitdem auf dem Steg am See.

Parker erzählte Sky, was mit Abe passiert war und wie fantastisch Grayson sie während der ganzen Sache unterstützt hatte. Sky berichtete ihr dafür von ihrer schweren Depression nach dem Tod ihrer Mutter.

»Wenn Pete nicht für eine Weile bei mir geblieben wäre, weiß ich nicht, wie viel länger ich gebraucht hätte, um wieder auf die Beine zu kommen«, sagte Sky.

»Ich glaube, dass Grayson das Gleiche für mich getan hat wie Pete für dich«, gestand Parker ihr. »Das habe ich zu dem Zeitpunkt wohl noch nicht erkannt, aber über die Monate, in denen wir nur per E-Mail miteinander kommuniziert haben, ist er mir genauso wichtig wie Bert geworden. Und nachdem ich Bert verloren habe, habe ich mich von allen zurückgezogen – auch von ihm. Aber dann war er plötzlich da und ist in meinen Albtraum aus Zucker-Überdosis und zu viel Tequila reinge-platzt. Wie ein Ritter auf weißem Pferd.« Er war zu so einem wichtigen Teil ihres Lebens geworden. Ganz egal, was sie gerade tat, ob sie das Skript las, mit ihrer Agentin telefonierte, Pressetermine mit Luce besprach oder Zeit mit Sky und den Mädels verbrachte, Grayson war immer irgendwie bei ihr.

Als das Geräusch von Reifen auf Kies zu ihnen herüber-drang, sprintete Christmas begeistert los, um einen seiner Lieblingsmenschen zu begrüßen. Parkers Puls beschleunigte sich, wie immer, wenn Grayson in der Nähe war. Er ging in die Knie, um Christmas durchzuknuddeln, und winkte ihnen zu.

»Wenn man vom Teufel spricht.« Sky winkte zurück und stand auf. Parker folgte ihrem Beispiel. »Er war nicht dein Ritter auf dem weißen Pferd, weil du nicht gerettet werden musstest.« Ihr farbenfroher Rock schwang um ihre Beine, während sie auf Grayson und seinen vierbeinigen Kumpel zugingen, die ihnen entgegenkamen. Grayson hielt einen wunderschönen Blumen-strauß in der Hand. »Du hast Liebe gebraucht, damit du heilen kannst, und er war *bereit*«, raunte sie Parker leise zu.

Bevor Parker sie fragen konnte, was sie damit meinte, über-wand Grayson noch die letzte Distanz zwischen ihnen, schlang einen Arm um ihre Taille und küsste sie zärtlich, bevor er ihr den hübschen Strauß überreichte.

»Hey, Süße.«

»Die sind wundervoll. Vielen Dank.«

»Hab doch gesagt, dass er bereit war«, meinte Sky mit einem wissenden Lächeln.

»Bereit wofür?« Grayson warf ihr einen fragenden Blick zu.

»Ach, nichts.« Sky deutete auf sie. »Ich sehe euch so gerne zusammen. Man bekommt den Eindruck, dass das Universum ganz genau wusste, wann es sich einmischen musste, um euch zusammenzubringen.«

»Weil du daran glaubst, dass nichts zufällig passiert«, sagte Grayson, während sie sich auf den Weg zum Cottage machten.

»Du solltest auf mich hören. Ich weiß, wovon ich spreche.« Sky umarmte Parker und Grayson und streichelte Christmas noch einmal. »Wir sehen uns. Ich habe ein Date mit meinem Verlobten.« Sie ging zurück zu ihrem Auto. »Wir planen die Hochzeit!«, rief sie ihnen noch zu.

»Das wird aber auch Zeit«, antwortete Grayson und hielt Parker die Haustür auf. »Hey, bist du mein Date für die Hochzeit?«

»Du weißt doch noch nicht mal, wann die stattfindet.«

»Spielt doch keine Rolle. Ich weiß, dass wir da zusammen sind.«

Ihre Gedanken gerieten ins Schleudern, als ihr bewusst wurde, dass sie auch davon ausging. Sie waren erst seit einigen Tagen zusammen hier im Cottage, aber es fühlte sich jetzt schon an wie ein Zuhause. Sie vermisste ihr einsames Haus an der Bay kein bisschen. Das Geländer, das Grayson baute, würde ihm eine etwas gemütlichere Atmosphäre verschaffen, was toll für die Kinder war, die es im Rahmen der Stiftung benutzen würden. Aber sie wusste auch, dass es sich nie so sehr nach einem Zuhause anfühlen würde wie das Cottage. Wie sollte es das auch, wenn der Mann, den sie liebte, sich hier ein Leben aufgebaut hatte und jeden Tag so nahm, wie er war?

Sie gingen ins Haus, wo Christmas sich direkt vor den Kamin legte. Grayson holte eine Vase und füllte sie mit Wasser. »Wie war das mit der Hochzeit, Süße? Soll ich lieber jemand anderes fragen?«

»Oh, ja bitte. Ich hätte gerne, dass dich eine andere Frau angrabbelt.« Sie schob sich zwischen ihn und das Spülbecken. »Lass das mal lieber.«

»Würde ich nie tun.« Er gab ihr einen Kuss auf den Mund.

»Nicht mal, wenn wir für längere Zeit getrennt sind? Du bist leidenschaftlich. Du hast Bedürfnisse.«

Er hob sie auf die Anrichte und sie schlang die Beine um seine Taille. »Die einzige Frau, die meine Bedürfnisse befriedigen darf, halte ich gerade in den Armen.« Er runzelte die Stirn. »Und was ist mit dir?«

»Ich brauche keine Frau, um meine Bedürfnisse zu befriedigen, aber danke der Nachfrage.«

Er biss sie sanft in die Unterlippe und brachte sie damit zum Lachen. Dann stellte er die Blumen in die Vase und platzierte sie auf der Arbeitsfläche, bevor er Parker zur Couch trug.

»Ich weiß, dass ich einen Tag nach dem anderen angehen wollte, aber es frisst mich langsam auf, dass wir nicht über die Zukunft sprechen.« Er legte sie auf die Sitzfläche und stützte sich über ihr ab. »Wir müssen ein paar Sachen klären.«

»Und dafür hältst du mich jetzt hier fest?«, neckte sie ihn.

»Was hat Abe noch gesagt? Kontrolle? Selbstbewusstsein?«

»Darin bist du auf jeden Fall ein Meister.« *In mehr als einer Hinsicht.*

»Okay, dann hör mir mal zu. So wie ich das sehe, wissen wir bis jetzt nur, dass du nächste Woche nach Kalifornien zurückgehst und ich nachkomme, wenn ich mit dem Geländer fertig bin. Wir verbringen eine Woche zusammen dort, und dann fliege ich weiter nach Texas, um die Arbeit für die Stiftung dort abzuschließen.« Graysons Stimme beruhigte ihre Nerven. »Und deine Termine für danach stehen jetzt noch nicht fest. Liege ich so weit richtig?«

»Ja, ich denke schon. Als ich noch allein war, hatte ich kein Problem mit ständigen kurzfristigen Terminänderungen. Aber jetzt geht es mir gewaltig auf die Nerven, und ich weiß, dass es nicht einfach für uns werden wird. Tut mir leid.«

»Das muss es nicht und mach dir keine Sorgen. Wir haben beide Berufe, die uns wichtig sind. Das bekommen wir schon hin. Vielleicht nicht heute oder morgen, aber wenn wir wirklich wollen, dass das mit uns funktioniert, finden wir eine Lösung.«

»Aber was, wenn wir keine Lösung finden und wir einander zu sehr vermissen?«

»Dann ändern wir eben, was notwendig ist. Ich war heute den ganzen Tag lang schlecht drauf, weil mir keine Lösung einfällt, und das war echt nicht schön. Aber ich habe erkannt, dass wir heute noch nicht alle Antworten parat haben müssen, Baby, und morgen auch nicht. Wir müssen nur darauf vertrauen, dass wir zusammenhalten, um das zu schaffen. Das ist unser echtes Leben. Jetzt, hier, gemeinsam.«

Christmas hob den Kopf.

»Und gemeinsam mit dem besten Hund«, fügte er noch hinzu, wofür sie ihn noch mehr liebte. »In all den Monaten, in denen wir gemailt haben, gab es schon keine andere Frau für mich.«

Sein Geständnis überraschte sie so sehr, dass ihr einen Moment lang die Luft wegblieb. Sie blinzelte ein paarmal und versuchte, diese neue, herzerwärmende Information zu verarbeiten.

»Für mich auch nicht«, brachte sie schließlich hervor. »Aber ich habe auch sonst nie viel gedatet, deswegen ist das für mich nicht so ungewöhnlich. Aber du? Frauen schauen dir ständig hinterher und du bist so ein leidenschaftlicher Mann. Das überrascht mich wirklich, immerhin waren wir da noch kein Paar.«

Ein warmer Ausdruck trat in seine Augen. »Wie ich schon sagte: Ich hatte das Gefühl, dass sich zwischen uns etwas Besonderes entwickelt, aus dem mehr werden könnte, wenn wir Zeit miteinander verbringen. Süße, ich bin bei dir wegen meiner Gefühle für dich so, wie ich bin. Vor dir war Sex einfach nur Sex und ganz anders als das, was wir miteinander teilen. Du brauchst dir wirklich keine Gedanken machen, ob ich dir treu bin, egal, wie lange wir uns mal nicht sehen.«

»Grayson, ich würde dir nie …«

Er brachte sie mit einem Kuss zum Schweigen.

»Das habe ich auch nicht angenommen, aber ich wollte, dass du das weißt. Es gibt niemanden sonst für mich, Parker. Nur dich.«

»Für mich auch nicht. Du bist der Einzige, Grayson. Ich liebe dich so sehr. Ich hatte Angst, es laut auszusprechen, weil … Was ist, wenn wir es nicht hinbekommen? Vielleicht tut es weniger weh, solange ich es nicht sage, aber das war dumm von mir. Wahrscheinlich wäre es sogar schlimmer, wenn ich dir nicht sagen würde, wie sehr ich dich liebe und dass ich mich vermutlich schon in den letzten zehn Monaten in dich verliebt habe. Und jetzt rede ich schon wieder zu viel und …« Sie holte tief Luft. »Ich liebe dich, Grayson. Ich liebe dich so sehr.«

»Glaub mir, Baby, selbst wenn du es mir nie gesagt hättest, würde ich es wissen.«

»Ich glaube dir. Ich habe dir vom ersten Tag an vertraut. Sieh dir nur mal unseren perfekten Kuss an. In diesem Kuss liegt so viel Vertrauen.«

Stirnrunzelnd folgte er ihrem Blick zu dem Foto, das Sky ihr mitgebracht hatte und das nun mitten auf dem Couchtisch stand. Er schüttelte den Kopf.

»Ach komm, Sky hat es uns geschenkt. Du magst es doch genauso gern wie ich.«

»Dich zu küssen? Oh ja. Immerhin wissen die ganzen heißen Kerle in Hollywood jetzt, dass du vergeben bist.« Er strich mit einer Hand über ihre Hüfte. »Du siehst übrigens in diesem sexy Kleid fantastisch aus. Vielleicht solltest du es nicht tragen, wenn ich nicht bei dir bin.«

»Hm. Du siehst auch ziemlich heiß aus.« Sie ließ die Hände über seine Schultern wandern. »Vielleicht solltest du überhaupt keine Kleidung tragen, wenn ich bei dir bin.«

»Dein Wunsch ist mir Befehl.« Er griff nach hinten und zog sich das Shirt über den Kopf. Jedes Mal, wenn er das tat, rieselte ihr ein wohliger Schauer vom Kopf bis zu den Füßen über die Haut.

»Ich habe eine Überraschung für dich.«

»Ach ja?« Er küsste sie aufs Schlüsselbein.

»Mhm. Finden musst du sie aber selbst.«

»Ich liebe Herausforderungen.« Er strich ohne Eile mit den Lippen über ihre Schulter und zog eine Spur aus erregenden Küssen ihren Arm hinunter bis zu ihren Fingerspitzen. Dann schaute er sie aus verführerisch verengten Augen an. »Allerdings werde ich sehr gründlich suchen müssen.«

»Das erwarte ich auch von dir.«

Zwanzig

Das Vibrieren seines Handys auf dem Nachttisch ließ Grayson aufschrecken. Ein kurzer Blick auf die Uhr sagte seinem schlaftrunkenen Hirn, dass sie vor gerade einmal zwei Stunden ins Bett gegangen waren. Parker seufzte neben ihm im Schlaf. Er schnappte sich das Handy und schlüpfte leise aus dem Schlafzimmer, um den Anruf anzunehmen. In seinem Kopf rangen zwei Ängste miteinander: Dad oder Abe.

Die Erleichterung, dass es nicht um seinen Vater ging, war jedoch von kurzer Dauer. Er kehrte niedergeschlagen ins Schlafzimmer zurück und ertrug es kaum, dass Parkers Welt nun ein weiteres Mal zusammenbrechen würde. Er war mit Abes Pflegekraft in Kontakt geblieben, hatte es Parker aber nicht erzählt, weil es ihr so viel besser ging und ihr Leben für seine Begriffe schon genug aus den Fugen geraten war. Sie fand sich gerade noch mit Abes Wünschen ab, da brauchte sie sich bis zu diesem schweren Moment nicht auch noch Sorgen zu machen.

Sie sah so friedlich aus und er wollte sie nicht wecken. Aber sie fühlte sich immer noch schuldig, dass sie Bert am Ende seines Lebens nicht hatte beistehen können, und Grayson würde nicht zulassen, dass sie das noch einmal durchmachte. Also setzte er sich auf die Bettkante und strich ihr ein paar Haarsträhnen von der Schulter. Sie streckte die Hand nach ihm aus und er gab ihr einen Kuss auf die Wange.

»Wach auf, Süße.« Verdammt, das war so furchtbar.

»Hm?« Sie lächelte ihn verschlafen an. »Hey, ist es schon Morgen?«, fragte sie mit einem Blick zu den Fenstern, vor denen noch Dunkelheit herrschte.

»Nein.« Er schluckte, um den Kloß in seiner Kehle loszuwerden. »Es ist Abe, Baby.«

Ihre Augen füllten sich mit Tränen. »Ist er …«

Grayson nahm sie in die Arme. »Nein. Noch nicht. Ich wollte, dass du die Möglichkeit bekommst, dich zu verabschieden.«

Sie stemmte sich gegen seine Brust. Tränen rannen ihr über die Wangen. »Er hat gesagt, dass ich ihn nicht mehr besuchen soll.«

»Ich weiß, aber ich kenne dich, Baby. Ich wollte nicht, dass du wieder das Gefühl hast, ihn oder dich selbst im Stich zu lassen.« Er zog sie wieder an sich. »Wir müssen uns beeilen. Seine Pflegerin Helga hat gesagt, dass ihm nicht mehr viel Zeit bleibt.«

Sie klammerte sich an ihn, als wollte sie in ihn hineinkriechen. Er wünschte, dass er ihr die Trauer abnehmen könnte, aber das musste er beiseiteschieben. Und auch wenn es wehtat, war das trotzdem wichtig für sie.

»Ich liebe dich, Baby. Wir stehen das zusammen durch.«

»*Er* wird es nicht durchstehen«, brachte sie erstickt hervor.

»Nein, wird er nicht.« Er schloss die Augen, als die Trauer auch ihn ergriff. »Aber jetzt kannst du dich verabschieden und du hast ihm schon das Geschenk seines Lebens gemacht.« Da Helga deutlich gemacht hatte, wie sehr sie sich beeilen mussten, zwang er sich, sie langsam loszulassen. »Wir müssen los, Baby.

Es tut mir wirklich leid, aber es ist Zeit.«

Er wischte ihr die Tränen von den Wangen und half ihr aus dem Bett.

»Woher hat sie deine Nummer?« Rasch zog sie sich eine Jeans über.

»Ich habe sie ihr bei unserem letzten Besuch gegeben und war ein paarmal mit ihr in Kontakt.«

Sie zog sich ihr Shirt über und er folgte ihrem Beispiel. »Abe will mich nicht bei sich haben.«

»Du willst es, und ich bin mir ziemlich sicher, dass er froh sein wird, wenn du da bist.« Er ging ins Bad und gab etwas Zahnpasta auf ihre Zahnbürsten, bevor er Parker ihre reichte, als sie ihm in den Raum folgte.

»Was, wenn nicht?«

»Dann gehen wir wieder. Ich habe da auf mein Bauchgefühl vertraut. Willst du das? Wir müssen nicht hinfahren.«

Sie nickte energisch. »Ja. Ich will das mehr als alles andere. Ich hatte einfach nur aufgegeben.« Erneut liefen ihr Tränen über die Wangen. »Danke, dass du es nicht getan hast.«

»Ich gebe nie auf, Baby. Nicht, wenn es um dich geht.«

Helga öffnete ihnen die Tür und sofort fielen Parker ihre feuchten Augen auf. Ihre normalerweise perfekt sitzende Hose und die Bluse waren zerknittert. Parker wurde schwer ums Herz, als Helgas Schultern nach unten sackten, doch Grayson hielt sie fest und flüsterte ihr beruhigende Worte zu, küsste sie auf die Schläfe und blieb ihr Anker, während die Welt sich um sie herum drehte.

»Parker, Grayson. Bitte, kommen Sie herein.« Helga gab den Weg frei. »Es wird nicht mehr lange dauern. Ich bin froh, dass Sie direkt hergekommen sind.«

»Vielen Dank für den Anruf«, sagte Grayson.

Helga warf Parker einen nachdenklichen Blick zu. »Die Ärzte sagen, dass er schon vor Monaten hätte gehen sollen. Aber er ist ein sturer Mann. Wochenlang hat er den Ärzten gesagt, dass er ›noch nicht fertig‹ ist. Ihre Besuche haben ihm sehr geholfen, Parker. Ich denke inzwischen, dass er auf Sie gewartet hat.«

»Aber woher hätte er wissen sollen, dass ich zu ihm komme?«

»Das konnte er nicht. Aber vielleicht wusste es jemand, der wichtiger ist als wir.« Helga wandte den Blick zur Decke.

Parker versuchte nicht einmal, ihre Tränen zu unterdrücken, als Helga ihnen die Tür öffnete und sie in Abes Schlafzimmer führte. Abe lag so still auf dem Bett, dass sie schon befürchtete, zu spät zu kommen. *Nein, nein, nein.* Das Herz schlug ihr bis zum Hals. Über Mund und Nase trug er eine Sauerstoffmaske, die Helga nun anhob.

»Stures Mädchen«, flüsterte Abe kaum hörbar.

Eine erstickte Mischung aus Lachen und Weinen entkam Parkers Kehle. Sie griff nach Abes Hand und konzentrierte sich nur darauf, ihn stolz zu machen. »*Kontrolle.* Ich bin gegen Ihren Willen hier. *Selbstbewusstsein.* Ich habe Sie sehr lieb, Abe Stein. Und Ihr Bruder hat Sie auch geliebt. Ich bin so froh, dass ich Sie kennenlernen durfte.«

Seine Finger schlossen sich ein bisschen fester um ihre. »Gutes Mädchen.«

Helga legte ihm die Maske wieder an und Schweigen senkte sich über den Raum, bis Abe den Kopf minimal bewegte und sie ihm die Maske erneut abnahm.

»Lacroux.« Abe sprach leise, was seinen Worten jedoch nicht den Nachdruck nahm. Dieser zerbrechlich wirkende, ans Bett gefesselte Mann strahlte selbst auf der Schwelle zum Tod noch mehr Autorität in dem einen Wort aus als irgendwer sonst.

Abgesehen von Grayson.

Grayson lehnte sich mit feuchten Augen dichter zu ihm. »Ich bin hier, Sir«, antwortete er sanft.

»Haben Sie gut gemacht.« Abe holte ein paarmal angestrengt Luft. »Großer Mistkerl.«

Parker lachte und weinte und war froh, dass Abes letzte Atemzüge mit Freude erfüllt waren.

Helga klappte das Gitter auf der Bettseite herunter, damit Parker ihn noch einmal lange umarmen konnte.

Als Abes dünne Arme schließlich die Kraft verließ, flüsterte er: »Ich habe dich auch sehr lieb.« Parker weinte hemmungslos und dankte Bert im Stillen dafür, dass er ihr die Briefe hinterlassen hatte. Sie würde nie erfahren, ob Bert sich gewünscht hatte, dass sie den Kontakt zu Abe suchte, aber sie wollte daran glauben. Stumm betete sie, dass Abe ohne Schmerzen und friedlich gehen durfte. Sie hielt ihn weiter fest und schickte ein weiteres Dankgebet für Grayson ans Universum – für seine Stärke, seinen Rückhalt und seine unendliche Liebe. Ohne Bert wäre sie nicht nach Wellfleet gekommen und ohne Grayson würde sie jetzt Abe nicht in den Armen halten.

Vielleicht hatte Sky recht und das Universum wusste wirklich genau, was sie brauchten.

Einundzwanzig

Parker kam am späten Nachmittag verschlafen ins Wohnzimmer. Ihre Haare waren zerzaust, ihre Augen geschwollen und sie sah traurig aus, aber als sie Grayson entdeckte, lächelte sie ihn dankbar an. Christmas war ihr dicht auf den Fersen. Der liebenswerte Hund war ihr nicht von der Seite gewichen, seit sie wieder nach Hause gekommen und ins Bett gekrochen war. Grayson hatte sich zu ihnen gelegt, bis Parker eingeschlafen war. Zu unruhig, um still zu liegen, stand er dann jedoch wieder auf und ging ins Wohnzimmer, um Helga anzurufen und sich nach Abe zu erkundigen – und nach ihr. Während der Telefonate in den letzten Tagen hatte er erfahren, dass Helga schon seit Jahren tiefe Gefühle für Abe hegte, und er machte sich Sorgen um sie. Außerdem rief er Sky an, nachdem sie und Parker inzwischen so gut befreundet waren. Seine Schwester musste anschließend den anderen Bescheid gesagt haben, denn sein Vater, Hunter und Pete meldeten sich bei ihm. Pete teilte ihm noch mit, dass Jenna und Sky den Rest der Mädelstruppe informierten.

Gerade war er mit Matt am Telefon, der ihn vor ein paar Minuten angerufen hatte, und legte dabei einen Arm um Parker. »Hey, Süße«, flüsterte er, bevor er ins Handy fortfuhr:

»Hey, Matt, ich muss auflegen. Parker ist gerade aufgestanden. Vielen Dank für den Anruf.«

»Ich bin da, wenn du mich brauchst«, sagte Matt. »Richte Parker mein herzliches Beileid aus. Hab dich lieb.«

»Mache ich. Ich dich auch.«

Er legte das Handy auf die Anrichte neben die kleine Holzkiste, die Helga ihnen beim Hinausgehen mitgegeben hatte. Offenbar enthielt sie Abes wertvollste Besitztümer, und er hatte gewollt, dass Parker sie bekam. Sie hatte bis jetzt noch nicht hineingeschaut, aber dafür war ja auch noch genug Zeit.

»Ich soll dir Beileid von Matt ausrichten.«

»Du hast es ihm erzählt?«

»Ich habe es Sky gesagt und die hat alle anderen informiert. Tut mir leid, sie wollte nur …« In diesem Moment ging ihm auf, was Sky da machte, und er wusste, dass es Parker helfen würde. »Sie behandelt dich wie ein Familienmitglied. Sie macht sich Sorgen um dich, also sollen das alle anderen auch machen.«

Sie legte den Kopf ein wenig nach hinten. »Das ist schön.«

»Ja, sie kümmert sich gern um andere.«

Christmas schob sich zwischen sie und staubte ein paar Streicheleinheiten von Grayson ab.

»Hast du Hunger?«, fragte er, doch Parker hatte den Korb mit Leckereien bereits entdeckt, den er schon vor ein paar Tagen vorbereitet hatte.

Sie setze sich auf die Couch und wühlte sich durch den Inhalt. Christmas quetschte sich neben sie aufs Polster. »Zwei Sorten M&Ms? Snickers? Gummibärchen? Kaubonbons?« Sie starrte ihn mit offenem Mund und aufgerissenen Augen an, als sie die Filme ganz unten entdeckte. »*Psycho, Blair Witch Project, The Cabin in the Woods, Ring.* Grayson …«

»Ich war mir nicht sicher, in welche Richtung dein Horrorfilmgeschmack geht, aber die scheinen dir ganz gut zu helfen, wenn du traurig bist.«

Sie stellte den Korb zur Seite und kam zu ihm. »Das haben sie.«

»Tequila habe ich keinen besorgt.«

»Den brauche ich nicht und die anderen Sachen ehrlich gesagt auch nicht. Ich brauche dich, Grayson. Du bist jetzt mein Heilmittel gegen Traurigkeit.«

Er sagte es ihr nicht gerne, aber Matt hatte ihn daran erinnert, dass es für ihn mit am schlimmsten gewesen war, vom Tod ihrer Mutter erst zwei Stunden nach dem Rest der Familie zu erfahren. Er hatte damals gerade unterrichtet und das Handy deswegen ausgeschaltet. Damit im Hinterkopf setzte Grayson sich nun auf die Couch und zog Parker neben sich.

»Er ist gegangen, nicht wahr?«, fragte sie leise.

»Ja, Baby. Es tut mir leid. Helga hat gesagt, dass er direkt nach unserem Besuch eingeschlafen ist und friedlich gehen konnte. Er ist nicht wieder aufgewacht.«

Sie blinzelte gegen die Tränen an und kuschelte sich an seine Seite. »Es ist gut, dass er im Schlaf gegangen ist. Sagen sie uns wegen der Beerdigung Bescheid? Ich würde gerne hingehen.«

»Abe wollte keine Trauerfeier haben.«

»Das passt zu ihm. Er war nicht der Typ Mensch, der gerne so im Mittelpunkt steht.«

»Helga meinte, dass du die einzige Person warst, die ihn besucht hat.«

»Die *einzige* Person? Das ist so traurig und vermutlich auch der Grund, warum er mir die Kiste hinterlassen hat.«

»Offenbar hat er das Familienunternehmen schon vor Jahren verkauft, und nachdem das abgeschlossen war, hat er ein zurückgezogenes Leben geführt.«

»Immerhin hatte er Helga.« Sie musterte die Kiste und seufzte. »Ich werde noch etwas warten, bevor ich mir anschaue, was da drin ist.«

»Warte, solange du willst. Es hat ja keine Eile.« Überrascht stellte er fest, dass er unter der Traurigkeit auch ein helleres Funkeln in ihren Augen entdeckte. »Du hast ein paar wirklich harte Wochen hinter dir.«

»Schon komisch, wie das Schlechte oft zusammen mit dem Guten kommt. Bert zu verlieren, war furchtbar. Abe zu verlieren, ist traurig, setzt mir aber nicht so zu wie Berts Tod. Bei Bert hatte ich keine Vorwarnung, Abe dagegen ging es schon bei unserem ersten Besuch nicht gut. Und trotz all der Trauer haben du und ich diese wundervollen Momente erlebt. Also bin ich jetzt in diesem seltsamen Zwiespalt, wo ich nicht mehr am Boden zerstört bin und es mir eigentlich ganz gut geht. Bin ich ein schlechter Mensch deswegen?«

Er drückte sie fest an sich. »Nein, Baby. Es macht dich zu einer Frau, die weiß, dass sie geliebt wird. Du warst so einsam, als du Bert verloren hast, aber jetzt hast du mich und unsere Freunde. Du hast eine Familie.«

Grayson zu überreden, am Donnerstagmorgen zur Arbeit zu gehen, war in etwa so spaßig wie eine Wurzelbehandlung beim Zahnarzt. Aber auch wenn Parker gerne jede freie Minute mit ihm verbrachte, musste sie ihm trotzdem klarmachen, dass es ihr gut ging. Und das funktionierte nur, indem sie ihn vor die Tür setzte.

Sie hatte einen Spaziergang mit Christmas gemacht und verpasste Anrufe und Nachrichten beantwortet. Phillipa hatte ihr noch zwei Film-Pitches geschickt, die vielleicht von Interesse waren. Vor ein paar Wochen hätte sie schon längst unruhig mit den Hufen gescharrt, um die nächste schauspielerische Herausforderung anzunehmen. Aber ihr Leben hatte sich so sehr verändert und die Vorstellung von fünfzehn Stunden langen Drehtagen und der wochenlangen Trennung von Grayson und Christmas klang kein bisschen reizvoll. Das Skript der Romantikkomödie, das sie gerade las, fand sie allerdings grandios, und sie hoffte, die Hauptrolle darin zu bekommen. Aber das war nur *ein* Film.

Sie musste nicht mehr viele einsame Stunden mit Arbeit füllen, um sich vor einem Leben zu verstecken, das sie ohnehin nicht führte. Sie mochte das, was sie sich gerade mit Grayson zusammen aufbaute. Bisher war ihr noch gar nicht richtig bewusst gewesen, dass sie genau das taten: sich ein Leben aufbauen. Und es wurde zu *ihrem* echten Leben.

Am Nachmittag bewaffnete Parker sich mit einer Tüte M&Ms und nahm Abes Kiste mit an den See. Gerade ging es ihr gut, aber sie war ja nicht dumm. Es würde Tränen geben und gegen Tränen half Schokolade. Und welche Wahl hatte sie denn, nachdem Grayson gerade nicht verfügbar war?

Christmas legte sich neben sie auf den hölzernen Steg und klopfte mit dem Schwanz einen Takt auf die Holzbohlen, der zu sagen schien: *Mach schon! Mach schon!*

»Du kannst gerne ein paar Vögel jagen gehen. Ich brauche keinen Babysitter.« Sie gab ihm einen Kuss auf den Kopf. »Wirklich, es geht mir gut.« *Gut. Es geht mir besser als gut. Ich bin glücklich.*

Christmas gab ein *Wuff* von sich und ließ Parker mit der

Kiste allein, um zurück zum Seeufer zu trotten. Sie freute sich, dass Abe an sie gedacht hatte, und war zugleich traurig, dass er niemanden sonst in seinem Leben hatte. Vorsichtig strich sie mit einem Finger über die rauen Holzkanten der Kiste und dachte an den Tag zurück, als sie Berts Schließfach geöffnet hatte. Den ganzen Weg von der Bank nach Hause hatte sie geweint. Nun erinnerte sie sich daran, was Helga gesagt hatte, als sie ihnen die Kiste überreicht hatte, und sie fragte sich, wie die wertvollsten Besitztümer eines Manns in so eine kleine Box passen konnten. Die Antwort darauf war allerdings nicht so schwer zu finden, als sie darüber nachdachte, was ihr im Leben wichtig war, und das versetzte ihr wieder einen schmerzhaften Stich. Das, was für sie am wertvollsten war, war nichts, was sie besaß. Ein Mann, ein Hund, ein paar enge Freunde, warme Erinnerungen an Bert und Graysons E-Mails und all die Momente, die sie in der letzten Zeit miteinander geteilt hatten. Abe dagegen hatte niemanden gehabt.

Sie atmete tief durch, um sich zu beruhigen, und öffnete dann die Kiste. Sofort fiel ihr Blick auf die Fotos, die sie Abe mitgebracht hatte. Ihr Herz zog sich zusammen bei der Erinnerung daran, wie er das Bild von sich und Bert zwischen den knotigen Fingern gehalten hatte. Sie nahm die Aufnahmen aus der Kiste und genoss eine Weile die Erinnerung an die beiden Männer, die in ihr aufstiegen.

Dann legte sie die Fotos beiseite und holte einen alt und abgegriffen aussehenden Umschlag hervor. Die Handschrift und das Datum verrieten ihr, dass es sich um den ersten Brief handelte, den Bert seinem Bruder geschickt hatte. Der, den Abe laut eigener Aussage gelesen hatte. Mit zittrigen Fingern öffnete sie ihn und beim Anblick der vertrauten Handschrift vermisste sie Bert noch ein bisschen mehr. Die Nachricht war sehr knapp und das brachte sie zum Lächeln. Hatte er sie mit Absicht so kurz gehalten, weil er wusste, wie wichtig seinem Bruder Selbstbewusstsein und Führung waren?

Abe, du sturer Bock. Ruf mich an. Bert.

Abe hatte recht. Er hatte das ausdiskutieren wollen.

Sie lachte leise auf und schaute mit feuchten Augen zum Himmel hinauf.

»Oh, ihr zwei. Ich habe euch beide lieb.«

Christmas bellte und scheuchte damit ein paar Vögel auf. Parker schaute ihnen hinterher, wie sie in Richtung der Wolken flogen, und dachte an die drei Menschen, die sie verloren hatte. Als Baby war ihre Mutter gestorben. An sie hatte sie keinerlei Erinnerungen, aber sie hatte immer das Gefühl gehabt, als würde ihr ein Stück von sich selbst fehlen. Doch das hatte sie überwunden. Bert hatte bei seinem Tod einen größeren Teil ihres Herzens mitgenommen und Abe einen weiteren kleinen. Ihr war nicht klar gewesen, dass ein Herz so viel Verlust aushalten und trotzdem weiterschlagen konnte, doch Grayson hatte ihr gezeigt, dass ihr Herz nicht nur noch funktionierte, sondern dass es auch wieder Glück und Erfüllung empfinden konnte.

Als sie Berts restliche Briefe aus der Kiste holte, strich sie sacht über die sauber aufgeschnittenen Oberkanten und stellte sich vor, wie Helga mit sicheren Bewegungen einen Brieföffner dafür benutzt hatte. Sie entschied sich für die Vorstellung, dass Helga ihm jeden einzelnen Brief vorgelesen hatte. Zufrieden damit legte sie die Umschläge beiseite. Was immer darin stand, ging nur Bert und Abe etwas an. Es reichte ihr, zu wissen, dass Abe die Briefe zusammen mit den Dingen aufbewahrt hatte, die ihm am wichtigsten waren.

Schließlich lag da noch ein in roten Stoff eingeschlagenes

Buch in der Kiste, das sie herausnahm und auswickelte. Als sie es umdrehte, entdeckte sie die Aufschrift *Tagebuch* auf der Vorderseite des pinken Notizbuchs. Die Seiten waren ausgefranst, als wären sie oft umgeblättert worden. Das kleine, goldene Schloss war gebrochen und hing schief in den Schlaufen. *Irgendwie passt das zu dem Mann, der mir das Tagebuch hinterlassen hat.*

Sie schlug es auf, und ihr Puls beschleunigte sich, als sie die jugendliche Handschrift auf der Mitte der ersten Seite entdeckte. *Miriam Stein.* Ihr Herz machte einen Satz und sie glaubte, Abes Stimme in ihrem Kopf zu hören. *Meine Miriam hatte auch Eier in der Hose.* Mit zitternden Händen blätterte sie die erste Seite des Tagebuchs seiner Tochter um und las das Datum in der oberen linken Ecke. *3. Dezember 1980.*

Es ist Chanukka. Ich wollte nur eine Gitarre haben. Stattdessen habe ich dieses dumme Tagebuch, einen Haufen hässlicher Klunker und Schicki-micki-Klamotten bekommen …

Zweiundzwanzig

Das Geräusch zuschlagender Autotüren und Christmas' Bellen holte Parker aus dem Tagebuch in die Realität zurück. Sie wusste nicht, wie lange sie schon lesend auf dem Steg saß, aber sie hatte sich vom 3. Dezember 1980 bis zum 2. November 1982 vorgearbeitet und näherte sich dem Ende. Christmas begrüßte gerade begeistert Sky, Bella, Amy, Leanna, Jenna und Jessica, die auf dem Weg zum See waren. Parker winkte ihnen zu, immer noch ein bisschen benebelt von dem, was sie da gerade gelesen hatte. Die Mädels sahen aus, als kämen sie gerade vom Strand. Die Träger ihrer Badekleidung schauten unter ihren hübschen Sommerkleidern hervor. Ihre Flipflops verursachten klatschende Geräusche auf den Holzplanken und Christmas drückte sich aufgeregt gegen ihre Beine und leckte ihnen die Hände ab.

Parker musste unwillkürlich lächeln, weil ihre neuen Freundinnen aussahen wie die Kavallerie, die zur Unterstützung anrückte.

»Da bist du ja«, sagte Amy und setzte sich neben Parker. »Wir haben uns Sorgen um dich gemacht.«

»Ich habe den halben Tag lang versucht, dich anzurufen.« Sky nahm auf ihrer anderen Seite Platz und die anderen Mädels machten es sich ebenfalls bequem und formten dabei einen Kreis um Parker. »Jana wollte auch kommen, aber sie hat ihre Schüler nicht erreicht, um die Kursstunde rechtzeitig abzusagen.«

»Mein Handy liegt im Haus. Tut mir leid. Ich war wohl länger hier draußen, als ich dachte.«

Jenna griff in ihre Handtasche und holte eine riesige Packung Schokoriegel heraus. »Wir haben Nervennahrung mitgebracht.«

»Oh, ihr seid so süß. Aber Grayson war schneller als ihr.« Sie schnappte sich die ungeöffnete Packung M&Ms, die hinter ihr lag. »Hat er euch gebeten, nach mir zu sehen?«

»Ach komm, als müsste man uns darum bitten«, sagte Bella. »Wir wollten schon früher kommen, aber als du nicht ans Telefon gegangen bist, hat Sky Grayson angerufen, und er hat gemeint, dass du wahrscheinlich schläfst. Also haben wir gewartet und gewartet und hatten irgendwann keine Lust mehr zu warten.«

»Hm, um ehrlich zu sein …« Sky ließ einen Finger in der Luft kreisen. »Grayson hat mich heute Morgen auf dem Weg zur Arbeit angerufen und mich gefragt, ob es ihn zu einem übergriffigen A-loch machen würde, wenn er umdreht und sich weigert, dich heute allein zu lassen.«

Parker schmolz praktisch dahin. Das war so typisch Grayson.

»Das habe ich bejaht und ihm gesagt, dass er dir vertrauen soll, wenn du ihm sagst, dass es dir gut geht.« Sky lehnte sich etwas näher zu ihr. »Ich hoffe, dass du das wolltest, aber glaub ja nicht, dass wir hier dir abnehmen, dass ›gut‹ wirklich ›gut‹ bedeutet. Wir wissen es besser.«

Unerwartet stiegen Parker Tränen in die Augen.

»Oh nein!«, rief Leanna. »Wir wollten dich damit nicht zum Weinen bringen.«

Parker schüttelte den Kopf, überwältigt von der Zuneigung für diese Frauen, die so schnell ein wichtiger Teil ihres Lebens geworden waren, und für Grayson, weil er *Sky* angerufen hatte, und für … Ach, verflucht. Konnte man nicht einfach so weinen? Sie wischte sich die Tränen weg.

»Das habt ihr nicht. Ich meine, schon irgendwie, aber nicht auf eine schlechte Art. Es geht mir wirklich gut. So gut, wie es eben sein kann. Ich …« Sie versuchte, die richtigen Worte dafür zu finden, wie viel ihr diese Freundschaft bedeutete. »Grayson hat dich angerufen und nun seid ihr alle hier.« Sie wedelte sich etwas Luft zu, um ihre Tränen zu trocknen. »So viel Unterstützung hatte ich noch nie.«

»Taschentücher«, sagte Jessica.

»Schon dabei.« Jenna wühlte erneut in ihrer Handtasche und riss eine große Schachtel Papiertaschentücher auf, um Parker ein paar davon zu reichen.

»Danke.« Parker wischte sich über die Augen und zeigte ihnen dann das Tagebuch. »Ich weine wohl eher deswegen. Abe hat mir zusammen mit ein paar anderen Dingen das Tagebuch seiner Tochter hinterlassen. *Das Tagebuch seiner Tochter!* Da drin steht so viel Teenager-Drama und Liebeskummer.«

»Warum hat er es dir vererbt?«, fragte Amy.

Parker zuckte mit den Schultern. »Seine Pflegerin sagte, dass er sonst niemanden hatte. Abe hat uns erzählt, dass seine Frau ihn für einen anderen Mann verlassen hat, und er klang so wütend. Ich bin nicht überrascht, dass sie keinen Kontakt mehr zueinander hatten. Und seine Tochter?« Sie strich über den Einband des Tagebuchs und ließ sich all den Frust noch einmal durch den Kopf gehen, den sie darin wahrgenommen hatte.

»Abe sagte, dass sie abgehauen ist, um sich einer Band anzuschließen, und er Tausende von Dollar für die Suche nach ihr ausgegeben hat, aber keine Spur von ihr zu finden war.«

»Wurde sie vielleicht entführt?«, fragte Jenna.

»Man kann nie wissen«, sagte Jessica.

»Sie war so unglücklich. Ich glaube wirklich, dass sie weggelaufen ist. Sie hat viel darüber geschrieben, dass sie in dieser Band spielen will.« Parker blätterte durch das Tagebuch. »Aber ich glaube, es war nicht nur die Band. Hört euch das mal an. *Heute hat der Arsch –* so nennt sie Abe …« Ihr wurde das Herz schwer bei der Vorstellung, dass Abe diese Worte sah, und sie fragte sich, ob er sie wohl immer wieder oder nur ein einziges Mal gelesen hatte, um sie dann mit dem Rest seiner Gefühle beiseitezuwischen. Sie zwang sich, weiterzulesen. »*Heute hat der Arsch tatsächlich mal mit mir gesprochen. Er wollte, dass ich um sieben fertig angezogen und abfahrbereit für das Abendessen bei den Paddingtons bin. Das sind dreizehn Wörter in sechs Tagen. Ein neuer Rekord.*« Sie ließ das Tagebuch wieder sinken.

»Könnt ihr euch vorstellen, dass euer eigener Vater nicht mit euch spricht? Das ganze Tagebuch ist voll mit solchen Sachen. Er hat immer nur gearbeitet. Ihre Mutter klingt nett, aber hört euch das an.« Sie blätterte ein paar Seiten weiter. »*Zwei Stunden Streit und wir gehen gerade in die dritte. Ich habe Mom wieder angefleht, ihn zu verlassen –* ›wieder‹ *ist bestimmt* zehnmal unterstrichen –, *aber sie schaut mich immer nur an, als wäre ich durchgeknallt, und sagt, dass er ein guter Mann und nur gestresst ist, dass er es nicht so meint, und den ganzen anderen Mist, den Erwachsene gerne mal verzapfen, weil sie uns für dumm halten.*«

»Wow«, sagte Sky. »Kein Wunder, dass sie da weg ist.«

»Schreibt sie irgendwo, wohin sie wollte?«, fragte Jenna.

»Nein. Sie schreibt noch nicht mal wirklich über den Plan dazu, aber hier ist diese Stelle.« Sie blätterte zum letzten Eintrag, den sie gelesen hatte. »*Ich spare jeden Cent, den der Arsch mir gibt. Eigentlich wollte ich mir davon endlich eine Gitarre kaufen, aber es wäre schwierig, sie mit rumzuschleppen, und an so was erinnern sich Leute.*«

»Klingt, als wollte sie nicht gefunden werden. Und sie war schlau«, sagte Sky.

»Von der Gitarre schreibt sie seit dem allerersten Eintrag und der hier ist zwei Jahre später. Es macht mich so traurig, dass sie sich bei allem, was sie durchmachen musste, ausgerechnet daran geklammert hat. Sie schreibt davon, dass sie einen Batzen Geld hat, und doch hat sie sich die Gitarre in all den Jahren nie gekauft. Ich glaube, dass sie für ihre Flucht gespart hat.« Parker klappte das Tagebuch wieder zu. »Offenbar hat Abe ihr immer Geld gegeben.«

»Statt Liebe«, sagte Jessica. »So was passiert in reichen Familien oft. Und die Gitarre? Wenn es ihr damit so geht wie mir mit meinem Cello, dann steckt für sie mehr dahinter als nur ein einfaches Instrument.« Parker wusste, dass Jessica vor Dustins Geburt im Boston Symphony Orchestra gespielt hatte.

»Vielleicht war das ihr Symbol für Freiheit«, sagte Parker. »Ich muss ihre Mutter finden, damit sie das Tagebuch bekommt.«

»Unbedingt.« Leanna streichelte Christmas, der zwischen ihr und Jessica schlief. »Ich kann mir nicht mal vorstellen, nicht zu wissen, wo Sloan ist. Das ist der schlimmste Albtraum aller Eltern.«

Parker dachte an ihre eigene Mutter und wünschte sich wie schon unzählige Male zuvor, dass sie bei ihrem Tod ein bisschen älter gewesen wäre, damit sie sich an ihr Gesicht oder ihre

Stimme erinnern könnte. *An irgendetwas.*

»Wir können dir helfen«, sagte Jenna. »Weißt du irgendwas über sie? Ihren Namen? Wo sie wohnt? Wenn sie wieder geheiratet hat, könnte sie wohl einen anderen Nachnamen haben.«

»Ich wette, dass Caden da was auf dem Polizeirevier herausfinden kann«, bot Bella an.

»Jamie kann im Internet so ziemlich alles finden und er hilft bestimmt gerne.« Jessica schenkte ihr ein aufmunterndes Lächeln.

Parker wusste, dass Jamie der Entwickler von OneClick war, der zweitgrößten Suchmaschine nach Google.

»Kurts Freund Treat Braden hat Verbindungen zu Privatdetektiven im In- und Ausland«, sagte Leanna. »Er bringt dich sicher gerne mit denen in Kontakt.«

»Ihr seid wirklich unglaublich.« Parker war überwältigt von so viel Unterstützung. »Aber ich hoffe, dass Abes Pflegekraft Helga vielleicht weiß, wo ich mit der Suche anfangen soll. Sie hat ein paar Jahre für ihn gearbeitet und kennt deswegen vielleicht den Nachnamen seiner Ex-Frau und ihre Adresse oder so.«

»Okay, aber wenn du bei ihr nicht weiterkommst, helfen wir gerne«, versicherte Amy ihr.

»Dann haben wir einen Plan. Wenn Helga nicht weiterweiß, stürzen sich die Seaside-Mädels auf den Fall!« Jenna nahm Parker das Tagebuch ab, legte es in die Kiste und trug diese zum anderen Ende des Stegs. Als sie zurückkkam, zog sie sich das Sommerkleid über den Kopf. Christmas hob seinen massigen Schädel, um die hübsche Frau in dem blauen Bikini zu beobachten, dessen Oberteil ihre riesigen Brüste nur knapp bedeckte. »Aber bevor wir diese Mission starten, müssen wir

Parker noch offiziell in unsere Gruppe aufnehmen.«

Plötzlich zogen sich auch die anderen die Kleider aus und ließen sie auf den Steg fallen. »Mich aufnehmen?«

»Es ist an der Zeit, dass du eine Seaside-Schwester wirst.« Mit einem schnellen Handgriff entledigte sich Jenna ihres Bikini-Oberteils – mitten auf dem Steg! Dann brüllte sie: »Die nackte Wahrheit!« und sprang ins Wasser, womit sie alle anderen nass spritzte.

Christmas bellte und hopste über den Steg, während Bikini-Oberteile durch die Luft segelten und Höschen abgestreift wurden, bis eine Horde nackter Frauen eine nach der anderen ins Wasser sprang.

»Ich war noch nie Nacktbaden!« Parker wusste, dass ihre Wangen feuerrot waren, doch als die Mädels nur lachten und Wasser in ihre Richtung spritzten, verschwand ihre Scham mit jeder frechen Aufforderung mehr.

»Ausziehen!«, grölte Jenna.

»Komm schon, das macht wirklich Spaß!«, rief Amy.

»Sei kein Feigling«, stimmte Bella mit ein.

Sie betrachtete ihre neuen Freundinnen, die extra hierhergekommen waren, obwohl Grayson sie weggeschickt hatte, weil sie aus irgendeinem Grund wussten – im Gegensatz zu Parker, die nie eine Schwester gehabt hatte –, dass sie die Mädels brauchte, egal, wie sehr sie glaubte, dass alles in Ordnung war.

Grayson bog in die Einfahrt ein und winkte Sky und den Mädels zu, die ihm in ihrem Wagen entgegenkamen. Christmas begrüßte ihn, als er aus dem Auto stieg.

»Hey, Kumpel. Wo ist deine Mama?«

Der Hund rannte zum Cottage und Grayson machte ihm die Tür auf. Er fand Parker in ein Handtuch gewickelt an der Küchentheke sitzend. Ihre Haare waren klatschnass und sie hielt sich das Handy ans Ohr. Vor ihr stand die Kiste, die Abe ihr gegeben hatte, und links neben ihr lagen ein paar leere Schokoladenverpackungen. Er schaute sich den Inhalt der Kiste genauer an – ein rotes Tuch lag halb über den Briefen, die Parker Abe gebracht hatte, und daneben lag ein pinkes Tagebuch. Er war so froh, dass sie die Kiste aufgemacht hatte, wünschte aber, dass er nicht zur Arbeit gefahren wäre, um ihr dabei Rückhalt zu geben. Er beugte sich zu ihr und gab ihr einen Kuss auf die Wange.

Sie drehte den Kopf in seine Richtung und hielt einen Finger hoch, während sie mit den Lippen formte: *Warte. Geh nicht weg.*

Wo sollte er denn hingehen? Es war ihm so unendlich schwergefallen, tagsüber nicht wieder nach Hause zu fahren, aber wenigstens hatte Sky ihm eine Nachricht geschrieben, als sie im Cottage eintraf, um ihm mitzuteilen, dass Parker hier war und die Mädels sich um sie kümmerten.

»Alles klar, vielen Dank«, sagte sie ins Handy. »Ich freue mich auch auf unser Treffen.« Nachdem sie das Telefonat beendet hatte, sprang sie auf und umarmte Grayson. »Ich bin so froh, dass du da bist. Der Tag war total verrückt.«

»Das sehe ich. Geht's dir gut?«

Sie schaute auf ihr Handtuch hinunter und ihr Lächeln wurde breiter. »Die Mädels haben mich in ihre Gruppe aufgenommen und ich habe den Inhalt der Kiste durchgesehen und jetzt muss ich nach New Jersey.«

»Hoppla, kleinen Moment, Handtuch-Queen. New Jersey?«

Sie legte ihm die Hände auf die Brust. »Ja! Ich muss dir so viel erzählen.«

»Und ich will es unbedingt hören. Schön, dass es dir gut geht. Ich habe mir Sorgen um dich gemacht.«

»Ich weiß. Danke, dass du nicht zurückgekommen bist, um mich zu retten. Aber ich liebe dich dafür, dass du es wolltest.«

»Nicht, um dich zu retten, Baby. Um bei dir zu sein. Dich zu trösten. Und meine Schwester redet zu viel.«

»Sie ist fantastisch! Und die anderen Mädels auch. Und, Grayson?« Sie umfasste sein Gesicht mit beiden Händen und in ihren Augen stand ein aufgeregtes Funkeln. »Ich liebe dich. So sehr.«

»Na, das höre ich doch gerne.« Er drückte die Lippen auf ihre, und sie schmiegte sich erst an seine Brust, löste sich dann aber genauso schnell wieder von ihm.

»Warte mit dem Küssen noch einen Moment, sonst kann ich mich nicht konzentrieren.«

»Und das ist ein Problem, weil?«

»Grayson«, flehte sie.

Er verschränkte die Hände hinterm Rücken. »Okay. Fang ganz von vorn an, aber ich weiß nicht, wie lange ich dir widerstehen kann.«

Sie stellte sich auf die Zehenspitzen. »Ich auch nicht.« Sie gab ihm noch einen Kuss. »Verflixt. Das passiert jedes Mal. Mach was, das unsexy ist oder so!«

Er lachte und zog sie an sich. »Mehr unsexy geht nicht. Komm zur Sache, damit ich dich kommen lassen kann.«

»Du bist so schlimm.« Sie biss sich auf die Lippe, und dass ihre Augen dunkler wurden, verriet ihm, dass sie gerade auch daran dachte, wie gut es sich anfühlen würde, sich so nah zu sein.

»Wo war ich gerade?«, fragte sie außer Atem.

»Du hast irgendwas von einer Aufnahme in die Gruppe erzählt, für die man offensichtlich nackt sein und Schokolade essen muss, du hast in die Kiste geschaut und du musst nach New Jersey.«

»Oh, stimmt«, sagte sie. »Bei dir vergesse ich alles.« Sie schüttelte den Kopf, und ihr war offensichtlich nicht klar, welche Auswirkungen es auf ihn hatte, dass er sie so aus dem Konzept bringen konnte. »Wusstest du, dass die Mädels nacktbaden?«, fragte sie schließlich.

»Das weiß jeder, aber normalerweise machen sie es nachts im Pool in der Ferienanlage.« Er verengte die Augen zu Schlitzen. »Habt ihr das hier gemacht?« Gott sei Dank hatten sie keine Nachbarn.

»Ja, das war so lustig. So was habe ich noch nie gemacht, aber … Ich mag sie so gerne, Grayson. Mit ihnen habe ich die Schwestern, die ich mir immer gewünscht habe. Eigentlich wollte ich nicht mitmachen, aber sie hatten so viel Spaß dabei und wahrscheinlich könnten sie mich zu allem überreden.«

»Das klingt nach Ärger«, neckte er sie. »Und der Rest? Die Kiste? New Jersey?«

Sie schnappte sich die Kiste und erzählte ihm von ihrem Fund, was sie gelesen hatte und dass sie sich verpflichtet fühlte, Abes Ex-Frau das Tagebuch zu geben.

»Ich habe Helga angerufen. Sie hat ein bisschen gesucht und schließlich Abes Ex-Frau Sarah ausfindig gemacht. Ich habe sie gefragt, warum sie ihr das Tagebuch nicht einfach direkt gegeben hat. Helga meinte, dass sie nie etwas tun würde, das nicht Abes Wünschen entspricht, dass sie aber darauf gehofft hat, dass ich allein zum gleichen Schluss komme. Kannst du dir das vorstellen? Das ist echte Loyalität.«

»Sie hat ihn geliebt, Baby«, erklärte er. »Sie hat ihn die letzten sieben Jahre lang gepflegt und war davor einige Jahre seine persönliche Assistentin. Unerfüllte Liebe ist eine mächtige Sache.«

»Oh nein. Die arme Helga. Sie muss so traurig sein.«

»Sie hat Familie, die ihr helfen kann, das durchzustehen. Wenn sie hier alles geregelt hat, zieht sie zu ihren Verwandten nach Hyannis.«

»Gut. Ich bin froh, dass sie noch Familie hat.« Sie legte ihm wieder die Hände auf die Brust. »Und ich bin so froh, dich zu haben, Grayson. Begleitest du mich zu Sarah? Eigentlich wollte ich ihr das Tagebuch per Post schicken, aber als ich sie angerufen habe, um ihr zu sagen, dass es bei mir ist, ist sie zusammengebrochen und hat kaum ein Wort herausgebracht. Ich möchte es ihr wirklich gerne selbst geben. Die Post ist so unpersönlich.«

Er staunte immer wieder über ihre Großherzigkeit und ihr Mitgefühl und konnte sich nicht vorstellen, sie je mehr zu lieben als in diesem Moment. »Natürlich solltest du es ihr persönlich geben.«

»Sie wohnt in Rocky Hill. Keine Ahnung, wo das genau ist, aber es wird wohl nicht so weit weg sein.«

»Matt lebt da in der Nähe. Wann willst du sie besuchen?«

»Sobald wir können. Kommst du mit? Bitte?«

Die Hoffnung in ihren großen, blauen Augen berührte ihn tief. »Was glaubst du denn?«

»Ich war mir nicht sicher, ob du dir freinehmen kannst, wo dir doch diese fiese Kundin noch immer im Nacken sitzt«, zog sie ihn auf.

Er schob die Hände in ihre Haare und küsste ihre Mundwinkel. »Vielleicht kann ich sie ja überreden, mir einen kleinen Urlaub zu genehmigen.«

Dreiundzwanzig

»Ich weiß nicht, warum ich so nervös bin«, meinte Parker, als Grayson am Freitagabend das Auto vor Sarah Steins Haus abstellte. Auf der Fahrt war sie nicht so unruhig gewesen, aber jetzt krampfte sich ihr Magen zusammen. Sie übernachteten bei Matt und hatten Christmas bei Hunter und Jana gelassen. Jana hatte sich auf den ersten Blick in ihn verliebt, und Parker wusste, dass ihr Hundejunge bei ihr in besten Händen war.

»Weil es dir wichtig ist«, sagte Grayson mit der beruhigenden Selbstsicherheit, die ihr immer etwas Druck nahm. »Du weißt, dass es schwer für sie wird und für dich vielleicht auch. Deswegen warst du bis zwei Uhr auf und hast das Tagebuch noch einmal gelesen.«

Sie hatte das Tagebuch die ganze Fahrt über auf dem Schoß behalten und drückte es sich nun gegen die Brust. »Ich musste es noch mal lesen. Darin stecken so viele widersprüchliche Emotionen. Mein Leben lang habe ich mich nach Eltern gesehnt und davon geträumt, wie toll es wäre, einfach nur ganz normale Sachen mit ihnen zu machen. Frühstücken, einkaufen gehen, ihnen von meinen Schulfreunden erzählen.«

Ein warmer Ausdruck trat in seine Augen und er drückte tröstend ihre Hand. »Es tut mir leid, dass du das nie erlebt hast.

Aber eines Tages wirst du das alles mit deinem eigenen Kind machen können.«

Ihre Kehle wurde eng. Sie hatten seit dem Frühstück in Seaside nicht mehr über Kinder gesprochen, aber sie wusste tief in ihrem Herzen, dass Grayson sich, genau wie sie, eine Familie wünschte.

»Das hoffe ich. Aber Miriam hatte Eltern, die das Geld hatten, um ihr alles zu ermöglichen, und sie wollte einfach nur gesehen und geliebt werden und dass sie ihre Leidenschaft für Musik unterstützen. Ich weiß, dass die Einträge in dem Tagebuch aus der Perspektive eines Teenagers geschrieben wurden, die gerne mal verzerrt und egoistisch ist. Aber trotzdem, das waren *ihre* Gefühle, egal, wie andere die Dinge vielleicht empfunden haben, über die sie geschrieben hat. In ihrem Kopf war ihr Vater nur sich selbst treu, und ihre Mutter war liebevoll, stand aber in jeder Hinsicht hinter Abe – und wer stand hinter Miriam?«

»Vielleicht kann Sarah ein bisschen Licht für dich ins Dunkel bringen.«

Als er den Wagen umrundete und ihr eine Hand reichte, erinnerte sie das an ihren ersten Besuch bei Abe, als Grayson einfach ins Auto gestiegen war, ohne sie zu fragen – und seitdem war er ihr nicht mehr von der Seite gewichen.

Auf der Veranda angekommen zögerte er einen Moment, bevor er klopfte. »Bereit?«

Sie nickte und schlüpfte in ihre professionelle Rüstung, straffte die Schultern und hob das Kinn ein wenig, aber nicht zum ersten Mal, seit sie nach Wellfleet gekommen war, fühlte es sich an, als würde sie die Haut einer anderen Person tragen. Das war nicht der Moment, um etwas vorzutäuschen. Sie legte das schlecht sitzende Kostüm wieder ab. Das hier war Sarah Steins *echtes* Leben, und Parker hoffte, dass sie es ihr ein bisschen leichter und nicht schlimmer machte, wenn sie ihr das Tagebuch ihrer Tochter übergab.

Immerhin brachte sie ein nervöses Lächeln zustande. »Ich bin so weit.«

Jedes Klopfen hallte wie ein Countdown in ihr wider. Sie hielt die Luft an, als die Tür geöffnet wurde, und dann stand Sarah Stein vor ihnen. Ihre schulterlangen, lockigen Haare schimmerten in einer wunderschönen Mischung aus Weißblond und Silbergrau und ihr dichter Pony verlieh ihr ein erstaunlich jugendliches Aussehen. Sarah griff sich an die Brust und öffnete den Mund, sagte jedoch kein Wort.

»Sarah? Ich bin Parker und das ist mein Partner Grayson. Es ist mir wirklich eine Freude, Sie kennenzulernen.«

Sarah nickte, schüttelte dann den Kopf und wirkte etwas verwirrt. Hatte sie vielleicht den angekündigten Besuch vergessen? Möglicherweise erkannte Sarah sie ja auch nur als Schauspielerin.

»Parker.« Sarah fand mit einem warmen Lächeln ihre Stimme wieder. »Entschuldigen Sie bitte. Ja, ich freue mich auch. Bitte, kommen Sie doch herein.«

»Danke.« Parker betrat das Haus. In der Luft hing der Duft nach Zimt und frisch gebackenem Brot. »Mmh. Hier riecht es wie in einer Bäckerei.«

Sarah lächelte sie unsicher an. »Ich backe, wenn ich nervös bin.«

»Schön, Sie kennenzulernen, Sarah«, sagte Grayson.

»Ebenso. Vielen Dank, dass Sie den Weg hierher auf sich genommen haben. Oh, Grayson, das ist ein schöner, starker Name.« Sarah führte sie durch den Eingangsbereich in ein großzügig geschnittenes Wohnzimmer, wo sie auf ein olivgrünes

Sofa unter den Fenstern an der gegenüberliegenden Wand deutete. Auf einem Glastisch neben einem Ohrensessel stand eine Vase mit frischen Blumen. Parker warf Sarah einen Seitenblick zu. Die Frau passte in ihrer schwarzen Stoffhose und dem pfirsichfarbenen Top exzellent in diesen Raum.

»Bitte«, sagte Sarah. »Machen Sie es sich bequem.«

»Danke«, erwiderte Grayson.

Sarah strich sich nervös die Hose glatt. »Kann ich Ihnen etwas zu Trinken anbieten? Tee? Kaffee? Wasser? Oder etwas zu essen? Ich habe gerade viel zu viele Zimtschnecken und Tarts.«

»Nein, vielen Dank.« Parker war zu unruhig, um etwas herunterzubekommen.

»Sehr gern. Ich probiere gerne Ihre Backkunst, danke.« Grayson erhob sich wieder von der Couch. »Kann ich helfen?«

»Oh, nein«, sagte sie. »Ich bin gleich wieder da.« Sie verschwand durch das Esszimmer.

»Ich glaube, sie braucht einen Moment für sich. Sie ist genauso nervös wie du«, flüsterte er Parker zu und legte einen Arm um sie. »Alles okay?«

»Ja. Oder das wird es sein. Sie hat mich gerade irgendwie komisch angeschaut, und ich hatte schon Angst, dass sie unser Telefonat vergessen hat.«

»Das ist bestimmt alles ein bisschen viel für sie.«

Sarah kehrte mit einem Tablett aus der Küche zurück, auf dem Teller, himmlisch duftende Zimtschnecken und drei Wassergläser standen. Rasch nahm Grayson es ihr ab und stellte es auf den Tisch.

»Vielen Dank, Grayson«, sagte Sarah und setzte sich aufs Sofa. »So ein Gentleman.«

Für einen kurzen Moment breitete sich unangenehmes Schweigen zwischen ihnen aus. Sarah faltete die Hände im

Schoß und ihre Lippen zuckten nervös, was Parker sehr naheging. Sie wollte Sarah beruhigen, und auch wenn sie hoffte, dass das Tagebuch ihr irgendwann helfen würde, war dieser Tag wohl nicht heute. Heute herrschte vermutlich eher Gefühlschaos, ebenso wie bei ihrem Telefonat.

»Wie ich schon am Telefon gesagt habe, hat Abe mir Miriams Tagebuch hinterlassen.« Sie stand auf und reichte Sarah das Buch.

Sarah legte eine Hand auf Parkers und deutete mit dem Kopf neben sich. »Setzen Sie sich zu mir? Bitte?«

Parker nahm neben ihr Platz.

Sarah schien den Blick nicht von dem Tagebuch abwenden zu können. »Die Polizei hat es unter Miriams Matratze gefunden, als wir sie als vermisst gemeldet haben. Sie haben ihre Sachen nach Hinweisen durchsucht, nach etwas, das beweist, dass sie tatsächlich ausgerissen oder ob ihr etwas Schreckliches passiert ist.« Sie schüttelte seufzend den Kopf. »Ich wusste, dass sie weggelaufen war, noch bevor die Polizei ihr Tagebuch gefunden hat. Sie war erst sechzehn, aber so reif für ihr Alter. Stur und selbstbewusst, wie ihr Vater. Nichts konnte sie aufhalten, und wenn sie nicht gefunden werden wollte, wusste ich, dass sie einen Weg finden würde, um sich zu verstecken. Als die Polizei uns schließlich das Tagebuch zurückgegeben hat, hat Abe es sofort an sich genommen. Ich war mir nicht sicher, ob ich es je wiedersehen würde.« Sie schaute Parker an. »Haben Sie es gelesen?«

Es war ihr zwar peinlich, dass sie im Privatleben von Sarahs Familie geschnüffelt hatte, aber sie sagte ihr die Wahrheit. »Ja. Es tut mir leid. Als ich es gesehen habe …«

Sarah tätschelte ihre Hand. »Schon in Ordnung, Liebes. Ich hätte es auch getan.«

»Es tut mir wirklich leid. Das alles.«

Sarah nickte. »Mir auch. Ich habe meine eigene Tochter im Stich gelassen, und es vergeht kein Tag, an dem ich mir nicht wünsche, dass ich die Zeit zurückdrehen und diese Jahre noch einmal leben könnte. Dieses Mal aber richtig.«

»Ich kann mir kaum vorstellen, wie schwer das sein muss.«

»Damals war das alles nicht so klar. In Miriams Tagebuch steht vielleicht etwas anderes, aber Abe war wirklich ein guter Mann mit guten Absichten. Er hat all seine Energie in das Familienunternehmen gesteckt, um es zu retten.«

»Ja, das hat er uns erzählt.« Parker wollte angesichts der schmutzigen Scheidung nicht zu viel über Abe sprechen, doch sie wollte Sarah bestärken.

»Er war so ein gerissener Geschäftsmann.« Sarah senkte den Blick wieder auf das Tagebuch. »Er war unglaublich klug und ehrgeizig. Unglücklicherweise konnte er nicht einmal halb so gut mit Menschen umgehen. Er verhielt sich nicht gut, hat alle, die er liebte, aus seinem Leben vertrieben. Die Schuldgefühle haben ihn aufgefressen, aber er war ein stolzer Mann. So stolz, dass er sich selbst irgendwo auf dem Weg verloren hat.« Sie schaute Parker wieder in die Augen. »Waren Sie eine Freundin von Bert?«

»Ja. Wir standen uns sehr nahe.«

»Er war ein wundervoller Mann. Es tut mir sehr leid, dass er verstorben ist«, sagte Sarah nachdenklich. »Ich hätte gerne den Kontakt mit Bert gehalten, aber nie gegen die Wünsche meines Ehemanns gehandelt. Dafür habe ich diesen Mann zu sehr geliebt.« Sie schaute zu Grayson. »Ich wusste nicht, dass man einen Menschen so sehr lieben kann. Für diese Liebe habe ich Miriam verloren. Ich dachte, dass sie nur eine Phase durchmacht mit diesem Wunsch nach einer Band und weil sie ständig wütend war. Sie hat nie etwas durchgezogen. Als sie tanzen lernen wollte, haben wir ihr den Unterricht bezahlt. Im nächsten Monat waren es Pferde und ein paar Monate danach Singen. Machen das nicht alle Teenager? Darüber reden, der nächste große Star zu werden, es aber nie in die Tat umsetzen? Als ich ihr Tagebuch zum ersten Mal gelesen habe, dachte ich mir: Wenn wir ihr doch nur diese Gitarre gekauft hätten … Aber sie ist nicht wegen der Gitarre gegangen.« Sie zog sich ein paar Taschentücher aus der Box neben ihr und wischte sich die Tränen weg, die ihr über die Wangen liefen. »Wir haben alles, was wir hatten, in die Suche nach unserer Tochter gesteckt, bis nichts mehr übrig war – keine Spuren, denen wir folgen, und nichts mehr zwischen uns, an dem wir uns festhalten konnten.«

»Das muss sehr schmerzvoll gewesen sein«, sagte Parker.

»Das war es. Das ist es noch. Sie haben am Telefon erwähnt, dass es Sie überrascht hat, dass ich meinen Namen behalten habe. Abe hat Ihnen wahrscheinlich erzählt, dass ich ihn für einen anderen Mann verlassen habe.«

»Ja, das hat er.« Sie gab nicht gerne zu, dass sie auch diesen Teil ihrer Geschichte kannte.

»Es gab nie einen anderen Mann. Ich habe Abe auch dann noch geliebt, als er so von Hass zerfressen wurde, dass sich niemand mehr gerne in seiner Nähe aufhielt. Ich war erst fünfundzwanzig, als wir uns kennengelernt haben. Er war elf Jahre älter als ich, und ich dachte, dass er übers Wasser gehen könnte. Er hatte große Träume, und mir war klar, dass er sich jeden einzelnen davon erfüllen würde.«

»Er war ein sehr selbstbewusster Mann.« *Selbstbewusstsein. Kontrolle.*

»Ja. Und er wurde bitterböse. Wir waren beide so gebrochen, es war nichts Gutes mehr in uns. Wenn ich geblieben wäre, wäre ich als genauso verkommener Mensch geendet wie er, doch ich hatte immer noch die Hoffnung, dass Miriam eines Tages zurückkehren würde. Das hat mir die Kraft gegeben, ihn zu verlassen. Ich hatte sie einmal im Stich gelassen. Sie hielt mich für schwach, weil ich bei einem Mann geblieben bin, der nicht wusste, wie er irgendwem außer mir seine Zuneigung zeigen sollte, und auch das nur, wenn wir unter uns waren. Ich habe versucht, es ihm beizubringen, ihm begreiflich zu machen, dass seine Tochter ihn brauchte, aber er hat nur dagegengehalten, dass er dafür keine Zeit hat. Gott allein weiß, wie dieser Mann mein Herz so vereinnahmen konnte – und es ehrlich gesagt immer noch tut.«

Sarah lachte leise. »Selbst aus dem Grab heraus lässt er mich nicht los. Als ich endlich den Mut aufgebracht habe, ihn zu verlassen, wusste ich, dass er mich nicht in Ruhe lassen würde, wenn ich nicht etwas so Schlimmes tun würde, dass er meinen Anblick nicht mehr ertrug.«

»Also haben Sie gelogen?«, fragte Parker und tauschte einen ungläubigen Blick mit Grayson.

»Das musste ich. Für Miriam. Ich wusste, dass sie Abe nie wieder unter die Augen treten würde. An ihrem achtzehnten Geburtstag habe ich ihn auf die gemeinste und schrecklichste Weise verlassen, die mir einfiel. Und dann habe ich Tag und Nacht gebetet, dass Miriam zurückkommen würde.« Sarah lehnte sich zurück und dieses Mal erreichte das Lächeln ihre Augen. »Und dann rief sie mich an, fünf Jahre, nachdem sie gegangen war, am 15. Oktober 1989. Mir ist beinahe das Herz stehen geblieben. Erst habe ich es für einen Streich gehalten, weil wir davon über die Jahre einige gespielt bekommen haben. Aber es war meine Miriam. Wir haben uns so oft entschuldigt und so sehr geweint, dass wir kaum sprechen konnten, aber sie war am Leben und es ging ihr gut. Sie war glücklich, wirklich glücklich.« Sie wischte sich erneut die Tränen weg.

»Hier, Baby.« Grayson reichte Parker ebenfalls ein Taschentuch. Sie hatte gar nicht gemerkt, dass sie auch weinte.

»Sie hat erzählt, dass sie im Westen lebt und eine Überraschung für mich hat. Sie wollte mich am achtzehnten besuchen. Ich habe nicht einmal gefragt, wie sie mich gefunden hat, und sie auch nicht um ihre Telefonnummer gebeten. Ich war so überwältigt, fühlte mich aber so *gut* nach ihrem Anruf. Ich hatte Angst, das Haus zu verlassen, falls sie noch mal anrief, also habe ich gewartet. Die ganze Woche und die nächste. Als sie nicht anrief und nicht kam, habe ich mich gefragt, ob ich mir das Telefonat nur eingebildet hatte. Wochenlang habe ich gewartet, Monate, Jahre.«

Parker spürte, dass Grayson sie anschaute, konnte den Blick aber nicht von Sarah abwenden.

»An jedem fünfzehnten Oktober erinnere ich mich an unser Gespräch. Inzwischen erlaube ich mir nur noch an diesem *einen* Tag, es noch einmal Wort für Wort durchzugehen. Jahrelang habe ich das jeden Tag getan und mich dabei gefragt, was ich wohl gesagt habe, das sie dazu veranlasst hat, nicht zurückzukommen.«

»Ich bin mir sicher, dass es nicht daran gelegen hat«, versicherte Parker ihr.

»Haben Sie versucht, den Anruf zurückzuverfolgen?«, fragte Grayson. »Sie aufzuspüren?«

Sarah schüttelte den Kopf. »Wenn ich das getan hätte, wäre Abe benachrichtigt worden, weil ihr Fall nie aufgeklärt worden war. Dann wäre sie erst recht nicht mehr zurückgekommen. Ich habe immer noch Hoffnung.« Sie wandte sich wieder an Parker. »Als ich Sie auf meiner Veranda stehen sehen habe, musste ich sofort an Miriam denken. Das passiert mir oft. Ich mustere die Gesichter von blonden Frauen mit blauen Augen und frage mich, ob meine Tochter wohl in diesem Alter so ausgesehen hat.«

Sie griff nach einem Bilderrahmen, der auf dem Beistelltisch stand, und zeigte Parker die Aufnahme. »Das Foto wurde ein paar Wochen vor ihrem Verschwinden gemacht.«

Parker betrachtete die glatten, blonden Haare des Mädchens und den abwesenden Ausdruck in ihren blauen Augen. Obwohl sie lächelte, sah sie traurig aus. Einen ähnlich abwesenden Ausdruck entdeckte sie auch in Sarahs Augen, als würden sich die fehlenden Teile ihres Lebens darin widerspiegeln – ein Ausdruck, den Parker nur zu gut kannte, weil sie ihn jahrelang in ihrem eigenen Spiegelbild gesehen hatte.

Grayson hatte viel von seinem Vater gelernt, aber die vielleicht wichtigste Lektion war das Wissen, wann man besser den Mund hielt. Das wendete er nun an, indem er auf den Eingangsstufen von Matts Haus sitzen blieb und auf dessen Ankunft wartete, während Parker im Vorgarten auf und ab marschierte und über den Besuch bei Sarah sprach. Seit einer halben Stunde nahm sie jeden Satz auseinander, jeden Gesichtsausdruck, jedes unausgesprochene Gefühl.

»Glaubst du, dass sie das Gleiche gedacht hat wie wir, darüber, dass Miriam nach dem Anruf nicht aufgetaucht ist? Dass es gar nicht ihre Tochter war? Oder wenn doch, dass ihr etwas zugestoßen ist? Ich könnte so nicht leben, ohne eine Antwort.«

Er zwang sich, auf der Treppe sitzen zu bleiben, weil er

aussprechen würde, was an ihm nagte, seit er das Foto von Miriam gesehen hatte, wenn er sie in die Arme nahm.

»Sie hat keine andere Wahl«, antwortete er schließlich.

»Nein, das stimmt. Aber damals? Sie hätte doch *irgendetwas* tun können.«

»Sie hatte Angst, dass Abe es herausfinden würde. Außerdem war das 1989. Wie fortschrittlich war die Technik damals denn schon?«

»Das weiß ich nicht. Ich war da gerade mal ein Jahr alt.« Traurigkeit zeigte sich in ihren Augen.

Verdammt, ihre Anspannung hielt er aus, aber bei dem traurigen Hundeblick war er verloren. Unfähig, sich von ihr fernzuhalten, stand er auf. Er zog sie in die Arme und schaute ihr in die Augen. In diesem Moment liebte er sie so sehr, dass es wehtat.

»Sie hat getan, was sie für richtig hielt, Süße. Ich weiß, dass du ihr helfen willst, und ich bin mir sicher, dass du dir gerade überlegst, wie du ihre Tochter aufspüren könntest, aber du hast alles getan, was du konntest. Du hast ihr etwas zurückgegeben, das sie jahrelang vermisst hat.«

»Ja, ein Tagebuch voller schlechter Emotionen.« Sie lehnte die Stirn an seine Brust. »War das ein Fehler? Hätte ich sie besser einfach in Ruhe gelassen? Glaubst du, dass es ihr gut geht, oder bricht sie gerade in diesem Moment zusammen wegen des Tagebuchs?«

Er hob ihr Kinn an und die Gefühle für seine mitfühlende, rücksichtsvolle Partnerin eliminierten jeden anderen Gedanken, weswegen er ihre Fragen nur halb mitbekam. »Hast du überhaupt eine Ahnung, wie sehr ich dich liebe?«

»Du gibst mir keine Antwort auf meine Fragen.«

Er zog eine Augenbraue hoch, weil er die schon mindestens

viermal beantwortet hatte, seit sie angefangen hatte, den Besuch auseinanderzunehmen.

Sie seufzte.

»Das hatten wir doch alles schon, Süße. Sie tut, was sie tun muss, um damit klarzukommen, dass sie das Tagebuch nun nach all den Jahren wieder bei sich hat.« Aber er fragte sich, ob es nicht doch noch etwas gab, was *sie* tun konnte, und entschied sich, mal vorsichtig vorzufühlen. »Kam dir Miriams Foto irgendwie bekannt vor? Klingelt bei dir irgendwas bei dem Timing des Anrufs oder der Tatsache, dass sie nie zurückgekommen ist?«

»Wie meinst du das?«

War es möglich, dass er nur gesehen hatte, was er sehen wollte, und jetzt vollkommen daneben lag?

»Ihre Tochter hat sie wenige Tage vor dem Erdbeben in San Francisco angerufen.«

»Du denkst, dass sie …«

Er zuckte mit den Schultern. Wieder stand ihm das Foto von Miriam vor Augen.

»Oh nein. Ich hoffe nicht«, sagte sie. »Das wäre furchtbar.«

»Baby, das Foto, das sie uns gezeigt hat, findest du nicht, dass es dem Foto ähnlich sieht, das Bert von dir gemacht hat, als du achtzehn warst?«

»Was? Nein. Sie …« Sie wich einen Schritt zurück und nahm ihre unruhige Wanderung wieder auf. »Was willst du damit sagen?«

»Ich *sage* gar nichts. Ich denke nur laut.«

»Dann lass es einfach«, fuhr sie ihn an. »Was auch immer du dir da zusammenreimst, lass es.«

»Baby.« Er streckte die Hände nach ihr aus, doch sie wich noch weiter zurück und starrte ihn mit einer Mischung aus Wut und Schmerz an. »Es tut mir leid. Aber die Daten und das Foto … Vielleicht interpretiere ich da wirklich zu viel rein, aber was, wenn nicht?«

»Tust du definitiv«, gab sie ruppig zurück. »Meine Mom ist tot, Grayson. Und ich hoffe, dass Sarahs Tochter es nicht ist.«

Als er sie dieses Mal in die Arme nehmen wollte, ließ sie es zu. »Es tut mir leid. Ich wollte dir nicht wehtun, aber was, wenn es da wirklich eine Verbindung gibt? Was, wenn deine biologische Mutter Miriam Stein war? Ein DNA-Test könnte da Klarheit schaffen.«

»Was? Nein. Auf gar keinen Fall. Meine Mutter war *Sherry Collins*, nicht Miriam Stein. Du fischst hier total im Trüben. Weißt du eigentlich, wie groß der *Westen* ist? Sie hätte überall sein können, nicht nur in Kalifornien. Ich … ich wünsche ihr das einfach nicht. Und mir auch nicht. Was, wenn ich mir Hoffnungen mache und sie es dann doch nicht ist?«

»Und was, wenn doch?«, fragte er sanft. »Das würde bedeuten, dass du eine Großmutter hast, die du kennenlernen könntest. Du hättest eine Familie.«

»Nein.« Sie schüttelte den Kopf. »Das würde bedeuten, dass meine Mutter von Eltern weggelaufen ist, die sie nicht genug geliebt haben. Es würde bedeuten, dass sie getötet wurde, weil sie zur falschen Zeit am falschen Ort war, alles nur, weil ihr Vater zu egozentrisch war, um sie zu lieben, oder unfähig …«

Sie zitterte am ganzen Körper und ihm ging auf, dass er einen gravierenden Fehler gemacht hatte.

»Es tut mir leid. Schhh. Es ist okay.« *Verdammt noch mal.* Das konnte er ihr nicht antun. Er könnte vollkommen daneben liegen, und sie brauchte nicht noch etwas, um das sie sich Sorgen machen musste. Aber was, wenn das die Verbindung war, auf die sie immer gehofft hatte? Wie sollte er die Augen vor dieser Möglichkeit verschließen?

Parker atmete geräuschvoll aus. »Ich vertraue deinem Urteil, Grayson, aber ich glaube, dass du in diesem Fall falschliegst. Das kann ich nicht mal ansatzweise in Erwägung ziehen. Ich will nicht, dass ihre Tochter tot ist. Ich will, dass sie irgendwo ihr Leben lebt, wütend oder verwirrt oder wie auch immer, aber immerhin *lebendig*.«

Vierundzwanzig

Parker saß auf der Treppe neben Grayson und ließ den Kopf an seiner Schulter ruhen. Zwanzig Minuten waren vergangen, seit er seine Vermutungen geäußert hatte, und sie konnte an nichts anderes denken – obwohl sie überhaupt nicht mehr darüber nachdenken wollte.

»Es tut mir leid, dass ich das mit Miriam aufgebracht habe«, entschuldigte er sich zum sicher zehnten Mal. »Ich habe wahrscheinlich einfach etwas gesehen, das gar nicht da war.«

Sie war sich nicht sicher, ob er Ähnlichkeiten sah, die es nicht gab, oder ob sie es nicht sehen wollte – und sie wollte es wirklich nicht wissen.

»Mir tut es leid, dass ich so wütend reagiert habe. Es war ein anstrengender Nachmittag, aber das hattest du nicht verdient.« Sie lehnte sich an ihn, und als er einen Arm um sie schlang, wich die Anspannung ein wenig aus ihrem Körper.

»Ich weiß nicht, wo Matt bleibt. Er kommt nie zu spät und ist niemand, der einen einfach so ohne Anruf versetzt.«

Sie war dankbar für den Themenwechsel, wusste aber, dass er immer noch über das Foto nachdachte und sich fragte, ob es wohl eine Verbindung gab. Er behielt das nur für sich, weil er sie genug liebte, um still darüber zu grübeln, und dafür liebte sie ihn nur noch mehr.

»Er kommt sicher, so schnell er kann. Vielleicht wurde er von Studierenden aufgehalten oder so. Wenigstens ist das Wetter schön und wir sind zusammen. Danke, dass du mitgekommen bist. Das bedeutet mir wirklich viel.«

»Immer, Baby.« Er zog sie auf seinen Schoß und küsste sie.

Rasch verdrängte sie alle Sorgen und gab sich dem herrlichen Gefühl hin, das ihre Küsse immer begleitete. Als sie plötzlich das Zuschlagen einer Autotür hörte, zuckte Parker erschrocken zusammen und sprang von Graysons Schoß.

»Matt hat schon mal gesehen, wie Menschen sich küssen.« Er stand ebenfalls auf, um seinen Bruder zu begrüßen.

Parker hatte bei Grayson zu Hause schon Bilder von Matt gesehen, aber sie erkannte ihn in dem derangierten Mann kaum wieder, der gerade das Auto umrundete. Seine Haare standen zerzaust in alle Richtungen ab, als wäre ein Tornado hindurchgefegt. Sein Hemd hing aus der Hose und hatte einen Riss an der Schulternaht und einen quer über der Brust. Auf seinem Arm und im Gesicht hatte er Flecken, die nach Blut aussahen.

Grayson umarmte ihn fest. »Hab dich vermisst«, sagte er, als würde Matt jeden Tag so herumlaufen, was überhaupt nicht zu einem Princeton-Professor passte.

»Ich dich auch. Tut mir leid, dass ich zu spät komme.« Matt schenkte Parker ein schiefes Grinsen, das seine kantigen Gesichtszüge weicher wirken ließ. »Schön, endlich mal die Frau kennenzulernen, die meinem Bruder den Kopf verdreht hat.« Er umarmte sie.

»Ich freu mich auch.« Sie folgte ihm zur Tür und war immer noch perplex, dass es anscheinend keinen Redebedarf über Matts zerrissene, blutige Kleidung zu geben schien. *Was ist passiert?*, formte sie mit den Lippen zu Grayson. Er zuckte nur gleichmütig mit den Schultern. Das lenkte sie hervorragend von ihren Gedanken um Miriam ab, aber jetzt machte sie sich eben über etwas anderes Sorgen.

»Kommt rein.« Matt warf seine Schlüssel auf den Tisch neben der Tür und begann, die wenigen verbliebenen Knöpfe seines Hemds zu öffnen, während er mit dem Kopf in Richtung Wohnzimmer deutete. Dort standen Pappkartons übereinandergestapelt. Auf einem entdeckte sie das gerahmte Foto von Grayson und ihr, und an der gegenüberliegenden Wand befanden sich zwei Couchen, die in merkwürdigem Winkel zueinander standen.

»Bist du gerade erst eingezogen?«, fragte Parker.

»Nein.« Matt runzelte die Stirn, als hätte sie eine absurde Frage gestellt. »Macht es euch bequem.« Er zeigte mit dem Daumen über die Schulter auf die Treppe. »Ich gehe duschen und ziehe mich um, dann können wir essen gehen.«

»Klingt gut!«, rief Grayson seinem Bruder hinterher, als der schon die Treppe nach oben ging. »Ich hole mal eben unsere Sachen«, meinte er dann zu Parker.

Sie folgte ihm nach draußen. »Was ist ihm wohl passiert?«

»Wer weiß.« Er holte ihren gemeinsamen Koffer aus dem Kofferraum und ging ins Haus zurück.

»Grayson? Er war blutverschmiert und seine Kleidung war zerrissen. Machst du dir keine Sorgen um ihn?«

»Um ihn?« Er lachte. »Matt ist wie Clark Kent. Geschniegelter Professor bei Tag, Superheld bei Nacht.«

Sie blieb wie angewurzelt stehen. »Was soll das heißen? Verprügelt er böse Jungs? Fliegt er mit einem Cape durch die Luft?«

Er griff nach ihrer Hand und zog sie mit sich ins Haus. »Normalerweise nicht.«

»Wie kannst du nur so gelassen sein?«

Er zuckte erneut die Schultern, und sie folgte ihm nach unten in ein Gästezimmer, wo er ihre Sachen abstellte und die Arme wieder um sie schlang.

»Er ist nicht gefährlich, Süße. Matt ist ein absolut aufrichtiger Kerl. Wenn es Ärger gibt – einen Autounfall, eine unfaire Prügelei, eine alte Dame, die Hilfe beim Überqueren der Straße braucht –, ist er zur Stelle. Das war schon immer so. Keine große Sache.«

Grayson konnte sie sich in dieser Rolle auch problemlos vorstellen und wie er anschließend genauso gelassen wirkte wie immer.

»Es ist wirklich kein Drama. Zerdenk es nicht.« Grayson zog sich bis auf die Unterwäsche aus, um sich fürs Abendessen umzuziehen, was es ihr leicht machte, nicht weiter über Matt nachzudenken.

Wenig später stieß Matt frisch geduscht und in ein sauber gebügeltes, weißes Hemd und eine dunkle Anzughose gekleidet zu ihnen. Jetzt sah er wirklich wie ein Professor aus, und Parker, die nun nicht mehr von der zerrissenen Kleidung abgelenkt war, bemerkte Matts athletischen Körperbau. Er war schlanker als Grayson, dessen breite Brust der eines Bodybuilders Konkurrenz machte. Seine Gesichtszüge waren auch ein bisschen kantiger als Graysons. Er war attraktiv, wie alle Lacrouxs, aber ihrem Mann konnte er nicht das Wasser reichen, denn der sah in seiner tief sitzenden Jeans und dem schwarzen Hemd atemberaubend aus. Die Ärmel hatte er bis zu den Ellenbogen aufgekrempelt, was seine starken Unterarme entblößte, die sie so gerne streichelte.

Matt klimperte mit dem Schlüsselbund. »Abendessen?«

Parker fragte sich, mit welchem Zauber ihre Eltern diese Männer belegt hatten, dass sie sich einfach durch nichts aus der

Ruhe bringen ließen – und wie sie sich auch eine Portion davon abholen konnte.

Später am Abend saß Grayson auf der Bettkante in Matts Gästezimmer und rechtfertigte vor sich selbst die Anrufe, die er mit Hunter und Caden geführt hatte, während Parker mit Luce am Telefon hing. Egal, wie sehr er auch versuchte, nicht über eine Verbindung zwischen ihr und Miriam Stein nachzudenken, er konnte es einfach nicht ignorieren. Er liebte Parker viel zu sehr, um zuzulassen, dass sie ihre Familie nicht fand, wenn auch nur die entfernteste Möglichkeit dazu bestand, und er liebte sie zu sehr, um ihr falsche Hoffnungen zu machen.

Im Moment kramte sie gerade auf der anderen Seite des Zimmers in ihrem Waschzeug. Sie trug noch immer das kurze, schwarze Kleid, das sie zum Abendessen angezogen hatte. Als er zu ihr rüberschaute, hoffte er inständig, dass er das Richtige getan hatte.

»Das war ein schöner Abend«, sagte Parker. »Wobei das mit der Katze im Kanal schon ziemlich wild war.«

»Typisch Matt, dass er über so was stolpert.«

Matt hatte erzählt, dass er nach der Arbeit eine Katze gerettet hatte, die in einem Kanal festsaß, was Parkers Sorge über seine Erscheinung milderte. Grayson war jedoch der Ausdruck in den Augen seines Bruders aufgefallen, und als Parker sich auf die Toilette entschuldigt hatte, hatte er ihn zur Rede gestellt. Matt gab zu, dass er einen bewaffneten Autodiebstahl verhindert hatte und Parker nicht beunruhigen wollte. Diese Rücksicht rechnete Grayson seinem Bruder hoch an.

Er hatte den Moment auch genutzt, um Matt von der Vermutung um Miriam zu erzählen. Matts Antwort deckte sich mit Graysons Überlegungen. *Für so etwas gibt es DNA-Tests.* Das klang so einfach, aber Parker hatte sehr deutlich gemacht, dass sie davon nichts wissen wollte, was es alles andere als einfach machte.

Trotz des etwas holprigen Starts war der Abend wirklich nett gewesen. Nach dem Essen hatte Matt ihnen eine Führung über den Campus der Princeton University gegeben. Grayson hatte beinahe vergessen, dass man das Gefühl hatte, mit ihrer Mutter und ihrem Vater gleichzeitig zusammen zu sein, wenn man Zeit mit Matt verbrachte. Er vereinte die angeborene Fähigkeit ihres Vaters, alles im Kopf zu behalten, was er mal gelesen oder gehört hatte, mit dem Talent ihrer Mutter, den Kern einer Sache mit wenigen Worten zu erfassen. Während der ersten paar Minuten des Spaziergangs erfuhr er bereits von Bert, Abe *und* Christmas. Grayson war schon ein bisschen eifersüchtig. Immerhin hatte er zehn Monate gebraucht, um auf den gleichen Stand zu kommen, aber er wertete es als gutes Zeichen. Parker hatte in letzter Zeit so eine emotionale Achterbahnfahrt durchgemacht, dass er eigentlich nicht erwartet hatte, dass sie sich Matt so öffnete. Das bewies nur einmal mehr, wie stark sie war.

Parker stellte ihr Waschzeug ins Bad und warf ihm einen Blick über die Schulter hinweg zu. »Ich gehe mal eben duschen.«

Sie war so wunderschön, wie sie da mit dem Rücken zu ihm im Türrahmen stand. Sie stieg aus ihrem Kleid und lieferte Grayson dabei mit Absicht eine kleine Show – weswegen er nur noch daran denken konnte, wie sehr er sie liebte, ihren Körper, ihren Verstand und ihre Seele. Sie öffnete ihren BH und ließ ihn auf den Boden fallen. Dann hakte sie die Finger in die schmalen Bändchen ihres Tangas ein und wackelte mit dem Hintern, als sie ihn nach unten schob. Anschließend verschwand sie im Bad und machte die Dusche an.

Grayson zog sich aus und folgte ihr ins Bad, wo er ihre fantastische Silhouette hinter der angelaufenen Duschtür bewunderte. Sie hatte den Kopf in den Nacken gelegt und ließ die Hände über ihre Brüste, Rippen und über ihren Bauch hinuntergleiten. Hart und voller Sehnsucht nach ihr drückte er die Wurzel seines Schafts und betrat die Dusche, um seine Brust an ihren Rücken zu schmiegen.

Er streichelte über ihre nasse Haut und umfasste ihre Brüste, um ihre Brustwarzen zu reizen, bis sie sich unter dem warmen Wasserstrahl fest zusammenzogen.

»Hm. Ich hatte mich schon gefragt, wann du reinkommst.« Sie drängte den Hintern an seine Erektion und schickte damit heiße Lust in seine Körpermitte.

»Ich mache die Wartezeit wieder gut.« Eine Hand ließ er über ihren festen Bauch zu der Feuchtigkeit zwischen ihren Beinen wandern. »Du bist so bereit für mich, Baby. Hast du ohne mich angefangen?«

»Nein.« Sie stellte sich auf die Zehenspitzen. »Ich habe auf dich gewartet. Dass du mich durch die Glastür beobachtet hast, hat mich angemacht.«

»Verdammt, Baby. Du machst mich verrückt.« Er ging ein wenig in die Knie, brachte seine harte Länge zwischen ihren Beinen in Position und schob sich langsam in sie. Wenn sie so zusammenfanden, war sie enger, und als er schließlich bis zum Anschlag in ihr versunken war, hielten sie beide einen Moment lang still. »Du bist so herrlich eng.«

Er senkte die Lippen auf ihre Schulter, saugte an ihrer Haut und biss gerade hart genug hinein, um ihr ein lustvolles Keuchen zu entlocken. Sie griff nach hinten und packte ihn an der Hüfte, als er sich schließlich in ihr bewegte. Sie war so eng, so heiß, so leidenschaftlich, wie sie sich immer wieder auf die Zehenspitzen stellte, um ihm entgegenzukommen.

»Schneller. Härter.« Sie stützte sich mit den Händen an der gefliesten Wand ab und er stieß immer kräftiger in sie.

Er wusste genau, was ihr gefiel, und drückte deswegen ihren Nippel sanft, während er mit dem Daumen über ihre Klitoris strich.

»Grayson. Oh Gott, genau da. Ich … ich werde …«

Ihr Becken zuckte nach hinten und ihr Geschlecht pulsierte immer wieder um seinen Schaft, was ihn beinahe ebenfalls zum Kommen brachte. Er biss die Zähne zusammen, um seinen eigenen Höhepunkt hinauszuzögern, während sie gemeinsam ihren auskosteten.

»Ich muss dich sehen, Baby.«

Er drehte sie in seinen Armen um und hob sie spielend leicht hoch, bevor er sie wieder auf seinen pochenden Schaft senkte. Die intensive Lust ließ sie beide aufstöhnen, und ihre Lippen fanden sich zu einem sinnlichen Spiel, bei dem sie sich beide nahmen, was sie wollten. Sie krallte sich an seinen Schultern fest, während er immer wieder tief in sie eindrang. Er war schon zu weit, um jetzt das Tempo herauszunehmen. Die Laute, die ihrer Kehle entkamen, sagten ihm, dass es ihr genauso ging.

Er löste sich von ihrem Mund und wies sie grollend an: »Komm mit mir.« Dann eroberte er ihre Lippen mit einem weiteren, besitzergreifenden Kuss.

Sie schrie auf und warf den Kopf in den Nacken. Da er wusste, dass ihr Höhepunkt intensiver wurde, wenn sie sich dabei küssten, suchte er jedoch sofort wieder mit den Lippen nach ihren. Ihr Geschlecht pulsierte um seinen Schaft und raubte ihm das letzte bisschen Selbstbeherrschung, sodass er sich nur noch der puren Lust hingeben konnte, die in ihm explodierte.

Grayson hielt sie unter dem warmen Wasserstrahl in den Armen, bis ihr Atem sich wieder beruhigt hatte. Er liebte es, dass sie ihm genug vertraute, um sich ihm beim Sex so hinzugeben, aber nichts berührte ihn tiefer, als wenn sie sich danach an ihn schmiegte, weil sie wusste, dass er sich um sie kümmern würde.

In vier Tagen reiste sie nach Kalifornien ab und dann war er nicht dort, um sich um sie zu kümmern. Er hatte also noch drei Nächte, in denen er sie in den Armen halten konnte. Viermal morgens mit ihr an seiner Seite aufwachen. Das fühlte sich nach einer Zeitbombe an. Er hatte sich Sorgen über die Entfernung gemacht, die ihre Wohnorte an entgegengesetzten Küsten mit sich brachten, aber ihre Verbindung zueinander war so tief und echt geworden, dass er, wenn er an die Zukunft dachte, wusste, dass keine Entfernung der Welt sie voneinander fernhalten konnte.

Fünfundzwanzig

»Gehen wir ein Stück.« Parker griff nach Graysons Hand und zusammen mit Christmas spazierten sie bis zum Ende der Klippe. Sie waren in Parkers Haus zurückgekommen, damit sie ihre Sachen für den Flug nach Kalifornien packen konnte, und würden in zwanzig Minuten zum Flughafen aufbrechen.

Vier Tage waren vergangen, seit sie Sarah kennengelernt hatte. Vier Tage, seit er den Anruf getätigt und seinen geheimen Plan in Gang gesetzt hatte. Vier Tage, seit die Schuldgefühle ihn auffraßen. Jeden Tag hatte er versucht, die Sprache noch mal auf den DNA-Test zu bringen, und gestern Abend dann noch einmal, als ihre Freunde eine Abschiedsparty mit Strandfeuer am Cahoon Hollow Beach für Parker geschmissen hatten. Sawyer hatte Gitarre gespielt, und sie hatten gelacht und getanzt, und Parker hatte die Mädels so oft umarmt, dass er schon halb erwartet hatte, sie würde die ganze Sache abblasen.

Danach hatte er den Test ansprechen wollen, aber es war ihre letzte, gemeinsame Nacht für die nächsten Wochen und er brachte es einfach nicht über sich. Wenn das Ergebnis negativ ausfiel, musste sie nichts davon wissen, und wenn er es ihr erzählte, würde sie sich nur unnötig Gedanken darum machen. Aber wenn es positiv ausfiel, bekam sie die Familie, die sie sich immer gewünscht hatte. Er tat das Richtige – das glaubte er zumindest –, doch das schlechte Gewissen darüber, dass er ein Geheimnis vor Parker verbarg, brachte ihn beinahe um.

»Hier hast du mich zum ersten Mal geküsst.« Parker drehte sich zu ihm um. Ihr Lächeln spiegelte sich in ihren Augen wider, was sie im Sonnenlicht fast schon strahlen ließ. Sie war herausgeputzt und trug einen eleganten Rock, ein Top und High Heels. Die überirdisch schöne Parker Collins, die die Welt kannte und liebte, war wieder da, und er hatte sich in jede Facette von ihr verliebt – die Parker Collins, die genauso bodenständig wie berühmt war. Dass sie im Bruchteil einer Sekunde ihre Maske für die Öffentlichkeit aufsetzen oder sich in alten Klamotten, zum Pferdeschwanz zusammengebundenen Haaren und ohne Make-up an einem Sandstrand an ihn kuscheln konnte. Er liebte es, sie in Telefonaten mit Regisseuren und ihrer Agentin und Luce zu erleben, wie sie mit Würde und Erfahrung zwischen ihren Persönlichkeiten wechselte, die ihr dabei geholfen hatten, sich eine herausragende Karriere aufzubauen.

Die Geräusche der Bay drangen von unten zu ihnen hoch und hinter ihr stellte Christmas auf der Rasenfläche einem Vogel nach. Die beiden waren inzwischen sein Leben. Innerhalb von ein paar Wochen waren sie zu einem der wichtigsten Teile darin geworden. Wie konnten sie da einfach gehen?

Er zog sie an sich. »War der Kuss im Aufzug so leicht zu vergessen, Süße?«

Sie schüttelte den Kopf. »Ich meinte richtig küssen, als würde ich zu dir gehören.«

Treffer, versenkt. Im Aufzug hatte er noch gehofft. Jetzt wusste er es.

»Christmas wird dich vermissen«, sagte sie leise.

»Du nicht?« Er wehrte sich gegen die Schuldgefühle, die erneut die Krallen in ihn schlugen und versuchten, ihn mit sich zu reißen.

Sie hielt Daumen und Zeigefinger ein kleines Stück auseinander und lachte, als er prompt den Mund auf ihren senkte. Er küsste ihr das Lachen von den Lippen und schwelgte in ihrer Wärme, ihrem Geschmack, ihrer Leidenschaft. Als sie sich wieder voneinander lösten, hatte sie diesen liebevollen Ausdruck in den Augen, von dem er nachts träumte. Und das war der Ausdruck, der das schlechte Gewissen so heftig über ihn hereinbrechen ließ, dass ihm die Luft wegblieb.

»Ich vermisse dich jetzt schon«, sagte sie.

Sag es ihr. Sag es ihr einfach. »Hm?«

»Ich vermisse dich jetzt schon. Ist alles in Ordnung? Du siehst ein bisschen grün um die Nase aus.«

»Ja. Nein.« Er konnte sie nicht fliegen lassen, ohne es ihr zu gestehen, egal, wie gut seine Absichten waren und auch wenn die Testergebnisse noch nicht vorlagen. Langsam kam ihm die Erkenntnis, dass er vielleicht den größten Fehler seines Lebens gemacht hatte.

»Nein?« Sie zog die Augenbrauen zusammen.

Er ließ ihre Hand los, rieb sich übers Gesicht und wünschte, dass er den verdammten Anruf nie getätigt hätte – und wusste doch schon im nächsten Atemzug, dass er das Richtige getan hatte, wenn das Ergebnis positiv ausfiel.

»Grayson, du machst mir Angst.«

Hin und her gerissen beschrieb seinen Gemütszustand nicht einmal im Entferntesten, und jetzt gab ihm Parkers besorgter Gesichtsausdruck auch noch das Gefühl, einen Bleibarren verschluckt zu haben.

»Tut mir leid, Baby.« Er reichte ihr die Hand, die sie vertrauensvoll annahm, was das Ganze jedoch nur noch schwerer machte. »Ich muss dir etwas gestehen, was ich schon vor Tagen hätte tun sollen, aber ich konnte nicht. Ich weiß, dass du das mit Miriam nicht weiterverfolgen wolltest.«

»Grayson?« Sie schüttelte den Kopf.

Er drückte ihre Hand. »Ich weiß, dass du Angst vor falschen Hoffnungen hattest und dass du dir wünschst, dass Sarahs Tochter noch am Leben ist. Aber Baby, Süße, alles, was du je wolltest, war eine Familie, und auch wenn nur eine kleine Chance darauf besteht, konnte ich die Sache nicht einfach auf sich beruhen lassen.«

Sie riss ihre Hand aus seiner und verschränkte die Arme vor der Brust. In ihren zusammengekniffenen Augen stand Angst, aber auch Wut und Schmerz, die ihm wie ein Messerstich ins Herz fuhren. »Was hast du getan?«

Er schaute ihr fest in die Augen, nahm ihren Schmerz auf und akzeptierte ihre Wut. Und er sagte ihr die Wahrheit. »Als wir aus Jersey wiedergekommen sind, habe ich Caden deine blaue Haarbürste gegeben, damit er sie für einen DNA-Test einschickt.«

»Du …« Sie taumelte ein paar Schritte nach hinten und schüttelte den Kopf. »Ich verstehe das nicht. Warum hast du das gemacht?«

Er ging auf sie zu, doch sie hielt ihn mit erhobener Hand davon ab, und er blieb widerstrebend stehen. »Ich konnte es nicht auf sich beruhen lassen.«

»Aber genau darum habe ich dich gebeten. Das war nicht deine Entscheidung.« Tränen strömten ihr über die Wangen und schnitten ihm noch tiefer ins Herz. »Hast du …? Weiß sie es? Sarah? Gott, die arme Sarah.«

»Nein. Parker …«

»Nein, Grayson!«, schrie sie. Christmas rannte zu ihr und stellte sich zwischen sie. Aufgeregt schaute er zwischen ihnen hin und her, als wüsste er nicht, zu wem er halten sollte. »Ich habe dir vertraut. Dir vollkommen und rückhaltlos vertraut, und du ...«

Er überwand die Distanz zwischen ihnen. »Ich habe einen Riesenfehler gemacht, Parker, und es tut mir leid. Ich wollte es dir gar nicht erzählen, falls das Ergebnis negativ ausfällt. Dann hättest du dir keinen Kopf darum machen brauchen.«

»Und das macht es jetzt besser? Dass du mich weiter anlügen wolltest?« Sie fuhr herum und marschierte zum Haus.

Er hielt mit ihr Schritt. »Nein, tut es nicht, aber ich erzähle es dir jetzt. Ich konnte nicht mit den Schuldgefühlen leben.«

»Was du aber offensichtlich während der letzten Tage ganz gut geschafft hast.«

»Nein, es hat mich aufgefressen. Aber wenn der Test positiv ausfällt, hast du eine Familie, Parker. Eine *Großmutter*.«

Sie blieb wie angewurzelt stehen und bedachte ihn mit einem bitterbösen Blick. »Ich habe dir vertraut«, wiederholte sie fuchsteufelswild. »Ich habe explizit gesagt, dass ich das nicht will.«

»Ich weiß und es tut mir leid. Ich hätte es dir früher sagen sollen. Ich hätte vorher deine Erlaubnis einholen sollen.« Verdammter Mist. In seinem Kopf waren die Gründe alle richtig und plausibel gewesen. Verstand sie das nicht? »Ich hatte gehofft, eine verwandtschaftliche Verbindung zu finden. Aber vielleicht war das der falsche Ansatz.«

»Vielleicht?« Sie schnaubte spöttisch und schnappte sich ihr Handy vom Verandatisch. »Du hättest es mir früher *sagen* sollen? Ich kann jetzt nicht darüber reden. Ich brauche Abstand. Zeit. Du bist ...« Sie schüttelte den Kopf. »Das ist einfach unfassbar.«

»Unfassbar?« In ihm rangen Ärger und Verwirrung miteinander. Das durfte nicht passieren. Er musste diesen Streit beenden und ihr seine Beweggründe begreiflich machen, aber er sah auch, dass sie in diesem Punkt gerade nicht zugänglich war. Er hatte ihnen das angetan – ihr das angetan. Plötzlich legte sich ein Schalter in ihm um, und er platzte heraus, bevor er sich davon abhalten konnte.

»Verdammt noch mal, Parker! Ich verstehe ja, dass ich Mist gebaut habe. Ich liebe dich zu sehr, um dir die falsche Hoffnung anzutun – und ich liebe dich zu sehr, um dir eine Familie zu verwehren, wenn es auch nur die kleinste Chance dafür gibt. Es war falsch von mir. Ich habe dein Vertrauen gebrochen. Aber ich stehe hinter der Entscheidung, weil ich dich liebe. Ich will dir alles geben, aber das ging nicht, weil du mir dabei im Weg gestanden hast. Also musste ich dich umgehen. Verstehst du das nicht?«

Sie schob das Kinn nach vorne, straffte die Schultern und nahm eine aufrechtere Haltung ein. Ihre zu Fäusten geballten Hände entspannten sich. »Du wirst mich nicht mehr umgehen müssen.« Sie tippte etwas in ihr Handy und hielt sich das Gerät ans Ohr.

»Parker …? Was willst du damit sagen? Ich bringe dich zum Flughafen.«

»Nein, tust du nicht. Mach's gut, Grayson.«

Der Fahrdienst holte sie zu spät ab, weswegen Parker ihren Flug in Boston verpasste. Sie war zu aufgewühlt, um stundenlang am

Flughafen herumzusitzen, und tat das, was sie eigentlich nie hatte tun wollen. Aber im Moment war ihr alles egal, auch, wer sie dabei sah. Ein paar Anrufe später saßen Christmas und sie in einem Privatjet, der sie ins Land der Reichen und Schönen und malerischen Strände brachte. Zu ihrem abgeschotteten Haus in Malibu, ihrem Leben und dem vollen Terminkalender, der sie ab morgen mit Meetings in Beschlag nehmen würde. Sie hatte der Kabinencrew mitgeteilt, dass sie nicht gestört werden wollte, weil sie nicht wusste, wie lange sie die Fassade der Schauspieldiva noch aufrechterhalten konnte.

Nicht mehr lange, wie sich herausstellte. Als Boston langsam in der Ferne verschwand, liefen ihr immer mehr Tränen über die Wangen. Christmas legte ihr die Vorderpfoten auf die Beine und leckte ihr übers Gesicht.

Ganz toll.

Wirklich perfekt.

Jetzt war sie genau wieder da, wo sie vor einem Monat angefangen hatte.

Nur, dass es ihr noch schlechter ging.

Denn jetzt wusste sie, wie sich Liebe anfühlte, und ob es ihr nun passte oder nicht, sie liebte Grayson immer noch von ganzem Herzen. Er hatte ihr beigebracht, dass es in Ordnung war, sie selbst zu sein, und dass sie trauern durfte, ohne sich dafür zu schämen. Er respektierte ihre Sorge um ihren Ruf und hatte alles dafür getan, sie zu beschützen. *Ich werde dein Bodyguard sein.* Er hatte sie in den Kreis seiner Familie und Freunde geholt und ihr bei jedem Schritt den Rückhalt gegeben, den sie brauchte. Selbst bei Abe. Und Sarah.

Und er liebte ihren Hund genauso sehr wie sie selbst.

Christmas winselte und legte den Kopf auf ihre Beine. Er schaute zu ihr auf, als würde er Grayson ebenso vermissen.

»Hör auf damit. Wir dürfen ihn nicht vermissen. Ich kann ihm nicht vertrauen. Er hat mir wehgetan.«

Christmas hob den Kopf, und sie wusste, dass er mehr Tränen erwartete, doch sie weigerte sich, zu weinen.

Unglücklicherweise hatte Grayson ihr auch beigebracht, wie man Dinge hinter sich ließ.

Das ist jetzt mein echtes Leben.

Sechsundzwanzig

Parker schaute zum fünften Mal auf die Uhr und fragte sich, wo zum Teufel Luce blieb. Sie hatten sich vor einer Stunde treffen wollen und heute brauchte sie ihre Unterstützung mehr als je zuvor. Nicht als PR-Mitarbeiterin, sondern als Freundin. Heute fand das große Casting für die Hauptrolle der Romantikkomödie statt. Jedes Mal, wenn Parker für eine Rolle vorsprach, krampfte sich ihr Magen zusammen, der Brustkorb wurde ihr eng und sie hatte Angst, sich in die Hose zu machen, sich zu übergeben oder ohnmächtig zu werden – oder vielleicht alles zusammen. Bert hatte immer gesagt, dass das daran lag, dass sie eine überragende Schauspielerin sein wollte, dass sie bei jedem Casting hundertzehn Prozent gab und danach auch in jeder Rolle. Aber nicht deswegen hatte sie solche Panik. Es war das Gefühl, dass man jeden Moment erkennen würde, dass sie vorgab, jemand zu sein, der sie nicht war. Und ja, sie wusste, wie dumm das war. Sie war *Schauspielerin*. Es war ihr Job, jemanden darzustellen, der sie nicht war. Genau das liebte sie ja so sehr daran, dass sie eine andere Person sein konnte – und darin war sie verdammt gut.

Aber Castings waren etwas anderes, sie fühlten sich immer an wie die ersten paar Tage in einer neuen Pflegefamilie. Wenn man unter Druck stand, die Regeln zu lernen, sich anzupassen und möglichst nicht aufzufallen.

»Ich bin da! Tut mir leid, ich bin zu spät.« Luce stürmte in den Wartebereich. Sie hatte die Haare mit einer Spange im Nacken zusammengefasst und trug wie üblich eine riesige Tasche über der Schulter. Sie musterte Parker, während sie sich auf den Stuhl neben ihrem fallen ließ.

»Warum kommst du so spät? Du kommst nie zu spät.« Sie war kurz davor, die Nerven zu verlieren. Die letzten beiden Tage hatte sie mit einem Haufen Meetings verbracht, bei denen sie alles dafür getan hatte, als glückliche Schauspielerin aufzutreten. Sie war nicht nur gut, sie war eine der besten. Sich selbst keine Zeit zum Nachdenken zu geben, hatte in der Vergangenheit schon gut funktioniert und es lenkte sie auch jetzt wieder passabel ab. Oder zumindest hatte es das bis gestern Abend, weil ihr da aufgegangen war, dass *zwei Tage* vergangen waren ohne ein Lebenszeichen von Grayson. Keine Nachricht. Keine E-Mail. Kein Anruf.

»Sorry. Ein Kunde hatte Ärger am Hals und ich musste das notfallmäßig für ihn regeln. Du siehst scheiße aus. Bist du dir sicher, dass du das durchziehen willst? Wir können das Casting verschieben.«

Parker verdrehte die Augen, und Luce holte ein Make-up-Täschchen aus ihrer Handtasche, bevor sie Parker auf die Damentoilette bugsierte. Wenn man sich auf eins verlassen konnte, dann, dass Luce schonungslos ehrlich war.

»Ich habe mich schon geschminkt«, moserte Parker.

»Ja, aber es sieht aus, als hättest du dir dabei keine Mühe gegeben.« Luce nahm die Spange aus ihren Haaren und befreite ihre dichte Mähne. Sie fasste Parkers damit zu einem Pferdeschwanz im Nacken zusammen.

»Vielleicht ist es mir ja egal.« Sie hatte definitiv so viel Aufwand beim Schminken betrieben wie sonst. Jedes Mal, wenn sie in den Spiegel schaute, sah sie jemanden, den sie nicht mochte. Grayson war so gut zu ihr gewesen, so geduldig und liebevoll, und sie hatte ihm quasi keine Gelegenheit gegeben, sich zu erklären.

»Das stimmt nicht. Du bist nur gerade genauso durchgeknallt wie alle anderen Frauen, denen das Herz gebrochen wurde.« Luce verteilte Concealer unter Parkers Augen. »Dank mir wirst du gleich wieder wunderschön sein.«

Sie hatte die halbe Nacht Texte gelernt und versucht, sich einzureden, dass es richtig gewesen war, Grayson zu verlassen. Okay, vielleicht hatte sie die halbe Nacht auch damit verbracht, Texte zu lernen und darüber nachzudenken, wie sehr sie Grayson vermisste.

Luce schnippte vor ihren Augen mit den Fingern.

Parker blinzelte ein paarmal. »Was?«

»Du bist gar nicht richtig da. So kannst du nicht vorsprechen.« Luce stopfte das Make-up zurück in ihre Tasche und verschränkte die Arme vor der Brust. Sie war unglaublich gerissen und klug und schaffte es, auch jemanden mit dem schlechtesten Ruf innerhalb von ein paar strategisch geplanten Tagen in ein Goldkind zu verwandeln.

Luce hatte vermutlich recht, sie sollte das Casting nicht jetzt machen, aber sie war gerade nicht in einsichtiger Stimmung. »Du bist nicht hier als meine PR-Mitarbeiterin«, erinnerte sie Luce.

»Okay, dann formuliere ich es eben als deine Freundin.« Luce stemmte eine Hand in die Hüfte und setzte einen giftigen Gesichtsausdruck auf. »Dein unglaublich toller Freund hat dir einen Riesengefallen getan, indem er deine Familie ausfindig machen wollte. Dass er die Sache am falschen Ende angefasst hat, ist halt typisch für so viele Männer. Sie denken nicht immer nach, bevor sie handeln. Nicht, dass du viel Erfahrung mit normalen Männern hättest. Du umgibst dich lieber mit Fake-Leuten, für die die Entfernung ihrer Körperbehaarung einen viel zu hohen Stellenwert im Leben einnimmt und die Testosteron gegen einen Gehaltsscheck eintauschen.«

Das brachte Parker zum Lachen. »Das ist wirklich so ein Fimmel mit den Haaren, oder? *Bah.* Grayson hat ein bisschen sexy Brusthaar und genug Testosteron für zwei. Er ist so selbstbewusst und beherrscht und behält alles im Blick. Andere Leute, mich, als würde er direkt einschreiten, wenn mir jemand zu nahe kommt.«

Luce zog die Augenbrauen nach oben. »Du klingst wieder so verträumt wie in deiner Zeit am Cape.«

»Tue ich nicht.« *Aber so was von.*

»Du liebst ihn, Parker, und dafür brauchst du dich nicht zu schämen.«

»Er hat mich hintergangen.« Sie wandte sich ab, konnte aber dem Schmerz nicht entkommen, den die Erinnerung mit sich brachte. »Ich kann ihn nicht lieben.«

»Okay, du hast recht. Du kannst ihn nicht lieben, weil Menschen keine Fehler machen. Deswegen bin ich auch ab morgen arbeitslos. Keine Fehler, also braucht auch niemand gute PR.«

Parker warf ihr einen finsteren Blick zu. Nichts fühlte sich richtig an, seit sie wieder hier war. Ihr Haus war zu leer, ihr Bett zu einsam, und ihr Herz tat jedes Mal, wenn sie an Grayson dachte, so weh, dass sie am liebsten auf etwas eingeschlagen hätte. Und Christmas? Ihr armer Junge war seit zwei Tagen depressiv, winselte und schlief neben dem Bett, als würde er darauf warten, dass Grayson kam und sich auf seinen Platz neben sie legte. Sie wünschte sich so sehr, dass er das tat.

»Na ja, wenn du ihn wirklich abgehakt hast, dann macht dir das hier wohl sicher nichts aus.« Luce wühlte in ihrer Tasche und holte einen Ausdruck von Perez Hiltons Klatsch-Website heraus. Unter der Schlagzeile *Wenn Parker aus dem Haus ist, tanzt Lacroux auf dem Tisch* war ein Foto von Grayson zu sehen, der mit Bailey Bray in einem schummrigen Restaurant saß und einen Arm um sie gelegt hatte. Sie war im Moment einer der heißesten weiblichen Rockstars. Es sah aus, als würde er ihr etwas ins Ohr flüstern.

Wie er es immer mit Parker getan hatte.

Sie spürte praktisch seinen warmen Atem auf ihrer Haut. *Ich liebe dich, Süße*, hörte sie seine leise Stimme.

Parker ließ das Blatt Papier sinken. Ihre Lunge stellte den Dienst ein. Sie konnte nicht fassen, dass Grayson so schnell was mit einer anderen Frau anfing. Sie war fies und wütend gewesen, aber trotzdem. Er hatte gesagt, dass er sie liebte. Er hatte sie berührt, als würde er sie lieben.

»Das habe ich dir nicht schon früher gezeigt, weil … Na ja, ich hatte Angst, dass du vielleicht zusammenbrichst.« Luce holte ein paar Taschentücher hervor und drückte sie Parker in die Hand. »So viel zum Thema Make-up. Ich sage das Vorsprechen ab.«

»Nein!«, brachte Parker schließlich hervor. Sie wischte sich schniefend über die Augen und gab alles, um sich zusammenzureißen. »Ich brauche diese Rolle.«

»In etwa so sehr wie ein Loch im Kopf«, erwiderte Luce trocken. »Du hast so viel Geld, dass du ein bequemes Leben führen kannst, selbst wenn du nie wieder arbeitest.«

»Es geht nicht ums Geld.« Wieder liefen ihr Tränen über

die Wangen. »Ich brauche sie, damit ich vergessen kann, wie …«

Luce breitete die Arme aus und Parker ließ sich hineinsinken.

»Spürst du das?«, fragte Luce.

»Dass der Mann, den ich liebe, mich umbringt? Ja. Tue ich. Danke auch. Und ich hasse dich gerade ein bisschen sehr.«

Luce streichelte Parker beruhigend über den Rücken. »Nein, Honey. Du stirbst nicht. Du lebst endlich.«

»Du hast einen Schaden.«

Luce lachte. »Kann schon sein. Immerhin kriege ich die Leben anderer Leute auf die Reihe, mein eigenes aber nicht.« Sie schob Parker ein wenig von sich und schaute ihr ernst in die Augen. »Du brauchst eine Mutter.«

»Warum sagst du heute nur so gemeine Sachen zu mir? Ich glaube, ich muss unsere Freundschaft überdenken.«

»Ich meine es ernst. Du hattest nie eine Mutterfigur, also übernehme ich das jetzt. Weißt du, was meine Mom mir über Jungs gesagt hat, als ich dreizehn war? Jungs können dumm sein. Und sie können schlau sein. Und manchmal machen sie dumme Dinge, wenn sie sich für besonders schlau halten. Ein Junge zu sein ist sehr verwirrend.«

»Das hilft mir jetzt aber nicht viel weiter«, sagte Parker. »Grayson ist nicht dumm. Er wusste, dass ich den Besuch bei Abe gebraucht habe, als mir das selbst noch nicht so klar war. Und er wusste, dass es mich belasten würde, wenn ich Abe nicht noch ein letztes Mal vor seinem Tod umarmen kann.« *Und Wurzeln. Er wusste, dass ich stabile, unverwüstliche Wurzeln brauche.*

»Er ist nicht dumm, weil er kein Junge mehr ist«, erwiderte Luce ruhig. »Als ich achtzehn war, hat meine Mutter mir gesagt, dass Kerle Arschlöcher sein können, es aber meistens gar nicht merke. Das war das Jahr, in dem mein Freund mich mit einer anderen aus der Klasse betrogen hat.«

»Nennst du Grayson etwa ein Arschloch? Das ist er absolut nicht. Er dachte, dass er das Richtige tut. Er wollte mich nicht verletzen, Luce. Er wollte eine Verbindung herstellen, wo es vermutlich keine gibt, aber das spielt keine Rolle.« In ihrem Kopf herrschte das blanke Chaos und sie konnte keinen klaren Gedanken fassen. »Er wollte die Suche nach meiner Familie nicht aufgeben, und er wollte verhindern, dass ich mir deswegen den Kopf zerbreche, also nenn ihn nicht Arschloch. Und weißt du was? Es ist mir egal, was für einen zusammenfantasierten Mist Perez Hilton auf seinem Blog schreibt. Ich kenne Grayson und er würde mich nie ...« Sie wandte sich ab, weil sie das Wort nicht herausbrachte. Er würde sie nicht *betrügen*? Wäre das überhaupt Fremdgehen? Waren sie noch zusammen? Hatte sie mit ihm Schluss gemacht? Sie wusste überhaupt nicht, wo sie gerade standen.

Luce drehte sie wieder zu sich. »Dreh deiner Mutter nicht den Rücken zu.«

»Dann nenn ihn nicht Arschloch«, gab sie bissig zurück.

»Er ist kein Arschloch«, stimmte Luce ihr zu. »Grayson ist nicht irgendein Kerl. Er ist ein Mann. Als ich meinen College-abschluss gemacht habe und alle meine Freundinnen sich erst verliebt und dann wieder getrennt haben, hat meine Mutter mir das gesagt: Männer verlieren den Verstand, wenn sie sich verlieben. Sie tun alles in ihrer Macht Stehende, um die Frau zu beschützen, die sie lieben. Manchmal greifen sie dabei total daneben und machen dumme Dinge, die sie wie Arschlöcher dastehen lassen, weil sie so verliebt sind, dass sie nicht mehr klar denken können.«

»Luce!« Parker warf stöhnend die Hände in die Luft. »Er würde wirklich alles für mich tun. Und *hat* alles für mich getan. Er …« *Oh Gott, was habe ich getan?* Luce' selbstzufriedenes Lächeln sagte ihr, dass sie auf diesen Weg geführt worden war wie ein Esel mit einer Karotte. »Was bist du nur für eine Freundin? Warum hast du mich nicht einfach geschüttelt und mir gesagt, dass ich dämlich bin?«

»Das habe ich versucht, aber du bist stur.« Erneut breitete Luce die Arme aus.

»Ich bin gerade zu sauer für eine Umarmung. Scheiß auf das Casting. Könntest du es bitte absagen oder verschieben oder was auch immer? Im Moment ist es mir echt egal. Und Perez Hilton, das alte Klatschmaul, kann mich mal. Unternimm bitte was gegen ihn.«

»Für mein liebes Töchterchen tue ich doch alles«, neckte Luce sie.

Parker zog sich die Spange aus den Haaren und reichte sie Luce zurück. »Danke, dass du versucht hast, mich schön zu machen, aber ich fühle mich gerade nicht nach Parker und will mich auch nicht verstellen. Und weißt du was? Das ist vollkommen okay.«

Sie schnappte sich ihre Handtasche und hielt auf die Tür des Waschraums zu.

»Wo willst du denn hin?«, rief Luce ihr hinterher.

»Meinen Mann anrufen und ihm sagen, dass er ein dummer, verrückter Arsch ist, der mich zu sehr liebt.«

Parker verband ihr Handy mit der Freisprechanlage des Autos

und rief Grayson auf dem Weg nach Hause an. *Nimm ab. Bitte, nimm ab.* Ihr Puls raste und ihre Gedanken kreiselten wild durcheinander. Was, wenn er nicht mit ihr reden wollte? Was, wenn das Foto auf Perez Hiltons Blog von gestern Abend stammte und er wirklich mit Bailey Bray zusammen war? Woher kannte er die eigentlich?

Die Mailbox sprang an. »Grayson, hier ist Parker.« *Toll.* »Ich … Können wir reden? Bitte? Ruf mich an.« Als Nächstes versuchte sie es bei Grunter's, in der Hoffnung, ihn dort zu erwischen.

»Grunter's Ironworks.«

»Hi. Ist Grayson da? Hier ist Parker.«

»Hey, Parker. Hier ist Clark. Er ist gerade außer Haus bei einem Meeting.«

Meeting. Fantastisch. Das klang nach einer Ausrede. »Okay, danke.«

Sie legte auf und versuchte es noch einmal auf Graysons Handy. Es klingelte dreimal und ging dann wieder auf die Mailbox. Seit sie sich kannten, hatte Grayson noch nie ein Meeting gehabt. Ihr Bauchgefühl sagte ihr, dass er ihr aus dem Weg ging. Vielleicht hatte sie ihn tatsächlich verloren.

Zwanzig Minuten und viel zu viele Grübeleien später bog sie in ihre Einfahrt ein. Ihr Handy klingelte, als sie gerade aus dem Auto stieg, und ihr Herz setzte einen Schlag aus, als sie Graysons Namen auf dem Display entdeckte.

»Grayson?«

»Hey.« Er klang zurückhaltend.

Er klang nie zurückhaltend.

Sie erstarrte. *Er hat mich aufgegeben. Bitte, bitte, gib mich nicht auf.* »Grayson, es tut mir so leid, dass ich überreagiert habe. Ich weiß, dass du nur das Richtige tun wolltest.«

Er schwieg lange, doch als die Panik sie schon zu überwältigen drohte, sagte er: »Mir tut es leid, Süße. Ich hätte deine Wünsche respektieren müssen. So was mache ich nie, *nie* wieder.«

Süße. Tränen stiegen ihr in die Augen. »Danke. Denn nur weil du ein dummer, verrückter Arsch bist, der mich zu sehr liebt, hättest du das nicht hinter meinem Rücken tun dürfen. Unter keinen Umständen.«

»Ein dummer, verrückter … Nie wieder, Baby. Versprochen. Ich … Ach, verdammt.«

»Was?« Ihr sackte der Magen in die Kniekehlen.

»Vielleicht habe ich doch noch was hinter deinem Rücken gemacht.«

»Oh Mann, Grayson.« Sie betete, dass es nicht genauso schlimm war, und ging die Schiefertreppe hinauf zu ihrer Haustür. »Was hast du gemacht? Warte. Sag es mir noch nicht. Erzähl es mir über Skype. Wenn es wirklich richtig schlimm ist, kann ich Skype dann ausmachen, was genauso gut ist, wie den Hörer aufzuknallen.«

Das brachte ihn zum Lachen. »Es ist nicht wirklich richtig schlimm. Aber ja, lass uns skypen.«

»Versprichst du mir, dass es nicht furchtbar ist?«

»Ja.«

Plötzlich schoss ihr etwas durch den Kopf. »Hat das irgendwas mit Bailey Bray zu tun?«

»Bailey? Leannas kleine Schwester? Nein. Warum sollte es? Ich habe sie seit über einem Jahr nicht mehr gesehen. Als sie das letzte Mal im Beachcomber gespielt hat, waren wir alle da.«

Leannas kleine Schwester? »Vor einem Jahr? Ich habe ein Foto von euch beiden auf Perez Hiltons Website gesehen.«

Er lachte. »Dann haben eure L. A.-Klatschliebhaber das

wohl von letztem Jahr ausgegraben. Und nur damit du es weißt: Ich war nie mit Bailey zusammen.«

Das Atmen fiel ihr gleichzeitig leichter und schwerer und jetzt wollte sie ihn noch viel mehr sehen.

»Okay. Bleib kurz dran, ich muss nur eben ins Haus.«

»Ich bin da, Süße. Lass dir Zeit. Ich kann es kaum erwarten, dein schönes Gesicht zu sehen.«

Sie schloss die Tür auf und betrat das Haus. »Moment, ich …«

Ihre Handtasche landete mit einem dumpfen Laut auf dem Boden. Da stand Grayson mitten im Eingangsbereich, einen Arm besitzergreifend um Christmas gelegt, der zum ersten Mal seit Tagen wieder zufrieden aussah. Und Grayson – ihr wundervoller, verrückter Grayson, der sie zu sehr liebte – sah aus, als hätte er tagelang kein Auge zugemacht. Und sich nicht rasiert, was zu den dunklen Ringen unter seinen müden, liebevollen Augen passte. Ihr kamen die Tränen.

»Grayson!«

Christmas gab ein *Wuff* von sich und ging Parker begrüßen.

Grayson versagte die Stimme beim Anblick der Frau, die er schon verloren geglaubt hatte. Seine Kehle fühlte sich schon seit dem Anruf wie zugeschnürt an, doch dann sagte sie seinen Namen auf eine Art, die ihm Antworten auf alle Fragen gab, über denen er in den letzten beiden Tagen gebrütet hatte. Sie liebte ihn. Sie war verletzt und wütend, aber sie liebte ihn, und er liebte sie genauso.

»Du bist hier«, meinte sie leise.

Er räusperte sich in der Hoffnung, seine Stimme wiederzufinden. »Ich habe doch gesagt, dass ich so schnell wie möglich komme, wenn du mich brauchst und ich gerade nicht in der Nähe bin.«

Sie wischte sich die Tränen weg. »Ganz am Anfang hast du mal gemeint, dass ich mich nicht zurückziehen soll, wenn ein Problem auftaucht, weil Probleme immer größer wirken, wenn man allein ist. Ich habe mich zurückgezogen und du hattest recht. Es war schlimmer.«

Er zog sie tief berührt in die Arme. Christmas versuchte, die Nase zwischen sie zu schieben, aber jetzt gerade brauchte Grayson Parker ganz dicht bei sich. Er streichelte den Hund nebenbei und hoffte, dass ihr klar war, dass er sie beide nie wieder gehen lassen würde.

»Da hatte ich vielleicht recht, aber was ich getan habe, war trotzdem falsch. Es tut mir so leid, Süße. Wenn du mir vergibst, werde ich …« Er umfasste ihr hübsches Gesicht mit beiden Händen und schaute ihr tief in die Augen. Sie machte ihm das denkbar größte Geschenk, indem sie ihn zurücknahm.

»In den letzten beiden Tagen habe ich fieberhaft überlegt, was ich dir geben oder sagen könnte, das dir beweist, dass ich wirklich verstanden habe, wie groß mein Fehler war. Deswegen bin ich nicht direkt ins nächste Flugzeug gestiegen, nachdem du die Stadt verlassen hast. Aber egal, wie oft ich es im Kopf durchgespielt oder versucht habe, etwas zu fertigen, das dir beweist, wie sehr ich es bereue, es hat einfach nicht geklappt. Also habe ich schließlich aufgegeben, bin in ein Flugzeug gestiegen und jetzt bin ich da.« Er griff nach ihrer Hand und offenbarte ihr sein ganzes Herz. »Ich erwarte nicht, dass du mir so bald wieder vertraust, aber glaub mir bitte, dass ich dich liebe. Das ist keine Entschuldigung, und was ich getan habe, war auf so viele Arten falsch, aber ich habe es wirklich aus Liebe getan. Es war dumm und bevormundend und diesen Fehler werde ich nie wieder machen. Wir können anrufen und den Test stornieren. Du musst nie wieder daran denken.«

»Danke«, sagte sie leise. »Ich hatte solche Angst, als du mir das mit dem Test gestanden hast. Ich wollte nicht, dass Miriam tot ist. Ich hatte Angst um Sarah und um mich selbst, und davor, was es wohl bedeuten wird, wenn der Test positiv ausfällt. Ich wollte nicht darüber nachdenken, dass meine Mutter zur falschen Zeit am falschen Ort war, weil Abe sie von sich gestoßen oder weil ihre Mutter nicht hart genug für sie gekämpft hat.«

Sie schluckte schwer und er drückte ihre Hand sanft. So gerne wollte er sie in die Arme nehmen, aber sie musste das erst loswerden – und er musste sich anhören, was sie zu sagen hatte.

»Ich kann die Umstände nicht ändern, die mich in diese Welt gebracht oder die mir meine Mutter genommen haben. Aber ich hatte Bert und auf gewisse Weise auch Abe, wenn auch nur kurz. Und ich habe dich, Grayson. Ich dachte, das reicht. Aber für dich hat es nicht gereicht. Du wolltest mir alles geben, selbst wenn die Wahrscheinlichkeit praktisch nicht existent ist, genau wie du versucht hast, es mir zu erklären.«

»Ja, Süße. Ich will dir alles ermöglichen. Aber ich werde es nie wieder hinter deinem Rücken tun.«

»Das weiß ich. Du hast dafür gesorgt, dass mir alle Optionen offenstehen, selbst als ich Angst bekommen habe und abgehauen bin. Du weißt immer, was ich brauche, auch wenn ich nicht weiß, warum oder woher.«

»Sky würde wahrscheinlich sagen, dass das weder an mir noch an dir liegt, sondern dass sich das Universum einmischt, wenn wir es am dringendsten brauchen«, sagte er.

»Da könnte sie recht haben. Sie meinte, dass ich geliebt werden musste, um zu heilen, und dass du *bereit* warst. Bisher habe ich das nicht verstanden, aber ich glaube, jetzt schon. Du warst bereit, mich zu lieben, mein Fels in der Brandung zu sein, auch wenn es schwierig wurde. Ich will nicht, dass du den Test stornierst. Ich muss die Wahrheit herausfinden. Danke, dass du mich nicht aufgegeben hast.«

»Ich werde dich nie aufgeben, Baby. Niemals.« Er wollte sie küssen, doch sie legte ihm eine Hand auf die Brust, um ihn kurz vorher aufzuhalten.

»Moment mal. Wie bist du hier reingekommen?«

»Luce.«

Sie riss die Augen auf. »Luce? Du warst ihr Notfallanruf?«

Genau das. Sie hatte ihm eine saftige Predigt gehalten, bevor sie einem Treffen mit ihm zugestimmt und ihn in Parkers Haus gelassen hatte. »Sie ist echt toll.«

»Sie ist hinterlistig.« Parker schlang die Arme um seinen Nacken. »Wie du.«

»Nie wieder, Süße. Ab jetzt bin ich ein offenes Buch für dich.«

Ein mutwilliger Ausdruck trat in ihre Augen. »Dann erzähl mir doch mal was über die schmutzigen Szenen, die darin vorkommen.«

»Ich habe eine bessere Idee.« Er gab ihr einen zärtlichen Kuss. »Wie wäre es, wenn ich sie dir zeige?«

Siebenundzwanzig

Parker lag im Bett und starrte an die Decke, während sie dem lauschte, was sie liebevoll das Morgenritual ihrer Jungs getauft hatte – das vertraute Klacken von Christmas' Krallen auf dem Dielenboden und Graysons verschlafene Stimme, die den Hund ermahnte, dass er nichts anstellen sollte und dass er ihn lieb hatte, bevor er ihn rausließ. Grayson verwöhnte ihren *gemeinsamen* Hund nach Strich und Faden. Und sie liebte ihn nur noch mehr dafür. Acht Wochen waren vergangen, seit sie nach Kalifornien geflogen waren, sechs Wochen, seitdem das Ergebnis des DNA-Tests vorlag, das belegte, dass Miriam tatsächlich Parkers Mutter gewesen war, und eine Woche seit ihrer Rückkehr nach Wellfleet. Innerhalb weniger Wochen hatte sie einen Mann verloren, den sie sehr geliebt hatte, und mehr gewonnen, als sie es sich je hätte träumen lassen – eine Großmutter, mit der sie sich immer weiter annäherte, einen Partner, der sie liebte und auf Händen trug, und ein Gefühl von Frieden und Zugehörigkeit.

Wie aufs Stichwort schlenderte Grayson in diesem Moment nur mit einem schwarzen Slip bekleidet ins Schlafzimmer und schenkte ihr ein verschlafenes, unglaublich anziehendes Lächeln. »Hey, Baby. Hast du mich vermisst?«

Er beugte sich zu ihr herunter, um sie zu küssen, und ihr Herz machte einen Sprung. Sie hatte noch nicht ganz verinnerlicht, wie sehr ein Mensch einen anderen lieben konnte, aber sie lernte dazu: Sie verliebte sich jeden Tag mehr in Grayson.

Christmas sprang aufs Bett und leckte ihr übers Gesicht.

Parker wedelte seinen müffelnden Atem weg. »Hast du ihm schon wieder Erdnussbutter gegeben?«

»Nur einen Cookie«, antwortete Grayson mit großen, unschuldigen Augen. »Was soll ich machen? Er hat mich wieder so angeschaut.«

Sie lachte und er setzte sich neben sie aufs Bett. »Er schaut immer so.«

Er gab ihr noch einen Kuss. »Ich bin jedes Mal machtlos, genau wie bei dir.«

»Glück für uns«, meinte sie grinsend. »Hast du entschieden, wie wir das heute machen?« Sie wollte Martha's Vineyard besuchen, aber Grayson hatte am späten Nachmittag einen Kundentermin. Sie hatten verschiedene Möglichkeiten durchgespielt, doch er wirkte abgelenkt.

»Du meinst, abgesehen davon, was ich noch mit *dir* mache?« Er zog sie auf seinen Schoß und verwickelte sie in einen langen, sinnlichen Kuss. Seine Zärtlichkeit vernebelte ihr den Verstand, und als er den Kuss noch vertiefte, entlockte er ihnen beiden damit ein gieriges Stöhnen.

»Glaubst du, dass wir sexsüchtig werden?«, neckte sie ihn.

»Keine Ahnung.« Er knabberte an ihrem Hals. »Aber wir sollten die Möglichkeit weiter ausloten«, sagte er und wackelte mit den Augenbrauen, doch dann bellte Christmas und winselte leise.

»Er will noch einen Cookie. Du hast ihn zu sehr verwöhnt.« Grayson lachte. »Ich glaube, er hat eine Klette unter dem

Halsband. Könntest du mal nachsehen? Ich habe es versucht, war aber mehr damit beschäftigt, seiner Zunge auszuweichen und konnte deswegen nichts erkennen.«

Sie rollte sich von seinem Schoß und tastete über Christmas' Hals. »Komm mal her, du großer, Erdnussbutter-verrückter Köter …« Plötzlich spürte sie etwas unter seinem Kinn. »Was zum Geier …?« Als sie seinen Kopf ein wenig anhob, entdeckte sie einen kleinen, silbernen Beutel, der an seinem Halsband hing. Sie fuhr zu Grayson herum, und Tränen stiegen ihr in die Augen, als sie seinen liebevollen Blick sah. Ein wohliger Schauer rann ihr über den Rücken und sie *wusste*, was hier lief. Bevor er ein Wort hervorbrachte oder auch nur blinzeln konnte, warf sie sich in seine Arme und küsste ihn auf den Mund.

Christmas bellte, und sie lachte, bevor sie Grayson noch einmal küsste. Ihr Herz machte dieses Mal nicht nur einen Sprung. Es lief in ihrer Brust Amok.

»Wofür war das denn? Hast du die Klette gefunden?«

Sie versetzte ihm einen Klaps und lachte laut auf, als ihre Lippen sich zwar wieder trafen, Christmas sich aber zwischen sie drängelte.

»All das für einen kleinen Beutel?«, neckte Grayson sie. »Verdammt. Was bekomme ich für einen Erdnussbutter-Cookie?« Er wischte ihr die Freudentränen weg – zum Glück, weil sie zu sehr zitterte, um sich zu bewegen, und sich so fest an ihn klammerte, dass nicht mal mehr ein Blatt Papier zwischen sie passen würde. Dann löste er den Beutel von Christmas' Halsband.

»Ich wollte eigentlich auf die Knie gehen und das richtig machen.« Er schenkte ihr das breiteste, liebevollste Grinsen, das sie je gesehen hatte. Dann stand er mit Parker in den Armen auf, ließ sich auf ein Knie sinken und setzte sie auf das andere.

Christmas sprang vom Bett und stellte sich hechelnd neben sie.

»Parker Polly Collins, mein süßes, großartiges Mädchen.« In seiner Stimme schwang so viel Gefühl mit. Er schluckte hart und seine Augen schimmerten verdächtig. Parker war da weniger zurückhaltend, ihr liefen die Tränen über die Wangen. Sie versuchte nicht einmal, sie wegzuwischen. Keine Sekunde wollte sie von der Liebe verpassen, die Grayson ins Gesicht geschrieben stand.

»Ich hatte eine richtige Rede vorbereitet, aber jetzt siehst du mich so an, und ich bin so nervös, dass ich vielleicht gleich in Ohnmacht falle.«

»Nicht in Ohnmacht fallen«, sagte sie schnell. »Erst, wenn du mich gefragt hast!«

»Keine Sorge. Ich habe vorgesorgt.« Er öffnete den silbernen Beutel und reichte ihr ein Stück Papier.

Ihre Tränen versiegten gar nicht mehr. »Parker Polly Collins, mein süßes, großartiges Mädchen, wenn du das liest, bin ich wohl ohnmächtig geworden. Tut mir leid.« Sie schaute lächelnd auf.

Er legte eine Hand über den Zettel. »Lies den Rest nicht. Das bekomme ich wohl so hin. Parker, ich habe mich über viele Monate und Tausende Meilen hinweg in dich verliebt, und in dem Moment, als ich dich in deiner sexy Jogginghose mit Tequila-Atem und deinem beeindruckenden Wachhund gesehen habe, war ich verloren.«

Ihr entkam ein Laut, halb Lachen, halb Schluchzen. »*Omeingott*, Grayson«, flüsterte sie.

»Jeden Tag lerne ich dich besser kennen und verliebe mich jedes Mal aufs Neue in dich.«

»Grayson«, wiederholte sie unter Tränen. »Bis du fertig bist, bringe ich kein Wort mehr raus. Willst du mich heiraten?«

»Ach, Baby«, murmelte er lächelnd. »Ich wollte, dass das perfekt für dich wird.«

»Siehst du es denn nicht? Dafür hast du schon gesorgt. Du hast mir eine Familie geschenkt, von der ich nichts wusste, und jetzt gibst du mir noch etwas viel Besseres. Die Chance auf unsere eigene Familie.«

Er schaute ihr tief in die Augen und die Gefühle ließen ihr erneut die Kehle eng werden. »Baby, willst du mich heiraten? Mitsamt unseren knallvollen Terminkalendern?«

»Ja!«

Der nächste Kuss scheiterte ein bisschen am Lachen. »Ich liebe dich so sehr.«

»Gut, dann halt die Klappe und küss mich richtig. Ich habe noch nie einen Verlobten geküsst, und ich will rausfinden, ob der genauso gut darin ist wie mein Freund.«

»Willst du nicht erst mal deinen Ring …?«

Da war er wieder, ihr rücksichtsvoller Mann, der ihr das Leben noch schöner machen wollte.

»Später«, sagte sie, als ihre Lippen sich wieder fanden und er sie ins Bett trug.

Grayson stand in seinem Garten und lauschte auf die Geräusche der Liebe, die ihn umgaben. Summer und Hannah spielten kichernd am Wasser. Die anderen Seaside-Kinder tummelten sich auf Decken weiter oben am Seeufer, während sich ihre Eltern angeregt miteinander unterhielten. Auf der anderen Seite des Stegs beobachtete Mira ihren Sohn, der Christmas, Pepper und Joey hinterherhechtete, die aber zu beschäftigt mit der Jagd auf Vögel waren, um das zu bemerken. Ab und zu ertönte ein Bellen in der sommerlichen Nachmittagsbrise.

Sawyer, Sky und Graysons Brüder und sein Vater saßen ein paar Meter von ihm entfernt im Gras und ihre tiefen Stimmen waren sich so ähnlich und so vertraut. Matt hatte einen Arm um die Schultern ihres Vaters gelegt. Es war so schön, alle zusammen zu sehen. Graysons und Parkers Zeitplanung war ein bisschen chaotisch. Sie nutzten inzwischen zwei Häuser, das Cottage am See und Parkers Anwesen in Malibu. Beide hatten inzwischen Pavillons bekommen, weil Grayson beabsichtigte, ein Versprechen an Parker zu halten – er würde ihr *alles* geben. Die Pavillons hatte er mit den gleichen Motiven wie das Treppengeländer im Anwesen an der Bay gestaltet: dicke, stabile Wurzeln mit vielen Ästen und ein paar Vögeln für Christmas. Es spielte keine Rolle, wie schwierig es war, ihre Termine unter einen Hut zu bringen, oder wie viele Häuser sie besaßen. Solange sie zusammen waren, wurde alles zum Zuhause.

Hunter beobachtete Jana, die gerade in Richtung Pavillon ging, während er zu Grayson herüberkam. »Du hast es also endlich geschafft, dass Matt uns mal besucht.«

»Das ist ein schöner Nebeneffekt der Verlobungsparty«, gab Grayson zu. Er hätte den Termin allerdings auch verschoben, wenn Matt keine Zeit gehabt hätte.

»Er lässt Mira schon den ganzen Nachmittag über nicht aus den Augen.« Hunter deutete mit dem Kopf auf ihren Bruder, der Mira und ihren Sohn mit Argusaugen beobachtete.

»Gut. Vielleicht gibt ihm das noch einen Grund, um zu bleiben.« Er selbst schaute wieder zu Parker, die seit einer Stunde mit Luce, Sarah Stein und Jamies Großmutter Vera im Pavillon saß. Nachdem die Testergebnisse eingetroffen waren, hatten Parker und er Sarah besucht und ihr schonend die

Erkenntnisse über Miriam und Parker beigebracht. Sarah hatte um ihre verlorene Tochter geweint, aber auch Freudentränen für die Enkelin vergossen, die sie nun kennenlernen konnte.

Parker lehnte sich gerade zu ihr und umarmte sie. Dann unterhielt sie sich ein paar Minuten mit Jana, und währenddessen warfen die beiden immer wieder verstohlene Seitenblicke auf Grayson und Hunter. Schließlich verließen sie den Pavillon und kamen auf sie zu. Parker schaute ihm in die Augen, und er glaubte, ein Knistern in der Luft zu spüren. Wahrscheinlich würde er sich nie daran gewöhnen, was sie mit ihm anstellte.

»Es ist so schade, dass Reggie nicht mehr über ihre Mutter herausgefunden hat«, sagte Hunter. Sie hatten den Privatdetektiv Reggie Steele angeheuert, den ihnen Kurts Freund Treat Braden wärmstens empfohlen hatte. Es gab keinerlei Aufzeichnungen über Miriam Stein, nachdem sie ihr Zuhause verlassen hatte, und auch nichts über Sherry Collins, bis sie ihren Job in einem Musikladen angenommen hatte, während sie schon mit Parker schwanger war. Dort hatte sie bis zu ihrem Tod gearbeitet. Offensichtlich war ihr Chef ein netter Kerl gewesen, der ihr erlaubt hatte, Parker – *Polly* – mit zur Arbeit zu bringen. Reggie ging davon aus, dass Miriam in den Jahren dazwischen unter verschiedenen falschen Identitäten gelebt hatte. Eine Verbindung zwischen Miriam oder Sherry und Bert hatte er nicht nachweisen können, auch wenn es den Anschein machte, als hätte Bert Parker die Briefe absichtlich als Hinweis hinterlassen. Reggie deckte auf, dass Bert an den gleichen Stellen nachgeforscht hatte wie er selbst, was darauf schließen ließ, dass Bert zumindest eine Verbindung vermutet hatte. Er hatte sich mit Sherrys Chef unterhalten und dabei erwähnt, dass Parker ihn an seine Nichte erinnerte. Sie gingen davon aus, dass Bert ihr nichts von seinen Vermutungen erzählt hatte, weil er ohne

Beweise keine schlafenden Hunde wecken wollte, oder vielleicht, weil er immer noch die Hoffnung hatte, die Sache aufzuklären. Sein Anwalt gab an, dass Bert ihn schon ein Jahr vor seinem Tod über das Bankschließfach informiert hatte.

Sky war felsenfest davon überzeugt, dass das wieder einmal das Wirken des Universums war, und Grayson vermutete ein bisschen was von beidem. Dass Parker und Sarah nun einen Abschluss bekamen, war herzzerreißend, aber auch ein Segen.

»Miriam war offensichtlich sehr klug«, sagte Grayson. »Aber das ist nicht verwunderlich. Schau dir ihre Tochter an.« Er konnte den Blick nicht von Parker abwenden, die in ihren hübschen Jeansshorts und einem bunten Top die Rasenfläche überquerte. Letzteres hatte sie gestern bei einem Mädelsausflug nach Provincetown gekauft. Wenn sie am Cape waren, machte sie sich nicht mehr groß Gedanken um ihr Aussehen, bevor sie das Haus verließ. In den Medienhochburgen musste sie immer noch vorsichtig sein, aber sie schien sich endlich in ihrer Haut wohlzufühlen. Alles an ihr strahlte das aus, von ihrer entspannteren Präsenz über ihr wunderschönes Lächeln bis hin zu ihren strahlenden Augen und ihrer liebevollen Art.

»Hey, Süße«, begrüßte er sie, als sie neben ihn trat. »Alles okay bei den Ladys?«

»Könnte nicht besser sein. Sarah und Vera haben so viel gemeinsam. Gerade unterhalten sie sich über die alten Zeiten.« Ein frecher Ausdruck trat in ihre Augen. »Jana und ich haben uns gerade überlegt …«

»Oh nein. Da kann nichts Gutes rauskommen.« Hunter zog Jana an sich.

»Stimmt.« Jana pikte ihn in den Bauch. »Es ist nicht gut, es ist fantastisch.«

»Was haltet ihr von einer Doppelhochzeit?« Die Hoffnung

in Parkers Augen fuhr Grayson direkt ins Herz.

Er schaute zu Hunter, der nur die Augen verdrehte, aber Grayson kannte seinen Bruder gut. Dieses Augenrollen war nur Fassade. Hunter würde alles für Jana tun. Genauso wie Grayson für Parker. Bevor sie jedoch etwas dazu sagen konnten, kam Sky zu ihnen gerannt.

»Oh mein Gott, Leute! Ich hatte gerade einen Geistesblitz!« Sie packte Jana und Parker am Arm. »Eine Dreifachhochzeit!«

Die Frauen quietschten begeistert und umarmten sich.

»Ja!«, stimmte Parker sofort zu.

»Unbedingt!«, fiel Jana ein.

»Wartet, wartet, wartet.« Hunter wedelte mit den Händen und brachte sie damit zum Schweigen. »Parker und Grayson wissen ja noch nicht mal, wo sie in der nächsten Woche wohnen. Er fliegt nach Texas und sie zum Dreh an einem noch nicht festgelegten Set, und anschließend ist er in Georgia. Wie wollt ihr da eine Hochzeit planen?«

»Wir sind verlobt. Natürlich planen wir eine Hochzeit.« Parker zeigte auf den Verlobungsring, den Grayson ihr geschmiedet hatte. All seine Liebe war in die komplexen Gravuren mit winzigen Vögeln und Blüten geflossen, die den tropfenförmigen, 2-Karat-Diamanten auf dem rotgoldenen Band umgaben.

»Wenn mein Mädchen eine Dreifachhochzeit will, machen wir das möglich«, sagte Grayson, als Parker wieder zu ihm kam. Er legte ihr einen Arm um die Schultern und sog den Anblick ihres strahlenden Lächelns in sich auf. »Nicht wahr, Baby?«

»Definitiv. Ja, wir sind ein bisschen mehr unterwegs als die meisten Paare. Das ist jetzt unser Leben, Hunter. Dieser Moment hier und unsere Zeit in Texas und Kalifornien und wo auch immer es uns noch hinverschlägt. Wir können alles schaffen, also zerdenken wir es nicht.«

Parker schaute zu Grayson auf und fügte noch hinzu: »Wie kannst du nur daran zweifeln, dass dein Bruder alles schaffen kann? Er hat versprochen, mir alles zu geben, und ich habe schon viel mehr bekommen, als ich mir je hätte träumen lassen.«

Lust auf mehr prickelnde Liebesromane?

Viel Spaß mit der Leseprobe zu *Geflüster in Seaside*, und auf den Seiten danach mit der Vorschau auf die neuen Serien *Bayside Summers* und *Die Whiskeys: Dark Knights von der Redemption Ranch!*

Eins

Matt Lacroux brauchte eine Dusche, Urlaub und eine Antwort auf die Frage, was zum Teufel er mit seinem Leben anstellen sollte – in dieser Reihenfolge. Und Sex. Sex wäre gut. Es war lang her, dass er eine warme, willige Frau in seinem Bett gehabt hatte und sich nicht mit Forschungsprojekten, Seminararbeiten oder Notizen für das Buch, an dem er schrieb, herumgeschlagen hatte. Obwohl, bei genauerer Überlegung ... Eigentlich könnte er den Sex auf den ersten Platz seiner Liste setzen – wenn er nicht gerade das Blut eines anderen Menschen an der Hand gehabt hätte.

Er zog sein zerrissenes T-Shirt aus, warf es in den Wäschekorb und stellte die Dusche an. Noch keine drei Stunden war er wieder auf Cape Cod, und schon hatte er einen Streit zwischen betrunkenen Collegestudenten geschlichtet, die bei dem Bookstore Restaurant aufeinander losgegangen waren. Er hatte dort gegessen und gedacht, dass er eine Zeit lang schreiben könnte. Vielleicht hätte er das tun sollen, was so viele andere Professoren taten, wenn sie ein Sabbatjahr einlegten, und sich irgendwo in einer netten Ferienanlage einmieten oder sich in einer Berghütte verkriechen. Er hätte in seinem Sommerhaus auf Nantucket bleiben können, aber er vermisste seine Familie und sein Vater wurde auch nicht jünger. Außerdem fand in zwei Monaten schon die gemeinsame Hochzeit seiner Geschwister statt – in Gedenken an ihre Mutter an ihrem Geburtstag. Es wurde Zeit, dass sie sich als Familie wieder näherkamen.

Unweigerlich dachte er an einen anderen Menschen, dem er wieder näherkommen wollte: Mira Savage, die Mitarbeiterin seines Vaters, die Matts Gedanken eingenommen hatte, seit er sie im vergangenen Sommer auf der Verlobungsparty seines jüngeren Bruders Grayson kennengelernt hatte. Den ganzen Tag hatte er mit ihr und ihrem entzückenden Sohn Hagen verbracht, und seitdem hatte er sie während seiner kurzen Besuche zu Hause fünf oder sechs Mal gesehen. Gemeinsam mit Hagen waren sie in den Park gegangen oder hatten Ausflüge gemacht, auch wenn sie nie ein richtiges Date gehabt haben. In den Wochen dazwischen hatten sie sich gelegentlich Nachrichten geschrieben, aber weiter war es nicht gegangen. *Es* – das war Matts Zuneigung zu einer Frau, die zu weit entfernt lebte, als dass er etwas mit ihr anfangen sollte. Er konnte ihr Leben nicht durch unregelmäßige Begegnungen komplizierter machen. Sie war selbstlos und stellte stets ihren Sohn und andere an erste Stelle. Sie war eine Frau, die errötete, wenn er ihr zu nah kam. Eine Frau, für die ein Mann sich Zeit nahm, um sie kennenzulernen – *fast ein Jahr, und das ist verdammt lang –*, damit sie sah, dass sie ihm vertrauen konnte. Eine Frau, die umsorgt und beschützt werden musste, ohne ihr die Luft zum Atmen zu nehmen. Und sie war die einzige Frau, die er gern langsam ausgezogen hätte, um jeden Zentimeter ihres unglaublichen Körpers zu lieben, bis sie vor Begehren zitterte. Es war einem Tanz auf heißen Kohlen gleichgekommen, sich die ganze Zeit über so zurückzuhalten, denn er hatte dauernd an die unfassbar attraktive alleinerziehende Mutter und ihren wissbegierigen Sohn gedacht.

Er zog die Hosen aus und stieg unter die Dusche, die er sofort auf kalt stellte, weil er allein durch die Gedanken an Mira unerträglich erregt war. Er schloss die Augen und atmete langsam aus. *Eins nach dem anderen.*

Der Wasserstrahl wanderte unvermittelt von seinem Kopf auf seinen Rücken, und Matt schaute verwundert zu dem Duschkopf hinauf, der prompt herunterfiel und auf seinen Wangenknochen knallte.

»Aua! Was zum –« Er fasste sich an die Wange und versuchte, dem Wasser zu entkommen, das aus dem abgebrochenen Duschkopf in alle Richtungen spritzte. *Na klasse. Richtig klasse.* Er wusch sich das frische Blut von den Fingern und duschte sich schnell ab.

Nachdem er sich abgetrocknet hatte, nahm er die defekte Armatur in Augenschein. Das dämliche Teil hatte einen Riss im Gehäuse und im Inneren entdeckte er Rost. Er hatte das Ferienhaus in der Seaside-Siedlung für den Sommer von seinen

Freunden gemietet. Das Haus war in tadellosem Zustand, aber solche Dinge wie Duschköpfe waren bei Renovierungen leicht zu übersehen. Es war nach neun Uhr abends und Amy und Tony hatten eine kleine Tochter. Matt wollte sie nicht wegen eines blöden Duschkopfs stören. Er zog sich frische Sachen an und rief seinen Vater an, der Inhaber eines Baumarktes war.

»Hey, Pop. Ist der Code zu deinem Laden noch immer Moms Geburtstag?« In letzter Zeit hatte sein Vater öfter darüber geredet, in den Ruhestand zu gehen. Der Baumarkt sollte eigentlich als Familienunternehmen erhalten bleiben und einem seiner fünf Kinder vererbt werden, nur wollte bisher keines von ihnen das Geschäft übernehmen. Doch in diesem Moment war Matt so glücklich wie noch nie darüber, dass seinem Vater ein Baumarkt gehörte. Auf Cape Cod gab es nicht viele große Einzelhandelsketten. Der nächstgelegene Baumarkt oder Discounter mit solchen Artikeln lag gute vierzig Minuten Autofahrt entfernt.

»Ja. Was ist denn passiert?«

»Ich brauche einen Duschkopf für Tonys Ferienhaus.«

»Soll ich dir einen vorbeibringen?«

Neil Lacroux hätte alles für seine Kinder getan, obwohl sie mittlerweile erwachsen waren. Matt wusste, dass sein Vater einsam war, seit ihre Mutter vor ein paar Jahren unerwartet an einer Hirnblutung verstorben war, und das war auch ein Grund dafür, weshalb er sich entschieden hatte, seine Auszeit zu Hause zu verbringen. Er nahm sich vor, seinen Vater möglichst bald im Geschäft zu besuchen.

»Ich mach das schon, Pop. Tut mir leid, dass ich dich gestört hab.«

Die Fahrt nach Orleans dauerte nur wenige Minuten. Obwohl Matt auf dem Cape aufgewachsen war, brauchte er immer ein oder zwei Tage, um sich an das Leben hier zu gewöhnen, das ganz anders war als in der Stadt. Anzughosen und Oberhemden wurden durch Shorts und Tanktops ersetzt, die Menschen bewegten sich in einem entspannteren Tempo, und egal, wie weit man vom Strand entfernt war, der Sand war allgegenwärtig. Sand im Gras, Sand auf dem Boden, Sand auf seinen Autositzen – und dabei war er noch gar nicht am Strand gewesen.

Er gab den Sicherheitscode in das Tastenfeld ein, und kaum stand er in dem dunklen Laden, hörte er es auch schon. *Klack, klack, klack.* Er hielt inne, jede einzelne Nervenzelle in Alarmbereitschaft, und lauschte. *Klack, klack, klack, klack.* Pause. *Klack, klack, klack.* Es kam aus dem Büro seines Vaters. Instinktiv hob er die Arme wie ein Boxer vor den Körper. Rasch und lautlos ging er zur Bürotür und lauschte dem anhaltenden Geräusch. *Dads Taschenrechner?*

Er schob die Tür auf, und mit seinem ganzen Körper nahm er wahr, dass Mira am Schreibtisch saß und ihre Finger über die Tasten des Taschenrechners flogen. Vielleicht war es doch sein Glücksabend.

Abrupt legte sie die Hand auf ihr Herz. »Matt …?« Sie hauchte seinen Namen fast. »Hast du mir einen Schreck eingejagt! Ich hatte keine Ahnung, dass du überhaupt auf der Insel bist.«

Weil ich dich überraschen wollte, wenn auch nicht unbedingt so.

»Tut mir leid, Sunshine. Bin erst vor Kurzem gekommen. Ich wollte einen Duschkopf holen.« Er betrat das kleine Büro, und sein Blick fiel auf das Bestandsbuch auf dem Schreibtisch, der von der alten Leuchte seines Vaters erhellt wurde, und auf die Familienfotos, die an die Wand gepinnt waren. Ein neues

Foto in der Mitte fiel ihm auf, das Hagen mit einer Angelrute und einem kleinen Barsch am Haken zeigte. Er wusste, wie viel Mira und Hagen seinem Vater bedeuteten, aber ein Foto des Kleinen inmitten der Bilder seiner Familie machte das noch einmal viel deutlicher. Er schaute Mira an, und nachdem der Schreck über sein Eintreffen verschwunden war, breitete sich ein wunderschönes Lächeln auf ihrem Gesicht aus. Da war es, dieses Strahlen, das ihn vor all den Monaten schon in den Bann gezogen hatte. Dieser süße unschuldige Blick und dieses rebellische Ich-nehme-es-mit-der-ganzen-Welt-auf-Selbstvertrauen in ihren hinreißenden Augen. Sie hatte ja keine Ahnung, was sie mit ihm anstellte.

»Sunshine«, flüsterte sie und schüttelte den Kopf.

»Du machst nun mal alles dich herum heller.« Er hatte ihr den Spitznamen im letzten Sommer gegeben, weil sie eine so positive Sicht auf das Leben hatte.

»Du solltest mich mal morgens erleben, bevor ich meinen ersten Kaffee hatte.«

Das würde mir besser gefallen, als du ahnst.

»Einen Duschkopf brauchst du also? Ich zeig dir, wo die sind.« Sie stand auf und wäre in dem engen Raum fast gegen ihn gestoßen. Ihre kastanienbraune Haare fielen über ihre Schultern, als sie so vor ihm stand und eine Hand auf seine Brust gelegt hatte, während sie mit der anderen seine Wange berührte. »Was ist passiert?«

Die gegenseitige Anziehung war gleich bei ihrer ersten Begegnung unvermittelt und intensiv gewesen und mit jedem darauffolgenden Besuch nur noch stärker geworden – das konnte er zumindest für sich behaupten. Monatelang hatte er jegliche Hoffnung darauf, ihre Beziehung weiter zu erkunden, unter Kursen und Seminararbeiten begraben. Jetzt, als sie ihm tief in die Augen blickte, stürzten all diese heißen Erinnerungen wieder auf ihn ein.

»Der alte hat mich angegriffen.«

»Aua.« Sie verzog das Gesicht und die Sommersprossen auf ihrer Nase hüpften mitfühlend.

Diese süße Eigenart hatte er nicht vergessen können, als er nach Princeton zurückgegangen war, und sie jetzt wiederzusehen, war verdammt schön.

»Das muss vielleicht genäht werden.« Ihre warmen, weichen Finger verharrten auf seiner Haut.

Er legte seine Hand auf ihre und drückte sie gegen seine Wange. »Es ist nicht schlimm, wirklich.«

Nervös knabberte sie auf ihrem Mundwinkel. »Ich geh nur gerade …« Sie zeigte zur Tür hinaus und zog ihre Hand unter seiner heraus. Mit den Brüsten stieß sie leicht gegen seinen Arm, als sie sich an ihm vorbeischob, und sofort wurde diese geheimnisvolle Anziehungskraft noch stärker.

Matt mangelte es nicht an Frauen, die um seine Aufmerksamkeit buhlten. Ob unter den Studentinnen oder Kolleginnen, in Princeton konnte er sie sich aussuchen, und hier auf Cape Cod war das Angebot nicht weniger groß. Aber die einzige Frau, die er sah, wenn er nachts die Augen schloss, ging gerade den Gang Nummer sieben im Baumarkt seines Vaters entlang.

»Wo ist Hagen?« Er ermahnte sich, nicht auf ihre Hüften zu starren, die verführerisch in den spärlichen Shorts wackelten, doch das war angesichts ihrer hinreißenden langen Beine – *die sich um meine Taille gelegt herrlich anfühlen würden* – nur schwer zu beherzigen.

Um seine unanständigen Gedanken unter Kontrolle zu bringen, fragte er: »Warum arbeitest du so spät noch? Ich dachte, du arbeitest tagsüber.« Er musste mit seinem Vater darüber sprechen. Orleans war eine sichere Kleinstadt, aber der Gedanke, dass Mira hier allein abends war, gefiel ihm nicht.

»Hagen ist auf einer Pyjamaparty«, sagte sie, als würde das alles erklären. Sie stemmte die Hände in die Hüften, während er sich die Auswahl an Duschköpfen ansah. »Wenn ich zu Hause herumsitze, mache ich mich nur verrückt vor Sorgen und frage mich, ob es ihm wohl gut geht und er genug Schlaf bekommt. Es ist besser, wenn ich mich mit Arbeit ablenke.«

»Ist das die erste Nacht, die ihr voneinander getrennt seid?« Er nahm eine Halterung in die Hand, betrachtete dann aber ihren gedankenverlorenen Gesichtsausdruck.

»Mit fast sieben? Um Himmels willen, nein. Also, wir sind nicht oft voneinander getrennt, aber er wird auch auf keinen Fall ständig bemuttert. Das würde er niemals über sich ergehen lassen. Du hast ihn ja kennengelernt. Wahrscheinlich würde er einen Ratgeber darüber lesen, wie er Mommys Fuchtel entkommen könnte, und dann einen Plan schmieden.« Sie seufzte und blickte abwesend über seine Schulter, als schwelgte sie in Erinnerungen. »Witzig, wie sich alles so ändert. Als er noch ein Baby war, konnte ich es nicht ertragen, von ihm getrennt zu sein.« Sie zuckte mit den Schultern. »Aber das Leben ist manchmal verrückt, und ich glaube, um eine gute Mutter zu sein – insbesondere eine gute alleinerziehende Mutter –, muss man sich gelegentlich eine Pause gönnen und sich erholen. Hagen übernachtet unwahrscheinlich gern bei meinen Brüdern und meiner Freundin Serena. Wenn er bei Verwandten ist, mache ich mir normalerweise keine Sorgen, aber wenn er bei Freunden ist, dann schon. Es ist albern, ich weiß.«

»Das ist nicht albern. Es zeichnet eine liebende Mutter aus.« Er musste es wissen. Seine Mutter hatte ihn und seine Geschwister ebenso behütet.

Sie lachte und ging zurück ins Büro. »Bei dir klingt es normal, dass ich meine Nase die ganze Nacht ins Bestandsbuch stecke, nur weil mein Sohn bei einem Freund übernachtet.«

Er legte zwei Zwanzigerscheine für den Duschkopf auf den Schreibtisch.

Sie sah ihn ausdruckslos an. »Nicht dein Ernst, oder? Du weißt, dass dein Vater dein Geld nicht annimmt.«

»Dann steck es in die Kaffeekasse und erzähl ihm nichts davon.« Er ließ das Geld auf dem Tisch liegen. »Ich verbringe den Großteil der Abende mit der Benotung von Hausarbeiten und mit Recherchen, daher bin ich mir nicht mehr so sicher, was überhaupt normal ist. Aber wenn das heute deine Nacht der Freiheit ist, dann lass sie uns genießen.«

Sie sah argwöhnisch zu ihm auf. »So was wie ein Mitleidsdate?«

Er lachte und nahm ihre Handtasche von der Stuhllehne. »Auf keinen Fall. Eher so was wie zwei Freunde, die losziehen, um herauszufinden, was normale Menschen an einem Freitagabend so tun.« Er nahm ihre Hand. »Komm, Sunshine. Du kannst etwas Licht in diesen bisher sehr düsteren Abend bringen.«

Wenn Ihnen die Vorschau gefallen hat, können Sie *Geflüster in Seaside* gleich bei Ihrem Online-Buchhändler bestellen!

Als Miteigentümer des Bayside Resorts hat Rick Savage einen Traumjob, bei dem er mit seinen besten Freunden und seinem Bruder zusammenarbeitet. Zusätzlich wartet in Washington D. C. seine florierende Firma auf ihn, und dorthin wird er am Ende des Sommers auch zurückkehren. Zeit mit seiner Familie zu verbringen, tut ihm gut, aber der Sommer am Cape Cod weckt auch schmerzliche Erinnerungen. Als nebenan die süße, kluge und ziemlich vorsichtige Desiree Cleary einzieht, fühlt sich Rick unwiderstehlich zu der sexy Vorschullehrerin hingezogen, und sie könnte sich als die perfekte Ablenkung erweisen.

Eine Kunstgalerie zu leiten, gehört nicht zu den Sommer-plänen der Vorschullehrerin Desiree Cleary. Doch ihre sprunghafte, rastlose Mutter lotst sie mit einem Trick ans Cape, und nun steckt sie dort fest mit ihrer ruppigen Halbschwester, die sie kaum kennt, und einem ungezogenen Hund. Als ob das nicht schon frustrierend genug wäre, fliegen bald Funken zwischen ihr und ihrem unverschämt gut aussehenden und draufgängerischen Nachbarn Rick, der bei ihr sämtliche Alarmglocken schrillen lässt.

In langen Sommernächten voller heißer Küsse und berührender Geständnisse erwacht zwischen Desiree und Rick die Leidenschaft. Zum ersten Mal seit Jahren genießt Rick wieder das Leben, anstatt sich weit weg von seiner Familie hinter Bergen von Arbeit zu verstecken. Desiree berührt ihn tief und weckt in ihm den Wunsch, das Leben ruhiger anzugehen. Allerdings bedeutet Entschleunigung auch, sich mit seinen Dämonen auseinanderzusetzen, und er weiß nicht, was mit ihm geschehen wird, wenn er sich diesem Kampf stellt.

Bestellen Sie *Sommernächte in Bayside* bei Ihrem Online-Buchhändler!

Kennen Sie die Whiskeys von der Redemption Ranch schon?

Sie ist die einzige Frau, die er je geliebt hat, und die einzige, die er nie haben konnte …

Jahre, nachdem sie beide ihren besten Freund bei einer schiefgelaufenen Wette verloren haben, macht Devlin »Dare« Whiskey seinem Namen noch immer alle Ehre – er ist und bleibt ein Daredevil, ein waghalsiger Draufgänger, und fordert das Schicksal bei jeder sich bietenden Gelegenheit heraus –, während Billie Mancini ihre besten Seiten vergraben hat. Billie ist schön und zäh und kämpft gegen Dämonen, von deren Existenz Dare keine Ahnung hat. Aber er hat genug davon, mit anzusehen, wie sie vorgibt, jemand zu sein, der sie nicht ist, und lässt sich auf die wichtigste Herausforderung seines Lebens ein: der Frau, die er liebt, zu beweisen, dass einige Wagnisse das Risiko wert sind.

Bestellen Sie *Immer Ärger mit Whiskey* bei Ihrem Online-Buchhändler!

Neu bei »Love in Bloom – Herzen im Aufbruch«?

Ich hoffe, Ihnen hat es genauso viel Vergnügen bereitet, die Freunde aus Seaside kennenzulernen, wie mir, über sie zu schreiben. Falls dieser Band Ihr erstes Buch aus der Reihe »Love in Bloom – Herzen im Aufbruch« ist, warten noch jede Menge Geschichten über unsere sexy, selbstbewussten und loyalen Heldinnen und Helden auf Sie.

Seaside Summers ist nur eine der Serien aus meiner großen Sammlung von Liebesromanen mit Tiefgang, Humor und Happy-End-Garantie. In allen Büchern finden Sie eine abgeschlossene Geschichte, die auch für sich allein gelesen werden kann. Figuren aus den einzelnen Serien und Büchern der weitverzweigten »Love in Bloom – Herzen im Aufbruch«-Familien tauchen immer wieder auch in den anderen Bänden auf. So verpassen Sie nie eine Verlobung, eine Hochzeit oder eine Geburt. Wenn Sie mögen, lernen Sie doch auch die anderen Serien der Reihe kennen! Eine vollständige Liste aller auf Deutsch erschienenen und geplanten Bücher gibt es am Ende des Buches und unter dem folgenden Link finden Sie weitere Informationen:

www.MelissaFoster.com/Herzen-im-Aufbruch

Sweet Temptation Jam

Ergibt etwa 8 Gläser à 250 ml.

1 kg Erdbeeren
1 Esslöffel Zitronensaft
50 g Pektinpulver
1 kg Zucker
250 g dunkle Schokolade

Die Erdbeeren stückig pürieren und mit dem Zitronensaft in einem Topf zum Kochen bringen. Dabei ständig rühren, damit nichts anbrennt. Die Schokolade hinzufügen, noch einmal aufkochen und für eine Minute kochen lassen. Dann langsam das Pektinpulver einrühren und erneut aufkochen. Den Zucker unter Rühren einrieseln lassen und eine Minute sprudelnd kochen lassen. Heiß in die ausgekochten Gläser einfüllen.

Luscious Leanna's Sweet Treats sind auf Amazon.com oder auf www.alsbackwoodsberrie.com erhältlich!

Danksagung

Parker Collins tauchte in Hunter Lacrouxs Buch *Herzklopfen in Seaside* zum ersten Mal auf, und auch wenn sie in dieser Geschichte noch keine große Rolle gespielt hat, hat sie mir sehr deutlich gezeigt, dass sie nur Augen für Grayson hat – und dass sie nicht zulässt, dass ich in mit einer anderen Frau verkupple. Parkers und Graysons Geschichte zu schreiben war wundervoll, nicht nur wegen der brandheißen Chemie zwischen ihnen, sondern auch, weil ich mein Faible für Geheimnisse und Rätsel ein wenig ausleben konnte. Ich hoffe, Sie haben diese vom Schicksal eingefädelte Liebesgeschichte genauso gerne gelesen, wie ich sie geschrieben habe.

Um immer auf dem Laufenden zu bleiben über Neuerscheinungen und exklusive Inhalte, abonnieren Sie am besten meinen Newsletter.
www.MelissaFoster.com/Newsletter_German

Es gibt kaum etwas Aufregenderes für mich, als von meinen Fans zu hören. Hören Sie bitte bloß nicht auf, mich zu kontaktieren! Und falls Sie noch nicht dabei sind, kommen Sie zu uns in den Fanclub auf Facebook, wo wir uns mit witzigen Chats über Bücher vergnügen und wo Sie außerdem als Erste den ein oder anderen Einblick in neue Geschichten bekommen.
www.Facebook.com/groups/MelissaFosterFans
www.Facebook.com/MelissaFosterAuthor

Ich stehe tief in der Schuld meines sortgfältigen und talentierten Redaktionsteams. Vielen Dank an Kristen Weber, Penina Lopez, Jenna Bagnini, Juliette Hill, Marlene Engel, Lynn Mullan und Justinn Harrison sowie Stefanie Kersten, Stephanie Schottenhamel und Judith Zimmer für alles, was ihr für mich und unsere Leserinnen tut.

Die Bradens (Peaceful Harbor)

Geheilte Herzen
Voller Einsatz für die Liebe
Liebe gegen den Strom
Vereinte Herzen
Melodie der Liebe
Sieg für die Liebe
Endlich Liebe – ein Braden-Flirt

Die Bradens & Montgomerys (Pleasant Hill – Oak Falls)

Von der Liebe umarmt
Alles für die Liebe
Pfade der Liebe
Wilde Herzen
Schenk mir dein Herz
Der Liebe auf der Spur
Verrückt nach Liebe
Liebe süß und sündig
Und dann kam die Liebe
Eine unerwartete Liebe
Verliebt in Mr. Bad

Die Remingtons

Spiel der Herzen
Im Dschungel der Liebe
Herzen in Flammen
Herzen im Schnee
Liebe zwischen den Zeilen

Von der Liebe berührt

Seaside Summers

Träume in Seaside
Herzen in Seaside
Hoffnung in Seaside
Geheimnisse in Seaside
Nächte in Seaside
Herzklopfen in Seaside
Sehnsucht in Seaside
Geflüster in Seaside
Sternenhimmel über Seaside

Bayside Summers

Sommernächte in Bayside
Verführung in Bayside
Sommerhitze in Bayside
Neuanfang in Bayside
Mondschein in Bayside
Versuchung in Bayside

Die Ryders

Von der Liebe bestimmt
Von der Liebe erobert
Von der Liebe verführt
Von der Liebe gerettet
Von der Liebe gefunden

Die Whiskeys: Dark Knights aus Peaceful Harbor

Tru Blue – Im Herzen stark
Truly, Madly, Whiskey – Für immer und ganz
Driving Whiskey Wild – Herz über Kopf
Wicked Whiskey Love – Ganz und gar Liebe
Mad About Moon – Verrückt nach dir
Taming My Whiskey – Im Herzen wild
The Gritty Truth – Kein Blick zurück
In For A Penny – Süßes Glück
Running on Diesel – Harte Zeiten für die Liebe

Die Whiskeys: Dark Knights von der Redemption Ranch

Immer Ärger mit Whiskey
Um Whiskeys willen

...

Entdecken Sie Melissa Fosters Bücher auch auf:
www.MelissaFoster.com/Herzen-im-Aufbruch